# 꽃은 스스로 아름답다고 말하지 않는다

— 은유와 환유의 바리에테 —

※이 책은 방일영문화재단의 지원을 받아 저술 · 출판되었습니다.

# 꽃은 스스로 아름답다고 말하지않는다

김용범 지음

개미

책머리에

 

흔히 친숙한 것, 익숙한 것이라고 믿는 것들에 대해 실제로 우리는 잘 알지 못한다. 우리와 가장 가까운 공기가 우선 그렇고 비유(은유와 환유) 또한 마찬가지다. 비유는 우리의 일상 삶 속에 너무도 깊숙이 광범하게 편만하여 이미 우리 삶의 불가분한 구성요소가 되어 있다. 우리는 늘 그런 비유를 사용하면서도 그것이 어떻게 현실의 의미를 생산하면서 문화를 구축하고, 현대의 소비문화에 있어서 '나'의 욕망을 대신하여 '나'의 주체를 구성하는지에 대해 잘 모른다.

나는 비유라는 창을 통해 여러 장르들을 넘나들면서 세상을 두루 살피고 싶었다. 추상적 관념과 사물의 왜곡된 의미를 물신(物神)으로 숭배하는 우리의 일상생활, '고향 잃은 사람들'의 유랑 이야기, 미디어에 의한 매개문화(mediated culture)의 판타지, 남에게 의지해야만 비로소 존재하는 '나'의 가없는 욕망, 인간의 욕망을 대신해주는 광고 카피의 현란한 유혹, 남을 웃겨서 돈을 버는 개그퍼슨들의 이중의미에 의한 말놀이, 청와대와 여의도 정치인들의 속과 겉 다른 정치언설, '눈에 보이는 만능의 신'의 브랜드를 달고 '아무나 상대하는 창기'(娼妓)와 같은 돈의 위력, 풍부한 잉여의미를 창출하는 시인들의 언어놀

이, 근대문명의 암울한 전망을 일찌감치 예고한 니체의 초인(超人)·
말인(末人)과 베버의 철우리(iron cage) 그리고 비유이면서 비유 저편
으로 뛰어넘는 〈변화의 책〉 주역과 피안에 이르면 뗏목=비유, 그것을
미련 없이 과감히 버리라고 강조한 붓다의 말씀 등 비유의 창에서 보
이는 온갖 말씀들과 풍경들은 스펙터클의 바리에테, 그 자체다.

이 책을 쓰게 된 일차적 목적은 은유와 환유의 정체, 그것들의 진짜
모습을 세대로 밝혀 알리는 데 있다. 그 점에서 이 책은 현대 소비사회
에서 욕망의 주체들을 열심히 호명하는 숱한 기호들의 의미를 읽고 싶
은 사람들, 일상생활에서 삶의 의미를 재창조하고 싶은 사람들, 글쓰
기에서 의미 만들기가 어려워서 고민하는 학생, 언론인, 직장인들에게
바치는 헌서(獻書)라 할 수 있다.

이차적으로 이 책은 내가 현역기자 생활에서 은퇴하여 1999년 이후
여러 대학 강단에서 얻은 강의 경험의 산물이기도 하다. 매스컴, 대중
문화, 미디어 글쓰기와 관련된 강의를 해오는 동안 모아둔 강의 노트
들 가운데서 버리기 아까운 구술들만 발췌하여 한 권의 책으로 엮어보
면 어떨까 하는 생각은 오래 전부터 있었다. 그러나 강의용으로 작성
된 메모 노트를 그대로 책으로 발간하기에는 너무 딱딱한 텍스트북의
얼굴이 되기에 나는 책 내용의 구성과 문장을 성형수술 하듯 확 뜯어
고쳐버렸다. 그렇게 '얼굴밭갈이'를 하여 태어난 이 책의 모습은 어찌
보면 비유에 관한 각종 언설들의 잡기(雜記) 모음집처럼 보일지 모르
겠지만 찬찬이 들여다보면 여러 문화 장르들의 경계들을 넘나들며 살
핀 기호론적 문화비평의 성찰문집이라 자부해도 부끄럽지 않다.

'꽃은 스스로 아름답다고 말하지 않는다.'는 언어로 구축된 문화생
산물 특히 언어구축물로서 생겨난 비유가 그 대상(사물 등)의 진실을
있는 그대로 반영하지 못하는 것임을 일깨워주는, 비유의 정체를 일러
주는 아포리즘이다. 우리 주변에서 흔히 목격되는 아주 친숙한 소재를
가지고 사람들의 문화적 실천행위로서 창조된 비유, 달리 말해서 언어

적 구축물은 문화의 소비시장에서 일단 교환되기 시작하면 마치 불변하는 몸의 '실체'를 지닌 듯 인기상품의 물신(物神 fetish)으로 변신한다. 이렇게 해서 은유와 환유의 몸은 우리가 의식하지 못하는 사이에 현대 소비문화에서 물신으로서 신봉(信奉)된다. 실체 아닌 '실체'를 획득한 비유는 우리의 현대문화 특히 소비문화를 지배하고 우리 자신을 '언어의 감옥'에 가둬놓아 버린다. 그 감옥에서 풀려나는 길은 '꽃은 스스로 아름답다고 말하지 않는다'의 의미를 곱씹어 음미하여 자기 자신의 주체성(subjectivity)을 비판적으로 성찰하는 일 뿐일 것이다.

될 수 있는 한 읽히기 쉬운 글을 쓰려고 애를 썼지만 제1부 제1장의 후반과 제2장은 기호론적 문화 연구의 초보자들을 위해 어쩔 수 없이 생소한 기본 개념들에 관해 입문적인 이론 소개에 할애되지 않을 수 없었다. 하지만 많은 사례들이 열거된 설명이므로 독자가 읽기에 큰 부담은 없으리라고 본다. 그래도 부담이 된다고 느끼는 독자라면 그 부분을 살짝 건너뛰어 제3장 이후로 들어갔다가 다시 되돌아와도 무방하지만 서장에 해당하는 제1장의 전반부만은 꼭 읽어두면 책 전체를 이해하는 데 큰 도움이 되리라 생각한다.

출판계의 딱한 사정에도 불구하고 이 책에 실린 내용의 유익함과 가치에 공감을 갖고 간행을 흔쾌히 맡아주신 〈개미〉출판사의 최대순 사장에게 각별히 감사를 표시하고 싶다. 최 사장의 결단이 없었으면 이 책이 햇빛을 보는 데 나는 적잖이 애를 먹었을 것이다. 끝으로 이 책은 방일영문화재단의 지원으로 저술·간행된 것임을 밝히면서 이 자리를 빌려 재단에 감사의 뜻을 표하고자 한다.

2008년 2월
북한산 자락 우거에서 저자 씀

# 차례

제2부
미학적 즐거움과 앎의 '은유기동군'


제1장
아름다운 기호놀이, 문학 작품 속의 은유와 환유

제2장
시간과 공간 그리고 만능의 돈

제3장
텅 빈 욕망의 바다

# 제1부
## 풍성한 의미의 생성장(生成藏),
## 생활 속에 편만한 비유

# 제1장
# 은유의 바다, 환유의 대지

## 일상의 삶에 편만한 은유

지하철을 타고 가는 동안 나는 광고 보는 재미에 지루함을 잊는 경우가 종종 있다.

칸 안에 多 있다. 멋지君, 예쁜 Girl.
그대의 얼굴에 웃음을 디자인합니다.(Beauty Designers)

대중문화 스타들에 관한 모든 화젯거리가 새로 발간된 어느 스포츠 전문지에 '多' 실려 있을지는 의문이다. 하지만 광고 내용의 진위를 떠나서 우선 발동된 호기심은 멀뚱히 앞 사람의 얼굴만 바라보고 있어야 하는 민망함에서 나를 건져주기에 충분하다. 내가 이렇게 이 글의 소재로 삼았다는 점에서만도 그 광고는 이미 소비자의 마음을 일단 붙잡는 데 성공한 셈이라고나 할까.

어느 성형외과 의사 3명이 공동으로 의원을 차리고 낸 광고 카피의 글귀, '얼굴에 웃음을 디자인하겠다' 라는 그들의 야심찬 포부와 자부심을 읽으면서 얼굴의 자연이 '미의 설계사들'에 의해 이미 오래 전에 개발되기 시작하여 이제는 '자연파괴'를 우려할 지경에까지 이르지 않았을까 하고 나는 슬며시 걱정스러워 지기도 한다. 하기는 한 나라의 국가원수 부부가 쌍꺼풀 수술을 받고서 국민 앞에 떳떳하게 나서는 판국에 '멋지君, 예쁜 Girl' 들이 되고 싶어 하는 그 나라의 뭇 젊은이들이 제 얼굴밭(顔田)의 자연에 밭갈이를 해대는 것이 나쁘다고 나무릴 수만은 없지 않는가.

'얼굴에 웃음을 디자인하겠다' 는 광고 카피를 읽다가 나는 문득 그 얼마 전에 본 연속 TV 드라마의 한 대목이 떠올랐다.

확— 갈아엎어 주세요.

남자 친구한테서 퇴자를 맞은 20대 초의 아가씨는 성형외과 의사를 찾아가서 제 얼굴을 '확— 갈아엎어 주세요' 라고 결연한 부탁을 한다. 이제 세상은 제가 타고난 얼굴의 자연도 마음에 안 들면 얼굴설계사를 찾아가 추수가 끝난 논밭을 갈아엎듯 경작해달라고 간청하는 일이 다반사처럼 벌어지는 상황에까지 도달했다.

이런 세태를 문명의 진보, 문화의 향유라고 보아도 될지는 의문이지만 나는 그런 일들이 자신의 몸(身體)에 대한 전통적 사고방식의 변화에서 연유한다고 본다. TV에서건 잡지에서건 온통 '멋지君, 예쁜 Girl' 들이 판치며 기세를 올리는, 미디어에 의한 매개문화(mediated culture)가 지배하는 우리의 일상생활에서는 제 몸의 자연을 있는 그대로 지키는 일은 대단히 어려운 과제일지도 모르겠다. 신체발부(身體髮膚, 우리의 몸 털 피부)는 부모에게서 받은 것이므로 함부로 손을 대거나 훼손해서는 안 된다 라는 전통적인 효사상과 신체관이 이미 허물어져 버렸고 몸 자체가 값나가는 상품이 된 데다 미의 기준마저 예전의 것과 아주 판이하게 달라졌다. 이런 세상에서는 '나'라는 자아는 항상 자기 밖의 어떤 것, '나'를 보는 '남'(타자)의 눈높이에 자기를 맞추지 않으면 안심스럽지 못하다. 매개문화가 보여주는 온갖 규격과 표준들에 제 몸의 수치를 대조하고 비교해 보아서 조금이라도 거기서 빗나가면 성형이란 이름의 '얼굴 갈아엎는 경안(耕顔)설계사'들에게 제 몸을 맡겨버리는 풍조는 그래서 보통의 그림으로 우리 옆에 자리잡고 있다.

### 차용된 이미지가 판치는 〈드림 사회〉

세상은 바야흐로 남과의 대조, 남과의 비교가 절정기를 맞은 듯하다. 남과의 대조, 남과의 비교를 한 다음에 자신을 남에게로 끌고 가서 남과 비슷해지려는, 아니 동일해지려는 인간의 욕망, 그것이 바로 대중문화(popular culture)에서 이미지의 메타포(은유)를 낳고 성행시키지 않았을까.

앞서의 '멋지 君, 예쁜 Girl'이나 제 얼굴을 '확— 갈아엎어 주세요'에는 모두 기묘한 메타포가 사용되어 있다. 소리(발음)의 유사성을 좇아서 '君'과 'Girl'을 빌려오고, 성형의 의미를 나타내기 위해 '확— 갈아엎다'라는 밭갈이 용어의 이미지를 빌려오는 의미생성 방법이 바로 21세기 초엽에 유행하기 시작한 은유의 새로운 기법이다.

자기 자신의 것이 아닌 남의 것으로서의 다른 단어, 다른 형상(이미지)으로부터 의미를 차용하여 나를 남과 동일하게 보이도록 하는 인터텍스추얼(intertextual)한 수사기법, 그것이 언어적 효과를 드높이는 은유다. 이런 언어적 효과는 은유 그 자체에서 끝나지 않고 생활 경험의 진리—진실—를 표현하는 힘으로서까지 작동한다. 단어는 자기 혼자서는 의미를 풍성하게 만들지 못한다. 다른 부류의 단어, 다른 부류의 남에게 의지하지 않으면 의미의 샘물을 솟아오르게 할 수 없다. '예쁜 걸'이라는 우리말은 '—걸'과 소리가 유사한 영어 단어 'Girl'을 과감히 차용해옴으로써 비로소 '얼짱 스타'의 이미지를 얻을 수 있다는 뜻이다. 달리 말해서 '—걸'과 Girl 간에 들리는 소리의 등가성으로 말미암아 '예쁜 Girl'이라는 '얼짱' 아가씨의 은유적 이미지가 새롭게 태어나는 것이다.

미래학자 짐 데이토(Jim Dator, 73) 하와이대학 미래전략센터 소장은 2007년 1월 서울을 방문하여 가진 한 인터뷰에서 '정보화사회 다음에는 드림 소사이어티(Dream Society, 꿈의 사회)라는 해일이 밀려온다'고 예견했다(조선일보 2007. 1.8). 드림 소사이어티는 꿈과 이미지에 의해 움직이는 사회를 가리킨다. 제3의 물결이 구비치는 지금까지의 사회가 '정보가 돈이 되는 사회'라면 다음에 도래하는 사회는 '이미지가 돈이 되는 사회', 꿈과 환상의 물결이 구석구석에 구비치는 사회라는 뜻이다.

'이미지가 돈이 되는 사회'는 '나'의 실제 모습보다는 '나'가 남에게 '어떻게 보이느냐'가 중요한 처세(處世) 포인트임을 가르친다. 나의 본래 모습은 지워지고 남에게 비치는 외양의 이미지가 나의 실체보다 나를 더 리얼하게 그리고 값지게 만들어준다는 뜻이 거기에는 담겨 있다.

우리 속담에 '겉볼안'이라 했듯이 나의 겉(외양)을 잘 보이게 하려면 나의 피상적(皮相的) 이미지를 매력적인 것으로 만들어야 한다. 내가 입는 옷, 스카프, 신발, 하다못해 몸에 지니는 작은 소지품 하나하나까지도 나의 상상력과 남의 상상력을 키울 수 있고 이야기거리(narrative)를 제공해 줄 수 있는 것이어야 한다. 그래야만 그것들은 겨우 매력적인 물건이 된다. 대중문화의 소비자들이 '짱이야!'라며 감탄할 수 있는 그런 피상적 이미지를 나 스스로가 나의 몸과 나와 관련된 모든 것들에서 생산할 수 있어야 하는 것이다.

미국의 '농구 황제' 마이클 조던이 신는 농구화, 영국 프리미어 리그에서 활동 중인 맨체스터 유나이티드팀의 박지성이 즐겨 신는 운동화와 숄더백, 인기 가수 이효리가 선호하는 옷차림과 액세서리, 드라마 〈황진이〉의 주인공인 TV 탤런트 하지원의 헤어스타일 등은 이미 대박을 전제로 한 대량생산으로 이어진다는 것이 데이토 박사의 미래론 주지이다. 이미지 상품이 시장에서 히트하려면 상품화되는 이미지는 될 수 있는 한 유명 브랜드의 것, 인기가 충천하는 스타의 것일수록 좋다. 그럴수록 인기 스타의 몸값도 덩달아 엄청난 규모로 치솟는다.

21세기 대중문화의 소비자들은 그런 식으로 생산된 이미지 상품을 구매함으로써 남의 이미지를 나의 것으로 옮겨옴과 동시에 빌려온 남의 이미지와 자기 자신을 동일시하려 한다. 남의 말과 행위를 보고 비로소 아이덴티티를 확립하려는 오늘의 인간은 남이 없으면 나를 지탱하지 못하는 가련한 존재다. 그들은 영원히 자기의 것이 될 수 없는 남의 것(타자)에 매달려 자기의 주체성(subjectivity)을 찾으려 하며 그것을 끊임없이 확인하려 든다. 나를 밖으로 내보이는 피상적 이미지는 본래 나의 것이 아닌 남의 것을 빌려왔다는 점에서 나의 꿈인 동시에 판타지다. 우리의 무수한 '나'들은 판타지의 포로가 이미 되어 있다. 그것이 포스트모던한 상황에서 소비문화를 살아가는 말인(末人)들의 가련한 초상화다. 니체가 처음 지적했고 베버가 탄식한 말인들—얼이 없는 전문가, 가슴 없는 향락인—의 포트리트(portrait)이다.

## 미디어들의 족외혼

MBC TV 프로 〈개그夜〉에 출연했던 한 개그우먼이 〈사모님〉이란 인기 코너에서 시청자들을 웃긴 독특한 비음의 개그는 몇 달이 지난 어느 날 한 중앙 일간신문 경제기사의 헤드라인으로 차용되었다.

　김 기사~, 내년엔 새車로 운전해 어서~.

　〈자동차 특집〉 섹션에 실린 '2007 신차 출동'의 이 신문 머리기사
(조선일보 2006. 12. 15)는 인쇄미디어가 새로운 의미를 생성하기 위해
방송미디어와 혼인을 한 전형적인 사례에 속한다. 이것은 텍스트와 텍
스트 사이의, 인터텍스추얼한—상호 텍스트적인—정략결혼이다. 유
사한 계열에 속하는 단어들의 족내혼(族內婚, endogamy)보다 족외혼
(族外婚, exogamy)이 의미생산에 있어서 우월한 것은 동식물의 이종교
배(異種交配)가 우등 유전인자를 가진 2세를 낳는 것과 같은 이치다.
이 원리를 인쇄미디어는 전파미디어의 개그 프로 유행어를 빌려옴으
로써 실제로 응용했다.
　이것도 역시 일종의 은유이다. 저쪽 텍스트의 말귀 또는 문장을 이
쪽 텍스트로 차용해 와서 둘 사이의 등가성이나 유사성에 기대어 새로
운 의미생성의 효과를 내는 수사법이므로 그것도 넓은 의미에서 은유
에 속한다. 이런 은유법은 앞서의 예들에서 본 바와 같이 이종(異種)의
'남', '나' 밖의 '남'에게 기댐으로써 새로운 의미생산의 효과를 낳는
수사법과 다를 바 없다. '고추잠자리떼 춤을 추고 황금 들판이 손짓하
는 고향', '깃발, 저 푸른 해원을 향하여 흔드는 영원한 노스탈쟈의 손
수건' '여자는 항구, 남자는 배'만이 은유가 아니다. 비슷한 의미, 비
슷한 소리, 비슷한 이미지(형상)를 다른 데서 이곳으로 옮겨와 새로운
의미를 창조하는 수사법이라면 우리는 그것도 역시 넓은 의미에서 은
유라고 부르기로 하자.

　지금부터 우리는 많은 예들을 좇아 은유와 함께 하는 긴 여행을 시
작하려 하는데 이렇게 보면 은유는—아울러 환유도—이제 우리의 일

상생활 구석구석에 깊숙이 삼투해 우리와 더불어 활발한 삶을 살고 있음을 부인하기 어렵다. 은유는 언제나 그리고 이미 빼놓을 수 없는 우리네 삶의 일부로 되어 있다. 아니, 우리의 생활 그 자체가 은유에 의거하여 영위되어 왔으며 오늘도 끊임없이 은유와 환유의 변주곡에 실려 의미의 레퍼토리를 확대하고 있다. 다음에 열거하는 몇 가지 예들은 나의 이런 주장을 확고하게 뒷받침해 주리라고 믿는다.

'엉덩이가 무거운 사람, 입이 가벼운 사람, 손버릇이 나쁜 사람'은 누구나가 다 잘 아는 관용구이지만 어느 유명 만화가의 말처럼 '만화는 엉덩이로 그리고 발로 그린다'에 이르면 엉덩이의 의미는 확 달라진다. '발로 그리는 만화' '엉덩이로 그리는 만화'는 그만큼 작자가 부지런한 발품을 팔아 의의 있는 소재를 구한 뒤 지긋이 제작실에 붙어 앉아 인내로써 생산해낸 작품이란 긍정적 의미를 발산한다. '골드 미스'(gold Miss)는 어떤가? 황금을 가리키는 골드가 미스 앞에 붙으면 나이든 동일한 미스임에도 그 값어치가 상종가로 치솟는다. 올드 미스는 젊은 사내가 별로 유혹의 눈길을 보내지 않겠지만 골드 미스는 사(士, 事) 자가 붙은 신랑감—판사, 검사, 변호사, 의사, 회계사 등—이라 할지라도 외면하지 못하리라. 사회생활에 있어서의 그녀의 능력과 재력이 골드 미스의 큰 자산이니까.

'발 없는 말'은 우리나라 정치계에서는 오늘도 '천리를 달리면서' 확인될 수 없는 뜬소문들을 계속 생산 유통시키고 있다. 그런 정치판에서 '아니 땐 굴뚝에 연기 나랴'라는 인과관계의 법칙만을 철석 같이 믿는 사람은 큰 낭패를 보기 십상이다. 그뿐인가. 자고나면 세상이 변한다는 말이 나돌 만큼 변화의 속도가 굉장히 빠른 요즘 세상에서는 걸핏하면 '굴러온 돌이 박힌 돌을 뽑아내는 일'을 우리는 그다지 어렵지 않게 목격할 수 있다. 하룻밤 사이에 '박힌 돌'이 쥐도 새도 모르게 쑥 뽑혀나가는 아연실색(啞然失色)할 꼴을 보고도 그걸 믿지 못하는 둔감의 소유자가 아무리 '자다가 봉창 두드리는 소리 하지 마라'라고 해본들 무슨 소용이 있겠는가.

사냥매의 꽁지 위 털 속에 매어둔 매 주인의 이름을 적은 네모진 뿔을 살짝 떼어내 버리고는 그 사냥매를 제 것으로 만들었다는 옛 고사(故事)가 오늘날 '시치미를 떼지 마라'의 기원이 된 사연을 아는 사람은 과연 몇이나 될까? 그 시치미의 은유는 지금 전혀 다른 의미의 세계에서 자기에게 던져지는 남의 의혹을 전면 부인하면서 적극적인 활동을 펴고 있다. 그것이 비유 세계의 운동법칙이자 발전법칙이다.


# '은유적 동물'의 이름 짓기


## 인간적인 것과 동물적인 것

인간과 동물을 구별하는 것은 언어다.

20세기에 와서 이 명언은 '인간은 은유적 동물이다'로 진일보했다. 장 자크 루소가 인간과 동물의 구별 기준으로서 제시한 언어의 중요성만으로는 사람과 동물의 차이를 선명히 드러내는 데 부족함이 있었기 때문이라기보다는 일상생활에서 차지하는 은유의 의의와 편만(遍滿)이 너무도 깊었기에 사람은 새롭게 '은유적 동물'이라는 별칭을 함께 얻었으리라고 본다.

'은유적 동물'은 언제 어디서나 자기가 겨냥하는 것의 의미를 다른 것과 빗대서 나타내는 수사법을 즐긴다. 단어들을 동원하여 문장을 엮어 봐도 의미표출의 한계가 드러난다 싶으면 은유적 동물은 주저하지 않고 비유라는 방편의 무기를 끌어들인다. 별명을 부르며 저희들 끼리 깔깔대며 좋아하는 초등학생 또래들에서부터 시청자를 웃기는 TV 개그퍼슨들의 우스개를 거쳐 대학 강단의 근엄한 교수님들에 이르기까지 비유는 다양한 기량을 일상적으로 발휘한다.

돌풍이 갑자기 휘몰아쳐 비닐하우스 야채밭이 완전히 파괴되어 엉망진창이 된 상태를 탄식하는 하우스 재배 농민. 그는 '야채밭이 온통 쑥대밭이 되어버렸다'라고 말한다.

방송·신문미디어의 기자들은 홍수가 휩쓸고 지나간 산촌지역 마을의 처참한 피해 모습을 으레 '폭탄을 맞아 부서진 듯하다'고 보도한다. 둘 다 은유적 묘사다.

땅거미가 질 무렵에야 비로소 철학이론의 날개를 펴기 시작하는 '미네르바의 부엉이'를 발견한 헤겔, '대낮에 등불'을 들고 시장거리를 누비며 '신이 어디 있느냐'고 외친 니체의 광인(狂人), 자본주의 시장경제체제에서 돈의 위력을 '아무 손님이나 가리지 않고 상대하는 창기(娼妓)'에 비유한 마르크스, 근대적 합리성이 근대인을 비합리적인 '철우리(鐵檻철함)' 속에 가둬버렸다고 탄식한 베버 등. 저명 학자나 사상가일수록 비유는 앎의 진실―진리―을 전달하는 효과적인 방편으로 구사되었다.

만일 은유가 없었다면 그들의 까다롭고 난해한 이론과 사상은 아마도 이해하기 어려웠으리라. 위대한 문장가일수록 그들은 은유를 사랑한 은유의 대가였다. 니체의 말처럼 은유는 이리저리 이동하며 진실을 드러내는 기동군(a mobile army of metaphors)이다.

인간사회에서의 은유의 중요성은 구조주의인류학의 창시자인 클로드 레비-스트로스(Claude Lévy-Strauss, 1908~1991)에 의해 새롭게 발견되어 현대인의 브리콜라즈*(bricolage)를 설명하는 수단으로 활용되었다. 그리하여 은유는 인터텍스추얼리티의 지원을 얻어 그 활동 범위를 대폭 넓혀 현대 대중문화를 창조하며 사실상 지배하는 주역이 되

---

*브리콜라즈란 다른 텍스트의 일부 또는 단편들을 그러모아 즉흥적으로 재결합하여 재활용함으로써 문화적 의미의 광장에서 재순환하도록 하는 문화생산 행위를 가리킨다. 이 경우의 텍스트는 반드시 문자텍스트만을 의미하지 않는다. 동영상, 사진, 의복(유니폼 따위), 장식품(휘장, 엠블럼, 로고 따위) 등도 포함된다.

었다. 루소의 영향을 받은 레비-스트로스는 사회집단을 이뤄 사는 사람들이 언어 사용에 있어서 일상적으로 무엇과 대조(contrast)하고 대비(comparison)해보는 모습을 발견하고는 그것을 주목했다. 무엇인가를 가지고 남과 나, 남의 사회와 나의 사회를 서로 비교하여 구별짓는 언행, 거기에 은유의 정체는 둥지를 튼다.

이 발견은 인간이 은유적 의미의 생산자임을 새롭게 알아낸 문화인류학적 공적이다. 높은 것이 낮은 것과의 차이에 의해 그 의미를 가지듯이 신대륙 인디언 부족들은 타 부족과 차별되는 자기네만의 독특한 상징들을 가지고 자기네를 남과 대비하여 구별하는 관행의 의미를 레비-스트로스는 찾아낸 것이다.

어떤 부족은 조류의 왕이라는 독수리의 이미지를 그리고 다른 부족은 힘센 곰의 이미지를 차용하여 그것을 각기 자기네 부족의 아이덴티티를 확인하는 은유법으로서 사용했다. 즉 독수리와 곰이 지닌 특징적 이미지를 자기네 부족에게 투사하여 독수리 또는 곰과 자기네 부족을 동일시하게 한 것이다. 레비-스트로스가 관찰한 인디언 부족들은 특정 동물과 자기네 부족 간에 이미지에 있어서의 대등성 또는 등가관계를 만드는 은유적 방법을 이용하여 부족의 상징을 남 앞에 당당히 내세웠다. 미개부족의 토템 신앙은 자연과 인간 간의 등가성에 의거한 상호감응을 일으키는 삶의 방식이다.

사람들이 남과 서로 의사소통을 하려 할 때 언어가 필요하다는 것은 누구나 아는 사실이다. 은유도 그러하다. 은유는 효과적인 의사소통을 하기 위해 의미를 더욱 풍부하게 만들어내는 인간의 뛰어난 수사학적 발명품이다. 단어 자체가 혼자서는 효과적으로 의미를 생산하지 못한다는 결함을 지녔으므로 은유의 기호들은 이를 멋지게 보완·보충함으로써 단어들을 적극 지원한다. 그렇게 함으로써 은유의 기호들은 단어를 돕는 지원자인 동시에 의미의 풍성한 생성장(生成藏)이 된다.

# 유사성과 등가성의 은밀한 속삭임

## 황금 들녘에서 띄운 가을 편지

시인 정일근이 그가 사는 시골 은현리에서 도시 사람들에게 띄운 한 통의 아름다운 가을 편지. 시인의 편지는 금과 노란색의 유사성을 가지고 은유를 아주 알기 쉽게 풀이해 준다.

벼가 다 익어 가을걷이를 준비하는 지금, 은현리 들판도 황금 들판입니다. 황금 들판이란 은유가 낡은 것이라는 걸 저도 잘 알고 있습니다. 그러나 저 농사의 처음부터 끝까지를 지켜보았다면 낡은 것일지라도 제 은유에 동감하실 것입니다. 가을 들판의 황금색은 은현리 농부가 땀으로 빚어낸 또 다른 예술 작품입니다. 그건 땅 속에 묻힌 황금을 캐는 횡재가 아니라 모심기를 시작으로 쉴 틈 없이 농사일과 싸우며, 유난히 무더웠던 지난여름과 결실을 앞두고 찾아왔던 태풍 '산산'을 견디며 은현리 농부가 완성한 색깔입니다. 저는 저 황금 빛깔이 진실로 '농부의 황금'이 되길 바랍니다만 마음 한쪽은 무겁습니다.

— 조선일보 2006. 9. 30 〈문화비전〉 칼럼에서

시인이 사는 시골 농촌은 울산광역시 울주군 웅촌면 은현리(銀峴里). 도시에서 농촌으로 돌아간 지 다섯 해만에 그는 이 공개편지를 신문지상에 띄웠다. '황금 들판'이라는 은유가 이미 낡은 것이 되어 버린 사실을 잘 알고 있으면서도 시인은 어쩔 수 없이 그 은유를 사용했다고 실토한다. '황금'의 은유가 땅에서 캐내는 '농부의 횡재'가 아니라 그들 스스로의 노력과 땀으로 거둔 농사의 결실임을 일러줄 뿐만 아니라 또 다른 측면에서 '예술 작품'을 의미하기 때문이라고 했다. 그러므로 '황금 들판'이란 은유는 씌어진 지 아주 오래된 진부한 비유임에도 불

구하고 전혀 낡아 보이지 않는다. 아니, '낡아 보이지 않는다'가 아니라 이미 낡아버린 '황금 들판'은 그것의 숨겨진 진가를 찾아낸 시인의 발굴에 힘입어 새로운 활력을 얻어 거듭 태어난 것이라고 해야 옳다. 이처럼 은유가 진부하냐 아니냐는 생긴 지 오랜 것과 새 것의 시간적 차이가 아니다. 그것은 은유와 마주하는 다른 언어와 언어를 구사하는 사람의 마음에 달려 있다.

누렇게 잘 익은 벼들이 물결치는 들판을 아름답다고 보는 시인의 안목을 만나자 벼 들판은 아름다운 황금 바다가 되었다. 벼농사의 결실이 '황금'이 되길 바라는 시인의 마음이 전혀 탐욕스럽지 않고 아주 자연스런 귀결로 보이는 것은 은유의 멋을 제대로 부릴 줄 아는 시인의 마음 덕택이 아니겠는가. 그래서 미학의 재주를 뽐내는 시인일수록 은유 기법을 제대로 구사할 줄 아는 말의 연금술사라는 찬사를 받는다.

> 인간에겐 항구란 없고 시간엔 머무를 하안(河岸)이 없는 법,
> 시간은 흘러가고 우리는 지나가 버리나니.
> — Alphonse de Lamartine의 〈Le Lac, 호수〉에서

분명히 인간은 배가 아니다. 인간은 배처럼 항행하지도 않는다. 시간도 흐르는 강물이 아니다. 그럼에도 시인은 시간을 강물의 흐름이라고 간주했고 인간은 강(바다)을 따라 항행하는 존재라고 생각했다. 은유는 여기서 기지개를 켜고 일어나 일을 시작한다. 그래서 인간이 배가 되고, 시간이 강물의 흐름이 되는 순간 비유는 생명의 숨을 호흡한다. 위에 인용된 시에 비하면 '여자는 항구, 남자는 배'라는 트로트 가수 심수봉의 노랫말은 좀 통속적일지도 모르겠다. 하지만 통속이라 해서 멋진 비유가 되지 말라는 법은 어디에도 없다. 인간은 비유의 배를 타고 삶의 항행을 강물의 흐름처럼 계속한다. 거기서 시간은 흐른다.

그런데 그 긴 항행에는 자기의 의지로 잠시 쉬어갈 만한 항구라는 쉼터가 있을까. 없다. 고속도로 휴게소처럼 필요할 때 언제든지 쉬어갈 만한 그런 쉼터가 삶의 여로에는 전혀 없다. 끊임없이 흐르고 또 계속해서 흐르는 시간의 끝없는 강물에는 인간의 배가 잠시 들를 기항지(寄港地)도 없고 뱃전을 들이댈 만한 하안도 없다. 인생은 그렇게 쉬지 않고 계속 앞으로 흘러 흘러서 가야 하도록 운명지어 진 존재. 그 운명적인 흐름의 연속에서 흘러나오는 의미를 은유는 붙잡고 더욱 풍성한 의미의 생성을 노래한다.

은유(隱喩, metaphor)는 비유 중 하나이다. 비유의 다른 하나는 환유(換喩, metonymy)다. 환유에 대해서는 은유의 예들을 좀 더 살핀 다음에 자세히 언급할 것이다.

### '막대기에 걸린 헐떨어진 옷' 과 '옷걸이에서 떨어지는 옷'

은유의 예들은 참으로 많다. 어떤 것을 골라야 좋을지를 고민하던 끝에 정일근의 칼럼 한 대목과 테렌스 호크스(Terrence Hawkes)가 영국 맨체스터대학 문학비평 총서를 위해 집필한 『은유』(Metaphor, 심명호 역 서울대 출판부 1978)에 소개된 라마르틴의 시 한 구절을 예로 뽑아 보았다. 호크스는 라마르틴의 시 구절 외에도 예이츠의 다음 시를 인용하여 우리에게 소개했다.

> 늙은이는 다만 하나의 보잘 것 없는 물건,
> 막대기에 걸린 헐떨어진 옷……
> ― W. B Yeats, 〈Sailing to Byzantium〉

'막대기에 걸린 헐떨어진 옷'으로 비유된 늙은이의 가련한 처지, '보잘 것 없는 물건'의 그 신세가 황지우 시집의 유명한 타이틀 시 〈어느 날 나는 흐린 주점에 앉아 있을 거다〉의 한 대목과 어쩌면 그렇게도 닮았는지. 나는 둘 사이의 유사성에 은근히 놀라면서 황지우의 시를 읽는다.

옷걸이에서 떨어지는 옷처럼
그 자리에서 그만 허물어져버리고 싶은 생:
뚱뚱한 가죽부대에 담긴 내가,
어색해서 견딜 수 없다.
— 황지우 〈어느 날 나는 흐린 酒店에 앉아 있을 거다〉

예이츠와 황지우의 은유적 발상은 서로 비슷하다. 예이츠의 '막대기에 걸린 헐떨어진 옷'과 황지우의 '옷걸이에서 떨어지는 옷'이 풍기는 이미지가 비슷하다는 뜻이다. 하지만 그것이 비슷하다고 해서 나는 황지우가 예이츠를 모방했다고 말하고 싶은 생각은 추호도 없다. 우연히 일치하는 유사성은 얼마든지 있을 수 있다. 황지우는 예이츠를 읽지 않고도 '뚱뚱한 가죽부대에 담긴 내가' '옷걸이에서 떨어지는 옷' 같은 신세처럼 맥없이 '그만 허물어져버리고 싶은 생'을 경험할 수 있으니까. 시상(詩想)이 비슷하면서도 두 시의 차이는 생의 단계의 다름에 있다. 앞의 시는 다 늙어 '보잘 것 없는' 노인을 묘사한 데 비해 뒤의 시는 '어느 날 흐린 주점에 앉아' '가죽부대'라는 '나'의 겉모양(외면)과 그 부대 속에 들어 있는 '나'의 내면과의 어색한 불일치, 부조화를 못 견디어 하는 젊은 '나'의 처지를 읊은 것이다.

# 은유, 유사성을 옮기는 수사법

## 비유언어의 표준의미 일탈

위에 열거한 예들에서 이미 짐작하겠지만 은유에는 비유언어(figurative language)가 등장한다. 비유언어는 묘사하고자 하는 대상—비유대상—의 의미를 만들기 위해 작자(writer)가 동원하는 또는 차용하는 언어기호를 가리킨다. 처음의 시에서는 항구가 비유언어이다. 나중의 시에서는 '막대기에서 걸린 헐떨어진 옷'과 '옷걸이에서 떨어지는 옷'이 비유언어이다. 비유언어는 표준적 의미(이를 명시적 외연적 의미 denotation이라고도 함)를 지니지만 그 표준의미는 은유의 대상으로 옮겨지는 과정에서 탈락하고 만다. 그래서 배가 기항(정박)하는 '항구'가 인생이 기항하는 '항구'로 바뀌며 그렇게 바뀌는 순간 '항구'는 배의 기항(정박)지라는 표준의미를 벗어버리고 새로운 의미 또는 이미지를 거기에 들어앉힌다. 이러한 새로운 의미를 함축적 내포적 의미 (connotation)라고 하는 데 이에 대해서는 외연적 의미의 풀이와 함께 나중에 곧 자세한 설명이 뒤따를 것이다.

'막대기에 걸린 헐떨어진 옷' '옷걸이에서 떨어지는 옷' 그 자체는 우리의 일상생활에서는 그나마 재활용을 위해 벼룩시장에라도 싼 값에 내놓을 수 있는 별 볼일 없는 의복이다. 하지만, 시인의 날카로운 안목을 만나자 그것들은 구청의 재활용센터로도 보낼 수 없는 전혀 쓸모없는 한낱 버림받는 인간 신세가 되고 만다. 시인의 눈에는 삶의 서글픔이 거기서 왈칵 솟는다. 사회적 안전망이 구축된 복지사회라면 제대로 사람답게 대접받으며 평안하게 사는 실버 인생이 될 수 있는데, 대학을 졸업한 뒤에도 꿈이 좌절되지 않고 취직 걱정을 하지 않아도 되는 보람찬 청년 인생이 될 수 있는데, 지금의 이 처참한 인생은 '비오는 날 흐린 주점'에나 앉아 담배나 연신 피워대며 술잔을 연거푸 비우는 한심한 인생이 되어버렸다. 그런 인생을 향해 와락 덤벼들고 싶은 심정을 주체할 수 없는 시인의 폐색(閉塞)된 감정이 '뚱뚱한 가죽부대에 담긴 나'의 노래로 탄생하지 않았을까.

### 유사성의 전이

추상적인 용어로 정리하자면, 은유란 비유언어와 비유대상(대상이라고 편의상 표기했을 뿐 그것 역시 언어임) 간의 유사성에 의지하여 비유대상의 의미가 유추되는 비유법을 가리킨다. 사물들 간의 유사성(similarity)에 근거하여 세계(대상)의 의미를 유추하게 하는 비유가 은유다. 은유에서는 한 사물의 속성이나 의미가 다른 사물에로 전이(轉移, transference) 한다. 이 전이과정에서 은유를 구사하는 작자 또는 화자(話者, speaker)는 대체로 낯익은 사물의 이름이나 구체적인 형상(이미지)을 낯선 사물—설명하고자 하는 대상으로서의 사물—이나 추상적 관념으로 옮겨 추상적인 관념을 대신(substitute)하여 표상한다.

'전이한다'라는 말은 은유의 영어 metaphor와 밀접한 연관을 갖고 있음을 주목하기 바란다. metaphor는 원래 '넘어로'라는 뜻을 지닌 meta와 '가져가다'라는 뜻의 pherein이 합성된 말이다. 그러므로 그것은 그 말 자체 안에 '전이하다'의 뜻을 이미 내장하고 있는 셈이다.

'소 잃고 외양간 고친다'는 별도의 긴 설명이 필요 없을 정도로 우리에게 친숙한 속담이다. 이 속담이 은유적 서술에서 비유언어(문장)로 동원되면, 어떤 일을 다 그르치고 난 다음 다시는 그런 일이 되풀이되지 않도록 대비하는 행위를 지시하게 된다. 전통적인 농업사회에서 도시화한 산업사회로 이미 이행한 지금의 우리나라에서 '소—외양간'의 농경적 의미와 이미지는 이제 일부 농가에서나 겨우 명맥을 유지할 뿐 대부분의 한국인의 일상용 단어집에서는 그 실효적 지위를 유지하지 못한다. 도대체 외양간의 실물을 본 도시의 젊은이들이 오늘날 얼마나 될지, 극히 의문스럽다. 농경사회와 밀착한 외양간의 실존체(entity)는 우리의 일상적 경험세계에서 사라진 지 이미 오래다. 그럼에도 외양간은 친숙한 속담—많은 사람들이 흔히 사용했기에 친숙해진 속담—에 실려 일상생활에서 끈질긴 생명을 유지하고 있음은 놀라운 일이다. 아마도 속담 '외양간'이 망가진 일을 깊이 반성하며 사후대책을 강구하는 공무원의 '어리석은 현명함'을 아주 잘 묘사해주기 때문이 아닌가 한다.

이 경우 '소—외양간' 속담은 우리에게 매우 친숙한 구체적인 농가건물의 의미를 추상적이고 관념적인 것으로 바꿈과 동시에 그것과는 다른 의미를 생산한다. 그래서 '소 잃고'는 '일을 그르치고'를 대신하며 '외양간을 고친다'는 '다시는 일을 그르치지 않도록 철저히 대비하다'를 대신하는 비유언어의 역할을 수행하는 것이다.

'우물가에 가서 숭늉 달란다' '사돈 남 말 하네'의 속담들도 '우물가' '숭늉' '사돈'처럼 우리에게 매우 익숙한 구체적 형상을 제시하는 단어들의 의미나 이미지를 가지고, 적절치 못한 곳에서 저지르는 적절치 못한 짓을 빗대어 말하거나(우물가—숭늉) 서로 같은 처지에 있음에도 제 일은 젖혀 놓고 남의 일에 괜히 참견하는 경우(사돈—남 말)를 비판하는 것으로 즐겨 사용되고 있다.

소쉬르 언어학을 계승하여 구조주의를 창립한 로만 야콥슨(Roman Jakobson, 1896~1982)은 서로 비슷하다는 이유 때문에 한 단어(기호)가 다른 단어를 대신(代身, substitute)하는 은유의 특성에 특히 주목했다. 유사한 의미를 대신하거나 또는 대치(代置)하는 성질 때문에 은유기법에서는 흔히 열정(passion)의 불꽃이 튀고, 절망과 좌절의 암흑이 짙게 드리우는 시간이 지나 희망의 봄이 움트기도 한다. 그 결과 열정의 불꽃을 억제하지 못한 청춘은 그 힘을 한껏 폭발시키게 되며, 긴 암흑의 시간을 견디어낸 불우했던 50대 장년은 새로운 기대와 각오로써 삶의 봄을 맞이하는 것이다. 두 단어들이 의미를 서로 소통시키면서 이쪽에서 저쪽으로 의미를 옮겨 가는 수사기법이 다름 아닌 은유의 특성이다. 은유의 그러한 의미 옮기기와 다른 단어 대신하기 과정에서 우리는 글의 미학적 아름다움과 음운적 리듬의 즐거움을 향유하면서 색다른 언어 효과를 얻는다. 그래서 은유는 아름답고 즐거운 언어놀이가 된다.

야콥슨은 은유적 의미의 자리바꾸기를 단어와 단어 간의 등가관계 또는 등가성(equivalence)이란 용어를 가지고 설명했다. 우리는 단어들을 선택하고 선택된 단어들을 결합하는 과정에서 단어와 단어 사이에 등가관계가 성립하는 것을 목격한다. 등가관계는 비단 의미론적 차원에서 뿐 아니라 리듬의 차원과 음성(소리)의 차원에서도 성립된다. 이러한 등가관계의 성립 원리를 〈야콥슨의 공리〉라고 부른다.

여기서 말하는 사물들 간의 등가관계란 1달러 대 930원의 환율과 같은 수학적 동일성의 관계, 기하학에서 60도의 두 각이 완전 합치하는 식의 합성 관계라기보다는 의미나 이미지에 있어서의 대등성 또는 동일성의 관계로 이해하는 것이 좋을 것이다. 다시 말해서 의미의 등가성, 리듬의 등가성, 소리의 등가성은 쌀 10kg의 가격이 쇠고기 300g의 가격과 같다는 수치상의 엄격한 등가성이 아니다. 그 여인의 '꾀꼬리 같은 목소리'는 화창한 봄날 숲에서 우짖는 꾀꼬리의 노래와 엇비슷하게 견줄만하다는 의미에서 우리는 여인과 꾀꼬리의 등가성을 언급한다. 야콥슨의 공리를 적용하면 '여기 多 있다' '개그夜'의 예에서처럼 단어끼리의 비슷한 발음에 의거하여 광고카피를 만드는 동일화(identification)의 기법을 이해할 수 있다.

지금까지 살펴왔듯이 은유는 비단 언어적 비교의 차원에서뿐만 아니라 비(非)언어적(non-verbal) 비교의 차원에서도 행해진다. 비언어적 은유에 대해서는 나중에 광고 등의 구체적인 예를 들어 자세히 설명하기로 하고 여기서는 언어에 한정해서 설명을 끝내기로 하겠다.

# 환유, 부분이 전체를 대신하는 위력

## '빨간 장미 그 놈'을 만나러 가니?

일상 대화에 있어서 우리는 언급되는 인물(대상)의 실명보다는 별명이나 코믹한 특징을 한 마디로 꼬집어내 그 사람을 묘사하는 경우를 종종 본다. '핫바지' '덜렁이' '시골 샌님' '돼지 코' '두꺼비눈'처럼 말이다.

'너 오늘도 그 빨간 장민가 뭔가 하는 놈 만나러 가니? 겉만 보지 말고 실속을 봐, 실속을! 빨간 장미만 선물할 줄 알면 그게 다 사랑의 전부가 아니야. 널 꼬시는 술수란 걸 알아야 해! 이 바보야. 장미의 달콤한 맛에 취했다간 좋은 팔자 다 망친다, 망쳐. 그 걸 똑똑히 알아야 해. 이 멍청아.'

외출하는 동생을 보고 나무라는 큰 언니의 일장 훈시에 동생은 무언으로 반응을 보낸다.

위 예문에서 '빨간 장미'는 이중의미로 사용되었음을 금방 알아차릴 수 있다. 뒤의 것은 동생에게 어느 사내가 선물한 '빨간 장미꽃 다발'을 가리키며, 앞의 것은 장미꽃 한 송이를 선물하며 사랑을 고백한 '빨간 장미의 사내'를 지시한다. '빨간 장미'와 '사내'와의 사이에는 아무런 필연적 관계가 없다. 그러나 동생이 밖에서 갖고 온 빨간 장미 한 송이의 내력이 언니에게 알려짐으로써 비로소 빨간 장미와 그 사내와의 사이에는 서로 연상(연관)되는 인접관계가 성립된다. 이렇게 인접관계가 성립됨으로써 그 뒤부터 '빨간 장미'는 사내를 치환(置換, displacement)하는 기능을 수행하게 된 것이다. '빨간 장미'는 사내의 필수불가결한 내재적 속성이 아니다. 그것은 사내의 행위를 부분적으로 밖에 묘사하지 않는 비유적 두 단어에 불과하다. 그럼에도 '빨간 장미'는 동생이 만나려는 그 사내를 언니에 의해 훌륭히 대행하며 우리도 그 사실을 잘 알고 있다. 이때 '빨간 장미'는 사내를 지칭하는 별명이 됨과 동시에 사내와의 사이에서는 서로 교환될 수 있는 등가관계가 성립하는 것이다. 이 등가관계로 말미암아 '빨간 장미'는 동생의 사내가 되고 사내는 또한 '빨간 장미'가 된다. 이로써 둘 사이에는 명칭의 상호교환이 이뤄진 셈이다. '빨간 장미'가 동생의 사내를 대신하는 비유가 바로 환유이다.

## 인접성을 통한 의미생성

은유가 두 사물 간의 유사성을 토대로 의미를 전이하는 하나의 수사기법이라면 환유(換喩, metonymy)는 한 단어의 의미가 다른 단어와 연관된(associated) 인접성(隣接性, contiguity)에 의지하며 의미를 생성하는 또 다른 수사기법이다.

환유라 불리는 비유법은 위에 열거한 예들에서처럼 실제로 우리가 빈번히 늘 사용하고 있음에도 좀 낯설어 보인다. 은유와 달리 용어 자체가 흔히 들어본 적이 없는 명칭(term)이어서 언어학이나 글짓기 교실에서 비유법을 공부하지 않은 사람에게는 그 이름 자체가 우선 생소하여 무엇을 지시하는지 알듯 말듯하다. 먼저 용어의 뜻부터 풀어 보자.

은유는 확연히 드러나지 않는 의미를 은근히(隱, 감춰질 은) 옮기는 비유(喩, 비유할 유)임에 비해 환유는 의미를 서로 맞바꾸는(換, 바꿀 환, 주고받을 환) 비유를 말한다.

환유를 가리키는 영어 metonymy는 원래 라틴어 meta(change)와 onomia(name)에서 유래한다. 이를 보면 우리의 번역어 환유는 change of name 즉 이름 바꾸기를 뜻하는 라틴어의 의미를 거의 그대로 살린 조어임을 알 수 있다. 환유는 사물의 의미를 이름을 바꿔 표현하는 수사기법이다. 이쪽 사물(대상)의 이름(단어)을 저쪽 사물로 옮겨 저쪽

것의 의미를 유추하게 하는 비유를 말한다. 다시 구체적인 예를 들어 그 뜻을 음미해 보자.

나의 남자 친구는 빨간 마후라다.

이 문장에서 빨간 마후라는 공군사관학교를 졸업한 제트기 조종사를 가리킨다. 공군제트기 조종사를 지시하는 특성들로는 가슴에 단 날개마크, 하늘 색 공군 제복, 빨간 마후라 등 여러 가지가 있지만 여기서는 그중 하나인 빨간 마후라가 선택되어 공군 제트기 조종사 전체를 대표(표상, represent)한다. 그렇게 해서 남자 친구와 빨간 마후라 사이에는 인접관계가 성립하며 남자 친구는 빨간 마후라로서 대신(대표)되는 것이다. 그런 식으로 대표되므로 '너, 그 빨간 마후라 만났니?' 하고 여자 친구가 물었을 때 그 빨간 마후라가 무엇을 지시하는지를 질문 받은 사람(여)은 금방 알아차릴 수 있게 된다.

청와대는 오늘 부동산 투기에 대해서는 단호한 규제조치를 취해 아파트 값의 상승을 기어코 막고야 말겠다는 굳은 결의를 보였습니다.

라는 뉴스가 어느 방송에서 보도되었다고 하자. 이 경우 청와대는 무엇을 표상하는가? 즉 청와대는 무엇을 대표 또는 대신하는가? 청와대는 대한민국의 국가원수=대통령을 대신하는 언어기호다. 좀 더 정확하게 말해서, 청와대란 몇백 명에 달하는 보좌진과 비서진(비서실)을 거느린 한국 대통령이 거주하면서 국정을 집무하는 경복궁 뒤쪽 삼각산 밑의 일정 구역 안에 세워진 일련의 건물들을 총체적으로 지칭하는 이름(단어)이다. 그래서 청와대는 글자의 뜻에서 보면 통상적으로는 대통령의 거주지 · 집무실을 가리키지만 위 인용문에서는 으레 대통령직과 대통령의 권력 자체를 지칭하는 의미로서 사용되며 또한 한국 대통령 자체를 대신하여 표상한다. 이와 마찬가지로 왕관은 임금을, 태극기와 애국가는 대한민국을 대표하며, 아스팔트는 고속(포장)도로를, 날개 마크는 항공기 또는 새를 표상한다. 또한 휠체어 마크는 장애인 전용 주차장소를 가리킨다.

환유란 이처럼 두 사물 간의 인접성(contiguity)과 상호연관(association)을 근거로 한 쪽의 부분이 다른 쪽의 전체를 대신(대표)하여 의미를 나타내며 그 둘을 서로 연관짓게 하는 수사기법을 말한다. 환유에서는 〈아스팔트―고속도로〉〈빵―양식〉〈왕관―임금〉〈청와대―한국 대통령〉이란 연관관계의 성립에서 알 수 있듯이 한 쪽의 기능이나 속성의 일부 또는 부분적인 이미지가 다른 쪽과 인접관계에 있으므로 쉽게 다른 쪽 사물의 전체 이미지로 치환되어 사물 전체의 의미를 드러내게 하는 위력이 작용한다. 요컨대 환유는 부분의 의미 또는 이미지가 전체로 옮겨져서 전체를 대표한다. 부분의 의미가 전체로 치환되는 과정에서 의미는 연상작용 또는 연관관계의 연쇄망을 거치게 되며 거기서 의미작용의 이음고리 즉 의미생성의 이음고리(the signifying chain)가 작동한다. 아스팔트가 포장도로=고속도로로 연결되기 위해 양자가 서로 인접해 있어 이웃관계라는 연상이 작용하는 것과 같다. 이러한 연상작용이 없으면 둘 사이의 등가성과 상호교환성은 성립되지 않는다. 얼른 이해하기 어려운 사항―전체의 양상―을 알아듣기 쉽게 설명하기 위해 제시되는 한 가지의 예 즉 부분의 모습이 이 경우에 해당한다. 추상적이거나 관념적인 사항을 설명하기 위해 구체적인 사례(事例)를 드는 경우가 바로 환유다.

### '한국이 이겼습니다'의 축구팀

독자의 이해를 돕기 위해 구체적인 환유의 예를 하나 더 들어보자.

2006년 6월 독일 월드컵 축구대회 예선에서 한국 대표팀이 토고팀을 이기자 아나운서와 그 옆의 TV 방송 해설가는 '한국이 이겼습니다. 한국이 드디어 월드컵 원정경기에서 금쪽같은 첫 승을 거뒀습니다'라고 격앙된 목소리로 말했다. 2002년 한일월드컵의 홈그라운드에서 첫 예선 승리를 거둔 이후 월드컵 본선 경기에서 거둔 최초의 승리이므로 '월드컵 원정경기에서 금쪽같은 첫 승'은 옳은 말이다. 그런데 우리의 관심 대상은 거기에 있지 않고 '한국이 이겼다'에 있다. 이런 표현이 나온 배경에는 한국 대표팀이라는 한국의 한 부분이 한국의 전체를 대신하는 환유기법이 작용하고 있다. 하계올림픽 경기에서 획득한 금메달은 출전 선수 개인이나 단체팀의 것임에도 불구하고 언론보도는 으레 한국이 금메달을 '또다시 추가'했다는 말을 서슴지 않는 것을 우리는 아무런 이상함도 느끼지 않고 듣는다. 그리고 우리는 '한국이 금메달을 추가했다'는 소식을 친구들에게 전하면서 기뻐한다.

월드컵 축구와 올림픽 경기는 국가대표팀들이 출전하여 벌이는 대회이므로 각개의 팀과 국가와의 동일성에는 아무런 이상함도 느낄 수 없다. 대표팀이 이긴 것을 국가가 이긴 것으로 말하더라도 그것은 지극히 당연하고 자연스럽다. 말하자면 거기서 환유의 수사기법이 작용하는 것을 우리가 얼른 의식하기는 어렵다는 뜻이다. 그러나 2006년 12월 만16세의 김연아 선수가 세계 시니어 피겨 스케이팅 대회에서 역전우승한 것을 한국이 우승했다고 말하면 그것은 의심할 나위 없는 환유적 묘사가 된다. 피겨 스케이팅 대회에서 우승한 것은 한국인 중한 사람인 김연아 개인이지 한국이 아니기 때문이다. 그렇지만 아무렇지도 않게 여기서 김연아는 한국을 대신하고 있다.

지금까지의 환유 설명은 부분이 전체로 치환되는 예만을 언급했지만 환유에서는 전체의 위치가 부분의 것으로 치환되기도 한다. Korea는 대한민국 정부를 가리킬 수 있지만 스포츠 경기에서 '한국이 남자 배드민턴 단식에서 금메달을 획득했다'라는 표현을 사용하게 되면, 한국이라는 전체가 한국 남자 배드민턴팀의 한 선수(부분)를 대신 지칭하게 된다.

기호론적 용어를 빌리면 환유란 하나의 기호가 그것이 속해 있는 syntagm(連辭體 또는 結合體) 전체를 환기시키는 것을 가리키는 비유법이다(syntagm에 대해서는 앞으로 자세한 설명을 하겠다). 환유기법에서는 사물의 이름과 그 일부 속성(시니피앙과 시니피에)이 그 사물과 관련된 다른 어떤 것을 대신하기 위해 치환된다.


## 직유와 제유


은유는 글자 그대로의 뜻처럼 은근하게 의미를 빗대어 옮기는 비유법인 데 반해 직유(直喩, simile)는 사물들 간의 의미를 노골적이고도 직접적으로 서로 연결하는 비유를 말한다. '마치……와 같은,' '……인 듯한'(like……, as if……, as……as~)을 사용하는 문장에서의 상호 비교가 직유에 해당한다. 좀 진부한 말이긴 하지만, '백옥같이 하얀 살결' '은쟁반에 옥 굴리는 듯한 목소리' '천사처럼 착한 마음씨' '돼지 같은 놈' 등이 직유에 속한다. 직유는 직접적인 비유란 점에서 은유와 일단 구별되기는 하지만 요즘의 문화연구와 문화비평에서는 은유에 포함되어 취급되는 경우가 보통이다. 비유언어와 비유대상 간에 유사성이 전이한다는 점에서 둘은 같기 때문이다.

환유에도 이와 비슷한 비유기법이 따로 하나 더 있는데 그것은 제유(提喩, synechdoche)이다. 제유는 '함께 받아들인다'라는 시넥도키의 번역어. 그리스어에서 온 시넥도키는 전체를 대신 표상하기 위해 일부분을 드러내거나 또는 일부를 대신하기 위해 전체를 내보인다는 뜻을 갖는다. 대한민국의 축구 국가대표팀임을 표시하기 위해 유니폼의 가슴이나 어깨에 붙인 태극 마크는 제유에 속한다. 태극 마크는 대한민국을 대신하는 여러 개의 속성들 가운데 하나이므로 태극 마크라는 부분이 전체를 대신하는 것이다. 이러한 설명을 듣고 보면, 제유가 환유에 포함되는 까닭을 알게 될 것이다. 사실상 둘은 형제관계에 있는 용어들이다.

　이상의 설명에서 우리는 네 가지 종류의 비유법을 둘로 요약, 정리할 수 있음을 보았다. 둘은 은유와 환유다. 앞으로 우리는 은유와 환유라는 두 가지 전문술어만을 사용하여, 이들 두 가지 비유의 창을 통해 우리 사회에서의 일상적 언설, 미디어 담론, 문화적 실천행위, 정치적 담론, 시적 언어의 노래 그리고 주역과 불경이 품고 있는 진리의 말씀들을 조견(照見)하려고 한다. 은유와 환유를 통한 조망 과정에서 나는 필요하다면 기호론적·정신분석적 전문술어들을 아주 제한된 범위 안에서 사용할 것이며 그 술어들을 도구로 삼아 포스트모던한 문화현상의 일부를 분석함으로써—예컨대 욕망의 분석—독자들의 이해와 분석적 고찰을 위한 지식의 축적 및 안목키우기를 돕고자 한다.

# 제2장
# 기호의 의미 만들기

## 외연적 의미와 내포적 의미

소리에 놀라지 않는 사자와 같이
그물에 걸리지 않는 바람과 같이
흙탕물에 더럽히지 않는 연꽃과 같이
코뿔소의 외뿔처럼 혼자서 가라.
― 숫타니파타

원시불교의 경전들 중에서도 가장 오랜 층에 속하는 숫타니파타 게
송을 읽다보면 같은 말(단어)의 의미가 상황과 문맥에 따라 아주 다르

게 작용하는 것을 알 수 있다. 처변불경(處變不驚), 주위의 어떠한 상황 변화에도 놀라지 않고 흔들림 없이 의연한 자세로 여일(如一)하게 처신하는 모습이 '소리에 놀라지 않는 사자' '그물에 걸리지 않는 바람' '흙탕물에 더럽히지 않는 연꽃'이라는 비유언어로 잘 그려져 있다. 야생의 포식자인 사자, 시도 때도 없이 불어 닥쳤다가는 이내 사라지는 바람 그리고 흙탕물 속에서 피어난 연꽃의 어디에 처변불경의 속성 또는 의미가 깃들어 있는가? 없다. 사자와 바람과 연꽃은 각기 그것들을 수식하는 다른 구절들과 결합됨으로써 비로소 새로운 의미를 얻는다. 그래서 '소리에 놀라지 않는 사자'는 누가 뭐라고 소리쳐도 흔들리지 않는 의연함을, '그물에 걸리지 않는 바람'은 있는 듯 없는 듯이 아무런 장애에도 걸리지 않고 자유롭게 소리 없이 홀로 감을, '흙탕물에 더럽히지 않는 연꽃'은 아무리 오염된 세속이라 할지라도 그 속에서 꿋꿋하게 청정한 수행생활을 지속하는 운수납자의 자세를 은유하는 관용구로서 발전해 왔다.

숫타니파타에서 따온 위 게송을 염두에 둔 채 말의 의미에 대해 다시 한 번 생각해보기로 하자. 말은 외연적 의미(denotation)와 내포적 의미(connotation)를 갖는다. 이들 두 종류의 의미는 이미 잠간 언급한 바 있지만 이제 본격적으로 자세히 설명해야 하겠다. 왜냐 하면 그것들은 앞에서 설명한 은유와 환유, 다음 절(節)에서 설명하려는 패러다임(paradigm) 및 신탬(syntagm)*과 밀접한 연관관계를 갖기 때문이다. 그러므로 이들 두 종류의 의미를 알고 있으면 말들이 어떻게 결합되고 작동하면서 의미를 생성하는지, 그 원리를 쉽게 이해할 수 있을 것이다.

외연적 의미와 내포적 의미를 소개하기 위해 국립국어연구원이 편찬한 두산동아의 『표준국어대사전』에서 사자, 바람, 연꽃의 의미를 찾아보았다.

사자 고양잇과의 포유동물. 몸의 길이는 2m, 꼬리는 90cm, 어깨의 높이

는 1m 정도이며 보통 엷은 갈색이고 새끼는 어두운 갈색의 반점이
있다. 머리는 크고 몸통은 작은데 수컷은 뒷머리와 앞가슴에 긴 갈
기가 있다. 밤에 활동하며 사냥은 주로 암컷이 한다. 나무가 없는 초
원에서 무리지어 사는데 아프리카의 초원 지대, 인도, 이란 등지에
분포한다.

바람 ①기압의 변화 또는 사람이나 기계에 의하여 일어나는 공기의 움직임

②공이나 튜브 따위와 같이 속이 빈 곳에 넣는 공기

③남녀 관계로 생기는 들뜬 마음이나 행동

④사회적으로 일어나는 일시적인 유행이나 분위기 또는 사상적인
경향

⑤ '풍병'(風病)을 속되게 이르는 말(이하의 의미는 생략함).

연꽃 수련과의 여러 해 살이 수초. 연못에서 자라거나 논밭에서 재배하며
뿌리줄기가 굵고 옆으로 뻗어간다(이하 생략).


　　외연적 의미란 사전에 적혀 있는 바와 같이 사자, 바람, 연꽃의 의미
가 안정되어 있어서 그 말을 사용하는 사회에서 관행적 명시적으로 누
구에게나 인정받는 의미를 가리킨다. 간단히 말하면, 사전에 실린 대
로의 '객관적' 표준적 의미, 누구나 이의 없이 동의하고 합의하는 의
미라 할 수 있다. 그래서 외연적 의미는 사회적, 문화적으로 안정된 정

---

*paradigm과 syntagm에 대해서는 잠정적으로 계열체(系列體 또는 範列體)와 연사체(連辭
體)·결합체(結合體)라는 번역어를 사용하겠지만 paradigmatically와 syntagmatically의
경우처럼 부사로 사용될 때에는 '부류(部類)적으로'와 '연사적으로' '결합적으로' 등 그때
그때의 문맥에 따라 신축성 있게 사용할 것임을 미리 밝혀두고자 한다. 번역어는 아무리
원어에 가깝게 골랐다고 하더라도 어디까지나 근사치에 불과하다. 그 점에서 번역어는 원
어의 은유 또는 환유에 지나지 않는다. 근사치는 원어의 의미에서 모자란 부분이 남겨짐
을 가리키므로 본래부터 원어의 부족분을 지닌 채 우리 앞에 제시된다. 때문에 될 수 있는
한 원어의 의미를 되살릴 수 있는 한계까지 다가가고 싶은 생각에서 나는 나중에 설명하
듯이 signifiant(signifier)과 signifié(signified)를 기호표시(記表)와 기호내용(記義)으로 표기
하는 대신 원어의 발음 그대로 시니피앙과 시니피에로 쓰기로 했다. 패러다임과 신탬에
대해서도 같은 입장을 취하고 싶다는 점을 이 자리에서 덧붙이고 싶다.

의를 갖고 있으므로 어린애는 세상에서 태어나 언어를 배우기 시작할 무렵에 맨 먼저 말(단어)의 외연적 의미부터 배우기 시작한다.

내포적 의미는 한 단어가 사전에 제시된 의미 외에 그 단어를 사용하는 사람에 의해 다른 단어들과 결합되어 어느 정도 '주관적'으로 생성되는 의미를 가리킨다. 예컨대 '배가 고프다'의 '고프다'는 누구나가 인정하는 안정된 외연적 의미를 갖고 있다. 그러나 '마음이 고프다' '사람이 고프다' 라고 말할 때의 '고프다'는 앞의 두 '고프다'와는 다른 의미를 갖는다. 그래서 '마음이 고픈' 사람에게는 마음의 양식이 되는 문화를 가져다주는 게 좋으며 '사람이 고픈' 독거노인에게는 상냥한 여성자원봉사자들이 찾아가 말동무가 되어 잠시나마 위로를 해드리는 게 자비행의 보시(布施)가 된다.

내포적 의미가 '주관적'이라는 뜻으로 앞에서 말했지만 '순전하게 주관적'이라고만 단정하기는 어렵다. 그 이유는 단어들의 새로운 결합에 의해 언어사용자가 새로운 의미를 생산한다 하더라도 그 새로 생산된 의미를 받아들이는 사람들이 덩달아 사용하고 전파한다면—내면적으로 그 의미에 동의하여 받아들인다면—내포적 의미도 역시 점차적으로 사회성원들 사이에서 안정된 의미, 정착된 의미를 갖게 된다.

'그물에 걸리지 않는 바람처럼'은 법정 스님이 원시경전인 숫타니파타 강설집의 서명으로 채택한 이래 그리고 '무소의 뿔처럼 혼자서 가라'*는 어느 소설가가 소설 제목으로 차용한 이래 우리 사회와 문화에서 비교적 안정된 의미를 확보한 셈이다. 그런 점에서 이들 두 구절은 사실상 관용구처럼 때때로 쓰인다. 이처럼 내포적 의미는 말하는 자나 쓰는 자에 의해 '주관적'으로 생산되기는 하지만 유통과정에서 어느 정도의 '객관성'의 지위를 얻어 오랫동안 유통되면 그것도 또한 새롭

---

*숫타니파타를 한글과 일어로 번역한 전재성과 나카무라 하지메(中村元)에 따르면 팔리어 원문의 뜻은 '코뿔소의 외뿔처럼 혼자서 가라'이지만 법정 스님의 번역본은 이 구절을 '무소의 뿔처럼 혼자서 가라'로 옮겼다. 법정 스님의 번역이 감칠맛이 더 나긴 하지만 원전의 의미를 살리는 뜻에서 나 역시 '코뿔소의 외뿔'을 택했다.

게 외연적 지시적 의미의 지위를 차지하게 된다. 고향이란 말이 마음의 고향, 명작의 고향으로 굳어져 사전에 소개되는 것은 명작의 고향이란 원래의 내포적 의미가 일반적으로 유통됨으로써 지시적 사전적 의미로 바뀐 예에 해당한다.

### 숫타니파타의 게송에서

'소리에 놀라지 않는 사자' ─(가)

'그물에 걸리지 않는 바람' ─(나)

'흙탕물에 더럽히지 않는 연꽃' ─(다)의 의미와 이미지는

'코뿔소의 외뿔' ─(라)과 연결되어 새로운 내포적 의미와 이미지를 창출하고 있다. 그렇게 함으로써 숫타니파타는 다르마(dharma 法, 진리)를 깨치려는 고고(孤高)한 불법수행자가 지켜야 할 수칙을 일깨위준다. 이것이 홀로 스스로 깨친 위대한 성자인 고타마 붓다의 말씀이다. 이들 은유언어들은 각기 구체적으로 무엇을 표상하고 있는가? 앞에서 잠간 언급했지만 이해를 돕기 위해 다시 한 번 더 명료하게 정리하면 다음과 같다.

(가)는 주위의 변화에 흔들리지 않는 의연함이고,

(나)는 온갖 집착에 매달리지 않는 자유로움이고,

(다)는 세속의 더러움 속에 내재하는 청정심이며, 마지막으로

(라)는 홀로 정진하는 수행자의 굳건한 수행 방향과 자세를 가리킨다.

(가) (나) (다) (라)의 의미는 불가의 수행자들이 구비해야 할 자세와 행위의 방향을 지시하는 동시에 사실상 그것들과 일치되어 있다. 즉 비유언어의 의미는 그것이 대비(對比)하려는 대상들의 그것과 사실상 동일시된다. 앞으로 제3부에서 우리가 살피게 될 고타마 붓다의 설법에서처럼 은유는 다르마 그 자체가 아니고 다르마를 가리키는 수단에

지나지 않지만, 그럼에도 불구하고 은유는 실제로 사실상 다르마와 동일시되곤 한다. 그렇게 되는 것은 다르마 즉 진리를 지시하는 은유언어의 유사성이 너무도 여실하게 느껴져 동일화=일체화의 감정을 읽는 이에게서 유발하기 때문이다. 그러므로 어설프게 끌어들인 은유는 사용자의 잘못된 의중(意中)을 은연중에 엿보이게 하는 결함을 지니지만 그에 반해 정교하게 다듬어진 은유는 '그물에 걸리지 않는 바람'처럼 아주 자유롭게 아무 걸림이 없이 진리 그 자체와 소통함으로써 진리와 동일시되곤 한다. 붓다의 말씀에는 이런 패턴의 은유들이 수없이 출현한다. 그래서 불교 경전은 문자 그대로 은유의 넓은 바다이며 은유적 의미의 풍성한 저장소이다. 은유는 단어의 외연적 의미를 벗어나 그 내포적 의미를 풍성하게 창조하는 창의적인 묘용(妙用)을 발휘한다.

그렇다면 내포적 의미는 어떻게 만들어 져서 그 적용범위를 확대해 가는가? 우리는 도시화된 비정한 도시의 거리를 걸으면서 그 의미가 어떻게 그려지고 또한 변주되는지를 살펴보기로 하자.


## 외연적 '거리'(街路)와 내포적 '거리'


프랑스의 각종 포스트모던 문화를 기호학적으로 분석하여 유명해진 롤랑 바르트(Roland Barthes, 1915~1980)는 비언어적(non-verbal) 기호인 영상과 사진(이미지)이 어떤 방식으로 내포적 의미를 발산하는가를 알기 쉽게 설명했다. 그에 따르면 외연적 의미는 카메라 렌즈에 포착된 어떤 장면이 누구나가 흔히 하는 바와 같은 방식으로 필름에 기계적으로 재생산해내는 것인 반면 내포적 의미는 이 재생산 과정에서 사람의 의도적이며 주관적인 선택이 개입된 부분을 가리킨다. 카메라 촬영자의 의도가 개성적으로 개입되었느냐 아니면 표준적으로 작용했느냐 라는 차이가 두 가지 의미를 구별하는 경계선이 된다는 말이다. 촬영자의 입장에서 보면 사진의 프레임 안에 어떤 거리에서 무엇을 담을 것인지, 초점은 어떻게 해야 할 것인지, 노출은 얼마로 할 것인지, 카메라 앵글은 어떻게 잡고 어떤 감도의 필름을 사용할 것인지 등의 선택사항들은 대체로 어느 정도 주관적인 선택과 결정에 달려 있다. 그 결과 정상적인 광량(光量) 노출로 날카로운 초점을 피사체에 맞춰 빌딩들이 즐비한 늦가을 저녁의 한적한 도심지 거리를 선명한 흑백대조로 찍어 그 도심풍경 사진을 현상 인화했다고 하자. 그 다음에 찍은 동일 거리 사진은 안개 낀 분위기를 자아내는 흐린 초점을 사용하여 노란 은행잎들이 떨어진 보도 위를 젊은 한 쌍이 걸어가는 광경을 포착했다고 하자.

이 두 사진으로 생산된 도심거리의 의미는 보는 이에게 분명히 각기 다르게 느껴질 것이다. 하나는 무엇(what)을 프레임 안에 담을 것인가에 주안점을 두고 촬영한 사진이며 다른 하나는 동일한 대상을 어떻게(how) 묘사해낼 것인가에 주안점을 두고 찍은 것이다. 앞의 것은 누구나 예상하는 도시의 차갑고 비정한 분위기가 풍기는 외연적 의미의 거리이며 뒤의 것은 다정하고 포근한 느낌을 주는 내포적 의미의 거리이다.

두 가지 방식으로 생산되는 영상의 의미를 언어에다 적용해보자. '고향'이란 단어의 외연적 의미는 이미 밝힌 바와 같이 누구에게나 명명백백하게 받아들여지는 사전적 의미를 가리킨다. 하지만 그 내포적 의미는 '가을에 황금 들판이 손짓하는 다정한 고향'일 수도 있고 '낯익은 도시에서 살다가 찾아간 낯선 고향'일 수도 있듯이 어느 정도 '주관적' 느낌이 반영된 의미라 할 수 있다. '주관적'이라 해서 다른 사람이 이해하기 불가능할 정도로 제멋대로 의미를 만듦으로써 사회에서 통용되는 문화 코드를 일탈하는 것은 결코 아니라는 점을 나는 분명히 밝혀 두고 싶다. 앞서 잠간 설명한 바 있듯이 '어느 정도 주관적 느낌이 반영된다' 라는 점에서 하나의 대상에 대한 내포적 의미는 그 기술자—또는 생산자—에 따라 여러 가지로 생산될 수 있으며 따라서 그만큼 불안정한 위치에 놓이게 된다.

내포적 의미는 불안정한 문화적 지위를 지니고는 있지만 외연적 의미의 진부함과 고루함을 깬다는 점에서는 창조적이며 개혁적이다. 그래서 내포적 의미나 이미지를 지닌 은유가 사용되면 그것이 창조하는 의미는 아주 신선한 느낌을 우리에게 준다. 언어미학을 즐기려는 시인과 소설가 또는 아름다운 영상미를 만들고자 하는 영화감독과 TV방송국 PD들이 창의적 은유에 매달리는 이유는 바로 여기에 있다. 진부한 은유, 죽은 은유가 아닌 참신한 은유, 이른 봄 언 땅을 헤집고 솟아나는 새싹의 생명력과 같은 활기 있는 생생한 은유를 어떻게 하면 창조할 수 있을까에 그들은 온 신경과 에너지를 집중한다.

내포적 의미는 비단 은유에만 나타나는 것은 아니다. 환유에서도 생산된다. 그래서 은유와 환유는 내포적 의미의 신선한 생산과정 그 자체라고 말할 수 있다.

### '꼬마 소라게' 의 내포적 의미

시인 정진채는 거친 생존경쟁이 벌어지는 바닷가의 풍경을 거기에 사는 작은 꼬마 소라게의 삶을 통해 정답게 은유적으로 묘사하고 있다.

파도가 밀려간
바위 틈
소라게가 집을 업고 놀러 나왔다.

동그란 처마 밑으로
빨갛고 예쁜 발이
햇빛에 반짝인다.

이 넓은 바다의 한쪽에
요렇게 작은 꼬마 소라게가
용하게 살고 있다.

바다의 한 식구
소라게가.
― 정진채의 동시 〈바닷가에서〉

　이 동시를 어느 일간지에 소개한 박두순 시인은 "제 집까지 지고 거센 파도와 싸우면서 살아가야 하는 조그만 소라게. 얼마나 고달플까. 삶의 조건이 거칠지만 넓은 세상 한 쪽을 제 영토로 확보하고 당당히 살아가는 대견한 꼬마 소라게. 때문에 바다 식구로 편입된 소라게. 햇빛이 빨갛고 예쁜 발을 축복이나 하듯 반짝 감싸주네. 자연은 그래서 커다란 하나의 가족. 그 신비가 바닷가에 놓여 있다."라고 해설했다(조선일보 2005. 5. 14).

　이 동시가 아니었다면 소라게는 빈 권패(卷貝, 고동종류) 껍질을 집으로 삼아 주로 바닷가 모래밭에 사는, 발 열 개 달린 새우와 게의 중간형에 속하는 작은 바다게라는 외연적 의미로 밖에 우리 눈에 보이지 않았을 것이다. 〈꼬마 소라게〉가 없었더라면 소라게라는 이름의 단어는 그런 디노테이션으로서의 바다생물을 의미할 따름이었으리라. 그러나 소라게는 시인 정진채를 만남으로써 인격화됨과 동시에 바다가족의 일원으로서 당당하게 편입된다. 시인은 은유와 환유를 적절하게 배합, 활용함으로써 바닷가 풍경의 내포적 의미를 아주 귀엽게 창조해냈다. 시인은 소라게를 인격화함으로써 바닷가를 소라게만의 삶터로서보다는 인간과 더불어 사는—의미상으로—공동체로서의 삶터로 만들었고 소라게를 한 식구로 받아들인 것이다. 물론 이런 내포적 이미지(의미)를 만들어낸 것은 시인 정진채 자신이다. '요렇게 작은 꼬마'라고 부를 만큼 아주 작은 소라게 한 마리의 모습—즉 바닷가의 한 부분—을 가지고 시인은 여러 식구들이 사는 바닷가 풍경을 환유적으로 묘사한 동시에 격렬한 생존경쟁이 벌어지는 동물과 인간의 세계를 은유했다. 여기서 '삶의 조건이 거친 넓은 세상'에서 '제 영토를 확보하고 당당하게 살아가는 대견한 꼬마 소라게'는 작은 동물들과 고달픈 삶을 사는 인간을 환유적으로 대신한다고도 볼 수 있다.

또한 이 동시에서 소라게가 점유하여 사는 권패의 빈껍데기는 '집'으로, 바닷가에 서식하는 여러 종류의 동물 집단들 중 한 종류는 '바닷가의 한 식구'로, 권패 껍데기의 둥근 입구는 '처마 밑'으로 은유되어 있다. 전체적으로 소라게는 인간사회의 한 구성원으로서 작은 집을 지니고 사는 '작은 사람'으로 비유된 것임을 짐작할 수 있다. 요컨대 이 동시에 동원된 은유와 환유를 통해 시인은 '요렇게 작은 꼬마 소라게'의 삶이 지닌, 숨겨진 내포적 의미를 찾아내 그것의 신선한 의미를 우리 앞에 시현(示現)해 준다.


## 패러다임(paradigm)과 신탬(syntagm)


한 단어의 의미가 명시적 외연적인 것에서 함축적 내포적인 것으로 전환하는 기호의 의미실현은 우리에게 언어의 의미가 하나 또는 둘로 고정되어 있지 않음을 일러준다. 언어의 의미는 실로 변화무쌍하기까지 하다. 시인을 만나면 언어는 아름다운 운율과 리듬을 지닌 시어로 변하며 소설가를 만나면 가슴 아픈 사랑이야기를 엮어내는 로맨틱한 언어가 된다. 능숙한 언어의 연금술사를 만날 때마다 언어는 천변만화 (千變萬化)의 조화를 부린다. 그래서 시인은 밤중에 동산 위에 떠있는 달을 보고 '산이 달을 토해낸' 모습을 목격하며, 작은 어촌 포구에 밀려드는 밀물을 보고 '포구가 물을 삼키는 광경'을 그려낼 줄 안다. 언어의 개념이 만일 하나 또는 둘로 고정되어 있다면 우리가 사는 세상은 얼마나 멋이 없을까? 모든 게 다 용도가 정해진 기성품이고 찾아갈 곳과 방향이 결정된 우편물과 같으므로 여분의 해석과 멋이 끼어들 틈새가 전혀 없다. 다행히도 언어는 그 자체 안에 의미를 얼마든지 풍성하게 생산할 수 있는 잠재력과 잉여의 의미 사이트를 간직하고 있기에 우리는 그나마 언어놀이를 즐기곤 한다.

그렇다면 언어의 천변만화하는 의미는 어떻게 해서 생성되는 것일까?

언어의 의미는 언어가 언어를 만남으로써 태어난다. 한 단어의 의미는 다른 단어가 선택되어 그것과 결합함으로써 얼마든지 다채롭게 생길 수 있다. 요컨대 언어의 의미는 선택과 결합에 의해 생성된다.

언어는 될 수 있으면 족내혼(族內婚)을 하지 않고 족외혼(族外婚)을 함으로써 풍부한 의미를 생산할 수 있다. 마치 먼 씨족의 남성(여성)과 혼인을 하여 우생학적으로 우등인자의 아들딸을 낳으려는 어느 처녀(총각)의 소망처럼 말이다.

우리가 늘 사용하는 단어들은 대체로 같은 부류의 것들은 끼리끼리 묶여 취급되는 경향이 있다. 소 · 돼지 · 말 · 개 · 고양이 · 닭 · 오리 · 거위 등은 집에서 키우는 가축 · 가금류로, 늑대 · 여우 · 너구리 · 고라니 · 노루 등은 산짐승 또는 들짐승으로 분류된다. 가축과 가금류의 행동은 그것들대로, 들짐승은 또 그것들대로 먹고, 짖고, 뛰고, 달리고, 울곤 하지만 들짐승은 날지를 못하며, 소나 말처럼 볏짐을 등이나 달

구지에 실어 나르지 않는다. 만약 짐을 실어 나르는 여우가 있다면 그 광경은 분명 서커스감이다. 마치 옷을 입은 작은 원숭이가 무대 위에서 관객들에게 재롱을 피우듯이. 들짐승은 들짐승대로 집짐승은 집짐승대로 각종 동사와 짝짓기하는 방법이 다르다. 이러한 짝짓기 방법의 차이는 사회적 관습과 약속 또는 규약(social conventions)에 따라 성립된다. 동물들 스스로가 자기에게 알맞은 동사를 선택하는 것이 아니라 인간이 동물 각각에 대해 어울림직한 동사를 대신선택하여 짝지어 주는 것이다. 인간은 그렇게 함으로써 자기에게 필요한 동물의 의미를 생성시켜 자기를 위해 사용한다.

앞에서 산짐승(들짐승) 또는 가축으로 분류된 짐승들의 집합체를 기호론(기호학. semiotics 또는 semiology)에서는 패러다임이라 부른다. 짐승들이 하는 동작들 다시 말해서 동사그룹도 패러다임에 속한다. 집짐승들이 어떤 동작을 하느냐에 따라 예컨대 집짐승들이 달린다에 연결될 것인지, 짖는다에 연결될 것인지에 따라 각기 다른 의미가 만들어지는데 이 때 집짐승과 동사가 연결되어 생산되는 문장을 신탬이라 부른다. 신탬은 패러다임에서 선택된 것들을 서로 결합시켜 의미를 생산하게 한다.

패러다임은 계열체(系列體) 또는 범열체(範列體)로 번역하기도 하는데 나는 주로 부류계열 또는 선택계열(선택을 위한 계열)이라 부르고자 한다. 신탬 역시 우리나라에서는 어학연구자에 따라 각기 다른 용어로 번역하는 데 연사체(連辭體), 통합체(統合體) 또는 결합체(結合體)로 옮겨 쓴다. 여기서는 가능하면 연사체나 결합체로 쓰려 한다.

앞에서 우리는 들짐승 그룹(계열)과 집짐승 그룹에 속하는 각각의 동물이 어떤 동작과는 서로 결합되고 다른 동작과는 결합되지 않는 것을 보았다. 집짐승과 그 집짐승이 동사 그룹과 짝짓기하는 형식을 도표로 제시하면 다음과 같다.

선택계열 - 가(가축군) + 선택계열 - 나(동사군) = 결합체(문장)

(결합코드 · 문법)

| | | |
|---|---|---|
| 소, 말, 돼지, 개, 고양이, 양(이, 가) | 앉는다, 울다 일하다, 뛰다, 달리다, 짖다 | 소가+일하다 개가+뛰다 말이+달리다 고양이가+울다 |

　다시 설명하자면 결합체(syntagm)란 선택계열—가에서의 어느 하나 또는 그 이상의 단어가 선택되어 선택계열—나에서 선택된 동사와 서로 짝지어 의미를 생산하는 문장—단어들의 체계—을 가리킨다. 단어와 단어를 결합시킬 때는 문법이나 관습적 규약이 작용하는데 단어들을 결합시키는 데 사용되는 규칙의 체계를 코드(code)라 부른다. 그러므로 하나의 결합체 즉 하나의 문장이 태어나기까지는 선택과 코드에 따른 결합의 과정이 전개된다. 이를 정리하면, 선택계열(paradigm)은 주어진 문맥(context) 안에서 서로 교환할 수 있는 기호들의 전시장 또는 진열장이며, 결합체(syntagm)란 일정한 규칙(코드)에 따라 결합된 기호들의 질서화된 의미체계라고 말할 수 있다.

　어떤 용어의 정의란 것은 아무리 쉽게 설명했다 하더라도 듣는 사람이 쉽게 이해하기는 어렵다. 그래서 이해를 돕기 위해 구체적이고 알기 쉬운 예들이 소개된다. 〈텅 빈 기호〉 다음에 소개하는 설명(된장찌개의 기호론적 비법)도 그런 이해를 돕기 위해 마련된 것이다. 위의 설명을 쉽게 이해하지 못한 독자들은 여기서 소개하는 조리비법에 따라 스스로 맛있는 된장찌개를 만들어 맛보기 바란다.

# 기호, 풍성한 의미가 함장(含藏)된 텅 빈 용기

## 기호란 무엇인가?

앞에서 나는 여러 차례 기호란 용어를 사용했지만 그것에 관해 전혀 설명을 하지 않았다. 기호란 무엇인가? 내가 보기에 아주 적절하다고 여기는 정의는 미국의 프래그머티즘 철학자이며 기호학자인 찰스 퍼스 (Charles S. Peirce, 1839~1914)의 그것일 듯하다. 그에 따르면 기호란 '누군가를 위해서 그 무엇(대상)을 대신하여 표현하는 것(represent)' 이다. 이 경우 '그 무엇'을 대신 표상하는 것은 물리적 형상을 갖는다. 그래서 기호는 그 무엇을 대신 표상하는 물리적 표시라고 할 수 있다.

예컨대 '나무'(樹, tree)라는 기호는 〈뿌리를 땅속으로 뻗고 굵은 줄기와 가는 가지를 가진 잎이 많은 키 큰 여러 해 살이 식물 중 하나〉라는 어떤 구체적 대상을 지칭함과 동시에 그것을 대신하여 표현하는 물리적 형상이다. 그런 식물을 굳이 나무라 지칭하지 않아도 상관없지만 우리사회의 오래된 사회적 관행과 규약은 그런 식물을 '나무'라고 부르도록 이미 약속되어 있다. 우리는 그 규약과 약속을 좇아 '나무'라고 지칭할 따름이다. 그런 점에서 기호는 그 대상에 대해 필연적이 아니고 자의적(恣意的, arbitrary)인 관계를 갖는다. 다시 말해서 어떤 대상을 가리키는 기호는 꼭 나무라 지칭하지 않아도 된다는 뜻이다. 실제로 우리나라의 어느 지방에서는 '남구' 또는 '낭기'라고 부른다. 또한 '나무'라는 기호는 나라에 따라 'tree'(영어), arbre(프랑스어), き (키木, 일본어), 수목(樹木, 한자어)으로 쓰인다. 그러므로 〈뿌리를 땅속으로 뻗고 굵은 줄기와 가는 가지를 가진 잎이 많은 키 큰 여러 해 살이 식물 중 하나〉를 굳이 '나무'라 지칭하지 않고 꼭 그렇게 표기하지 않아도 되지만 우리는 사회적 약속과 규약에 따라 그렇게 표기할 뿐이다. 요컨대 기호와 그 의미는 사회적 약속에 지나지 않는다.

'나무'란 기호의 설명에서 우리는 또한 'ㄴ+ㅏ ㅁ+ㅜ'라고 표기하는 물리적 형상만이 기호가 아니고 'namu'로 발음되는 소리도 기호라는 점을 명심해야 한다. 여기서 우리는 기호에는 적어도 소리기호와 문자기호가 있음을 알 수 있다. 적어도란 말을 쓴 것은 그 밖에도 영상기호를 포함하여 다른 종류의 기호가 더 있다는 뜻이다. 작별인사를 할 때의 손흔들기, 웃어른에게 절을 할 때 머리와 허리를 숙이는 인사법, 싫다는 뜻으로 고개를 좌우로 흔드는 고갯짓, 영화나 연극에서 하늘에 낀 검은 구름과 마당 위로 쏟아지는 빗줄기 등도 모두 기호에 속한다. 영상기호와 소리기호에 대해서는 앞으로 은유와 환유에 관한 예들을 좇아가면서 그때 그때마다 적절하게 설명을 덧붙이기로 하고 여기서는 더 이상 자세한 설명을 생략한다.

'기호의 생활'을 연구하기 위해 스위스에서 기호학을 창시한 페르디낭 드 소쉬르(Ferdinand de Saussure, 1857~1916)는 기호(記號, sign)를 시니피앙(signifiant, signifier, 記表)과 시니피에(signifié, signified, 記義)로 나눠서 고찰했다. 그에 의하면 기호는 시니피앙과 시니피에로 구성되어 있다. 시니피앙과 시니피에는 동전의 앞뒤처럼 기호와 일체를 이룬 명칭들이다. 이 둘은 분석적으로만 나눠질 뿐 실제로는 하나로 되어 있다. 라캉의 '욕망의 기호'론에서는 기호에서 시니피에가 슬그머니 빠져나가고 시니피앙만 남는 것으로 설명되어 있지만 여기서는 잠정적으로 시니피앙은 시니피에와 표리일체를 이룬 것으로 이해해 두는 것이 도움이 될 것이다.

시니피앙은 기호의 겉모양 즉 우리가 지각할 수 있도록 기호를 표시해주는 물리적 형태—'ㄴ+ㅏ ㅁ+ㅜ'로 구성된 문자와 'namu'라는 소리—를 가리킨다. 시니피에는 기호의 속 알맹이, 내용 즉 기호의 개념(concept)을 말한다. 고향이란 시니피앙을 예로 들 경우 '태어나서 자란 곳'이 시니피에가 된다. 그런데 이 시니피에가 앞서 잠간 언급했듯이 때로는 슬그머니 미끄러져 빠져나가버리고 〈고향〉이란 시니피앙만 덜렁 남아 다른 시니피앙과 결합하여 새로운 의미를 만드는 경우가 아주 흔하다.

예컨대 시인 함민복의 시구를 예로 들어보자. '낯설지도 않던 도시를 떠돌다/낯선 고향에 돌아왔네'의 고향은 태어나 자란 곳일 수는 있어도 언제까지나 '정든 곳, 낯익은 곳'으로 남아 있지는 않는다. 고향을 떠나 객지에서 오래 산 사람에게는 도시가 오히려 낯익은 곳이며 자기의 고향은 낯선 곳이 되어버린다. 시인 황지우의 시구 '가을날의 송진 냄새나던 목재소 자리엔 대형 슈퍼마켓/고향에서 밥을 구하는 자는 폐인이다'에 나오는 고향이란 시니피앙도 다시 찾아가고 싶은 정든 고향, 낯익은 고향은 결코 아니다. 그런 고향은 갈 데 올 데 없는 도시의 폐인이나 할 수 없이 찾아들었다가 냉대를 받으며 생명을 간신히 부지하는 곳 밖에 되지 않는다.

이 경우 고향의 시니피에는 우리의 상식적인 개념, 명시적인 의미와는 전혀 다른 개념이 된다. 나중에 기회 있을 때마다 다시 되풀이 설명하겠지만 이처럼 시니피앙에서 예전의 시니피에가 탈락, 분리되는 경우를 만나게 되기 때문에 우리는 기호를 시니피앙+시니피에의 합성품으로 보되 때로는 시니피에가 떨어져나긴 시니피앙일 수도 있음을 유념해야 할 것이다. 나중에 고찰할 광고카피의 시니피앙들이 그런 예에 속한다.

### 한 가지 의미에 얽매이지 않는 기호

기호의 종류는 대단히 많다. 자동차나 열차 · 배의 경적소리, 사람을 이리 오라고 부르는 손짓, 나무에 앉은 새를 가리키는 둘째 손가락 모양, 신열로 못 견디며 내는 신음, 졸려서 입을 크게 벌려 숨을 들이쉬는 하품, 산봉우리에서 피워 올리는 봉화, 광고나 영화 · TV드라마에서 출연자들이 짓는 갖가지 표정과 갖가지 몸짓 등의 비언어적 기호들과 우리가 일상적으로 사용하는 구술언어(말), 문자언어(글자)가 모두 기호의 범주에 속한다. 기호 가운데 가장 대표적인 것은 언어다. 앞으로 나는 단어니 말이니 하기보다는 기호라는 용어를 주로 사용하면서 설명을 펴나갈 것이다.

이미 말했듯이 기호는 한 가지 의미(개념)에 고정되지 않고 여러 가지 의미를 갖는다. 달리 말하자면 시니피앙은 하나의 안정된 시니피에에 고정되어 있지 않고 여러 가지 시니피에를 가질 수 있다는 뜻이다. 이를 뒤집어 보면 하나의 시니피에는 여러 가지 시니피앙을 거느릴 수도 있음을 의미한다. 예컨대 고향이란 시니피앙은 내가 태어나서 자란 곳에서부터 조상 대대로 지금까지 친족과 가족이 살고 있는 곳을 거쳐 마음의 고향, 명작의 고향, 전설의 고향 그리고 잃어버린 고향, 아직도 찾고 있는 고향에 이르기까지 갖가지 시니피에를 갖는다. 그런가 하면 '민들레 꽃씨처럼 바람에 불리다 떨어져 살다보니 정들어버린 고향'도 있고 주말에 애들을 데려가서 마음 편히 쉴만한 포근한 곳이 없는 '고향 떠난 사람들'의 '고향'도 있다. 정지용의 시 〈향수〉처럼 '얼룩배기 황소가 은빛 게으른 울음을 울고 실개천이 휘돌아 나가는 곳'을 고향으로 간직한 농촌출신 사람도 있고 김소월의 '하늘과 바닷물이 마주 붙어 가는 곳/고기잡이 배 돛 그림자'가 보이는, 그러나 꿈속에서만 아련히 그리는 '고향'(어촌)도 있다.

이번에는 '고프다'란 시니피앙이 배(腹) 이외의 다른 시니피앙과 결합할 때 달라지는 다양한 의미의 예를 보기로 하자. 국립국어연구원 편의 『표준국어대사전』(두산동아 1999)에 의하면, '고프다'의 뜻은 (배를 주어로 하여) '배속이 비어 음식을 먹고 싶다. 예로 배가 고파 우는 아기'로 설명되어 있다. 이는 위에서 설명한 외연적 의미이다. 실제생활이나 글쓰기에서는 외연적 의미만을 가지고 뜻이 충분히 표현되지는 않는다. 실례를 보자.

①눈이 고픈 사람에게는 눈요기가 필요하며,

②마음이 고픈 사람에게는 문화가 필요하며,

③독거노인은 사람이 고픈 법이고,

④사람이 오래 동안 혼자 있으면 말이 고파진다.

⑤축구 대표팀 감독에게는 '아직도 승리가 고프다.'

⑥귀가 고픈 사람, 가슴이 고픈 사람에게는 무엇이 필요할까?

⑦ '키스가 고플 땐 마이쮸……'

위의 예들로부터 우리는 '눈이 고프다'가 '눈으로 무얼 보고 싶다'로, '마음이 고프다'는 '누군가를 또는 무엇을 그리워하다, 간직하고 싶다, 마음의 공허함을 메우고 싶다'로, '말이 고프다'는 '남과 어울려 말하고 싶다'로, '승리가 고픈 2002년 월드컵축구 대표팀 감독 히딩크는 승리를 갈망한다(still hungry for victory)'로 의미가 다양하게 확장되는 것을 알 수 있다. 얼른 의미가 떠오르지 않는 예는 ⑦일 것이다. '키스가 고플 땐 마이쮸……'는 2005년 6월 어느 날 지하철 광고판에서 내가 직접 목격한 어떤 제과회사의 광고카피이다. 젊은 여성 4명이 '마이쮸'를 빨고 난 뒤 마치 뽀뽀하기 직전의 입술 모양을 부각시킨 사진이 곁들인 것으로 보아 '키스가 고플 땐 마이쮸(를)……' 하라는 뜻을 내포하고 있다. 마이쮸는 제과회사가 생산하는 상품이다. 설마 마이쮸를 빠는 것으로 '키스가 고픈 것'을 대신보상하라는 의미는 아닐 터이리라. '키스가 고플 때처럼 마이쮸를 빨라' 쯤으로 상상할 수 있다면 그것은 '마이쮸'를 사먹으라는 소비권유나 다름없다.

'고프다'의 의미 확장이 보여준 바와 같이 하나의 언어기호는 하나의 의미(시니피에)에 고정되어 있지 않다. 하나의 언어기호는 사용자의 상상력과 창의력에 따라 얼마든지 복수의 개념(시니피에)을 지닐 수 있으며 이미 지닌 의미를 더욱 확장하거나 또는 새롭게 생산해 갈 수도 있다. 고정된 시니피에를 갖지 않고 다른 기호와 결합함으로써 얼마든지 새로운 의미를 만들 수 있다는 점에서 기호는 '텅 비어' 있다. '텅 비어' 있으므로 그곳은 얼마든지 새롭게 채워질 수 있다. 그래서 '텅 빈 기호'는 무엇이든지 담을 수 있는 무한히 큰 용기가 되는 것이다.

여기서 기호 설명과 관련하여 독자들이 꼭 유념했으면 하는 것은 기호는 시니피앙과 시니피에의 구성체라는 것과 이 중 어느 하나를 결여하면 기호로서의 지위를 유지하지 못한다는 점이다. 많은 사람에게 왕왕 그렇게 보이는 것처럼 기호는 시니피앙과 혼동되기 일쑤다. 시니피앙 그 자체를 기호로 간주해버리면 나중에 기호이론을 깊이 천착하게 될 경우 '시니피에가 어느 덧 결락된 시니피앙'(포스트모던 문화에서 흔히 보는 현상, 원래의 알맹이=개념은 빠지고 시니피앙만 남는 의미의 놀이마당의 경우)도 기호로 부름으로써 부지부식 간에 시니피에를 내포하는 것으로 간주하는 오류를 범할 우려가 있으므로 기호와 시니피앙을 구별하도록 주의하기 바란다.


## 된장찌개의 기호론적 비법


### 식재 고르기와 식재 결합하기

의미가 어떻게 생성되는가를 설명하는 과정에서 잠시 샛길로 살짝 빗나가버렸는데—쓸데없는 외도 걷기는 아니었지만—우리는 원래의 제 길로 다시 들어서야 하겠다. 나는 지금부터 기호의 선택(앞으로는 선택계열, 선택축으로 쓰거나 패러다임으로도 표기함)과 결합을 설명하기 위해 된장찌개 만들기라는 구체적인 예를 들어 이야기를 진행하고자 한다.

문장의 의미는 어떤 단어들을 패러다임(선택축)에서 골라 그것들을 어떻게 결합시키느냐에 따라 달라진다. 이를 간단히 정리하면, 글의 의미는 언어기호(단어)의 선택과 결합에 의해 결정되는데 이 때 반드시 그것들을 결합시키는 관습과 규칙 즉 코드가 작용한다는 점을 명심해야 한다. 언어뿐만이 아니다. 지금부터 설명하려는 된장찌개 만들기도 조리법이라는 규칙(코드)에 의거하여 식재(食材)들을 선택하고 그것들을 적절히 결합함으로써 찌개의 종류와 맛이 결정된다.

선택계열 – 가        선택계열 – 나            결합체

기본선택(야채류)  +   제목식재선택  =  각종 된장찌개 요리

(조리법, 코드)

| 된장, 찬물, 멸치, 다시마, 호박, 양파, 쪽파, 풋고추, 감자 등. | 1.버섯, 두부<br>2.쇠고기<br>3.낙지, 조개, 게 등. | 버섯된장찌개<br>쇠고기 된장찌개<br>해물된장찌개 |
| --- | --- | --- |

된장찌개라는 결합체를 만들려면 기본선택(야채류와 기본식재)의 계열(패러다임)에 속하는 된장과 국물내기용 멸치, 각종 야채 등을 준비해야 한다. 그 다음에 버섯된장찌개냐, 쇠고기된장찌개냐에 따라 제목식재(된장찌개의 종류별 이름이 되는 제목의 식재)의 선택이 달라진다. 모든 식재가 준비되면 조리법이라는 기호들의 결합규칙을 따르지 않으면 안 된다. 먼저 찬물을 부은 냄비에 국물내기용 큰 멸치를 한 줌 넣어 10분쯤 끓인 뒤 멸치는 건져내고 애호박, 감자 등 야채류를 넣어 3분 정도 더 끓인다. 그런 다음에 된장을 풀어 넣어 다시 끓인다. 시간은 5분을 넘지 않는 것이 된장의 맛과 영양을 살리는 비결이다. 이 때 풋고추와 양파 또는 쪽파를 넣는다. 마지막으로 고춧가루를 약간 뿌리면 매운 맛을 즐기는 사람에게는 개운한 맛을 돋울 수 있다. 이상이 기본적인 된장찌개를 끓이는 요령이다. 그 다음에는 해물된장찌개냐 쇠

고기된장찌개냐에 따라 제목식재를 넣는데 그 타이밍은 국물이 처음 끓어 멸치를 건져내고 된장을 풀어 넣을 때 제목식재를 함께 넣어 끓인다. 식재들이 거의 익었겠다 싶으면 이번에는 마지막으로 양파, 쪽파, 풋고추 등의 채소를 넣어 살짝 익힌다. 풋고추는 찌개요리가 다 되기 직전에 넣는 것이 요리의 요령이다. 이처럼 된장찌개의 맛을 내는 비법은 식재들을 어떻게 선택하여 배합(결합)하느냐에 달려 있다. 맛있는 된장찌개를 자랑하는 음식점은 바로 조리법에 숨겨진 그들만의 식재 배합 노하우를 갖고 있다.

요약하자면, 된장찌개는 국물내기용 멸치를 포함한 기본식재들과 제목식재들을 선택하여 그것들을 결합함으로써 만들어진다. 여기서 두 계열의 선택요소(식재)들은 언어기호들(단어들)에 상당하며 식재들의 결합은 문장을 만드는 과정에 상응하며 결합규칙(조리법)은 문법에 해당하며 최종적인 생산물인 해물(또는 버섯)된장찌개는 문장으로서 탄생한다. 그러므로 된장찌개의 맛은 문장의 의미가 된다.

### 예식장의 드레스 코드

우리는 기호들의 선택과 결합에 의해 갖가지 결합체들이 만들어지는 사례를 흔히 주변에서 목격한다. 드레스 코드에 따라서 우리는 예식장에 입고 나갈 옷과 장식품들을 선택하고 그것들을 짝 맞춰(코디하여) 정장을 갖춘다. 예식장에 갈 사람이 조문하러 장례식장에 갈 때 입는 옷차림을 한다면 그것은 관습 위반이며 규칙 위반이다. 문화적, 관습적으로 약속된, 즉 조직화된 기호들의 체계, 그것이 코드이므로 다른 문화나 관습의 사회에 사는 사람들에게는 이쪽의 코드가 이해되기 어렵다. 문화의 암호 풀이가 제대로 안 된다는 말이다. 관습 위반은 규칙 위반이 되고 결국 코드 위반이 되고 만다. 코드 위반은 그 사회와 문화 안에서 공통된 의미를 생산할 수 없으므로 사회적 커뮤니케이션의 장애를 초래하게 된다. 사태는 거기서 멈추지는 않는다. 한 걸음 더 나아가 코드위반자는 그 사회와 문화에서 외면당하거나 배척받기 십 상이다.

이를 보면 코드에 의지하여 생산되는 의미는 사회적 관습과 규약들 그리고 문화의 구속력에서 벗어나기 어려운 듯이 보인다. 기호를 선택 하고 결합하는 일이 사회적 관습과 규약에 따라서 실천되는 것은 사실 이다. 된장찌개 만드는 조리법이 사회적 관행에 따라 실천되는 것처럼 말이다. 그 점에서 기호의 사용은 기성의 상징체계의 질서에서 자유로 울 수는 없다. 그렇다고 해서 모든 사람들이 기성의 의미생산 체계와 의미해독의 질서를 순종적으로 준수하기만 하는 것은 아니다. 창조적 인 사람은 기성관념과 기성질서를 파괴하여 새로운 의미를 만드는데 앞장설 수 있다. 청년세대와 장년세대와 노년세대 간의 사고방식의 차 이는 기성의 의미생산 체계 즉 기성문화를 어느 정도 따르느냐 아니면 새로운 문화를 창조하느냐에 달려 있다고 나는 생각한다. 끊임없이 변 하는 사회, 변해야 할 사회라면 기호의 조직화와 그에 따른 의미의 체 계화된 질서도 변하게 마련이다.


## '저 녀석은 돼지야!'의 은유와 환유


'돼지 같은 놈,' '저 녀석은 돼지야!'는 은유인 동시에 환유이다. 비 유적 표현 가운데는 이처럼 은유와 환유가 병존, 동거하는 경우가 흔 하다. 다시 말해서 한 문장 속에 은유와 환유가 서로 겹쳐 있다는 뜻이 다.

먼저 '돼지 같은 놈'이 어째서 은유가 되는가?

비유기호인 돼지는 음식을 게걸스럽게 먹는 탐욕스런 속성을 지닌 것으로 간주되는 동물 중 하나이다. 돼지의 이런 속성은 비교대상이 되는 '놈'에게로 그대로 직접적으로 전이—또는 투사—되므로 '돼지 같은 놈'은 은유가 되는 것이다.

다음에 '저 녀석은 돼지야!'가 어째서 환유인가?

위에 적시한 돼지의 속성(탐욕)은 돼지의 여러 가지 속성들 중 하나에 불과하다. 그것은 돼지의 속성 전체가 아니다. 돼지는 실은 대단히 영리한 가축이며, 질병에 강하고 비교적 아무거나 잘 먹으므로 농촌에서는 아주 키우기 쉬운 동물인 동시에 매우 주요한 농가소득원 중 하나이다. 특히 2007년 정해(丁亥)의 돼지는 황금돼지라 불리듯 돈으로 상징된다. 일상생활에서도 돼지의 한자어 豚(돈)은 화폐를 의미하는 돈과 소리상의 등가성을 지니므로 돼지를 돈의 상징으로 불린다. '돼지 꿈 꾸고 복권을 샀다'고 말했을 때의 돼지도 돈의 상징으로 쓰인다. 그럼에도 불구하고 '돼지 같은 놈'이라고 말할 경우 말하는 이나 듣는 이는 다 같이 돼지는 탐욕스런 동물이라는 부분적인 속성만을 뽑아서 언급한다. 거듭 말하거니와 탐욕은 돼지의 속성 중 일부에 불과할 뿐 속성 전체가 아니다.

여기서 우리는 돼지와 '놈,' 돼지와 '저 녀석'이 동일시되는 과정, 즉 양자 사이에 등가성이 성립되는 과정을 좀 더 자세히 분석할 필요가 있다. '놈'='저 녀석'이 남에 대한 배려를 하거나 인정을 살피지 않고 제 욕심만을 챙기는 성격을 묘사하기 위해 화자(話者)가 돼지를 탐욕스런 동물로 선정(selection, choice)한 점을 우리는 주목해야 한다. 게걸스럽게 먹이를 먹는 탐욕스런 동물은 돼지 외에도 많다. 강가에 사는 수달, 깊은 산에 사는 곰과 삵, 아프리카 들판의 사자와 하이에나 등 야생의 포식자(捕食者)들은 어느 것이나 탐욕스럽지 않은 것이 없다.

그럼에도 우리는 왜 굳이 돼지를 꼽을까? 이 물음을 푸는 대답은 패러다임(範列, 系列)이란 것의 존재에 있다. 돼지는 우선 야생 포식자들과는 일단 구별되는 가축의 부류에 속한다. 그러므로 우리는 돼지를 비유기호로 선정할 때 돼지를 소, 말, 양, 고양이, 개 등 가축의 일원으로 본다. 그렇게 볼 때 돼지는 다른 가축들에 비해 탐욕스런 동물로 낙인찍히는 것이다. 가축이라는 패러다임 안에서 돼지는 탐욕스런 동물로서 비교우위를 차지한다는 뜻이다.

### 부류적 효과와 결합적 효과

돼지를 동일 계열—같은 부류—의 가축들 가운데서 탐욕스런 동물로서 선택하기 때문에 우리는 이를 부류적 선택(部類的 選擇 paradigmatical selection)이라고 부른다. 이와 동시에 돼지가 탐욕스런 동물로서 놈=저 녀석을 대신하기(substitute) 때문에 이 경우의 은유는 부류적 효과(paradigmatical effect)를 낳는다고 말한다. 부류적 효과에서 비교기호는 비교대상을 은유적으로 대신한다. 다시 말해서 돼지는 놈=저 녀석을 은유적으로 대신함으로써 돼지와 놈 사이에는 유사관계 또는 등가관계가 성립되면서 돼지의 일부 속성이 놈=저 녀석에게로 옮겨지는 것이다.

이러한 의미 전이는 은유에 사용되는 언어기호들의 결합적 효과(syntagmatic effect)에 의해서도 설명될 수 있다. 결합적 효과는 은유가 하나의 명제를 세울 때 나타난다. 이를 풀어서 설명하면, X와 Y가 결합하게 되면 그 둘은 같은 부류(동일계열, paradigm)에 속하게 되므로 둘 사이에는 등가관계가 성립된다. 그래서 X와 Y는 동일한 문장의 주어와 보어로서 작동하여 'X는 Y이다'라는 언명(言明, statement)이 성립된다. 이러한 언명에 따라 '저 녀석(놈)은 돼지다'가 됨으로써 즉 저 녀석=놈=돼지 사이에 등가관계가 성립됨으로써 '놈'은 '탐욕스런 돼지'로 귀결된다. 이것이 은유가 지닌 결합적 효과이다.

선택계열과 결합체에 대한 이와 같은 고찰은 문자텍스트와 영상텍스트에 들어 있는 시니피앙들과 시니피에들의 조직화된 체계를 분석하는 데 있어서, 바꿔 말하면 기호들의 바다에 잠겨 있는 현대의 문화 현상을 분석하는 데 있어서 유용한 도구가 되므로 이상과 같은 간단한 설명을 시도해 보았다.

위에서 나는 돼지의 탐욕성을 예로 들어 은유와 환유, 부류적 효과와 결합적 효과를 설명했지만 호기심 많은 독자라면 '미련한 곰탱이 같은 놈' '여시 같은 년'이라는 일상적인 욕을 택해 분석해보는 것도 기호론적 분석을 이해하는 데 도움이 될 것이다.

### 수직적 사고와 수평적 사고

지금까지의 설명에서 우리는 언어의 의미생산 과정에 여러 가지 기호론적 용어들이 등장하는 것을 보았다. 패러다임과 신탬, 은유와 환유, 의미의 전이와 대체(대신), 유사관계와 등가관계 등. 이 용어들은 수직축과 수평축이라는 두 개의 축으로 분류될 수 있다. 이제부터 설명하려는 두 개 축은 인간이 사유하는 두 갈래 방식이기도 하다. 두 갈래 사고방식 중 어느 하나에 장애가 생길 경우 의미생산과 의미표현은 지장을 받는다. 때문에 우리는 수직(축)적 사고와 수평(축)적 사고를 동시병행하여 활용해야 한다.

구조주의의 창시자 중 한 사람으로 꼽히는 러시아출신 언어학자 로망 야콥슨(Roman Jakobson, 1896~1982)은 실어증(失語症, aphasia)을 연구하던 중 매우 의의 있는 언어학적 발견을 했다. 유사성(similarity) 장애를 겪는 환자와 인접성(contiguity) 장애를 겪는 환자의 증세가 서로 다르다는 것을 알아낸 것이다. 은유와 환유의 뜻을 알고 있는 사람은 짐작하겠지만 유사성의 장애는 의미가 서로 비슷한 단어들을 가려내지 못하는 언어장애를 말한다. 인접성 장애는 숟가락과 젓가락이 서로 인접하는 식사 도구라는 것을 알지 못한다. 야콥슨에 따르면 유사성 장애로 고통 받는 환자는 사물의 이름을 댄다든가, 동의어를 말한다든가, 단어의 정의를 말한다든가 하는 은유의 속성에 해당하는 언어 사용은 할 수가 없었다. 반면 그 환자는 단어와 단어를 결합시키는 측면(syntagmatic or combinative aspect)은 상실되지 않고 그대로 유지되고 있었다. 말하자면 나이프 대신에 포크를, 램프 대신에 테이블을, 불 대신에 연기를 사용함으로써 환유적인 언어사용 능력은 손상되지 않았다는 뜻이다.

반면 인접성 장애를 일으키는 환자에게서는 정반대의 결과가 관찰되었다. 단어들을 결합하여 문장을 만드는 구문(構文, syntax)규칙을 상실해버렸기 때문에 이 환자의 말하기는 유사관계에 있는 단어들을 바꾸는 것 다시 말해서 은유적 성격의 단어들을 사용하는 범위에만 한정되었다. 이 환자는 단어와 단어를 연결하여 의미 있는 문장을 만드는 능력을 잃어버린 것이다.

야콥슨은 두 환자의 사례를 다음과 같이 정리했다. 인간의 언어는 구조언어학의 창시자인 소쉬르가 제시한 두 가지 기본적 차원에서 존재한다. 두 가지 차원이란 선택적/연상적 공시적 차원(Selective/ Associative Synchronic Dimension)과 결합적/연사적 통시적 차원(Combinative/ Syntagmatic Diachronic Dimension)이다. 여기까지는 소쉬르의 발견을 야콥슨이 차용했을 뿐이다. 야콥슨은 이 두 갈래의 기본 차원을 은유와 환유라는 수사적 장치와 연계시킴으로써 뛰어난 창의성을 발휘했다. 야콥슨이 연계시킨 은유와 환유는 언어 가운데서도 특히 시적 언어가 현저하게 의존하는 수사법이다. 앞서의 설명에서 밝혔듯이 한 단어가 다른 단어로 의미를 옮기는 것은 두 단어들 사이에 등가성이 존재하기 때문이다. 은유에서는 등가성이 유사성으로 대신된다. 그러므로 소쉬르의 선택적/연상적 공시적 차원은 은유적인 차원에 해당한다. 이와 마찬가지의 이치로 결합적/연사적 통시적 차원은 환유적 차원에 속한다. 은유의 축과 환유의 축은 다음과 같이 도식화할 수 있다.

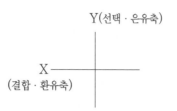

Y(선택 · 은유축)

X————
(결합 · 환유축)

  X축과 Y축은 수학에 있어서의 좌표축의 위치와 같다. 그러므로 선택적 연상적 은유적 차원의 축은 Y축(수직축)에 해당하며 결합적 환유적 차원의 축은 X축(수평축)에 해당한다. 야콥슨은 '시적 언어의 기능은 선택축에서 결합축으로 등가성의 원리를 투사한다'는 유명한 명제를 제시함으로써 다른 문학 장르와 대비되는 언어의 시적 사용을 위한 트레이드마크를 만들어냈다. 그의 명제가 의미하는 바는 이렇다. '그는 쏜살 같이 달린다'라는 글이 있다고 하자. 이 경우 화자(speaker)는 '쏜살/굼벵이/총알/거북/토끼' 등의 선택계열에서는 '쏜살'을 고르고, '달리다/걷다/기다/뛰다' 등의 선택계열에서는 '달리다'를 고른 다음—여기까지는 선택축에서의 은유적 차원에 속한다— '쏜살'과 '달리다'를 주어인 '그'에게로 투사한다. 이렇게 함으로써 '그'의 움직임과 '쏜살'의 움직임은 등가성(동일성)을 얻게 되어 달리다의 의미가 더욱 명료해지는 것이다. '달리는 그'와 '쏜살'이 등가성을 갖는다는 것은 그 둘 사이에 환유적 관계가 성립한다는 것을 의미한다. 요컨대 '그는 쏜살같이 달린다'라는 문장은 은유와 환유가 서로 겹쳐 있다. 이미 앞에서 열거한 예들에서 설명했듯이 우리의 일상생활에서 사용하는 언어구사에는 이처럼 은유와 환유가 실제로 겹쳐서 사용된다. 여기서 야콥슨은 유사성이 인접성에 겹치는 시(詩)에서는 '어떠한 환유도 어느 정도 은유적이며 동시에 어떠한 은유도 환유적 경향을 띤다'라고 말했다. 이런 경향은 비단 시적 언어에만 국한하지 않음을 우리는 알 필요가 있다.
  바로 이런 이유 때문에 이 자리에서 나는 독자들에게 강조하고 싶다. 우리의 사고는 기본적으로 수직적 차원과 수평적 차원에서 동시병행하여 실행되므로 어느 한 쪽이 기능을 상실하거나 과도하게 강조될 때 사고의 균형은 깨지고 만다는 점을. 수직적 사고는 같은 부류의 계열에서 은유적 전이가 가능한 단어를 고르는 기능을 수행한다. 이와 대조적으로 수평적 사고는 선택된 단어나 이미지를 서로 환유적으로 결합하는 기능을 수행한다. 아름다운 말, 품위 있는 말, 설득력 있는 말은 수직적 사고와 수평적 사고가 균형을 이룰 때 얻을 수 있는 바람직한 성과물이다. 여기까지 고찰함으로써 은유와 환유의 개념은 전보다 더욱 확대되었다. 이처럼 확대된 은유 · 환유 개념은 나중에 나오는 광고 부분에서 라캉의 욕망이론과 결부시켜 다시 상세히 설명하고자 한다.

# 제3장
# 일상에서 만나는 비일상의 잉여의미

## 고달픈 민초들의 노래

### 어느 밤낚시꾼의 '찌봉오리'

밤낚시를 무척 즐기는 어느 조사(釣士)의 말 한마디에서 우리는 그의 여가 철학의 진수를 읽는다.

고요한 계곡 저수지에서 밤낚시를 하면서 찌봉오리를 바라보노라면 거기에 온갖 것이 다 맺힌 게 보입니다. 한도 맺히고 기쁨도 맺히고, 슬픔도 즐거움도 모두 거기에 맺혀 있습니다. 그게 다 보이거든요. 그 바람에 낚시하는 거 아닙니까.

밤낚시용 찌를 매단 낚시줄을 던지면 빨간 형광 찌가 고개를 꼿꼿이 쳐들며 저수지 수면 위에 선다. 찌는 '봉오리'를 고추 세우고 어신(魚信)을 낚시꾼에게 전달할 준비를 마친 것이다. 어신이 빨리 오지 않으면 상당히 오랜 시간 동안 참으며 기다려야 한다. 밑밥을 연신 던져 주면서. 한눈팔지 않고 서너 시간을 꼬박 기다려도 어신이 좀처럼 오지 않을 때도 있다. 그럴 때 '찌봉오리'의 미세한 움직임 하나도 놓치지 않고 응시하노라면 삶의 온갖 흔적들이 선명한 이미지를 그리며 거기에 맺히는 것이 보인다. 물방울처럼 맺힌 것들이 다 보인다. 프로의 경지에 들어선 낚시의 고수가 아니고서는 도무지 경험하지 못하는 일이다. 나는 이런 경지에 든 사람을 낚시 도사(道士)라 부르고 싶다. 한 가지 일에 전문적으로 매달려 정진한 끝에 저절로 그 길에 통달하는 사람, 장인(匠人)이 그런 사람이 아닐까 한다. 몸으로 체험한 지식과 기술이 시간의 흐름 위에 차곡차곡 쌓여 남의 추종을 허용하지 않는 독보적 지위에 오른 사람, 인생이 무엇인가를 지식의 축적에 의해서가 아니라 살아 있는 체험과 직관의 힘에 의해 깨친 사람, 그런 삶의 달인에게 나는 가슴 밑바닥에서 우러나오는 경의를 표한다.

'열매가 맺히다' '눈물이 맺히다'처럼 꽃망울, 열매, 눈물이 나무 또는 눈에 맺힌다면 그것은 은유가 아니다. 그것은 현실의 묘사일 뿐이다. 꽃망울, 열매가 도도록하게 생기는 상태, 또는 이슬이 방울지는 상태를 '맺히다'라고 한다면 그것은 모두 자연의 가시적 현상을 그대로 그린 것일 뿐이다. 그런데 슬픔이나 한(恨) 또는 즐거움 등은 가시적이 아니다. 불가시적인 것이 가시적인 것으로 변하여 밤낚시꾼의 눈에 '찌봉오리에 맺힌 온갖 것이 다 보인다'라면 그것은 은유가 된다. 그러므로 '찌봉오리'를 보는 낚시꾼은 은유가 무엇인지에 이미 통달한 사람이다. 찌 끝을 '봉오리'라 한 것부터가 은유를 구사한 단어선택이다. 봉오리보다는 봉우리를 찌에 붙여야 어법에 맞지만 이 밤낚시꾼은

'맺히다'를 연상시키기 위해 '봉오리'를 일부러 선택한 것으로 짐작한다. 열매, 꽃망울, 물방울 그리고 눈물은 맺힌다는 점에서 한(恨), 슬픔, 괴로움, 마음고생 등 삶의 '온갖 것'과 유사한 공통점을 갖고 있다. 돼지의 욕심이 인간의 탐욕과 유사성을 이뤄 전이되듯이 형광 '찌봉오리'에는 물방울처럼 한과 슬픔의 눈물이 맺힌다. 그것을 볼 줄 아는 낚시꾼에게는 한과 슬픔도 눈에 선명하게 보이는 은유적 형상이 된다. 은유의 세계는 참으로 풍부한 의미를 창조한다.

밤낚시꾼이 은유의 세계에서 깊은 사색에 빠져 있을 때 '찌봉오리'가 쑤욱 올라온다. 대물(大物)이 먹이를 물었다는 반가운 어신이다. 잽싸게 낚싯대를 잡아채자 물속에서 기운차게 버둥대며 버티던 큰 놈이 낚시줄을 따라 올라 온다. 바로 그 순간 '찌봉오리'에 맺힌 온갖 한과 시름은 말끔히 씻겨진다.

### 민들레 꽃씨처럼 떨어져

바람 따라 길 따라 살길을 찾아 떠돌아다니는 민초를 '고향 잃은 사람(a displaced person)'이라 부른다. 붙박이로 살고 싶은 시골고향에서 도시화에 밀려나 타지를 떠돌지 않으면 안 되는 '떠다니는 자', 부평초(浮萍草) 같은 그들은 풍성한 초원을 찾아 부지런히 이동하는 유목민과 다를 바 없다. 현대판 유목민은 또 있다. 높은 연봉을 찾아 이곳저곳으로 옮겨 다니며 이른바 커리어를 쌓는 도시화된 유능한 직장 일꾼들 말이다. 그러나 삶의 길을 찾는 '떠도는 자'의 유목과 커리어를 쌓는 직장인의 유목은 다르다. 떠도는 자에게는 정해진 거처도 일정한 수입도 없다. 하지만 커리어를 쌓는 직장인에게는 적어도 한 채의 비싼 도시 아파트가 있고 높은 수입도 보장되어 있다. 그들에게 유목이란 시니피앙은 동일하지만 시니피에는 전혀 다르다. 전혀 다르다기보다는 시니피에가 슬쩍 빠져 비어 있다고 보는 게 낫다. 그러므로 유목민이라는 이름으로 함께 불린다고 해서 다 같은 의미의 유목민이라고 생각하면 그것은 아주 착각이다. 몽골인의 유목이 네티즌의 유목과 전혀 다르듯이 '고향 잃은 민초'의 부평(浮萍)은 먹고 살기 위한 뼈저린 고난을 의미한다. 평안하게 몸을 머물게 하는 안식처가 없는 민초가 마침내 정착지를 찾았다.

민들레 꽃씨처럼 떨어져 살다 보니 이곳 정선이 바로 고향이 되어 버렸군요.

민들레는 바람이 찾아오면 거기에 꽃씨를 실어 보낸다. 될수록 멀리 그리고 더 멀리. 먼 읍내로 딸 시집보내는 어미의 섭섭한 마음처럼 꽃씨를 시집보내는 민들레의 마음도 그러하다. 하지만 어쩌랴. 제 자식만은 대처에서 유복한 혼처를 마련해주고 싶으니까. 그나마 딸의 시집가기는 정처(定處)가 있다. 하지만 꽃씨의 시집가기는 정해진 데가 없다. 오직 바람의 처분에만 자신을 맡겨 행선지를 기다릴 뿐이다. 논밭에 내려주면 그곳에 앉고 들판에 내려주면 또 거기에 내리고 지붕 위에 떨어지면 또 거기에 머물 따름이다.

민들레 꽃씨는 자기 의사와는 전혀 상관없이 남의 의사에 실려 살 곳을 정한다. 타자가 내리는 결정에 따라 주체의 삶이 결정되어 사는 것이다. 민들레 꽃씨와 강원도 오지 정선에 정착한 '고향 잃은 사람'이 서로 은유적 동일성을 이루는 교차지점은 바로 거기서 성립된다. 타자에 의해서만 이뤄지는 자기 주체의 삶은 어찌 보면 참으로 고달픈 인생이리라.

그래도 민들레 꽃씨처럼 정선까지 날아온 사람이라면 그는 남의 도움을 별로 받지 않고도 얼마든지 독립할 능력을 갖추었다고 보아 무방하리라. 아무리 척박한 땅일지라도 거기에 뿌리를 내려 자라는 잡초처럼 말이다. 그런 사람은 어릴 적부터 부모에게서 '정신적인 기저귀를 채워보지 않고' 자랐을 것이다. 그런데 자기 스스로에 대해 너무도 엄

격하지 않으면 안 되는 사람, 날마다 정시정각에 출근하여 정시정각에
어김없이 퇴근하고, 퇴근 후 직장 친구들과 어울려 대포 한잔을 좀처
럼 나누지 않는 사람, 격식과 양식 지키기를 하느님 모시듯 하는 사람,
그 사람이 직장 가진 지 5년 만에 작은 아파트 한 채를 장만했으니 집
들이하겠다고 친구들을 초대했다면 그 이야기를 들을 때 우리는 '몸
에 닭살이 돋지 않을까?' 그도 역시 곰곰이 따져보면 오로지 타자의
의사를 충실히 따른 나머지 아파트 한 채의 소유에 이르렀으니까. 그
러고 보니 민들레 꽃씨 같은 인생이나 직장유목민이나 타자에 의해 주
체가 형성된다는 점에서는 둘 다 같다. 소유의 면에서는 다르지만 존
재의 면에서는 동일하다. 존재의 겉모습의 면에서는 같지 않지만 존재
양식의 면에서는 같다. 차별 속에서의 동일성, 같음 속에서의 다름. 같
은 이 세상을 사는 모든 존재자는 그런 이중성을 내포한다.

## 한 물 갔으면 찌그러지는 맛이 있어야지

2006년의 가작 영화 〈라디오 스타〉를 본 뒤 여전히 내 귓가에 여운
을 울리는 대사 한 도막이 있다.

한물갔으면 찌그러지는 맛이 있어야지. 왜 그리 뻣뻣하기만 하냐!

밤무대 출연은 고사하고 하루 밥벌이도 제대로 못할 정도로 가련한
처지에 펜들에게서도 이름이 거의 잊혀진 '왕년의 가수왕' 최곤(박중
훈 분). 좀처럼 치유하기 어려운 이 '왕자병' 환자가 1988년의 영광을
못 잊으며 강원도 영월의 시골 라디오방송국 DJ 자리를 마다하는 걸
보고 그의 알량한 자존심에다 내뱉은 매니저의 어른스런 핀잔이다. 그
렇다. 한물 간 생선은 신선도가 떨어지고 흐물흐물 하는 법이다. 그것
이 전처럼 뻣뻣해 있으면 앞뒤가 맞지 않는 얘기다.
  영화 스토리의 문맥에서 읽으면, '한물가다', '찌그러지다', '뻣뻣하

다'라는 말들은 각기 인기의 정상에서 내려오다, 남 앞에서 겸손하게 자세를 낮추다, 자존심을 세워 고개를 꼿꼿이 쳐들다를 은유적으로 대신하는 것들이다. 이 말들의 원래 뜻은 채소 생선 등이 싱싱한 때를 넘겨 시들거나 변질되다, 냄비 양동이 등이 무엇인가에 부딪쳐 원래 모양이 망가진 모습을 하다, 종이나 옷 등이 부드럽지 않아 꼿꼿하다 · 성질이 고분고분하지 않다인데 사용되는 문맥이 달라지자 그 원래 뜻은 간데 온데 없이 사라지고 앞서와 같은 의미로 새롭게 태어났다. 말이나 단어는 이처럼 사용되는 문맥과 그 문맥에서 지시하는 대상과 어떻게 결합하느냐에 따라 그 뜻을 달리한다. 다시 말하면 단어는 다른 단어와 어떤 인연을 만나 문장을 만드느냐—단어의 결합방식—에 따라 그 의미를 여러 갈래로 생성하게 된다.

'한물갔으면 씨그러지는 맛이 있어야지, 왜 그리 뻣뻣하기만 하냐!'가 영화 〈라디오 스타〉가 아닌 다른 상황과 다른 인물들에 의해서 사용된 말귀라면 〈라디오 스타〉의 문맥과는 전혀 다른 의미로 받아들여질지 모른다. '민들레 꽃씨처럼 떨어져 사는 인생'이라면 한물간 정도를 넘어서 망가질 대로 망가진 인생이므로 찌그러지다 뻣뻣하다를 언급할 계제를 훨씬 넘어선 단계에 있는 사람이라고 봐야 한다. 그런 사람에게 '한물갔으면……' 운운 하는 것은 달을 보고 컹컹 짖는 개와 별반 다를 바가 없으리라. 나는 우리의 일상생활에서 흔히 사용되는 이런 따위의 은유적 말솜씨를 볼 때마다 은유는 우리 인간의 삶 그 자체의 시작과 동시에 탄생된 것이라는 생각을 굳히곤 한다. 그래서 은유는 삶의 진실 그 자체는 아닐지언정 삶의 진실을 가리켜 주는 역할은 훌륭히 수행한다.

일상생활에서 사용되는 은유적 표현들은 거의 대부분 외연적 의미(denotation)를 지닌 직유로 사용되는 경우가 많다. 예컨대 '양 같이 순한 사람' '법 없이도 살 사람' '돼지 같은 놈' '주차장을 방불케 하는 연휴의 고속도로' 등이 그러하다. 이러한 은유는 안정적 위치를 차지하고 있어서 그 은유가 통용되는 문화의 성원이라면 누구나가 쉽게 알아들을 수 있는 의미를 지니고 있어서 은유로서의 신선도는 많이 떨어진다. 말하자면 '한물간 것'이다. 그래서 이런 말들을 가리켜 '죽은 은유말(死隱喩語)'라고 부른다. 예전에 흔히 쓰던 일부 속담들이 이런 은유말에 속하는데 비록 '죽은 은유말'이긴 하지만 아주 죽은 것은 아니어서 때로는 그것들이 관용어로서 꽤 괜찮은 은유의 구실을 하는 경우도 있음을 놓쳐서는 안 된다.


## '로마에 가면 로마법을 따르라'의 잉여의미


'로마에 가면 로마법을 따르라'라는 말은 원래 우리의 토종속담이 아니고 유럽 속담이다. 토사구팽(兎死狗烹), 사면초가(四面楚歌)가 중국 고사에서 왔듯이 이 말은 유럽에서 와서 우리 문화에 정착한 이민어가 되었다. 이 속담은 처음에는 이민이었다가나중에 정주민이 된 예에 속한다.

낯선 곳에서 부딪치는 전혀 생소한 일이나 관행을 싫은 기색을 보이지 않고 잘 수용하여 실천하는 사람을 보고 건네는 인사치례 말에 대해 당사자는 이렇게 응수한다.

'로마에 가면 로마법을 따르라'는 말이 있지 않습니까. 우리집에서는 우리 식대로 하지만 다른 집에서는 으레 그 집 관습을 따라야지요.

'로마에 가면 로마법을 따르라'는 속담은 크리스천 신학의 창시자이며 로마 가톨릭의 4대 교부(教父)가운데 한 사람으로 추앙받는 성 아우구스티노(St. Augustine, 354~430)의 고사(古事)와 깊은 연관이 있다. 영어권에서는 성 어거스틴으로 더 잘 알려진 아우구스티노가 남긴 서간집에 따르면, 그는 당시 밀라노 주교로 있던 성 암브로시오(St. Ambrose, 339~397)에게서 이와 비슷한 말을 들은 것으로 되어 있다.

가난 때문에 젊어서 고향인 타가스테(지금의 알제리 북쪽 마을)를 떠나 로마, 카르타고 등지에서 한 때 방탕한 유랑생활을 하던 아우구스티노는 교사가 되어 나이 30세 무렵 밀라노로 갔다. 그때만 해도 그는 마니교를 신봉하는 이교도였다. 거기서 그는 자신의 그리스도 신앙을 키워준 어머니—나중에 성녀 모니카가 됨—와 재회한다. 아우구스티노의 회고에 따르면 그의 어머니는 밀라노 교회가 로마에서처럼 토요일을 금식일로 삼지 않는 것을 보고 적잖이 당황했다 한다. 어머니를 대신하여 아우구스티노는 암브로시아 신부를 찾아가 의논했다. 암브로시오 신부는 아우구스티노를 가톨릭으로 개종하는 데 큰 역할을 한 성직자로서 죽은 뒤 성인이 되었다. 암브로시오 신부는 아우구스티노에게 이렇게 설명했다.

나는 로마에 있을 때는 토요일에 금식을 한다, 밀라노에 있을 때는 토요일에 금식하지 않는다. 네가 있는 곳 교회의 관행을 따르라.

이 말이 뒤에 '로마에 있을 때는 로마식대로 살고 다른 곳에 가면 다른 식대로 살라'로 발전한 것 같다. '로마에 있을 때는 로마법을 따르라'라는 속담이 아우구스티노의 고사에서 연유한 것인지 아닌지는 나로서는 자신할 수 없지만 어쨌든 그것이 아유구스티노와 관련이 깊은 것만은 부정할 수 없다.

'로마에 있을 때는 로마법을 따르라'는 속담 뒤에는 '다른 곳에 가면 그곳 법을 따르라'는 잉여의미가 잠재되어 있다. 이 속담의 효과는 일상생활에서도 그대로 나타난다. 남의 집 제사에 가서 자기 집 제사방식과 약간 다르다는 이유로 그 집 방식을 거부할 수는 없지 않는가. 손님으로 남의 집에 갔으면 그 집의 방식을 존중하는 것이 도리이다. 달리 말해서 나와 남과의 차이의 존재를 인정하고 그것을 존중하라는 뜻이다. 유교의 가르침에 따른 전통적인 제사법의 일률성과 동일성에 대한 존중이 현대에 와서 다양성의 존중으로 변한 사례로서 이 속담은 매우 귀중한 교훈을 우리에게 준다.

'로마법……' 속담에 담겨진 잉여의미, 그것에서는 지중해와 유럽을 한 손에 거머쥔 대제국을 건설한 로마의 보편주의(universalism)와 특수성(particularism)이 풍긴다. 로마는 광대한 지역을 거느린 대제국으로 성장했지만 제국을 구성하는 다양한 민족들과 다양한 문화(언어)들과 다양한 관습들을 하나로 통일하려 하지 않았다. 그것들을 하나로 통일하는 것은 제국의 효과적인 통치방식이 아니었다고 로마의 지배자들은 생각했다. 로마제국은 제국을 구성하는 다양한 요소들의 개별성과 특수성을 인정하는 것이 제국의 효과적인 통치와 지속적인 유지에 도움이 된다고 판단했다. 지방의 개별성과 특수성은 그 지방민의 아이덴티티를 유지하는 데 필수불가결하다. 말하자면 로마제국은 지방의 일정한 독자성을 인정하는 대신 제국의 중심인 로마의 권위와 로마의 통치가 지닌 보편성만은 훼손당하지 않도록 철저한 제도적 장치를 설정했다. 그것이 지방의 개별성을 인정한 로마제국의 보편주의였다.

서로마 제국이 망한 뒤 유럽중세 천년을 지배한 가톨릭교는 로마제국으로부터 보편주의와 개별성(개인주의)의 공존방식을 배워 교회의 통치에 적용하여 성공했다(Talcott Parsons 『宗教の社會學』 德安彰 외 역 勁草書房 2002 p.19).

로마에서는 로마식을 따르고 밀라노에 오면 밀라노식대로 한다는 성 암브로시오의 말은 로마제국과 가톨릭이 지역별 특수성과 개별성을 인정하는 한편 자기 자신의 보편주의를 실천하고 있다는 말이나 다름없다. 밀라노에 오면 밀라노식대로 한다고 해서 로마의 중심적 권위가 훼손되는 것은 아니다. 교황이라는 한 사람의 최고성직자를 정점으로 피라미드식 조직체계를 구축하고 전 세계의 교도들을 그 조직 속에 효과적으로 얽어놓은 거대한 통치그물을 펼치고 있는 로마가톨릭교가 종교개혁의 거센 도전에 직면했음에도 불구하고 자기변신을 통한 생존을 할 수 있었던 것도 이러한 보편주의와 개별성의 공존 덕택이 아닌가 한다. 한국에 전래된 가톨릭이 한국인의 전통문화 중 하나인 조상숭배—집에서 기제사(忌祭祀)지내기—를 용인한 것도 문화적 개별성과의 공존을 통한 보편주의의 확립 방법이라고 나는 본다.


## 패러디, 흉내 개그가 의미하는 것


### 비유로 웃겨 돈 버는 사람들

내 개그는 눈사람이야, 머릴 굴리니깐
— 2003년 7월 20일 저녁 KBS2 TV '개그 콘서트'에서 이정수의 개그.


솔직히 고백해서 나는 이 개그를 처음 들었을 때 무슨 우스갯소린지 전혀 알아듣지 못했다. 옆에서 아내가 '눈사람'과 '머릴 굴린다'를 연관시켜보라며 나의 둔한 머리 굴림을 나무라고 나서야 아하! 하고 지각웃음을 웃었다. 이정수의 개그는 상당한 시차를 두고서 나에게서 효험을 발동했다. 눈(雪)을 어느 정도 뭉친 다음 '굴리'는 눈사람 만들기의 속성과 개그맨이 '굴린다'라고 뻐기는 그의 '머리'는 '굴린다'는 점에서 은유적 등가성을 갖는다. '굴리다'의 소리가 같다는 점을 이용하여 눈사람 만들기에서의 '눈을 굴리다'와 '머리를 굴리다'의 그것을 연결 지음으로써 의미전이를 통한 웃음을 자아내는 것이다. 요즘 젊은 이들 사이에서는 소리의 등가성을 이용한 이런 식의 우스개가 유행되고 있는데 이런 세태를 알지 못하면 개그퍼슨들의 말을 듣는 순간 우리는 멍청해질 수밖에 없다.

오빠가 놓지 않는다고 했잖아?
마을버스?
뭐야?
— MBC 2007. 1. 29 〈개그夜〉 프로에서

개그우먼과 개그맨이 주고받은 위 개그의 묘미는 '놓지 않는다'에 있다. 아마도 남자친구는 여자친구에게 그동안 '너만을 결코 놓지 않는다'고 다짐에 다짐을 거듭해 왔으리라. 그런데 요즘 갑자기 그 남자친구는 자꾸만 여자친구를 외면하는가 보다. 의심이 생긴 여자친구는 남자친구에게 따져 묻는다. '오빠가 놓지 않는다고 했잖아?' 그러나 돌아온 답은 '마을버스?'였다. 전혀 엉뚱하게 딴전을 피운 것이다. 사랑하는 애인을 '놓지 않는다'와 마을버스를 '놓치지 않는다'라는 동일 발음을 가진 다른 의미의 두 말이 엮는 우스개다. 두 개그퍼슨들도 앞의 눈사람 굴리기에서처럼 발음의 동일성을 가지고 서로 다른 대상을 가리키며 웃음을 자아낸다. 동일성의 화살이 꽂히는 엉뚱한 대상의 반전이 듣는 사람을 순간 즐겁게 속이고 말았다. 속임을 당한 관객이 웃는 것, 그것이 요즘 개그의 묘용이며 묘미이다.

**술만 마시는 젊은이에겐 안주도 좀……**

요즘 젊은이들은 술만 마시고 있어. 이래도 되나?

아주 진지한 어조로 개탄하는 한 개그맨의 젊은 술꾼 비판을 듣고 있던 다른 개그맨이 잠깐 틈을 두었다가 재빨리 내뱉는 한 마디.

안주도 좀 먹으라고 해.

이건 완전히 엇박자다. 그러나 뒤 개그맨의 한 마디는 비록 의도된 엉뚱한 소리임에도 앞 개그맨의 음주 개탄에 나름대로 아주 적절하게 대응한 셈이다. '그래, 맞아. 틀린 말 아니잖아!'라고 맞장구를 치는 우리 자신을 한 번 생각해보라. 우리는 무엇이 맞다고 말하는 것인가? '술만 마신다'라는 말귀의 의미는 요즘 젊은이들은 공부는 하지 않고 유흥가에서 술만 마신다 라는 의미로 받아들이기 십상이다. 실제로 앞 개그맨은 그런 뜻으로 들리도록 온갖 제스처와 목소리의 톤을 조절하면서 시청자를 유도했다. 젊은이의 음주 개탄을 들으면서 뒤 개그맨이 어떻게 대응할지를 궁금해 하던 바로 그 순간 불쑥 나온 '안주도 좀 먹으라고 해!'라는 응답, 그것은 전혀 엉뚱한 답이지만 실은 우리로 하여금 그만 웃음을 터뜨리게 만든다. '요즘 젊은이들은 술만 마신다'를 자기 나름대로 이해한 뜻이 여지없이 빗나갔음을 알아차린 순간 '앗 속았구나' 하는 생각이 웃음과 함께 터지고 만다. 속은 것은 우리 자신이지만 속인 자도 우리 자신이다.

'요즘 젊은이들은 술만 마신다'라는 앞 개그맨의 세태 개탄이 풍긴 함의와 뒤 개그맨의 '안주' 타령은 '술만 마신다'라는 동일한 말귀가 두 가지 엉뚱한 의미로서 개그변주곡을 빚어냈다. '술만 마신다'라는 동일한 문장이 각기 다른 의미를 발산하는 것은 앞뒤 발언문맥의 차이 때문에 일어난 현상이다. 즉 앞의 문맥은 '공부는 하지 않고 술집에서 술만 마신다'라는 점을 전면에 부각시켰으며 뒤의 문맥은 술집에서 음주를 하는 젊은이들이 '안주는 먹지 않고 술만 마신다'라는 점에 주안점을 두었다. 이는 '술 마시다'라는 동일한 기호가 각기 다른 문맥(상황) 즉 '공부하지 않고 마시는 음주'라는 음주의 부정적 문맥과 연관되었다가 나중에 공부문제는 젖혀진 채 안주와만 연관되는 음주의 긍정적 문맥으로 변함으로써 의미의 엇박자 효과를 생산한 것이다.

TV에 등장하는 요즘의 개그프로는 대체로 이런 식의 엇박자 우스개가 주류를 이루고 있다. 은유의 고전적 의미를 뒤틀어버린 말장난이라고 할까 아니면 언어의 의미가 텅 빈 마당에서 벌이는 공허한 기호들의 한 판 놀이라고나 할까. 어찌 보면 은유의 변형문법을 보는 듯한 느낌마저 들지만 자세히 뜯어보면 은유 그 자체의 정의를 새롭게 해야 할 필요성을 실감하게 한다. 은유가 유사성의 전이임에는 변함없지만 커뮤니케이션에 이용되는 기호들의 유사성은 언어의미의 유사성, 말소리의 유사성, 이미지(영상과 형상)의 유사성을 포함하므로 은유는 이들 유사성의 전이에 모두 적용하는 개념으로 이해하지 않으면 안 된다. '술만 마신다'의 개그는 말소리의 유사성을 중심으로 문맥에 따라 언어의미가 각기 다르게 나타난 사례에 속한다.

### 개그夜! 폭소夜!

이번에는 동일한 말소리—언어기호의 동일한 발음—가 은유적으로 의미를 옮기는 구체적 사례를 보자.

MBC의 월요일 밤 11시 프로로 〈개그夜! 폭소夜!〉가 있다. '개그야!' 하고 개그를 소리쳐 부르는 이미지를 상기하게 하는 '개그夜', 즉 '개그의 밤'이라는 프로를 만들겠다는 MBC측의 뜻이 이 프로의 타이틀을 낳지 않았을까. 언젠가 이 심야 프로를 보면서 나는 '개그야'에서 '폭소야'를 즐겼다. 대기업체 사장의 '사모님'이 느릿느릿한 비음으로 어색하게 권위를 발동하면서 자가용 전용운전자에게 내리는 명령, '김 기사~ 운전해, 어서~'가 풍기는 코믹한 연기가 아주 재미있었기 때문이다(이 '김 기사' 코너는 2007년 봄 프로 개편 때 폐지되었음).

이미 이 책의 모두에서 인용했듯이 이와 비슷한 예들은 더 있다. '이

안에 多 있다.' '멋지君, 예쁜 Girl', '소프라노 조수미의 聲대결', 'I love 米(me), 이천' 등. 이런 예들은 '내 개그는 눈사람이야. 눈을 굴리니까'와 같은 패턴의 음성등가성 이동에 해당한다.

### 모창(模唱)·모성(模聲)의 유사성

유명 가수의 목소리, 유명 탤런트나 배우의 목소리를 흉내 낸 개그 퍼슨들의 모창이나 패러디도 은유적이다. 모창은 또한 환유적이라고도 볼 수 있다. 목소리의 유사성(등가성)이란 점에서는 비슷한 속성의 전이(轉移)이므로 일종의 은유에 속하지만 모창이나 목소리 흉내(模聲)의 대상인 사람의 부분적 속성이 그 대상의 전체를 대신한다는 점에서는 환유이다. 한 예로 노무현 대통령이 취임한 지 얼마 안 된 2003년 이른 봄에 등장한 KBS의 개그 〈노 반장〉은 노 대통령의 말투와 억양을 닮았다는 점에서 당시 얼마동안 시중의 화제가 되었고 그 개그맨은 그 목소리 하나로 일약 특급 스타가 되었다.

이런 목소리 흉내나 모창은 비슷하게 들리면서도 실제의 대상과 동일하지 않다는 특성을 갖고 있다. 즉 사실은 엇박자로 비슷한 면을 일부 보여줌으로써 순간적으로 시청자로 하여금 깜짝 놀라게 하는 것이 그 특징이다. 여기에 비하면 요절한 70년대의 인기가수 배호의 많은 노래들을 레코드로 취입하여 '살아 있는 배호' 행세를 했고 음반제작사에 돈벌이를 시켜준 모창가수는 전혀 코믹하지가 않다. 그 모창가수는 최근 어느 라디오 방송프로에서 '돌아간 배호에게 미안함을 느낀다'고 실토했을 만큼 너무도 진지하게 '영락없는 배호로서 노래를 불렀다.' 그는 '보이지 않는 배호'로서 죽은 배호와의 '완벽한 동일성'을 실현함으로써 '살아 있는 망자' 즉 목소리의 유령이 되어 현세의 팬들 앞에 현존(present)해 온 것이다. 그는 얼굴을 전혀 드러내지 않는 '목소리의 유령' 죽은 배호가 '여전히 살아 있음을 알리는 유령'이다. 그래서 팬들은 그들 앞에 현존하는 '목소리의 유령'이 진짜 배호의 목소리라고 굳게 믿었다. 거기에 비하면 모창으로 웃기는 개그퍼슨들은 '목소리의 유령'이 결코 아니다. 그들은 진지하게 흉내를 내려고 애쓸 뿐 진짜 '유령'으로 행세하는 따위의 일은 하지 않는다. 바로 거기에 개그퍼슨들의 윤리와 도덕률이 있다. 그들이 진짜 유령으로서 행세한다면 그것은 사람을 웃기는 개그가 되지 못하고 사람을 속이는 사기극이 되고 만다.

### 여장(女裝) 남성 연예인의 패러디

여성댄서의 무용복—옆 허벅지의 살이 섹시하게(?) 드러나는 의상—을 입고 여성의 몸짓 흉내를 내며 무대 위에서 춤을 추는 여장(女裝) 남성 연예인의 능숙한 몸짓과 손짓을 보며 TV시청자들은 웃는다. 저 뚱뚱한 남성 탤런트가 어쩌면 저렇게도 몸놀림이 유연한 여성댄서의 모습을 잘 흉내내느냐 라는 찬사의 의미를 담은 웃음이리라. 이것도 모창, 모성과 마찬가지로 은유적인 동시에 환유적인 패러디기법을 쓴 변장 몸놀림 개그다. 시청자들은 여장남성 연예인의 댄싱을 보고 왜 웃을까?

첫째 우리 시청자들의 개그 시청에는 존재양상을 서로 달리 하는 즉 둘을 동일시할 수 없는, 대립적인 남녀의 구별이 전제되어 있다. 남녀의 구별이 없었다면 이런 종류의 트랜스젠더(trans-gender) 흉내연기란 것은 애당초에 성립할 수 없다. 우리는 남자와 여자가 서로 마음대로 성(性, gender)교환을 할 수 없다는 불가능성을 잘 안다. 여자와 남자는 성을 교환할 수 없을 뿐 아니라 성적 역할을 완전히 대신하기도 불가능하다. 집안살림을 맡는 내조의 역할이 바뀔 수는 있지만 남자가 아이를 출산할 수는 없다. 여성의 사회적 지위가 최근 십 수 년 동안 크게 향상됨에 따라 여성의 사회적 역할이 남성의 그것과 대등하게 근접했음에도 불구하고 아직도 우리사회에서 여성과 남성은 사회적, 경제적, 정치적, 성적으로 여전히 구별된다. 말하자면 남녀의 분별은 엄연하다는 말이다. 그 점에서 여장남성의 춤은 남녀라는 이항대립의 대극상(對極相)을 반영한 것이며 바로 그 대극상이 있음으로 해서 흉내 연기는 재미를 일으킨다.

둘째 여장남성이 여성의 춤을 패러디하기 위해 선택한 항목들은 의상, 두발 형, 몸짓, 목소리, 기타 연기제스처 등 이른바 여성다운 것으로 인정된 것들 중 일부에 지나지 않는다. 여장 남성은 시청자들에게 가장 여성답게 보일 수 있다고 여기는 선택항목 몇 가지만을 골라 그것들을 집중적으로 연기함으로써 여성다운 댄서로서 엇비슷하게 연상하게 하도록 행동한다. 그 점에서 여장남성의 춤은 은유적이다. 또한 여성댄서의 모방과 흉내는 부분적일 뿐 전체적일 수 없다는 점에서 환유적이다.

셋째 여장남성의 춤은 어디까지나 엇비슷한 흉내일 뿐 여성댄서의 춤 그 자체와 일치할 수는 없다. 아주 유연한 몸동작을 함으로써 여장남성이 감쪽같이 관객을 속였다면 일시적으로 관객은 여성 무희의 그것으로 착각할 수는 있다. 그러나 그것이 재미있게 보이는 계기는 속은 관객에게 그가 속았음을 연기자가 나중에 알려줄 때 아니면 미리부터 속임수임을 알고 있을 때 생기는 것이다. 처음서부터 끝까지 속았다면 그것은 참으로 재미있는 연기라고는 볼 수 없다. 진짜가 항상 존재하고 있어야 가짜의 진가(?)가 유지되듯이 개그의 모창과 흉내내기도 진짜와는 엄연히 차이화되어야 한다. 진짜와 가짜가 완전히 동일화한다면 잉여의미는 발생하지 않으며 따라서 재미도 없다. 여장남성의 은유적 흉내를 보고 우리가 재미를 느끼는 것은 같은 듯이 보이면서도 실제로는 다른 흉내, 여성댄서의 춤과 전혀 동일시할 수 없으면서도 엇비슷하게 맞춰 보인 흉내가 표출되기 때문이다.

마지막으로 하나의 멋진 흉내연기 그 자체만으로써는 재미유발의 효과가 그다지 크지 않다는 것을 여장남성의 댄싱에서 알 수 있다. 흉내연기는 여장연기자의 동작과 말소리가 환유적으로 연예인들의 다른 속성들—여장남성의 흉내연기와 인접한(contiguous) 여성무희들의 속성이나 남성 탤런트 또는 개그맨들의 속성들—과 연결되면 될 수록 재미를 더 키울 수 있다. 발레리나의 점핑의 경우 처음의 한 차례는 실은 어설프지만 멋지게(?) 소화해낸 다음 두 번째 점핑에서는 일부러 넘어지면서 유도에서의 낙법솜씨를 보인다거나 다른 개그우먼의 몸짓을 곁들여 원래의 발레리나 흉내를 망가뜨리는 식의 흉내와 반(反)흉내 또는 흉내와 흉내파괴가 동시에 병행되어야 한다. 다시 말해서 흉내연기는 은유적 모방과 동시에 환유적인 대신행위가 발생할수록 더욱 대조적인 흥미를 생성할 수 있다는 말이다. 이것은 언어학자 야콥슨이 말한 언어의 시적 기능이 은유와 환유를 서로 겹치게 함으로써 시를 읽는 독자로 하여금 즐거움과 재미를 생성시키는 이치와 같다. 요컨대 흉내와 모방을 성립시키는 몇 가지 요소항목들(elements)의 선택과 결합은 은유적임과 동시에 환유적으로 실행되며 그렇게 함으로써 우리는 흥미와 재미를 느끼게 된다.

### 무의식과 언어의미의 과잉

개그나 조크 또는 말장난을 들으면 그것들에 사용된 언어기호들이 명시적 외연적 의미 외에 내포적 의미를 드러내는 현상을 우리는 목격한다. 앞서의 '술만 마신다'의 사례처럼 '마시다'가 간직한 여분의 의미, 우리의 일상생활에서 별로 의식하지 않고 사용하는 관례적 의미를 밀어제치고 고개를 슬쩍 내밀며 대화 속으로 끼어든 추가적인 나머지 의미가 만들어지는 것을 우리는 본다. 모든 조크나 농담 그리고 말장난의 의미는 모두 이런 종류의 것으로 분류될 수 있다. 나는 이것을 connotative meaning 즉 내포적 의미라고 명명하고 싶은데 다른 사람은 이를 잉여적 의미 또는 의미의 잉여(surplus of meaning)라고도 부른다(Robert Bocock, 『Sigmund Freud』 개정판 Routledge 2002).

인간 언어의 불완전성에 초점을 맞춰 무의식을 연구한 프로이트는 무의식이 꿈에서 뿐만 아니라 일상생활에서도 의식의 표면으로 부상하는 것을 발견했다. 이름을 깜빡 잊어버린 사람이 엉뚱한 이름을 남 앞에 대는 행위라든가, 전혀 뜻밖에 의식하지 않고 입 밖으로 튀어나오는 실언이나 실수, 농담, 조크 및 말장난 같은 데서 무의식이 의식의 표면으로 떠오르는 사례를 본 것이다. 김아무개 부장이 저지른 과오를 말하면서 '나'의 입 밖으로 나오는 당사자의 이름은 계속 장 아무개를 대는 식이 여기에 해당한다. 무의식은 꿈과 마찬가지로 언어라는 매개를 통하지 않고는 자신의 모습을 드러내지 않는다. 꿈이 무의식의 표현이라는 사실은 이미 알려진 바이지만 농담이나 실언이 무의식의 발로라는 사실은 일반적으로 널리 알려지지 않았다. 프로이트는 관념을 개념화한다든가 무의식을 형성하는 데 있어서 언어가 핵심적 역할을 하는 것을 알고는 있었으나 이 점을 명시적으로 분명히 밝히지는 않았다. 프로이트의 선구적 업적은 '프로이트로의 회귀(the return to Freud)'를 선언한 프랑스의 정신분석가인 자크 라캉(Jacques Lacan, 1901~1983)에 의해서 계승, 발전했다. 그는 '꿈은 언어처럼 구조화된다'라는 유명한 명제를 제시했다.


## 별명의 묘미, 독똥꼬망과 철의 여인


제주 섬 출신의 작가이며 친구인 현기영이 소년기의 기억의 흔적을 더듬으며 쓴 자전적 장편소설 『지상에 숟가락 하나』를 읽다 보면 피식 웃음이 나오게 하는 소싯적 또래들의 별명과 만난다.

그 중에 어느 친구의 별명 '독똥구멍'이 나온다. 이 별명을 '닭똥구멍'이라고 표기하면 제주출신에게는 실감이 나지 않는다. 어디까지나

'독똥구멍'이어야 한다. 아니 정확히 '아래 ㅇ'를 표기하여 '독똥꼬망'이라고 해야 맞다. 그래야만 제주사투리의 고유한 맛이 살아난다. 이 '독똥꼬망'의 예에서, 나는 소년기에 뇌의 저장소에 잘 갈무리된 기억의 흔적들, 그 소리와 냄새의 흔적들이 50여 년이 지나서도 전혀 시들지 않고 생생하게 되살아나는 것을 본다. 젊은 시절 꽤 이름 있는 기업의 엔지니어로 활동하다 은퇴하여 지금은 고향에서 노년을 편히 지내는 그 친구, 약간 어눌한 듯 느릿느릿 움직이는 입술 모양이 영락없이 닭 똥구멍을 닮았다 해서 우리가 붙여준 별명이 그것이었다.

"야, 독똥꼬망."

하고 부르면, 그다지 화를 내지 않던 순한 마음씨의 그 친구는 자기 별명이 자기를 크게 모욕하는 것이라고는 생각하지 않았던 듯하다. 지금 생각해봐도 '독똥꼬망'은 아주 적절하게 붙여준 제 격에 맞는 별명이었던 것 같다. 아무튼 그 무렵 우리는 별명을 서로 부르고 놀리면서 깔깔대며 즐거워했었다.

별명도 은유적이면서 환유적이다. '곰바위' '너구리' '여우'처럼 동물의 특징 하나와 그것과 비슷한 사람의 특징 하나를 연결시켜 동일시하는 것이 별명이므로 유사성의 전이 면에서는 은유이고, 부분이 전체를 대신하는 면에서는 환유이다.

1980년대 영국의 고질병(영국병)을 치유하여 쇠퇴한 '대영제국'의 기력을 회복시킨 신자유주의 정치가 마가렛 대처 총리의 별명은 '철의 여인'(the Lady of Iron)이었다. 노조의 장기파업을 법대로 처리함으로써 기업과 정부의 발목을 잡는다고 생각되던 노조의 기세를 꺾고 시장경제 중심의 신자유주의 정책을 과감하게 추진했다고 해서 그에게 붙여진 이 별명은 그의 퍼스낼리티와 강력한 리더십에서 연유한 것인 듯하다.

여성을 유혹하는 '꽃제비' 청년, 길거리의 사기 장기판 주위에서 분위기를 돋우며 사람들을 끌어들이는 '바람잡이', 2006년 독일월드컵 축구대회 본선에 진출한 32개 팀들 중 프랑스의 '아트 사커', '늙은 수탉' 프랑스팀, 이탈리아의 '아주리군단', 호주의 '사커루팀', 독일 '전차군단' 등이 모두 별명이다.

별명은 일단 붙여지면 스테레오타입(stereotype)으로 굳어지기 쉽고 그 주인의 성품이나 특성은 별명의 의미로서 남에게 그를 대신하는 경향이 강하다. 별명은 대부분의 경우 환유적인 지시의 힘을 휘두르기 때문이다. 대처 총리의 '철의 여인'은 철의 강성 이미지가 그대로 대처 총리에게 옮겨져 대처=강력한 여성정치가란 스테레오타입을 영국 국민에게 투사했다. 이로 말미암아 그 강성이미지는 연기가 불을 가리키듯 직접적인 지표로서(indexically) 대처 총리와 동일화하게 된다. TV화면에 나오는 탱크의 시가지 이동 장면이 '어느 나라에서 쿠데타가 일어났나? 아니면 또 중동 어디서 전쟁이 일어났나?' 하고 곧바로 연상작용을 일으키는 것과 같이 별명도 그 주인의 성품을 그대로 묘사하는 지표적 구실을 한다. 이런 방식의 의미작용은, 환유적인 기호가 지표적으로 작용하기 때문에 그 기호를 읽는(듣는 또는 보는) 사람에게 커다란 영향을 직접적으로 미친다.

# 제4장
# 색깔, 대립의 양극과 다채로운 얼굴

## 검정, 슬픔과 권위 그리고 유행의 스펙트럼

### 햄릿의 검은 상복

아버지의 죽음에 대한 슬픔과 어머니의 (숙부와의) 결혼에 대한 수치심 때문에 덴마크의 젊은 왕자 햄릿은 늘 침울한 수심에 싸여 있었다. 그는 세상이 온통 싫어지고, 이 세상은 잡초만이 무성하여 아름다운 화초는 숨이 막혀 죽어버린 황폐한 정원 같이 보였다. 햄릿은 부왕의 죽음을 애도하는 뜻으로 항상 검정 옷을 입고 궁전에 나타났으며 어떤 경우에도 그 상복을 벗으려 들지 않았다. 비탄에 잠긴 햄릿에게

지구라는 이 훌륭한 건물은 황량하게 보일 뿐,
빛나는 별들로 아로 새겨진 저 하늘도
독기 덩어리로 밖에 생각되지 않는다.

위 글은 찰스 램의 『셰익스피어 이야기들』 중 햄릿 편을 필자가 약간 윤색하여 인용한 것이다. 이 글에는 햄릿이 입은 검정 옷의 비유 외에도 '잡초만이 무성한 이 세상' '아름다운 화초는 숨이 막혀 죽어버린 황폐한 정원' '황량하게 보이는 지구라는 이 훌륭한 건물' '독기덩어리로 밖에 생각되지 않는 저 하늘의 빛나는 별들' 등의 은유들이 등장하여 비탄에 잠긴 햄릿의 심정을 대변한다. 편의상 여기서는 다만 검정이라는 색깔이 풍기는 은유적 의미만을 언급하고 셰익스피어의 저 현란한 다른 은유들에 대한 설명은 접어두기로 하겠다.

부왕을 졸지에 여읜 햄릿이 비애와 우수를 상징하는 검은 상복을 입고 왕궁 안을 돌아다녔다면 셰익스피어 시대에 상복의 색깔은 이미 검정으로 정착되어 있었던 듯하다. 모차르트의 생애를 그린 영화 〈아마데우스〉에서도 이 음악의 천재를 하늘나라로 데려가기 위해 출현한 저승사자의 옷 색깔은 검정이었다. 장례식에 참석한 문상객들의 옷 색깔도 하나 같이 검정이었다. 그래서 검정은 슬픔과 죽음, 죽은 자에 대한 산 자의 엄숙한 애도의 뜻으로 연결되는 의미를 지닌다.

검정의 이런 의미는 원래 서구의 창안물이다. 우리의 조의(弔衣)는 폐망한 천년 신라의 마지막 왕세자 마의태자(麻衣太子)가 입었던 것과 같은 황마(黃麻)의 누런색이었다. 그 뒤 우리의 조의에는 흰색도 사용되었던 것 같다. 요즘의 궁중사극(TV드라마와 영화)을 보면 임금이 승하했을 때 신하들은 모두 흰옷을 입고 나타난다. 어쨌든 우리의 조의는 원래 검정은 아니었다. 왜 이렇게 검정이 우리에게도 죽음과 애도의 색깔이 되었는지, 그 이유는 아마도 8.15 광복 이후 밀어닥친 서구 문화의 영향 탓이아닐까 한다.

## 검은 손의 훔침, 검정 세단의 권위

남의 물건을 훔치는 사람을 일러 '검은 손'이라 하고 음흉하고 부정한 마음을 가진 사람을 흑심(黑心)을 품었다고 한다. 우리의 옛 선비가 지은 시조의 일부인 '까마귀 싸우는 곳에 백로야 가지마라/청파에 고히 씻은 몸 더럽힐까 하노라'에서 까마귀는 검정, 백로는 하양, 청파는 파랑을 디노트(denote, 의미를 직접적 명시적으로 지시하다)한다. 이 시조에서 검정은 배척해야할 대상을 그리고 하양과 파랑은 각기 검정에 대립되는 청결의 의미를 코노트(connote, 의미를 함축적, 내포적으로 지시하다)한다. 돈세탁을 하려는 폭력조직의 '검은 돈'과 대통령의 얼굴에 '먹칠'을 하는 일부 청와대 비서관의 '험한 말'의 색깔도 검정이다. 블랙마켓(暗市場)도 공공기관의 감시를 피해 몰래 거래가 이뤄지므로 그 색깔은 검다.

크로아티아의 어느 지방에서 검정색은 악을 의미하며 빨강색은 선을 의미한다. 그 지방 사람들이 관광객들에게 구경거리로 선물하는 칼싸움하는 병사들의 민속춤은 검정 옷을 입은 측과 빨강 옷을 입은 측의 구분과 대립에서 선의 상징인 빨강 옷이 이기는 스토리로 엮어져 있다 한다. 위 사례에서 검정은 모두 부정적인 이미지를 품고 있다.

그렇다고 검정이 언제나 부정적인 이미지만을 지니지는 않는다. 장례식에 참석한 문상객이 입은 검정색 정장과 목에 맨 검정 넥타이는 부정적 의미보다는 고인과 유가족에 대한 참배객의 경건한 애도의 뜻을 엄숙하게 표시한다. 이 경우의 검정은 문상객이 당연히 준수해야 하는 경건한 마음으로서 조의(弔意)의 빛인 동시에 유가족이 입어야 하는 상복인 조의(弔衣)의 색인 것이다. 가톨릭 성당에서 미사를 집전하는 신부의 옷은 검정색이다(아닐 때도 있음을 유념하기 바란다). 그것은 교회의 엄숙한 권위와 품위를 상징하는 색깔이 된다.

서양스타일의 양복 정장이 한국에 도입된 이래 검정은 또한 사회적 스테이터스(身分) 칼라가 되었다. 국내에서 자동차가 처음 조립생산되기 이전에 민간에게 불하된 미군용 지프가 개조되어 서울 시내를 굴러 다닐 때의 지프차 색깔은 하나같이 검정 일색이었다. 지금도 그러하지만 그때 그 지프차의 검정은 권위와 권세를 상징했다. 이후 현대자동차와 대우자동차가 1970년대 후반부터 본격적으로 생산, 출시한 국산 승용차(코티나, 포니)들도 대부분 검정이었다. 지금도 대통령을 비롯하여 장관급 관용차와 기업 회장들이 타고 다니는 세단 자동차의 색깔은 검정이다. 도열하여 자기네 보스를 기다리는 조폭 부하들이 입은 양복 정장의 검은 색은 또 무엇을 의미한다고 볼 수 있을까? 아마도 그것은 조폭집단의 상징색깔인 동시에 집단성원들의 동일성과 권위를 의미한다고 볼 수 있을 것이다.

### 유행의 첨단 색깔

검정은 또한 유행의 색깔이기도 하다. 봄철이면 북한산과 도봉산 그리고 관악산과 청계산을 찾는 많은 등산객들의 등산복 색깔 중에는 유난히 검정이 많다. 어느 해부터인가 검정은 조의와 권위의 색깔에서 레저 색깔로 편입되어 청·홍·황색을 누르고 인기를 구가하고 있다. 비단 등산복뿐이랴. 검정은 패션 색깔 중에서도 가장 화려하고 으뜸가는 색깔로서의 위상을 확고히 차지하고 있다.

하늘과 얼굴을 맞대고 호흡하는 환한 백주(白晝)에 산을 오르는 사람들이 하필이면 어두운 검정을 선호하는 이유는 무엇일까? 의복패션 디자이너와 아웃도어 레저산업이 서로 손을 맞잡고 검정을 유행시켰고 그 유행을 사람들이 수용했다는 것 이외에 나는 뚜렷한 이유를 알지 못한다.

우주는 무슨 색깔일까? 중국인이 색깔을 가지고 천체를 보는 관점과 천체물리학자의 그것 사이에는 서로 비슷한 데가 있다. 중국인은 천지현황(天地玄黃) 즉 하늘은 검고 땅은 누르다고 말함으로써 하늘의 깊숙한 곳은 어둡다고 생각했다. 천체물리학자도 천체 안에서 물질과 빛을 빨아들이는 거대한 구멍의 색깔은 검다고 보고 그것을 블랙홀 (black hole)이라고 부른다.

그런데 저 높은 하늘로 우주여행을 떠난 우주인은 우주선 창을 통해 본 지구의 모습이 파란 바다 속의 섬과 같다고 표현했다. 대지 위에 선 지구인이 우주의 색깔을 유현(幽玄)하다고 본 데 반해 우주공간 속을 나는 관찰자는 온통 파랗다고 말한다. 어느 쪽이 맞는가? 둘 다 맞다. 우주의 색깔은 보는 이의 입장과 위치에 따라 달리 보이기 때문이다. 색깔의 본디 바탕은 하나이되 겉으로 나타나는 현상은 관찰자의 위치 와 관점에 따라 다른 것이다. 어쨌든 우리는 아득한 옛날부터 우주는 현묘한 것 즉 아주 그윽하고 어두운 것이라고 생각해왔다. 상상할 수 없을 정도로 아주 먼 데 있는 것은 유현함 속에 우리가 알 수 없는 신 비를 간직하고 있다.

검정은 확실히 2천 5백 년 전 고대 인도에서도 어둠의 상징이었다. 그들은 신월(초승달)과 보름달 사이에 떠오르는 달을 백분월(白分月)이 라 불렀다. 보름달과 다음 초승달 사이의 달은 흑분월(黑分月)이라 지 칭되었다. 백분월은 달이 차츰 커져서 마침내 환하게 밝은 둥근달이 된다는 의미를 지녔고 흑분월은 달이 차츰 작아지다 마지막에는 어둠 을 남기고 우리 시야에서 완전히 사라진다는 의미를 지녔으므로 초승 달의 백과 그믐달의 흑과의 차이는 밝음과 어둠의 차이에서 생겨남과 사라짐의 차이로 은유되었다(원시경전 〈싱가라에게 준 가르침〉에서. 中村元 편 『原始佛典』筑摩書房 p. 84).

하지만 달의 경우가 말하듯 검정과 하양은 완전히 구별되는 별개의 색이 아니다. 검정과 하양은 하나로 이어진 연속적 스펙트럼 속에서 정다운 이웃이 되어 있다. 궁극적으로 그것들은 둘이 아니고 하나다. 밤이 되면 숲과 들로 나와 활동하는 야행성동물들을 보라. 그들에게 우리의 낮은 밤이 되며 우리의 밤은 낮이 된다. 그들에게 밤은 결코 어 둡지 않다. 오히려 그들에게는 눈부시게 환한 대낮이 어둡다. 눈이 너무 부시면 아무것도 보이지 않는, 그래서 아무 것도 보이지 않는 어둠이 되어버리는 이치가 야행성동물들에게도 그대로 적용된다.

## '검정은 나의 피부'

지난 1950년대를 풍미했던 '샹송의 영원한 여신' 에디트 피아프는 자기가 즐겨 입는 검정 옷을 '나의 피부'라고 묘사하곤 했다.

　　푸른 하늘이 우리들 위에
　　무너져 내린다 해도
　　대지가 허물어질지 모른다 해도
　　만약 당신이 나를 사랑해 주신다면
　　그런 것은 아무래도 좋아요.

검은 드레스를 입은 피아프가 우리의 가슴을 봄비처럼 촉촉이 적시는 〈사랑의 찬가〉를 부를 때 그녀의 검정 색은 분명 고독과 우울의 색깔이었다. 하지만 피아프의 그 검정이 오늘날 많은 가수와 연예인들의 아낌을 받는 빛깔의 지위를 얻었음을 안다면 그녀의 검정은 글루미(gloomy)한 슬픔과 우울의 색깔이라기보다는 대중의 아낌을 여한 없이 받는 지극히 패셔너블한 색깔, 유행의 첨단에서 다른 색들을 단연코 압도하는 아름답고 출중한 색깔이 아니겠는가. 그래서 검정은 스스로 슬픔과 우울을 말하지 않는다. 다만 사람이 검정에서 의미를 찾아내 찬미할 따름이다. 바로 그 사실을 3백 년 전 셰익스피어는 그의 소네트에서 노래했다.

　　옛날에는 검정빛을 아름답게 여기지 않았어라
　　아름답다 하더라도 미(美)라고는 일컫지 않았어라.
　　그런데 지금은 검은 빛이 미의 상속자이며

서자(庶子)라는 부끄러운 이름을 갖는도다.
왠가 하면 누구나 인공으로 자연의 힘을 가장하여
위조한 얼굴로 추(醜)를 미로 보이게 한 이래
아름다운 미는 명예도 없고 신성한 거처도 없고
모욕은 아니더라도 모독을 당하도다.
그래서 내 여인의 눈은 까마귀 같이 검고, 애수에 잘 어울리어라.
그 눈은 애도하는 것 같이 보이도다.
미인으로 태어나지 않는 사람이 허위의 평가로
자연의 창조를 중상(中傷)하여 미인이 되는 것을
그러나 애도하는 양 비애에 어울려
미인은 그렇게 보여야 된다고 하더라.
— 피천득 옮김 『셰익스피어 소네트 詩集』 127 샘터 1996

　까마귀 같은 검정빛의 눈을 가진 여인을 사랑했음에도 불구하고 셰익스피어는 검정색을 미의 적자(嫡子)라고는 여기지 않았던 듯하다. 하지만 그에게 미의 상속자가 꼭 적자일 필요는 없었다. '명예도 없고 신성한 거처도 없지'만 애수를 머금은 애인의 검은 눈빛은 아름다움을 발산하여 셰익스피어로 하여금 검정의 미를 예찬하게 했으니까. 셰익스피어의 〈소네트 127〉에서 우리는 뜻밖에도 오늘날의 성형수술에 맞먹는 3백 년 전의 화장술을 발견한다. '인공으로 자연의 힘을 가장하여 위조한 얼굴로 추를 미로 보이게 한' 당시 여인들의 능란한 화장솜씨야말로 경이로운 사건이 아닐 수 없다. 그들의 '경안술(耕顏術)' 솜씨에 검정은 비로소 미의 반열에 올랐고 그래서 우리를 놀라게 한다.

# 청홍(靑紅)의 변덕스런 변주곡들

## 뜨거운 열정에서 결연한 투쟁으로

'양심에 찔리는 바가 있는지 그 말을 듣자 정 아무개는 얼굴이 빨개졌다' 라는 글귀에서 빨개진 얼굴빛은 숨긴 사실이 탄로 났음을 느끼는 수치와 무안함을 시현(示顯)한다. 그렇다고 붉은색이나 빨강색이 언제까지나 수치와 무안함만을 보이지는 않는다. '붉은 악마의 붉은 물결과 붉은 함성이 스타디움을 가득 매웠다' 라고 보도하는 아나운서의 목소리는 축구국가대표팀 선수들을 성원하는 뜨거운 열정을 가리킨다.

한미자유무역협정(FTA) 협상을 강력하게 반대하며 거리로 뛰쳐나온 사람들이 머리에 두른 빨간 띠는 강경투쟁의 결연한 의지를 과시한다. 노사협상이 결렬되어 파업에 돌입한 노동조합원들의 붉은 띠 역시 불타는 투쟁의지를 보여준다.

지금은 길거리 도처에 빨간색 간판들이 쉽사리 눈에 띄지만 20여 년 전만 해도 빨간색은 금기의 색깔이었다. 빨강은 공산주의자를 손가락질하는 '빨갱이'였다. 1991년에 해체되기 전의 소비에트사회주의연방공화국(소련)의 적기(赤旗)는 온통 붉은색 바탕에 망치와 낫이 그려진 노동자를 위한 깃발이었고 중요한 국가기념행사 때마다 군중의 행렬이 누비던 모스크바의 광장은 '붉은 광장'이었다. 소련과 같은 블록에 있던 중화인민공화국의 깃발인 오성홍기(五星紅旗) 역시 붉은색다. 때문에 반공국가인 대한민국의 국민들은 빨간색을 기피해야만 하는 철저한 반적(反赤) 교육을 받지 않으면 안 되었다. 그래서 오래 동안 붉은색은 금기의 색이 된 것이다.

그러나 그런 반적시대에도 붉은색이 기피의 색깔만은 아니었다. 그것은 여전히 뜨거운 사랑을 표상하는 정열의 빛이기도 했다. 청실홍실

(青糸紅糸)의 천생연분으로 맺어진 남녀 간의 사랑이야기. 1956년 말에 방송된 한국 최초의 라디오 주말연속극의 타이틀도 청실홍실이었다. 여기서 홍실(紅糸)은 남녀 간 인연의 줄을 의미한다. 그러므로 반적시대에도 붉은색을 사랑하는 청춘남녀들이 많았다는 사실이 엄존했듯이 색깔의 의미를 한가지에만 가둬버리는 것은 색깔의 넓은 포용성을 무시하며 축소하는 어리석은 처사가 아닐 수 없다.

## 중국 문화대혁명의 교통신호 '혁명'

우리가 붉은색을 금기로 규정하여 탄압을 가할 즈음 사회주의국가 중국에서는 붉은색에 의한 전투적 색깔혁명이 단행되고 있었다. 붉은색은 저 악명 높은 '문화대혁명(文化大革命, 1965~75)'의 이름 아래 자본주의 서방세계의 색깔관행을 과감히 혁파(革罷)하고 위대한 사회주의 혁명을 달성하자는 붉은 전위대인 홍위병(紅衛兵)들에 의해 사회주의적 색깔로 재해석되었다. 위대한 사회주의 혁명을 달성하기 위해서는 자본주의 체제와 그것을 지지하는 모든 자본주의적인 것들은 철저하게 타파되지 않으면 안 되었다. 붉은색의 모든 자본주의적 의미는 반사회주의적인 것이며 반혁명적인 것으로 규정되었다.

그래서 사회주의의 전진 앞에 정지를 의미하는 빨간색의 교통신호는 반동적인 것이며 반혁명적인 것으로 지목되어 처단받는 운명에 놓이게 되었다. 다른 모든 나라에서 공공연히 받아들여지는 자동차의 정지 신호 빨강은 그 당시 사회주의 중국에서 환골탈태하지 않으면 안 되었다. 공자의 유교사상은 말할 것도 없고 심지어 모차르트와 베토벤의 고전음악까지도 부르주아적이라는 딱지를 붙여 남김없이 폐기처분하던 저 광란의 시절에 빨간불도 '진행(Go)'이라는 이름을 새롭게 얻어 사회주의적으로 재탄생했다. 중국혁명에서 '정지(Stop)'란 있을 수 없다. 동방홍(東方紅)이 아닌가. 사회주의의 해가 뜨는 동방—중국—이 홍이라면 빨강 신호는 마땅히 '정지'가 아니라 유토피아를 향한

'진행'이어야 마땅하다. 이제부터 빨간 신호등이 켜지면 사회주의 중국의 모든 자동차들은 앞으로 내달리며 질주를 계속해야 한다. 자동차가 달릴 때마다 광신적인 문혁운동파의 '혁명적 호령'은 중국 대륙에 찌렁찌렁 울렸다.

애당초부터 사회주의중국에서 빨강은 진보와 혁명을 의미했고 따라서 노동자의 색깔로서 정착되어 있었다. 다른 어느 색보다도 빨강을 선호한 그들이고 보면 교통신호의 빨간불을 '정지'에서 '진행'으로 바꾸는 일쯤은 실로 당연한 혁명과업의 하나였을지도 모른다. 깃발에서부터 거리의 대형 구호판에 이르기까지 모든 것들이 온통 빨간색으로 도배질해야만 투철한 혁명 의지 아래 사회주의 혁명을 달성할 수 있다고 믿었던 문혁광신자들에게 빨강=정지라는 보편적 의미는 자본주의적 부르주아 사상의 용인으로 밖에 해석될 수 없었다.

문혁시대는 불행히도 빨강의 보편적 의미가 광신적 사회주의자들의 적색 집단테러를 당한 불우한 수난의 시절이었다. 빨강의 '정지' 의미가 고정된 자연적 속성이 결코 아니고 인류의 문화발전 과정에서 형성된 합의사항이며 약속이란 점에서 보면 홍위병들의 의미파괴는 역설적으로 정당화될 수도 있을지 모른다. 그러나 반대로 다른 모든 국가와 사회들이 빨강의 의미를 '정지'로 수용하는 관례를 독단적으로 파괴했다는 점에서는 그들의 색깔혁명 운동은 시대착오적이며 유아독존적 광태(狂態)라고 밖에 볼 수 없다.

**붉은 마음(丹心)에 흐르는 영원한 푸른 역사**

이번에는 같은 빨강과 파랑이 시인의 눈에는 어떤 의미의 옷을 입고 등장하는지를 살펴보자.

......

그 석류 속 같은 입술

'죽음'에 입 맞추었네!
아! 강낭콩 꽃보다도 더 푸른
그 물결 위에
양귀비꽃보다도 더 붉은
그 마음 흘러라

흐르는 강물은
길이길이 푸르르니……
— 변영로의 〈논개〉에서


　'푸른 물결'과 '붉은 마음'은 영원한 푸른 역사(靑史)와 일편단심(一片丹心=조국애)이라는 은유적 의미를 지닌다. 푸른 물결이 영원한 역사를 지칭한 것임은 '흐르는 강물은/길이길이 푸르르니'에서 역연히 드러난다. 이 시구 자체가 '푸른 강물의 영원한 흐름' 즉 역사의 영구한 흐름을 코노트(connote)하고 있다. 종이의 발명 이전 고대 중국에서 푸른 대껍질을 불에 쬐어 기름기를 뺀 다음 마른 표면에 사실(史實)을 기록한 데서 연유된 것이 청사(靑史)다. 그런 내력을 지닌 청사가 '푸른 물결'로 은유되어 시인 변영로에 의해 '한 조각 붉은 마음'을 실어 흐르는 영원한 강물이 되었다면 왜장(倭將)을 껴안아 진주 남강 물에 뛰어든 논개의 죽음은 결코 헛되지 않은 것이다. 투쟁을 의미하는 붉을 홍(紅) 또는 경계와 정지를 의미하는 붉을 적(赤)이 아니라 오로지 하나의 님—사랑하는 임 또는 나라나 민족—만을 향한 붉을 단(丹)의 그 붉은 마음이 청사의 푸른 강물과 어우러져 길이길이 흐르게 함으로써 창조해낸 시의 의미는 그래서 단청(丹靑)의 시간적 영원성까지도 함의하고 있다. 이렇게 색깔에 기초하여 〈논개〉의 의미를 풀다보면 이 시는 깊은 산속 절에 있는 법당들을 채색한 종교적 영원성으로까지 이어짐을 은근히 느낄 수 있다.

## 관념의 '푸른 바다'와 체험의 '싸움터'

이것은 소리 없는 아우성
저 푸른 해원(海原)을 향(向)하야 흔드는
영원한 노스탈쟈의 손수건
— 유치환의 〈깃발〉에서

푸른 바다에 고래가 없으면
푸른 바다가 아니지
마음속에 푸른 바다의
고래 한 마리 키우지 않으면
청년이 아니지
푸른 바다가 고래를 위하여
푸르다는 걸 아직 모르는 사람은
아직 사랑을 모르지
— 정호승의 〈고래를 위하여〉에서

'푸른 해원'이나 '푸른 바다'는 그것 자체만으로서는 색 다른 의미를 지닐 수 없다. 다른 단어와 만날 때 비로소 의미의 꽃을 피운다. 개망초가 되기도 하고 민들레가 되기도 하는 것이다. 유치환에게서는 푸른 해원이 깃발을 만나 이념의 푯대 위에 나부끼는 '영원한 노스탈쟈 (nostalgia, 향수, 그리움)'의 대상이 되었고 정호승에게서는 '고래'와 짝을 이뤄 젊은이의 큰 뜻을 뜻대로 펼칠 수 있는 이상(理想)의 마음속 터전이 되었다. 만일 푸른 바다가 소복을 입고 언덕 위에 서서 돌아오지 않는 남편을 한없이 기다리는 여인을 만났다면 그 바다는 한이 서린 탄식의 바다가 되었을 터이고 여인은 망부석(望夫石)이 되고 말았으리라. 푸름 자체는 다른 색깔과 대조되는 스펙트럼 상의 한 색깔일 뿐이다. 푸른 바다 역시 하얀 모래와 구별되는 차이의 기호일 뿐이다. 정지용의 시 한 수를 보자.

> 바다는
> 푸르오
> 모래는
> 희오, 희오
> 수평선 우에
> 살―포시 내려앉는
> 정오 하늘
> ― 정지용 〈바다 7〉의 일부

　보통사람들이 평상시에 늘 보고 느끼는 그러그러한 푸른 바다, 하얀 모래, 수평선, 정오 하늘이 서로 어우러져 바다의 이미저리(imagery)를 햇살 쏟아지는 어느 여름날 정오에 한 폭 수채화로 그려내고 있지 않는가. 푸름은 반드시 대조되는 다른 색깔, 차이가 나는 다른 말을 만나야 비로소 의미다운 의미를 얻는다. 말은 독신주의자가 될 수 없는 운명을 지녔다. 그 점에서 푸른 해원이나 푸른 바다는 '깃발'이나 '고래'와 결합하여 독특한 의미를 생산한 것이다. 두 시인은 다른 시인들이 미처 생각하지 못한 다른 기호와의 색다른 결합 방식을 몸으로 자연스레 터득했기에 그러한 의미생산을 할 수 있었다.

　그리하여 유치환의 푸른 해원은 깃발이 찾고자 하는 낭만과 그리움 그리고 이상의 대상으로 국어 교과서에서 정석의 자리를 확보했으며, 정호승의 푸른 바다도 의미는 약간 다르지만 청년의 큰 뜻을 키우는 마음의 터전이라는 교과서적 정설을 얻은 것이다. 그렇게 됨으로써 푸른 바다는 관념의 바다로서의 기능을 충실히 수행하는 단계에 이르렀다.

그러나 사시장철 바다를 끼고 살지 않으면 안 되는 섬사람에게 바다는 결코 관념이 될 수 없다. 그것은 치열한 생존경쟁을 벌여야만 하는 실존적 체험의 바다, 삶 그 자체의 바다로 그들 앞에 펼쳐진다. 바다가 실존의 터전이 되는 순간 푸른색은 낭만과 꿈을 상실한다. 아니 푸른색 자체가 의미를 잃어버리는 텅 빈 색깔이 된다고 말하는 것이 더 정확할 것이다. 가도 가도 바닷가 사람들을 줄기차게 따라다니는 수평선은 섬사람들의 마음을 겹겹이 둘러싼 채 그들을 고독의 섬 안에 가둬놓는다. 그들은 수평선을 벗어날 수 없는 섬 안에서 바다와 처절한 싸움을 벌여왔다. 그것은 섬사람들이 피할래야 피할 수 없는 현실의 굴레였다. 그래서 제주에 사는 섬출신의 시인 문충성에게는 바다의 푸른 빛이 전혀 보이지 않는다. 보이는 것은 오로지 어둠과 빛의 싸움뿐. 그에게 바다는 허연 거품을 물고 달려드는 무서운 괴물의 모습과도 같다.

누이야, 원래 싸움터였다.
바다가 어둠을 여는 줄로 너는 알았지?
바다가 빛을 켜는 줄로 알고 있었지?
아니다 처음 어둠이 바다를 열었다 빛이
바다를 열었지 싸움이었다
어둠이 자그만 빛들을 몰아내면 저 하늘 끝에서 힘찬 빛들이
휘몰아와 어둠을 밀어내는
괴로워 울었다 바다는
괴로움을 삭이면서 끝남이 없는 싸움을 울부짖어왔다
......
......
제주사람이 아니고는 진짜 제주바다를 알 수 없다
......

......
— 문충성 〈제주바다 1〉의 부분

'괴로움을 삭이면서 끝남이 없는 싸움을 울부짖어' 온 '싸움터', 그런 바다에 대해 이 시 이상으로 무슨 말을 더 덧붙일 것인가? 시인 자신의 말을 들어봄으로써 푸른 바다의 이미지에 대한 이야기를 마무리할까 한다.

나에게는 (바다가) 삶의 터전으로 깊은 명상 속에서만 추구하는 탐구의 대상만이 아니라 역사를 통해 그것이 멀리는 몽고거나 일제거나 조선 왕조시대 탐관오리들의 탄압과 폭정에 신음해온 토착민들의 피비린내 나는 삶과 죽음의 바다요. 가깝게는 4·3사태 이후 이데올로기 싸움에서 빚어진 삶과 죽음의 바다인 것이다. 여기서 만나는 수평선과 섬들—그것은 아무리 국제관광지로 각광을 받으며 내외 관광객들이 날마다 제주섬을 찾는다 할지라도 낭만의 세계를 초월하게 마련이다.
— 문충성 시선집 『그때 제주바람』 문학과지성사 2003 〈나의 시를 말한다〉에서

## 또 하나의 블루, 그 속 깊숙이 출렁이는 우울

멕시코시티를 벗어난 차가 코요아칸으로 접어들면서 조금 전까지와는 전혀 낯선 대기 속으로 빨려 들어가는 듯하다. 크레파스를 함부로 문질러 놓은 듯한 색색의 단층집들, 푸른 대문, 분홍지붕, 노란 벽…… 다시 초록 대문, 하늘 색 담장, 붉은 지붕, 그 색깔의 덩어리들이 말을 걸어오다 못해

무어라 외치며 쫓아온다. 금욕적인 수묵화 동네에서 온 나에게 사방에서 달려드는 아 원색의 생생한 야만은 속수무책이다. 여기가 어디인가. 온갖 색을 종처럼 부리며 살았던 프리다 칼로와 디에고 리베라, 그들이 태어나고 살았던 곳이 아니던가. 그들의 영지답게 코요아칸은 색채들로 요란하다.

프리다 칼로의 색은 무엇일까. 나는 바깥을 스치는 색깔들을 하나씩 살핀다. 마침내 맞닥뜨린 푸른 집. 지붕도 푸르고 벽도 푸르다. 문도 푸르고 창도 푸르다. 생이 이면(裏面)이 아무리 잿빛으로 사그라져 내린다 해도 내 인생의 팔레트만은 푸른색으로 채우겠어. 그 집에 한때 살았던 여주인이 그렇게 말하는 것 같아 나는 푸른색들의 미세한 차이와 농도를 가늠해 보았다. 눈을 가늘게 뜨고.

블루. 우리는 막연히 푸른색에서 희망의 기미를 읽어내지만 본디 푸른색 깊숙한 곳에는 우울이 출렁이고 있다. 그렇다면 프리다의 푸른 집은 그녀의 생을 직역한 것이 된다. 이 광기와 몽환의 집은 동시에 우울의 우물인 것이다.

— 조선일보 2006. 11. 27. 김병종의 〈라틴 화첩기행[4]〉에서. 밑줄은 인용자가 친 것

멕시코 출신의 화가에 프리다 칼로라는 여성이 있었다는 사실과 그녀가 푸른색을 유난히 좋아했다는 것은 김병종의 〈라틴 화첩기행〉을 읽고 나서이다. 칼로(Frida Kalho, 1907~1954)가 태어난 코요아칸은 멕시코시티 외곽에 있는 옛 인디오 마을이었던 곳. 거기서 불구와 사고, 고통과 좌절로 점철된 삶을 살며 자화상 중심의 자전적 그림들을 많이 남긴 프리다는 혁명의 바람이 거세던 멕시코의 현실 속에서 강인하고 역동적인 삶을 살아 페미니스트의 상징이 되기도 했다. 푸른색을 즐겨 그린 화가의 뜻을 이어 그녀의 푸른 집은 지금 그녀의 기념관이 되어 있다 한다.

이상과 꿈의 상징이던 푸른색이 프리다의 가슴속으로 스며들면 그 것은 '우물 깊숙한 곳에서 출렁이는 우울'이 된다. 정확히 말하면 칼 로의 우울이라기보다는 칼로의 푸른색의 의미를 읽어내는 한국의 화 가 김병종의 눈에 의해 우울이 된 것이리라. 그래서 김병종은 '그렇다 면 프리다의 푸른 집은 그녀의 생을 직역한 것'이라는 은유적 풀이에 도달한다. '금욕적인 수묵화 동네'에서 온 김병종에게 달려드는 멕시 코인들의 '원색의 생생한 야만'은 여행객인 그로서는 더 이상 어떻게 할 수 없는 원색의 공격이었을 지도 모른다.

〈라틴 화첩기행〉은 색깔 못지않게 언어의 현란한 레토릭 솜씨를 스 스로 즐기는 듯한 화가의 글재주를 타서 문자 그대로 푸짐한 은유의 잔칫상을 차려냈다. 하나 하나씩 이건 저것의 은유이고 저건 이것의 은유라는 식의 설명은 지저분한 군더더기가 될 성싶어 생략하거니와 다만 주목하라는 뜻으로 세 군데만 밑줄을 쳐서 표시했으므로 여유 있 게 감상하기 바란다.

여기서 그냥 넘어갈 수 없는 것 하나가 있다. 색깔의 의미는 그것을 읽는 사람마다 아니 체험한 사람마다 제각기 다른 모습으로 나타난다 는 것이다. 거듭 말하거니와 색깔은 스스로 자신의 의미를 말하지 않 는다. 색깔의 의미는 시간과 공간을 달리함에 따라 그리고 같은 시간 과 공간에서도 그것을 보는 사람에 따라 의미의 조화(造化)를 부린다. 마치 덮인 흙무더기를 조심스럽게 치워내 땅속 깊숙이 잠자고 있던 값 진 유물을 찾아내 기뻐하는 고고학자처럼 색깔의 발굴자들은 묻힌 의 미, 숨겨진 의미를 찾아냄으로써 자신의 발굴성과를 기뻐한다. 김병종 도 다양한 색깔의 스펙트럼에서 전혀 새로운 의미를 발굴하는 기쁨을 글로 써서 즐기는 화가가 아닌가 싶다.

### 비탄의 울트라마린이 천사의 색깔로

희망과 꿈을 상징하던 푸른색이 칼로의 그림에서는 '우물 깊숙이 출렁이는 우울'이라는 것을 알았기에 그 푸른색이 다른 시간과 공간에서는 또 다른 의미로 등장했으리라는 것은 능히 짐작할 수 있다. 옛 유럽 문화는 믿기기 어려운 전설처럼 들리겠지만 푸른색을 저주, 죄악, 사망의 의미로 낙인찍었다. 미셸 파스투로의 『블루, 색의 역사』(고봉만 등 역 한길아트 2002)는 그 믿기지 않는 이야기가 진짜임을 우리에게 알려준다.

파랑의 의미 변환은 순전히 성모 마리아에게 파란 색 옷을 입힌 한 화가의 조화(造化) 덕택이었다고 한다. 죽은 아들의 시신을 어루만지던 어머니의 사무친 비탄을 묘사하기 위해 색감의 혁명적 변조에 아주 능란한 어느 화가가 어머니 옷에 울트라마린을 바른 뒤부터 천사들까지도 그 비탄에 동조하는 뜻으로 모두 파란색 패션으로 자기네 코디를 갈아치웠다고 한다. 그래서 파랑은 우리를 지켜주는 천사의 색깔이 되었으며 이제는 생명의 보호와 희망의 표상을 새긴 다국적유엔군의 깃발로 변신하여 분쟁지역들에 나부끼고 있다. 남북한 공동응원자들이 국제경기장 스탠드에서 흔들어대던 한반도 기(旗)의 저 연청색은 무슨 의미일까. 거기에는 평화와 통일을 기원하는 마음이 담겨 있지 않을까.

## 조선왕조의 색깔 계급

### 황보 인의 실책

동쪽이 청색이고 서쪽이 백색이어야 하는 까닭을 아무리 생각해도 나는 알 수가 없다. 유교의 원리를 국가의 기틀로 삼아 철저히 신봉했던 조선왕조의 사대부들이 유교의 주자학 특히 음양오행설을 방위와 색깔 계급의 분류 기준으로 삼았음은 너무도 잘 알려진 일이다. 그런 사실에도 불구하고 왜 동쪽=청색, 서쪽=백색, 남쪽=적색, 북쪽=흑색, 중앙=황색이어야 하는 오방(五方)과 오색(五色)의 상동(相同)관계를 선뜻 이해하기 어렵다고 여기는 사람이 많으리라. 아무튼 여기서 주목할 점은 다섯 방위의 색깔에 정색(正色)으로 일컬어지는 백, 흑, 청, 적, 황의 기본색이 다 포함되어 있다는 것과 음양오행(주역에 관한 장에서 상술할 것임)이 다섯 가지 방위 및 색깔과 유추적 의미연관에 의거하여 은유적 상동관계를 지닌다는 것이다. 방위와 색깔 간의 상동관계에 대해서는 곧 고찰하는 중앙과 황색과의 관계를 살피는 가운데 잠간 언급하고자 한다.

조선왕조실록의 태종 12년 4월 20일(음력)조를 보면, 내자직장(內資直長) 황보인(皇甫仁)이 면직되었다는 기록이 나온다. 이유는 왕실에서 올리는 원단(圓壇, 하늘과 땅에 제사를 올리기 위해 쌓은 제단) 제사 때 다섯 방위의 신에게 바치는 폐백 빛깔을 잘못 선정하여 백색 한 가지로만 했기 때문이라는 것이다. 백색은 서쪽의 색깔이므로 중앙과 나머지 3방은 무시된 셈이다. 그래서 지금의 감사원+검찰에 해당하는 사헌부가 그에 대한 문책 처벌을 태종에게 청했다. 내자직장이란 왕실에서 쓰이는 식품재료, 물품 등을 조달하고 왕실의 연회 및 제사와 관련된 일을 관장하는 내자시(內資寺)의 종7품 관직이다. 종7품이라면 9품 관직체계의 당하관 중 거의 말직에 속한다. 오늘날의 안목에서 보면 별 것 아닌 일을 가지고 힘없는 말직의 관리를 처벌했다고 생각할지 모르나 음양오행설을 믿는 당시 지배집단의 사고방식으로는 도저히 용납될 수 없는 실수였다. 왜 그럴까? 오방의 신들에게 백색 하나만의 폐백을 바쳤다면 나머지 신들에게는 폐백을 올리지 않았다는 결론에 이른다. 아마도 한 해의 농사가 잘 되게 해 달라고 천신지기(天神地祇)에게 기도하며 빌었을 터인데 황보인은 그만 큰 결례를 하고 말았다. 음양오행과 오방 · 오색과의 은유적 의미연관은 그만큼 강제적 의무이었으므로 반드시 준수하지 않으면 안 되었다. 여기서 우리는 색깔의 은유적 의미가 당시의 왕실과 신하 그리고 일반 백성들을 규제하는 강제력을 지닌 사실을 주목하지 않으면 안 된다. 그처럼 큰 실수를 저지른 황보인이었지만 나중에 다시 복직되어 병조판서를 거쳐 우의정, 좌의정까지 출세한 사실을 보면 젊은 나이의 내자직장 시절에 범한 색깔 실수가 권리 회복불능의 잘못은 아니었던가 보다.

어쨌든 조선왕조는 정색인 오색을 좋아했고 그 중에서도 특히 청, 적, 황을 선호한 것으로 보인다. 황색은 앞에서 잠시 언급했듯이 방위의 중앙과 연관된 색깔이다. 황색은 중국에서 황제의 색깔로 받들어진 것처럼 조선왕조에서도 임금으로 모셔졌다. 이유는 황색은 금속 가운데 최고인 금의 빛깔이 노랑이란 사실이 만백성 위에 군림하는 임금과 유추적으로 연관되기 때문이다. 그래서 색깔 계급으로 치면 황색은 온갖 색깔 중의 최고 자리에 있는 색깔 중의 색깔, 가장 중심적인 색깔이 된다. 이를 입증한 역사적 자료가 조선왕조실록 태조 7년 6월 29일조에 보인다. 사헌부는 신분에 따라 의복의 색깔을 정할 것을 건의했고 태조는 이를 그대로 윤허했다. 사헌부의 건의는 이렇다.

선왕(先王)의 의복제도는 존비(尊卑)의 등급이 있으므로 정색(正色, 흑백과 삼원색)과 간색(間色, 녹색, 보라색, 회색처럼 오원색의 사이에 있는 색깔)을 문란하게 할 수가 없습니다. 우리나라에서는 상하의 의복에 아직 복장(服章, 임금 이하 제후의 공식의복에 장식한 무늬)이 없사오니, 원컨대 지금부터는 진상하는 의복은 모두 정색으로 하고 모든 남녀는 황색과 회색과 흰색 옷을 모두 금단하게 하소서.

위 인용구절에서, 색깔에 존귀함과 비천함의 차별과 등급이 있으며 따라서 임금이 입는 옷과 일반 남녀가 입는 옷의 색깔을 엄격히 차별화해야 한다는 점을 유념해야 한다. 사실상 태조 이후 조선왕조 500년의 왕실 역사에서 임금과 문무백관은 품계별로 각기 상이한 정식예복 색깔과 각기 상이한 장식(요대, 홍대, 매듭 등) 색깔을 사용했었다. 조선왕조에서 색깔의 계급화는 중요한 가시적인 질서체계였다. 그러므로 질서의 파괴는 원단 제사 때 다섯 방위별로 색깔을 달리한 폐백을 올리지 않은 황보인의 과오보다도 더 무거운 죄과를 받게 되어 있었다.

조정의 관복제도에서 의복의 색깔이 관리의 직위별로 어떻게 정해졌는지는 세종실록 8년 2월 26일조를 보면 잘 알 수 있다. 거기에는 중국왕실의 관복제도와 비교된 조선왕조의 의복제도가 상세하게 예시되어 있다.

### 황색은 중앙과 임금의 상징

색깔의 계급화와 관련하여 우리가 눈여겨봐야 할 점은 임금 이하의 모든 남녀들이 황색, 회색 및 흰색 옷을 사용하지 못하도록 금단케 하라는 건의다. 이 금단건의가 어느 정도로 엄격하게 지켜졌는지는 의문이다. 백의민족이라 일컬어질 정도로 하얀색의 무명옷을 즐겨 입은 사람들이 조선인들이고 보면 흰색 금단은 준수되지 않은 듯하다. 다만 황색의 사용은 임금에게 독점권이 있었고 이 권리는 철저히 지켜진 듯하다.

아주 옛날부터 노랑은 임금의 색깔이었다. 그것은 중국의 전통을 따른 것으로 보인다. 중국인은 금속의 왕인 금(金)의 색깔이 노랗다고 해서 황색을 숭상해왔다. 그래서 은유적으로 황색은 황제의 색깔로 간주되었다. 노랑이 중앙(center)을 의미하게 된 것도 같은 유추관계에 따른 것이다. 주역의 제40괘(雷水解卦뇌수해괘)에는 사냥꾼이 황색 화살을 상으로 받는다는 대목이 나온다. '들에서 사냥하여 여우 세 마리를 잡고 황색 화살을 상으로 얻는다'라는 구절이 바로 그것이다. 이 경우의 황색 화살도 중앙을 의미한다. 주역에서 제40괘의 황색 화살과 같은 운세를 가졌다면 그의 운은 '중앙이라는 높은 자리'를 얻게 되는 것이므로 길하다 할 수 있다. 중앙의 자리는 나라에서는 대통령이나 국무총리, 법원에서는 각급 법원장이나 대법원장, 도에서는 도지사, 시군에서는 시장과 군수, 학교의 학급에서는 회장(급장), 회사에서는 사장, 영업부에서는 부장이 된다. 황색의 은유가 어디에 해당되는지는 점괘를 뽑는 주인공(점괘의 당사자)이 처한 상황과 위치에 따라 달라진다.

해마다 4월 한식 때와 음력 8월 보름 추석 때 벽제시립공원묘지로 성묘를 가면 입구 쪽 중국인 묘지들 주위에 노란색의 네모종이들이 바람에 날리지 않도록 돌로 눌려서 질서 있게 놓여 있는 것을 목격하곤 한다. 그 노란색 종이들이 망자가 저승에서 쓸 노자(路資)라는 사실은 돈과 황금색의 유추적 연관을 알고 난 뒤에야 비로소 깨달은 나의 작은 지식이다. 이 경우의 노자의 황색이나, 사냥에서 상으로 받는 화살의 황색이나 임금의 위상을 표상하는 황색이나 다 같이 유추적 의미에서 서로 상동관계에 있음은 다시 말할 필요가 없을 듯하다.

### 청색은 동방, 조선왕조의 색깔

조선왕조실록 태종 6년 윤7월 14일조는 군인의 지갑(紙甲, 갑옷 종류 중 하나) 방위복을 청색으로 할 것을 청하는 풍해도 도관찰사(豊海道 都觀察使) 신호(申浩)의 진언을 기록했다.

가슴 가리는 갑옷을 청색으로 대신한다면 빛깔도 있고 견실하며 접전할 때 창과 화살이 들어갈 수 없을 것입니다. 또 우리 국가는 동방에 있어 청색을 숭상함이 마땅하오니 만들기도 쉽고 이를 쓰면 실용가치도 있으며 또

좀이 먹어 망그러지는 폐단도 없을 것입니다.

　병사에게 청색방의(靑色防衣)를 입힐 것을 도관찰사가 건의하는 이유 가운데 '우리 국가는 동방에 있어 청색을 숭상함이 마땅하오니'가 두 번째 구실로서 적시된 점을 우리는 중시해야 한다. 청색이 동방을 대표하는 색깔이란 관념은 일종의 고정관념이 되다시피 하여 18세기 후반 정조 때에 와서도 전혀 변함이 없다. 왕조실록 정조 2년 4월 26일조에는 임금과 신하 사이에 정조의 어머니 혜경궁 홍씨(사도세자의 빈)의 예복 색을 어떤 것으로 정할 것이냐를 놓고 논의가 진행된 끝에 정조가 결국 '천청색(天靑色, 하늘색)'으로 결정짓는 과정이 적혀 있다.

　내 생각에는 오직 천청색 한 가지가 가장 근사한데 대개 청색은 본시 동조(東朝, 동쪽 나라의 조정 즉 조선을 가리킴)의 복색(服色, 의복 색깔)이었으나 자색(紫色)으로 제도를 정하게 된 뒤부터는 치워두고 쓰지 않게 되었다. 대신의 뜻도 또한 그러했으니 혜경궁의 복색은 천청색으로 정하라.

　정조의 발언은 조선왕실의 정식 복색은 당초 청색이었으나 나중에 자주색으로 바뀌었음을 밝히고 있다. 그럼에도 정조의 의견은 자주색보다는 청색으로 기울었다. 동방이 청색이라는 것은 음양오행에서 그렇게 결부시켰기 때문인데 방위의 측정기준이 중국 쪽이 된 것은 모든 사고의 중심에 중국이 자리잡고 있음을 뜻한다. 다시 말하면 음양오행의 의미판단도 중국을 시야의 중심에 놓고 실행한다는 것이다. 조선왕조는 중국 쪽에서 보면 동방이므로 당연히 청색이라야 한다. 한편 우리 쪽에서 바라본 중국은 서쪽이므로 당연히 백색이어야 한다. 그렇다면 조선조 지배층이 과연 중국을 백색으로 보고 사고를 했을까? 심히 의심스런 바가 없지 않다. 중국의 명나라를 백색으로 보고 행동하기는 고사하고 혹시 황색으로 대우하지는 않았는지, 면밀한 사료검토가 필요한 사항이 아닐 수 없다.

### 사신도(四神圖), 사방의 색깔

색깔과 방위와의 관계를 언급한 김에 아예 사방이 어떤 색깔로 은유되는지를 살펴보기로 하자. 먼저 흑색(黑色)과 적색(赤色). 〈삼국사기〉의 고구려 유리왕 29년 편을 보면, 흑색과 적색의 유래가 나온다.

> 모천(矛川)이라는 내에서 검정 개구리(黑蛙)와 붉은 개구리(赤蛙)가 떼를 지어 싸우다가 검정 개구리가 패하여 죽었다. 이에 대해 해석자는 흑은 북방의 색이니 북부여가 파멸할 징조라고 보았다.

라고 기록되어 있다. 이미 이때부터 검정은 북, 빨강은 남으로 의미가 부여되었던 듯하다. 그렇다면 조선왕조실록에서 동은 청색, 서는 백색으로 나와 있으므로 사방의 색깔은 모두 드러났다. 지금의 우리에게는 좌청룡 · 우백호 식으로 왼편—푸른색, 오른편—하얀색은 당연한 것으로 받아들여지고 있지만 이를 보면 사방과 색의 연결은 필연적인 것이 아니라 지극히 자의적임을 확연히 알 수 있다. 우리의 상식적 관행으로 볼 때 좌는 서쪽이고 우는 동쪽에 해당하기 때문이다. 제사상 차림을 할 때 과일진설 규칙인 홍동백서(紅東白西)의 동은 우측을 그리고 서는 좌측을 가리키지 않는가.

어떤 계기로 사방과 색의 자의적 연결이 생겨나서 시간의 흐름에 따라 나중에 당연한 것으로 고착되었는지, 그 경위에 대해서는 알 길이 없으므로 여기서는 상세한 설명을 생략한다. 다만 사방의 색은 아마도 도교에서 말하는 사신도(四神圖)에서 연유한 것이 아닌가 하는 추측이 가능할 뿐이다. 우리나라에서 사신도는 북한 평안도 강서의 쌍용총 벽화에 남아 있다. 거기에는 사방과 색깔이 〈동—청룡도(靑龍圖), 서—백호도(白虎圖), 남—주작도(朱雀圖), 북—현무도(玄武圖)〉로 짝을 이

루고 있다. 주작은 남방을 지킨다는 붉은색의 신령스런 짐승이며 현무
는 북방을 지킨다는 검은 색의 신령스런 짐승을 가리킨다.

### 내셔널 컬러

일상적으로 선호하는 색깔이 국가 또는 민족과 결합하면 국민의 색
깔―내셔널 컬러―이 된다. 2002년 한일월드컵 축구대회를 개최한
경험을 가진 한국 국민은 2006년 독일월드컵을 TV로 보면서 월드컵
이 화려한 내셔널 컬러의 경연장이라는 인상을 받았을 것이다. 내셔널
컬러는 대체로 국기의 색을 채택하고 있다. 프랑스는 청백홍의 삼색,
사우디는 초록, 브라질은 황색, 네덜란드는 오렌지 색, 일본은 네이비
블루, 한국은 붉은색(태극 상단의 색), 스페인은 붉은 자주(赤紫朱)색,
아르헨티나는 옥색(하늘색)이다. 국민의 색깔이 정해져 널리 인지되면
그것을 보는 국민은 그 색깔과 자기와의 사이에 동일관계가 성립되는
것을 감각적으로 경험하게 된다. 즉 색깔과 일치됨으로써 나의 아이덴
티티, 나의 주체성(subjectivity)이 생겨나는 것이다.

이 글을 쓰는 사이 한국은 2006년 7월 말엔가 러시아에 위탁하여
쏘아올린 인공위성 아리랑 2호가 시험송신한 백두산 천지의 모습을
보여준 사진이 TV로 방영되었다. 천지의 빛깔은 우리의 상식을 뒤엎
는 검은색이었다. 우리의 상식은 푸른색이다. 이를 보면 어떤 물체의
빛깔이든 그것은 고정되어 있지 않음을 알 수 있다. 보는 이의 시간과
장소에 따라 빛깔은 달라진다. 검은빛이 되기도 하고 푸른빛이 되기도
한다. 그러므로 색깔은 고정되어 있지 않다. 색깔과 마찬가지로 색의
시니피앙의 의미도 고정되어 있지 않다. 푸른색을 검은색이라 표현한
들 그것이 절대적으로 틀렸다고 우리는 단정할 수 없다. 본체의 색깔
은 아무도 모르니까. 아무도 모른다 라기보다는 본체는 색깔을 지니지
않는다 라고 말하는 것이 정확한 표현일 듯싶다.

# 컬러시대의 미색(迷色)

우리사회의 색채혁명은 1981년 컬러 TV 방송의 개시와 더불어 시작되었다 해도 과언이 아니리라. 흑백 TV의 등장 때부터 그때까지 20수년이 걸렸다. 이때부터 우리사회는 엄숙하고 날카로운 흑백 대립의 시대에서 현란한 다원색 경쟁의 시대로 돌입했다. 변화는 색깔의 변화에서만 끝나지 않았다. 그것은 색깔의 영역을 훌쩍 뛰어넘었다. 컬러 TV 판매가 한 해 동안에 1백만 대에 달한 결과는 산업의 비즈니스와 시청자의 생활을 질적으로 바꿨다. TV 브라운관에서 흑백의 단조로운 콘트라스트로써만 상품광고를 제작하던 기법이 컬러시대에는 통하지 않게 되자, 컬러시대에 알맞은 색채 감각과 색깔의 조화가 요구되었다. 새 술은 새 부대에 넣어야 한다는 속담의 진리가 통용되게 된 것이다.

색깔의 변화는 먼저 TV 미술담당자들에게 큰 애를 먹였다. 컵에 따라놓은 주스는 붉은 피로 보였고 입술에 바른 붉은 루즈는 색깔이 번져 여성 탤런트의 고운 입술을 엉망진창으로 만들어버렸다. 그래서 프로담당 스탭들은 TV 출연자의 화장과 소도구 준비에도 각별한 주의를 쏟지 않으면 안 되었다. 뚜렷한 콘트라스트 효과를 내기 위해 될 수 있는 한 출연자들이 짙은 얼굴 화장을 했어야 했던 흑백시절의 화장법이 컬러 TV 화면에서는 받아들여지지 않았다. 오히려 엷게 그리고 자연스럽게 얼굴 화장을 하는 것이 TV 스크린에 적합했다. TV 프로의 진행자(MC와 앵커), 드라마 출연자(탤런트) 등의 의상에도 현저한 변화가 일어났다. 자기가 입은 옷의 색깔이 그대로 TV 브라운관에 반영되므로 이전보다 훨씬 더 옷 색깔이 다채로워졌고 그만큼 출연자들은 의상 선택에 신경을 써야만 했다.

색깔의 변화는 TV 출연자나 탤런트 등에서만 발생하지 않았다. 시청자들의 생활, 시민의 생활 그 자체가 변화의 물결을 타지 않을 수 없었다. TV 요리교실은 흑백시절에는 상상도 하지 못했던 다채로운 빛깔의 요리를 등장시켜 시청자들의 눈을 현혹하며 구미를 돋우었다. 자연색보다도 오히려 더 화려하게 조리된 게매운탕, 해물된장찌개, 비빔밥과 핏빛이 선명한 등심구이용 쇠고기를 한 번 상기해보라. 실재(實在)의 것보다 더 화려하고 더 아름다운 색깔의 재현이 가능해진 것이다. 그에 따라 흑백 TV 시절에는 감히 엄두도 내지 못했던 프로제작의 아이디어가 튀어나올 수 있게 되었고 그래서 TV 프로들은 해마다, 철마다 점점 더 화려해지면서 기발한 아이디어들을 선보이고 있다.

TV 프로의 다채로운 색깔이 매혹의 몸짓을 보일 때마다 소비자들의 상품소비도 비례적으로 증가하는 현상이 일어났다. 컬러 TV의 등장이 바야흐로 경제효과를 낳은 것이다. 이제 컬러 TV는 우리 사회의 시장경제체제를 지속적으로 지탱하기 위해 소비의 필요수준을 유지하는 하나의 중요한 수단이 되었다. TV 프로와 광고 제작에 엄청난 변화를 초래한 색깔혁명은 소비시장의 변화를 몰고 온 것이다. 샛노랗게 핀 유채꽃 무리가 온통 황록색의 관광낙원을 조성한 제주도 성산일출봉 부근 들판과 늦여름에 만발한 하얀 '메밀꽃의 고장' 강원도 봉평은 단 십수 초간의 TV 현장 보도만으로도 많은 관광객들을 유치할 수 있게 되었다. 관광객들은 제주도와 봉평 현장을 직접 보고서야 그곳으로 가는 게 아니라 실재보다도 더 리얼한 현장의 카피(복제품), 카피가 생산한 시니피앙의 환영(幻影)만을 보고도 여행길의 즐거운 입맛을 미리 다신다. 전자파가 빚어내는 색채, 교묘한 인공의 빛깔은 이제 어디에서나 사람의 욕망을 부채질한다. 때로는 안방에서 우리를 슬프게 울리고 때로는 리조트에서 우리를 즐겁게 하며 때로는 축구장의 스탠드에서 우리를 뜨거운 열정의 함성 속으로 몰아넣는다.

컬러풀한 색깔은 사람을 움직이는 이상한 마력을 지니고 있다. 그러므로 색깔이 수많은 사람의 심금을 울리는 은유적 의미의 힘을 지녔다는 사실은 하등 이상할 게 없다. 색깔은 우리의 주인이 되어 우리에게 명령을 내리며 복종을 강요한다. 청홍흑백의 태극기를 힘껏 흔들어라. 더욱 힘껏! 스타디움의 붉은 악마들이어! 목청을 돋우어 크게 외쳐라! '푸른 꿈☆은 반드시 이뤄진다!' 라고.

만일 컬러 TV가 없었다면 월드컵 축구경기에서 심판이 꺼내드는 옐로카드와 레드카드의 색깔을 우리는 구별할 수 없었을 것이다. 그 순간 우리는 색맹이 되어 있으니까. 그러므로 심판의 카드 색깔에 즉각 일희일비하기가 어렵다. 가슴 두근거리는 그 순간 색깔의 식별은 오로지 흑백 TV에 나온 축구해설자의 설명이 있어야만 가능하다.

컬러 TV 시대의 색깔이야말로 온 나라를 기우뚱하게 만드는 경국지색(傾國之色)이다. 당(唐) 현종의 마음을 사로잡은 양귀비의 미색(美色)만이 경국지색이 아니다. TV의 미색도 양귀비의 그것에 못지않은 경국지색이다. 아날로그 시대에도 우리를 현혹시켰던 TV의 미색은 바야흐로 디지털시대를 맞음으로써 더욱 더 정교해지고 찬란해졌다. 디지털시대의 TV는 실재보다도 더 아름답고 더 화려한 빛깔을 생산한다. 그 아름다운 美色은 마침내 우리를 현혹시켜 우리를 환상의 늪에서 헤매이게 하는 어지러운 迷色이 되어버렸다.

그러나 온갖 색깔들이 무리지어 난무하면 개별 색깔의 의미는 퇴색한다. 상점들이 밀접한 거리의 빌딩들에 어지럽게 나붙은 천연색 간판들의 요란한 경연을 보라! 개별 상점의 주인들은 자기네 가게의 것만이 군계일학(群鷄一鶴)처럼 출중하도록 배려했겠지만 온갖 색깔들의 스펙터클한 혼거는 개별 색깔의 맛깔스런 특성을 삼켜버리고 만다.

스펙트럼의 색깔들을 모두 합치면 무색이 되듯이 색깔들의 혼거는 개별 색깔이 조용히 차별화된 특성을 무색으로 만든다. 어린이가 도화지에 온갖 색깔들을 다 칠한 그림이 검정투성이듯이 광고 색깔들의 어지러운 혼합도 거무칙칙한 무색을 만든 것이다. 이 말을 뒤집으면 색깔은 무(無)이며 공(空)이라는 뜻이 된다. 때문에 공무(空無)의 색깔

공간에서 각종 디자이너와 카메라 촬영자들은 그들이 의도한 바대로 색깔의 개성적인 의미를 창조하여 소비자들을 손짓하려고 애를 쓴다. 컬러풀한 현대의 소비사회는 그런 사회다. 색깔들이 어지러운 요란한 잔치판에서 자기만의 독창적 빛깔을 가지려면, 아니 색깔들의 만원 해수욕장 바다에 빠지지 않으려면 현대인은 스스로 현명해 지지 않으면 안 된다. 색깔의 의미는 인간의 욕망이 그것에 부여한 것이며 인간 욕망의 다른 표상일 뿐임을 알아야 하리라.

# 제5장
# 일상 정치와 역사에서 만나는 비유

## 말로써만 나라를 통치할 수는 없다

### 마상(馬上)의 교훈

한(漢)나라를 세운 유방의 신하인 육가(陸賈)는 변설로써 출세한 인물이었다. 그는 고조(高祖) 유방에게 정치 담론을 펼칠 때마다 중국 고전의 오경(五經) 중 〈시경〉과 〈서경〉을 곧잘 인용하곤 했다. 유방은 중원을 장악하여 한나라를 세운 뒤 어느 날 그런 육가에게 은근히 핀잔을 주었다. 〈시경〉〈서경〉을 잘 안다고 천하를 장악할 수야 있었겠느냐는 어투로 육가에게 말한 것이다.

나는 마상에서 천하를 얻었다. 〈시경〉과 〈서경〉이라니 웬 말인고?

이 말을 듣자 육가는 용기를 내어 유방에게 간하여 아뢰었다. 그의 간언은 권력을 한 손에 거머쥔 유방이 앞으로 나라와 백성을 어떤 방법으로 통솔하며 경영할 것인가를 일깨워준 충언이었다.

폐하가 마상(馬上)에서 천하를 얻은 것은 사실입니다. 그러나 마상에서 천하를 다스릴 수는 없습니다.
— 司馬天의 『史記』

말을 타고 칼싸움을 벌인 전투가 마상으로 은유된다면 '마상에서' 는 '무인의 전투와 같은 방식으로' 라는 의미를 풍긴다. 난세를 바로 잡는 데는 칼싸움과 무인의 용맹이 절대적으로 필요하다. 그러나 천하를 얻고 나면 무술과 용맹은 나라와 정권의 방어를 위해서만 필요할 뿐 천하의 백성을 다스려야 하는 국가지도자에게는 다른 덕목이 요구된다. '마상에서는 천하를 다스릴 수 없다' 라는 육가의 간언은 다른 덕목의 구비를 권유하는 은유적 표현이다. 육가의 충언은 인의예지(仁義禮智)를 중심으로 한 문화국가인 한나라의 건설을 염두에 둔 말이었다. 유방은 육가의 간언을 받아들여 실천에 옮겼다. 그 뒤 한제국은 유교를 근간으로 한 문화국가로 발전했다. 이를 토대로 유방이 세운 전한(前漢)은 기원 8년까지 2백여 년 동안 성세를 지속할 수 있었다.

'마상' 과 천하장악, '마상' 과 천하통치불가 간의 관계는 은유적인 동시에 환유적이다. 은유적이라 함은 앞서 말한 대로지만 환유적 관계에 대해서는 좀 더 분석적인 고찰이 필요하다. '마상에서 천하를 얻었다' 고 함은 '전투를 통해 천하를 장악했다' 는 것을 은유한 말인데 천하장악을 위해서는 '마상에서' 만이 유일한 요소일 수 없다. '마상에서' 는 전투를 언급하는 은유일 뿐 전투 그것의 전부가 될 수는 없다.

전투는 싸움에 임하여 물러서지 않는 병사들의 무술과 용맹, 많은 부하들을 통솔하는 지휘자의 능력, 보급체계와 무기체계의 구비, 전·후방의 유기적 보완체제 완비, 승리를 가져올 수 있는 유리한 전략전술의 창안 등 여러 가지 요소들의 복합체에 기초하여 실행된다. 그러므로 '마상'과 천하장악은 환유적으로 연결된 것이라고 볼 수 있다. 말(馬)과 전투는 직접적으로 연결되며 전투는 또한 천하장악과 직접적으로 연결된다. 곧 설명하려는 '마상'과 천하통치불가와의 관계는 '마상'과 천하통치가 직접적으로 연결되지 않기 때문에 성립되는 관계다. 이 이치는 군사쿠데타로 권력을 잡은 집권자의 국가통치에도 적용된다. 이 이치는 또한 변설(말솜씨)로써 천하를 얻은 권력자의 국가경영에도 적용된다.

### 임기 중 뭘 잘못 했는지를 꼽으시라면

마상에서 얻은 천하를 마상에서는 다스릴 수 없다면 '말(言)로써 얻은 정권은 말(言)로써만 관리할 수가 없다'는 명제도 충분히 성립된다. 2003년 2월 취임이후 그동안 노무현 대통령이 쏟아놓은 화제의 말들은 많다. 평검사들을 앞에 두고 대화를 하던 중 까다롭게 파고드는 한 검사를 겨냥하여 직접 대놓고 '이제 막 가자는 거죠?' 라고 한 직설적 제압 발언을 비롯하여 꽤 많다. 좋게 보면 일반 백성들이 알아듣기 쉬운 친근한 말솜씨라고 평할 수도 있겠지만 나쁘게 보면 국가원수로서 품위와 권위를 스스로 깎아내리는 말솜씨라고도 할 수 있다.

대통령 자리에 있는 분이 좀 더 세련되게 얘기하면 안 될까 하고 내심 비판적인 자세를 견지하던 차에 최근 나를 대신하여 노 대통령의 말투를 비판한 글을 읽었다. 그 글의 요지는 언변으로써 얻은 권력을 언변으로써만 유지할 수는 없다는 취지다. 그 글의 필자가 지적한 '임기 중 뭘 잘못했는지를 꼽으라시면……'이라는 말은 '임기 중 내가 뭘 잘못 했는지를 꼽아보라'는 노 대통령의 말을 되받아 자기 입장에서 표현한 것인데 그는 바로 그런 말을 하는 것이 노 대통령이 내세울만한 큰 실수라고 꼬집었다.

　사실 지금의 대통령은 준비된 후보가 아니었다. 잃을 게 없었던 그는 자신의 입지를 분명히 하기 위해 돌출 발언을 해댔다. 그런데 정치적 주류를 거스른 그의 감성적 발언이 지지 세력에 신선한 파장을 불러일으켰다. 여기에 고무된 말은 갈수록 수위를 높였고 결국은 그 덕분에 최고의 자리에까지 올랐다. 한 개인으로 보아서는 축복할만한 일이다.
　문제는 그 다음이다. 대통령이 되고서도 그 말은 멈추지 않았다. 국민들의 고개를 갸우뚱하게 만드는 것은 물론이고 가슴이 철렁 내려앉게 하는 말도 서슴지 않았다. 그 말 안에 한 정파의 우두머리는 있었으되 온 국민의 대표자의 모습은 들어 있지 않았다. 스스로 국민 전체의 지도자이기를 거부한 것이다. 공동체의 통합에 힘써야 할 지도자의 언어가 더 거칠고 험악해지면서 분열과 갈등을 키운 것이다. 그게 대통령에게 걸 맞는 도덕일까?
　— 박철화 중앙대교수 · 문학평론가. 조선일보 2006. 8. 22 〈시론〉

대통령선거 운동기간 중에는 이기기 위해 경쟁상대보다 더 많은 유권자의 마음을 붙잡을 수 있는 말들을 쏟아낼 수도 있다. 그래서 선거기간 중의 말은 선동적이며 자극적이며 유권자의 귀에 솔깃한 감성적 단어들을 동원하여 말의 성찬을 벌이기 십상이다. 위 글의 필자도 지적했듯이 문제는 대통령이 된 다음의 언어에 있다. '지지 세력에 신선한 파장을 불러일으킨 감성적 발언'은 선거운동 기간이 끝남으로써 시효를 상실했다. 따라서 용도폐기를 해야 한다. 대통령이 된 다음에는 국민이 의아해 하는 발언, 걸핏하면 일반국민의 입방아에 오르내리며 노리개로 굴리는 말, '가슴이 철렁 내려앉게 하는 말'이어서는 참으로 곤란하다. 될 수 있는 한 말 수를 줄인 채 실천적 행위에 입각한 성과를 가지고 모든 물음에 답한다면 국민은 그 행위의 가치를 충분히 인정하는 법이다. 공연히 막말이나 험한 말을 해서 품위를 잃을 필요가 전혀 없다. 대통령은 한 정파의 우두머리가 아니라 온 국민의 대표자이므로 더욱 더 말을 신중히 해야 하고 말을 정제하여 표출해야 마땅하다. 말은 많이 하면 할수록 그 가치를 떨어뜨린다는 '말의 경제학'의 원리를 왜 노 대통령은 몰랐을까? 대통령의 주변이나 측근 중에는 한(漢)나라의 육가처럼 충언을 간할만한 인물이 없다는 말인가?

말을 잘 한다고 정치를 잘 하고 국가경영을 잘 하는 것은 결코 아니다. 중요한 것은 행동과 실천이지만 천 냥 빚을 말 한마디에 갚는다는 속담이 있듯이 좋은 말, 품위 있는 말, 칼끝을 드러내지 않고도 위엄과 권위를 풍기는 점잖은 말을 해서 나쁠 것은 전혀 없다. 어차피 온 백성의 지지를 백 퍼센트 받기는 어려우므로 확실한 지지 세력이라도 틀림없이 붙들어놓을 속셈으로 그들의 구미에 맞는 말들을 일부러 토해내는 것이라면 그건 국가원수로서의 처신에 크게 어긋나는 언행이 아닐 수 없다. 적어도 국민의 50% 정도의 호감은 살 수 있는 말을 해야 하는 게 아닌가? 툭하면 대통령의 말들이 TV 개그프로의 우스갯소리처럼 시정인들에게 술안주로서 회자되는 일은 참으로 볼썽사납다. 이제라도 말을 좀 아끼는 대통령을 본다면 얼마나 좋을까. 20%에도 못 미치는 아주 낮은 지지도를 가지고 이를 대통령의 정책에 대한 지지의 근거로 믿고 함부로 말을 계속한다면 그것은 잘못되어도 한참 잘못된 '환유적 환상'이라고 밖에 말할 수 없다.

제왕이 되기 전에는 유학자의 관(冠)을 뺏어 거기에다 오줌을 갈길만큼 문인 대접과 교양 면에서는 낙제점 이하였던 유방도 '마상에서는 천하를 다스릴 수 없다'는 육가의 간언을 받아들여 자신의 제국을 유교를 숭상하는 문화국가로 만들었다는 중국의 고사에 대해 노 대통령이 한 번쯤이나마 귀를 기울인다면 오죽이나 좋겠는가. '말로써 얻은 나라를 말로써만 다스릴 수는 없다.'

# 교언(巧言)과 묵언(默言)

## 말재주가 무슨 소용 있겠느냐

공자는 말 잘하는 정치인, 말솜씨가 능란한 정치인을 싫어했다. 정치인뿐만 아니라 일반인 중에서도 말솜씨가 능란한 사람을 좋아하지 않았다. 사실 일상 사회생활에서 구변이 좋은 것은 결코 단점이 될 수는 없다. 그것은 어느 면에서 장점이 될 수도 있다. '말로써 천 냥 빚을 갚는다'라는 속담도 있지 않는가. 말을 잘하면 시장에 가서 물건 살 때 에누리를 잘 할 수도 있다. 그런데 왜 공자는 말재주가 좋은 사람을 좋아하지 않았을까? 더군다나 말솜씨 좋은 데다 좋은 낯빛으로 남의 비위를 맞추는 사람을 공자는 왜 어진 사람으로 보지 않았을까?

공자의 사전에서 교언영색(巧言令色)은 가장 부끄러워해야 할 사자성어에 속한다. 좋은 말재주에다 좋은 낯빛으로 남을 대하는 사람은 진심을 닫아둔 채 한 입으로 두 말을 하는 거짓말쟁이이거나 위선자 아니면 남의 호감이나 사려고 애쓰는 아첨꾼에 지나지 않는다고 공자는 생각했다. 그래서 그는 논어 〈학이〉(學而)편에서 딱 부러지게 단언했다.

교언영색하는 사람으로서 어진 이는 드물다. (巧言令色 鮮矣仁)

논어는 다시 공자가 교언영색하는 사람을 싫어하는 하나의 실례를 들어 그의 인간관을 전개한다. 어느 날 공자는 누군가에게서 이런 말을 들었다.

염옹(冉雍)은 어질지만 말재주가 없습니다.(雍也 仁而不冉)
— 논어 〈公治長〉

이 말을 듣자 공자는 밖으로 터져 나오려는 화를 마음 한 쪽에 꾹 눌러 넣는 듯이 강한 어조로 그 사람에게 말했다.

어진지 어떤지는 모르겠네만 말재주가 무슨 소용이 있겠느냐. 혀끝의 재치로 남을 응대하면 자주 남의 미움을 사기 쉬우니라.

공자는 염옹이 어질다고는 말하지 않았지만 말재주(佞, 아첨할 녕)가 없는 것이 그의 흠이 될 수는 없다고 말한 것이다. '말재주가 무슨 소용이 있겠느냐'라는 반문에서 무슨 천부당만부당한 말을 내뱉느냐, 당치도 않은 소리를 하지 말라는 강력한 공자의 비판과 언어관을 우리는 읽을 수 있다. 염옹은 공자보다 29살 아래로 그의 제자 중 한 사람. 위의 말을 곱씹어 보면 공자는 제자라고 해서 무턱대고 염옹을 감싸지 않았음을 알 수 있다. 그는 오히려 말재주가 없는 염옹의 인간됨됨이가 큰 정치를 하기에 알맞다는 평가를 내렸다.

염옹은 남면하게 해도 좋을 인물이다. (雍也可使南面)
— 논어 〈雍也〉

'남면(南面)하게 해도 좋을 인물'은 은유인 동시에 환유이다. 공자시대에 황제(천자)와 제후는 남쪽을 바라보며 정치를 했다 한다. 그러므로 '남면하게 해도 좋을 인물'이란 훌륭한 정치인이 될 만한 소양을 갖춘 인물임을 대신하는 말이 된다. 이 어구는 또한 '청와대의 눈치를 살핀다'의 '청와대'가 대통령을 대신하는 것과 같은 비유가 되므로 환유도 된다. 그러므로 남면은 은유인 동시에 환유가 된다. 공자의 염옹에 대한 인물평은 요컨대 말재주 없음(不佞)의 미덕을 염옹이 갖췄고 그것은 공자가 염두에 둔 정치인의 속성에 들어맞는다는 뜻을 전하고 있다.

말을 잘하지 못하는 정치인이 요즘의 우리나라 정치풍토에서 성공한 정치인이 될 수 있을까? 아마도 될 수 없을 것이다. 구변이나 언변은 요즘 정치인의 필수조건인 것처럼 되어 있고 또한 일반인들도 그렇게 여기는 듯하다. 여당과 야당을 가릴 것 없이 우리나라 정치인들은 참으로 말솜씨가 좋다. 아마도 은유와 환유기법은 그들의 말솜씨에서 배우는 것이 첩경일 만큼 그들은 비유법을 매우 잘 구사한다. 그들에게 비유는 상대방에 대한 공격무기인 동시에 자기 자신을 지키는 방어수단이 된다. '말 잘 한다'의 참다운 의미가 정의하는 사람에 따라 각기 다를 수는 있겠지만 우선 달변이나 능변 정도로 생각하기 바란다. 이런 기준 아래 정치부 기자로서의 나의 취재경험을 회상해 보면 우리나라에서 말을 잘하지 못하는 정치인이 있기는 있었다. 그중 한 사람을 꼽으라면 나는 성곡 김성곤(省谷 金成坤)을 들겠다. 그는 말을 잘하지 못했지만 당대의 거물 정치인 중 한 사람이 되었고 또 그렇게 높은 평가를 받았다. 그러고 보면 교언이나 달변이 반드시 정치인의 필요조건이라고 강조하기는 어렵다.

그러함에도 30년 전 취재기자 시절 내가 접촉한 정치인들이나 지금 미디어에 오르내리는 정치인들을 보면 난형난제일 만큼 말을 참으로 잘 한다. 그 중에서도 나는 노무현 대통령의 말솜씨가 가히 달변의 정상급이라고 말할 수 있다. 하긴 그는 선거연설이나 TV 토론을 통해 말의 힘을 발휘하여 대권을 한 손에 거머쥐었다고도 말할 수 있으니까. 그러나 그는 재임 중 할 말과 안 할 말을 가리지 않고 거침없이 말을 너무 많이 쏟아낸 정치인이라는 세평을 듣는다. 미리 준비한 원고나 메모 없이 즉석에서 자신이 토해낸 말 때문에 가끔 화를 자초한 정치인이기도 하다. 특히 그의 비유법 그중에서도 은유법은 대단히 다채롭다는 평을 듣기에 조금도 손색이 없다.

노 대통령의 거침없는 언변에 불안감을 느낀 한 노동단체 대표가 어느 날 정부의 공식모임에서 그를 위해 쓴 소리를 했다. 2007년 1월 4

일 오전 과천 정부청사에서 대통령 주재로 열린 그 해 경제운용 방향에 관한 경제점검회의 석상에는 총리, 부총리를 비롯한 경제장관들과 경제단체장 및 노동단체장들이 참석했다. 미리 정해진 6명의 토론자 중 다섯 번째로 나선 이용득(李龍得) 한국노총위원장은 '대통령의 말 때문에 노동자와 서민이 불안해 한다'면서 '계속 국무회의에서 말을 하시겠다고 하는데 가만히 계셔 달라. 그게 국민을 위하는 길이다'라고 말했다 한다. 매우 당돌한 쓴말(辛言)임에 틀림없다.

마지막 여섯 번째 발언자의 말을 다 들은 뒤 노 대통령은 이렇게 말했다. '(이 위원장의 말은) 공개석상에서 듣기에 따라서는 모욕적으로 비쳐질 수도 있는데 야당과 언론이 그러는 것은 몰라도 노총위원장이 그렇게 얘기하니 당황스럽다'라고 말하고는 '(그 말) 뒤에 좋은 말을 많이 했는데 하나도 안 들렸다'고 덧붙인 것으로 나중에 보도되었다 (조선일보 2007. 1.6).

이 위원장이 실토한 대로 노동자에게 불안을 주는 말을 삼가 달라는 취지에서 '준비해서 한 말'이라 하므로 이 위원장의 쓴 소리는 그동안 행해진 대통령의 거침없는 달변에 적잖이 불만을 느낀 서민의 심정을 대변한 것이나 다름없다. 윤승용 청와대 홍보수석의 말대로 '그런 얘기를 할 자리가 아닌데 해서 엉뚱해 보인 것'도 또한 사실이리라. 하지만 적절치 않은 발언이라는 생각은 노 대통령과 그의 측근 및 지지자들의 견해일 뿐 많은 일반국민이 노 대통령의 어법과 말투에 대해 그동안 크게 실망해왔다는 것은 부인하지 못할 엄연한 사실이다. 이 위원장은 국민의 그런 심정을 대변한 것에 불과하다. 그런 충언을 할 적절한 자리가 아니라는 이유만으로 이 위원장의 쓴 소리를 나물랄 수만은 없다. 그런 자리를 얻지 못하면 언제 그런 취지의 충언을 드릴 수 있겠는가. 대통령은 공개석상이면 언제 어디서나 시정인들 사이에서 사사롭게 오가는 비속한 말들을 품위 없는 어투로 그것도 감정적으로 쏟아내도 괜찮고 일개 백성은 할 말과 안 할 말을 때와 장소에 따라 가려서 해야만 한다는 것은 형평의 원칙에도 어긋날뿐더러 민주사회의 원리에도 어울리지 않는다. 게다가 이 위원장의 쓴 소리를 나무란다면 '평등주의자'로 자처하는 노 대통령의 정치이념에도 걸맞지 않다.

사실을 말하자면 일일이 열거하기가 어렵지 않을 정도로, 노 대통령은 2002년의 선거운동 때부터 지금까지 논란거리가 충분히 될 만한 비속한 어투의 말을 무수히 쏟아냈다. 노 대통령이 공인으로서 지금까지 은유와 환유의 실례들을 많이 제공해 준 데 대해 이 글을 쓰고 있는 나로서는 고마운 마음이 없지도 않지만 그와 동시에 노대통령에게 하고 싶은 나의 쓴 소리는 〈침묵의 가치〉를 그가 너무 소홀히 여기는 것 같다는 점이다.

### 비트겐슈타인의 묵언

비트겐슈타인은 그의 유명한 초기 저서 『논리·철학논고』의 말미를 침묵의 중요성을 강조하는 문장으로써 장식했다. 그는 '말할 수 없는 것에 대해 우리는 침묵해야 한다.'(Whereof one cannot speak, thereof one must be silent)고 말했다. 물론 이 명제를 통해 그가 하고 싶은 취지는 명석한 분석적 능력과 논리적 사유의 소유자인 철학자조차도 언어의 본질적 한계로 말미암아 말과 글에 의존하는 표현영역을 벗어나는 윤리적 미학적 종교적 문제에 대해서는 침묵하지 않으면 안 된다는 것을 지적한 데 있지만, 침묵의 원칙은 우리의 일상생활에서도 때때로 그대로 적용될 수 있다고 본다. 말과 글로 표현하기에 매우 까다로운 문제에 대해 우리는 편의상 은유와 환유를 활용하곤 하는데 그 경우 '은유들의 기동군'은 진실을 피해 엉뚱한 길로 행진할 수 있다는 점을 여러분은 유의해야 한다. 오해를 불러오거나 왜곡된 의미를 낳을 수 있는 말이라면 차라리 침묵하는 것이 황금을 얻는 첩경(捷徑)이다.

일찍이 고타마 붓다도 말하지 않았는가. 지금 여기서(now and here) 우리가 부딪친 현실적 과제들을 해결하는 데 아무런 도움이 되지 않는 형이상학적 문제, 경험적 지식의 범위를 뛰어넘는 초월적 문제들에 대해서는 침묵을 지켜야 한다고. 붓다는 논쟁의 꼬리에 또 꼬리를 무는, 정답을 얻지 못하고 논쟁의 연속만을 야기(惹起)하는 문제들에 대해서는 침묵으로써 그것을 피해가는 것이 현명한 상책이라고 말했다. 일상적 삶의 고달픔에 시달리는 보통백성의 가슴에 불안과 의혹의 불씨를 심어놓는 품위 없는 말씨는 정치지도자 스스로가 자발적으로 삼가야 한다.

만일 달변과 교언으로 듣는 이들을 감동시키려고 한다면 그 사람은 정치보다는 개그 무대에 서는 길을 택하는 것이 낫다. 그나마 개그퍼슨은 때로는 촌철살인(寸鐵殺人)의 죽비를 들고 TV 시청자들을 웃기고 감동시키지만 그렇다고 그들에게 반드시 진실을 말해야 한다는 의무와 책임은 없다. 그러나 백성의 삶을 책임지는 정치인들은 자기가 발설한 말들에 대해 무거운 책임을 져야 하며 반드시 진실을 말해야 한다는 의무가 주어져 있다.


## 아직 젖비린내가 나는 철부지


이 글을 쓰는 동안 나는 묵은 기억을 되살려 준 사자성어(四字成語) 하나와 만났다. 구상유취(口尙乳臭)이다. 입에서 아직도 젖비린내가 난다는 뜻이므로 책임 있는 일을 하기에는 철이 덜 들어 어리거나 능력이 모자란 사람 또는 그런 행위를 일컬을 때 쓰는 말이 구상유취이다.

김대중 대통령 정부 아래서 국가정보원장을 지낸 이종찬 씨가 한 중앙일간 신문에 기고한 글에서 이 사자성어를 사용했다. 한미연합사령부 체제를 통해 한국이 미국과 함께 공동으로 행사해온 전시작전통제권 문제를 놓고 여야 사이와 자주파—동맹파(나는 이런 식의 이분법을 싫어하지만 언론매체에서 그렇게 사용하므로 그대로 인용했을 뿐임을 밝혀둔다) 사이에서 뜨거운 논쟁이 한창 벌어지던 무렵 그는 이런 글을 썼다.

노무현 대통령은 그가 폄하하는 이승만 전 대통령이 미국에 넘겨준 전시 작전통제권을 환수하는 것이 주권국가의 꽃이라고 호기 있게 말했다. 하지만 노 대통령은 역사를 잘못 알고 있다. 이승만 박사는 가장 외세를 잘 이용한 자주적 대통령이었다. 이에 비하면 노 대통령은 구상유취이다. 말로만 '자주'를 떠벌리고, 할 말은 한다지만 실속은 없다. 이라크에 파병했고, 한미FTA(한미무역자유협정 협상)를 추진하면서도 받은 게 별로 없다. 그래서 어느 여당의 중진의원은 노 대통령은 우회전을 하면서 공연히 좌회전 신호를 켜고 있어서 교통만 혼란스럽게 하고 있다고 혹평하고 있다.
— 조선일보 2006. 8.23 〈시론〉

여기서는 작통권의 '환수' 문제(이를 반대하는 동맹파는 단독행사라고 부름)에 대한 논란에서 어느 쪽이 옳으냐 그르냐는 언급하지 않기로 하겠다. 나의 글의 본지(本旨)를 이탈하기 때문이다. '노 대통령은 구상유취'라고 말한 이종찬 씨는 미국과의 작통권 '환수' 협상을 벌이는 노 대통령이 '주권 환수'를 위해 '자주' 노선의 길을 걷는다고 주장하지만 한국전쟁 때 그것을 미국에 넘겨준 이승만 전 대통령의 외교수완에 비하면 '아직 어리다, 아직 능력이 모자라다'라는 뜻을 강조하고 싶었던 듯하다. 사자성어의 뜻은 그러하지만 '아직 어리다' 대신에 구상유취가 담고 있는 '젖비린내(乳臭)'라는 단어를 사용하면 '어리다'는 의미의 강도가 더 높아지는 것을 우리는 느낄 수 있다. 한자를 배우고 아직도 사용하는 60대 이상 세대에게는 그렇게 느껴진다.
이종찬 씨의 〈시론〉을 계기로 36년 전 야당지도자의 에피소드 한 도막을 회상하면 정치인의 '젖비린내'가 어느 정도인지를 아마도 새삼

스레 짐작할 수 있지 않을까 한다.

나중에 결국 유신독재 체제를 초래하고만 박정희―김대중 후보 간의 치열한 1971년 대통령 선거를 앞두고 당시 야당인 신민당(新民黨)은 이른바 '40대 기수' 3명간의 결말을 점치기 어려운 뜨거운 경쟁이 벌어지는 가운데 후보 선정의 진통을 앓고 있었다. 내심 스스로 후보가 되고 싶은 속셈이 전혀 없지 않았을 것으로 짐작되는 당시 60대 중반의 유진산(柳珍山, 1905~1974) 당수는 가타부타 자신의 의중을 내비치기도 전에 김영삼 김대중 이철승 등 세 '젊은' 정치인들의 후보경쟁에 선수를 뺏긴 상황에 대한 불쾌감도 있었겠지만 그보다도 더 그의 부아를 치밀게 한 것은 짐작컨대 노인의 정치적 퇴장을 최촉(催促)하는 듯한 이른바 '40기수론'이 아닌가 싶다. 청년시절에는 독립운동을 하다 투옥된 경력도 있고 해방 후에는 우익청년단체 지도자로서 건국의 초석도 닦았으며 1950년대에는 자유당 독재에 맞서 민주투쟁을 전개하면서 정통 야당인 민주당의 구파 지도자 유석 조병옥(維石 趙炳玉) 박사의 대통(大統)을 계승했다고 어느 누구 못지않게 자부하는 진산으로서는 '새까만 후배들'의 후보 타령이 한낱 철부지 소리로 밖에 들리지 않았으리라. 그래서 그는 '40대 기수들'의 행태에 대한 불쾌감을 드디어 취재기자들 앞에서 토로하고야 말았다.

구상유취야!

이 말은 어린애의 이미지를 40대 기수들에게 곧바로 투사하는 직유(直喩)이다. 이미 앞에서도 설명했지만 직유도 넓은 의미에서는 은유에 속한다.

5.16 군사쿠데타를 일으킨 1961년의 당시 박정희 소장의 나이가 44세였고 1960년 미국 대통령 선거에서 뉴프런티어(New Frontier)의 기수 존 F. 케네디 미국 대통령이 미국 역사상 가장 젊은 나이인 43세

에 당선되었음을 감안하면 한국 야당의 40대 기수들도 결코 '젖비린 내 나는' 정치인들일 수는 없었다. 정치의 현실은 그래서 그들을 '젖 비린내 나는 철부지'로 여긴 진산을 외면했고 마침내 박정희 현직 대 통령과 맞선 야당후보 '김대중 선생'을 만들어내고야 말았다. 선거 막 판에 김 후보를 동행하며 '우리 신민당의 대통령 후보 김대중 선생 은……' 하고 그를 치켜 올리는 데 아낌없이 존칭을 사용한 진산의 당 시 모습을 회상하면 구상유취도 젖비린내 나름이 아니겠는가 싶다. '우리 김대중 선생……' 하며 스스럼없이 존칭을 쓰던 당시의 진산이 고 보면 그가 진짜로 김 후보를 '젖비린내' 나는 정치인으로 생각했었 는지 아니면 정말로 '김대중 선생……'으로 모셨는지, 궁금하지 않을 수 없다. 정치인의 비유는 때로는 그 진짜 의미가 무엇인지 종잡기 어 려운 데가 있음을 우리는 시인해야만 하리라.


## 토끼 사냥이 끝났으니 사냥개는 잡아먹는다


'40대 기수론'을 앞장서서 외쳤던 김영삼 씨는 그로부터 20년이 더 지난 1993년에야 대통령이 되겠다는 자신의 오랜 꿈을 실현했다. 그 해 2월 대통령직에 취임한 지 얼마 안 되어 그를 도운 정치적 지원자 중 한 사람으로 알려진 김재순 전 국회의장이 돌연 기자회견을 갖고 정계은퇴를 선언하면서 '토사구팽(兎死狗烹)'이란 사자성어를 썼다. 이 말은 당시 정계와 일반인들 사이에 금방 유행어가 되었다. 직장인 들 사이에서는 '토사구팽 당하지 않으려면 상사 표정을 잘 살펴라'라 는 농담 섞인 조언이 술안주 삼아 오가곤 했다.

이 말의 원어는 교토사 구주팽(狡兎死 走狗烹). '재빠르게 달아나는 토끼가 잡혀서 죽었으니 토끼를 잡으려고 애쓰며 뛰어다니던 사냥개는 이제 쓸모가 없어졌으므로 잡아먹는다' 라는 뜻이다. 이 여섯 글자를 줄여 토사구팽이라는 사자성어로 만들어 관용구처럼 우리는 사용한다. 출처는 중국의 역사서 『사기』(史記)이다.

유방(劉邦)이 초(楚)나라의 항우(項羽)를 멸하고 천하를 통일하여 한 제국(漢帝國)의 제1대 고조가 되었을 때 한신(韓信)은 유방을 크게 도운 세 장수 중 하나였다. 이전에 제(齊)나라에 봉사했던 한신은 그의 고향인 초를 준다는 바람에 유방 편에서 항우공격에 참여하여 큰 공을 세웠다. 한신은 한 때 항우에게 봉사한 적이 있는 지혜의 장수였지만 지금의 처지는 정반대다. 전란이 끝나고 유방에게서 약속대로 초나라를 받자 한신은 그가 멸망시킨 적 항우의 용장인 종리매(鐘離梅)만은 차마 처단하지 못하고 자기 밑에 몰래 숨겨두었다. 아마도 한신은 이전에 함께 항우를 돕던 종리매와의 정리(情理)마저 저버릴 수는 없었던 듯싶다.
유방은 그런 한신의 이중행위가 몹시 못 마땅했다. 그렇게 여기던 판에 이듬 해 초 유방은 지방시찰에 나섰다. 유방의 속셈은 지방시찰을 구실삼아 한신을 붙잡으려 한 것이다. 큰 일이 나겠다 싶어 걱정이 된 한신은 반란이라도 일으킬까 생각했지만 종리매의 목을 배어 유방에게 바치면 괜찮을 거라는 가신의 권고를 듣고는 그렇게 하기로 작심했다. 그 의도를 알아 챈 종리매는 한신의 어리석음을 질타했다.

내가 있기에 유방이 겁이 나서 너에게 손을 못 대는 것이다. 너는 어찌 그것도 모르는가. 너야말로 나를 잘못 보았다.

한신에게 욕을 퍼붓고 나서 종리매는 스스로 목을 쳐서 죽어버렸다. 한신은 그 목을 갖고 유방을 만나러 갔다. 그때 황제의 명령이라며 유방의 호위병들이 달려들어 한신을 포박하고는 수레에 태워 데리고 갔다. 포박당한 채 한 숨 지으며 한신은 혼자서 중얼거렸다.

　민첩한 토끼를 잡았으니 사냥하느라 애쓴 개도 잡아먹는구나. 하늘을 나
는 새가 없어지면 좋은 활도 소용없고, 적국이 망하면 지혜 있는 신하들도
죽인다고 했거늘 바로 그대로구나. 나도 잡혀죽는 건가?

　실제로 한신은 죽지 않았다. 하지만 회음(淮陰)이라는 조그만 땅을
봉함(封緘)받았을 뿐 그는 초라한 신세가 되고 말았다. 토사구팽의 고
사는 주로 한신과 연관되어 인용되기 일쑤다. 그러나 한신은 그 이전
에 나돌았던 그 이야기를 자신의 처지에 빗대어 읊조렸을 뿐이다.
　정치권력의 세계에서 토사구팽은 비단 한신과 김재순 전 의장의 예
에서만 멈추지 않는다. 동서고금을 막론하고 한 기업이든 국가이든 그
것을 일군 공로자가 최고권력자(경영자)에게서 버림받고 쫓겨나거나
죽임을 당한 사례는 얼마든지 볼 수 있다.

　토사구팽 말고도 우리나라 정계에서는 중국 고사에서 연유한 여러
가지 사자성어들이 곧잘 은유로서 차용되곤 한다. 몇 가지를 골라보
면, 조령모개(朝令暮改＝조삼모사, 朝三暮四), 사면초가(四面楚歌), 권토중
래(捲土重來), 와신상담(臥薪嘗膽), 어부지리(漁父之利), 배수(背水)의 진
(陣), 새옹지마(塞翁之馬) 등이 있다.


# 게이트냐? 정책 실패냐?


2006년 7~8월의 무더위는 이른 바 '바다이야기' 등의 전자도박게

임방 사건으로 더욱 짜증나는 무더운 여름이 되고 말았다. 검찰의 대대적인 수사가 진행되었음에도 사건은 그해 9월에 들어서서도 결말을 보이지 않은 채 여야 정치권에서 무성한 말싸움이 계속되었다. 그 말싸움 중 하나가 '정책 실패'냐 '게이트'냐다. 정부 여당은 청와대와 정치권력이 개입된 '게이트' 사건이 아니라 정책 실패의 결과라는 주장을 편데 반해 야당은 정치권력이 개입된 엄연한 '도박게이트'라는 주장을 내세웠다.

정부 여당이 정책 실패의 방향으로 도박게임방 사건의 성격을 몰고 가려는 움직임은 그 사건이 터져 왈가왈부가 무성하던 그해 8월 13일 노무현 대통령이 '내 임기 중에 무얼 잘못했는지 꼽아보라'면서 '내 집권기에 발생한 사안은 성인오락실, (경품용) 상품권 문제인데 (청와대가 직접 연루되지 않았으므로) 청와대가 직접 다룰 성격은 아닌 것 같다'라고 밝힌 직후부터 노골화하기 시작했다.

대통령의 발언을 계기로 논란을 일으킨 '게이트냐? 정책 실패냐?'라는 논쟁은 급기야 공영 TV 방송인 MBC의 목요일 밤 〈100분 토론〉에서도 주제로 등장하여 여당 측의 '정책 실패'파와 야당 측의 '게이트'파 간에 뜨거운 공방전이 전개되었다. 어느 기자의 말처럼 그것이 게이트가 되건 정책 실패로 판명되건 사건의 본질이 바뀌지는 게 아니므로 '게이트냐? 정책 실패냐?'의 논쟁은 가당치 않는 말장난에 지나지 않는다. 왜 그런가? 정치판에서 사용되는 언어 아니 정확히 말해서 정치적 시니피앙(언어기호의 겉껍질)들은 원래 고정된 의미를 지니지 않고 그것을 보거나 읽는 사람에 따라 얼마든지 다른 의미로 해석될 소지가 많은 감성적 부호들이기 때문이다. 전자도박게임방 사건을 '게이트다'라고 규정하면 게이트가 풍기는 시니피앙의 나쁜 이미지가 정치권력 및 기업의 돈과 연계된 엄청난 정치적 사건으로 받아들여질 가능성이 커진다. '게이트'란 용어는 미국의 저 유명한 〈워터게이트 사건〉에서 연유된 은유적 시니피앙이기 때문이다.

워터게이트 사건이란 닉슨 대통령과 백악관이 연루된 1972년의 일련의 정치적 사건들을 뭉뚱그려서 말하는, 미디어에서 제조된 시사유행어이다. 사건은 1972년 7월 워싱턴 DC의 워터게이트 아파트 빌딩 안에 있던 민주당 대통령 선거운동본부에 대한 불법도청 시도가 발각된 후 공화당 측의 닉슨재선위원회 관계자들이 체포됨으로써 단(端)을 발(發)했다. 특별검사가 임명되어 수사 작업이 본격화했고 마침내 미국하원 법사위원회는 특별검사의 수사결과를 토대로 1974년 7월 현직의 닉슨 대통령을 사법방해 등으로 탄핵하는 3개항의 법안을 가결했다. 한 달 뒤 닉슨 대통령은 미국 역사상 처음으로 재임 중 불명예스럽게 사퇴한 대통령이 되었다. 이 사건은 워터게이트 빌딩에서 발단했다는 의미에서 〈워터게이트 사건〉이라 불리는데 우리나라의 언론과 정계에서는 그동안 정치권력이 연루된 부정부패사건이라는 의혹이 엿보이면 이를 'ㅇㅇ게이트 사건'이라고 지칭함으로써 정부 여당을 정치적 은유의 무기로 공격, 압박하는 데 이용하곤 했다. 그 점에서 '게이트'는 정권공격용 은유적 언어무기이다.

은유가 이런 식으로도 차용되는 구체적인 예를 '도박실 게이트'는 우리에게 생생하게 보여준 것이다. 한 여름에 나라 안을 시끄럽게 만든 '성인오락게임 사건'의 중심에 있는 '바다이야기'의 상큼한 이미지가 그 상호의 겉포장을 벗겨내기만 하면 생선시장의 비린내가 물씬 풍겨나오 듯이 '게이트'의 권력비리로 터질 수도 있다는 전략적 기대감을 갖고 정치인들 특히 야당정치인들은 정치공세의 고삐를 조금도 늦추지 않고 오늘도 언어의 칼을 숫돌에다 간다. 그것이 현실의 정치판에서 연출되는 정치드라마의 내러티브(narrative)다.

# 짖지 않는 개들의 변주곡

또다시 현직 대통령의 말을 중심으로 비유 이야기를 전개하려니 좀 미안하기도 하지만 비유에 관한 워낙 좋은 재료를 제공했기에 그냥 놔 두기에 아까운 생각이 들어 대통령의 말을 감히 인용하려 한다.

노무현 대통령은 2006년 8월 24일 여당인 열린우리당의 수도권 재 선의원 6명과 청와대에서 만찬을 가졌다. 이 자리에서 노 대통령은 강 도 높은 검찰수사로 정치권과 국민여론에서 논란이 무성한 시기적 상 황을 염두에 두었음인지 "'바다이야기' 사태는 정말 어처구니없는 실 책이었다. 어떻게 이 상황까지 되도록 모르고 있었는지 부끄러울 뿐" 이라고 말한 것으로 인용, 보도되었다. 조선일보의 8월 28일 자 보도 에 따르면 노 대통령은 담배를 꺼내 물며 "집에 도둑이 들려면 개도 안 짖는다더니……"라며 이같이 말했다 한다. 이 만찬에는 김영춘, 송 영길, 안영근, 오영식 임종석 정장선 의원들이 참석했다.

'바다이야기'란 '도박공화국' 또는 '도박게이트'로 불리기도 했던 도박게임기 사건을 대표하는 명칭이다: 이 도박기계가 몇 해 전에 성 인용 오락게임이란 허울 좋은 이름 아래 문화관광부의 감독을 받는 민 간심의기구인 영상물등급위원회(영등위)의 심사를 버젓이 통과하여 전국 도처에 '바다이야기' 성인오락실이란 간판으로 설치, 운영되었 다. '바다이야기' 파동은 그동안 현금을 대신하는 총액 수십조 원의 경품용 상품권이 도박게임에 사용됨으로써 도박게임으로 입은 국민적 피해는 엄청난 규모인 것으로 알려졌다. 더군다나 이 도박기계—상품 권 파동은 대도시는 물론이고 시골 소도시의 골목까지 도박장이 개 설 운영되어 온 나라를 도박장의 위장 명칭인 '성인용 오락실' 투성이 로 만들어버림과 동시에 정부와 의회를 상대로 한 업자들의 불법로비 의혹까지 겹침으로써 커다란 정치적 사회적 쟁점으로 부각되었다.

참여정부가 들어선 이래 영등위의 심의를 거쳐 성인용 전자게임오
락실이란 이름의 도박실이 본격적으로 곳곳에 설치되었으며 그 폐해
가 이미 2004년부터 국정원 등의 관계기관에 의해 정부 당국의 요로
에 보고되었고 작년(2006년)에는 검찰에 '대대적인 단속'이 지시되었
음에도 불구하고 노 대통령이 '개도 짖지 않아서 몰랐다'는 취지의 발
언을 서슴지 않은 것은 참으로 이해할 수 없는 일이다. 설사 그 폐해의
심각성을 정말로 몰라서 이른바 '정책 실패'를 뒤늦게 알았다고 치더
라도 국가의 최고지도자가 그런 은유적 비유를 한 것은 국정운영시스
템의 무력성과 난맥상을 지도자 스스로가 자인했다고 밖에 달리 풀이
할 방도가 없다.

　보도가 나온 지 사흘 뒤 바야흐로 '짖지 않은 개'의 은유는 개와 연
관된 다른 은유의 변주곡들을 작곡해냈다. 8월 31일 야당인 한나라당
국회의원 워크숍에서 의원들은 앞을 다투어 '개'가 지닌 다양한 여분
의 잉여의미를 소개했다.

　'검찰, 경찰, 수의사 쪽에 알아봤더니 도둑이 주인이면 개가 주인보
고는 안 짖는다고 하더라'에서부터 '성대나 고막을 제거하면 개가 짖
지 못한다.' '국민의 고통을 들으라는 귀를 막아버리니 주위에서 짖는
사람이 없는 법이다'를 거쳐 '개가 안 짖는 경우는 딱 한 번인데 바로
먹을 것이 있을 때다. 국민을 위해 길목 군데군데에 개들이 먹을 게 너
무 많아 절대 안 짖었다.'에 이르기까지 실로 흥미로운 '개 변주곡'들
이 연주되었다. 대통령의 말 한마디를 조롱하며 쏟아진 '짖지 않는
개'에 대한 은유적 공격은 차분히 성찰해보면 지나치다 싶을 정도였
다. 대통령의 무너진 권위가 은유 기동군의 정치공세로 다시금 철저하
게 유린되는 광경이 벌어진 것이다. 이처럼 은유기동군은 잘못 사용되
면 그 기동군의 지휘자를 가차 없이 역습하는 것이 은유의 속성이다.

　여기서 나는 노 대통령이 차용한 '짖지 않은 개'의 시니피앙이 야당
의원들에 의해 '도둑주인에게는 짖지 않는 개' '귀가 막혀서 짖지 않

은 개' '많은 먹이를 먹느라 짖지 않는 개'의 시니피앙으로 변주되는 모습을 똑똑히 목격했다. 어떻게 해서 그런 변주가 가능한가? 시니피앙의 변주는 성인용 전자오락게임의 허용이라는 정책 실패를 대신하는 '짖지 않은 개'라는 은유적 시니피앙이 다른 시니피앙으로 환유적 치환(displacement) 즉 환유적 이동을 했음을 의미한다. 좀 어려운 설명이 되어버렸는데 비유로서 사용되는 시니피앙(기호의 껍데기, 구체적으로는 단어나 단어들의 집합)은 고정된 시니피에(의미와 개념)를 갖지 않으므로 얼마든지 다른 시니피앙과 결합하여 전혀 생각지도 못했던 의미를 생산하곤 한다는 뜻이다. 여기서 '짖지 않은 개'가 다른 시니피앙과 결합하는 예는 '주인이 도둑인 개' '귀가 막힌 개' '먹이가 많은 개' 등이다.

그러므로 비유법으로 정치적 발언을 할 때 정치인들은 자기가 의도한 언어기호(시니피앙)가 전혀 엉뚱한 방향에서 다른 잉여의미를 생산한다는 점을 항상 유념하지 않으면 큰 낭패에 직면하기 쉽다. '짖지 않은 개'의 은유기동군이 발설자를 가차 없이 역습하기 때문이다. '말은 태어날 때 입에 도끼를 물고 나온다'고 하지 않았는가. 제 말에 제 발등을 찍히는 것이 말의 속성임을 정치인들이여 제발 명심해야 하리라.

노 대통령은 자신이 정책 실패를 자인하면서 여당 국회의원들에게 실토한 속담 '도둑이 들려면 개도 짖지 않는다'가 숨겨놓은 다면적 얼굴의 은유임을 미처 몰랐거나 아니면 부주의로 간과하지 않았나 짐작된다. '도둑이 들려면 개도 짖지 않는다더니……'라는 문장은 '도둑이 들려면 개도 짖지 않는다는 속담을 내가 알고 있는데 그 속담과 같이……'를 줄인 말이다.

이 속담에서 '그 뜻을 알고 있는 나'(문장 속의 주어=주체)와 '그 뜻을 알고 있다고 말하는 주체'(문장을 말하는 주체)는 서로 분리되어 있다. 다시 표현하자면, '문장 속의 주어'와 '문장을 말하는 나'는 서로 분리되어 있다. '나는⋯⋯'이라고 문장의 언설을 발음하는 자아 또는 주체 (the subject of the enunciation)와 그 자아에 의해 발음되는 인칭대명사 '나' 즉 문장 속의 주어(the subject of the enunciated)사이에는 언제나 분열이 생긴다. 정신분석을 비롯한 현대의 주체연구자들은 이를 가리 켜 '주체의 분열(the split subject)'이라고 말한다. 이처럼 주체가 분열 된 상황에서는 언제나 '문장을 말하는 나'는 본의 아니게 다시 말해서 무의식적으로 문장 속의 내용과 일치되지 않는 말을 토해 버리는 경우 가 있다. 이를 실언(失言)이라고도 한다. 무의식 중에 불쑥 튀어나오는 말이 실언이다. 그것은 무의식의 표출이다. 사실 실언은 누구나 다 할 가능성이 있다. 실언은 짓눌렸던 무의식의 장벽을 나도 모르게 뚫고 뛰쳐나오기 때문이다. 실언을 하고 안 하고의 차이는 말하는 사람의 인격과 인품, 자기 절제의 정도에 달려 있을 뿐이다.

## 정치 담론에서의 환유

### 민심에 의한 탄핵

정치인은 은유를 비교적 즐기는 편이지만 그에 못지않게 환유도 정 치적 담론에서 유효적절하게 활용하는 재주를 가진 사람들이다. 정치 인의 환유적 정치담론의 두드러진 예를 나는 2006년 7월 26일 치러 진 4곳의 국회의원 재·보궐선거에서 발견했다. 그 선거에서는 2004 년 3월 노무현 대통령 탄핵안의 국회가결 과정에서 중심 역할을 수행 한 당시 민주당 대표 조순형 후보가 민주당 후보로 출마하여 정계의 큰 관심을 끌었다. 그는 결국 당선되어 '탄핵의 주역'으로서 화려하게 정계에 다시 복귀했다. 신문보도에 따르면 '미스터 쓴 소리' 조순형

씨의 여의도 복귀에 대해 일부 정치인들은 '노 대통령이 민심에 의해 탄핵당했다'는 분석을 내놓았다. 조 씨 자신도 당선소감에서 자신의 당선은 '탄핵의 정당성을 인정받은 것'임을 공개적으로 내놓고 말했다. 그러나 조 씨를 당선시킨 서울 〈성북 을〉 선거구민은 엄밀히 따지자면 노 대통령 탄핵결의안의 국회 가결에 앞장 선 그의 행위의 정당성 여부를 심판하기 위해 이번 보궐선거에서 투표를 한 것이 아니다. 그러므로 노 대통령이 '민심에 의해 탄핵당했다'는 말은 선거구민의 투표행위가 그런 취지로 표현된 것이 아니고 선거결과에 대한 정치인과 언론의 의미해석이 그렇게 나온 것임을 뜻한다. 물론 나는 일부 유권자의 투표가 '노 대통령 탄핵'과 결부되었을 가능성 자체를 부인하는 것은 아니다. 내가 여기서 밝히고자 하는 나의 진의는 '민심에 의한 노 대통령 탄핵'이란 정치적 해석이 옳으냐 그르냐를 판정하려는 것이 아니다. 그런 해석은 정치적 관점과 입장에 따라 옳을 수도 있고 그를 수도 있다. 또한 조 씨의 당선은 그가 밝힌 것처럼 '탄핵의 정당성을 인정받았기' 때문만도 아니다. 탄핵의 문제는 당선 요인들 중 하나일 수는 있지만 요인들의 전부는 분명히 아니다. 그럼에도 불구하고 정치인들은 조 씨가 '노 대통령 탄핵 주역'으로서 당선되었으며 그의 당선은 곧 '탄핵의 정당성을 인정한 것'이라는 발언을 서슴지 않고 토로한다. 이것이 부분을 가지고 전체를 대신하는 정치담론 즉 환유적으로 전개되는 정치담론이다. 한국에서 뿐 아니라 구미의 많은 나라에서도 정치인들이 정치적 공격이나 반격을 가할 때 서로 이런 환유적 수사법을 구사하여 상대방을 제압하려고 시도하는 것은 그런 환유법의 효과 때문이다.

### 배 밖에서 좋은 선장 데려 올 수 있다

노무현 대통령은 2006년 8월 6일 청와대에서 개최된 여당인 열린우리당 지도부와의 오찬 회동에서 다가오는 대통령 선거에 내세울 여당후보 문제에 언급하여 "열린우리당은 큰 배다. 선장이 지금 눈에 안 띈다고 하선(下船)하려고 하면 되겠는가. 선장 없어도 최선 다하면 바깥에서 좋은 선장을 데려 올 수 있다. 내부에도 좋은 사람이 많다. 이 배를 지켜야 한다."고 말한 것으로 다음 날 아침 보도되었다(조선일보 8월 7일자 보도).

다음 대통령 선거는 오는 2007년 12월 19일로 예정되어 있다. 야당인 한나라당에서는 박근혜 전 대표, 이명박 전 서울시장, 손학규 전 경기도지사 등 당내 인사들이 대권 경쟁에 뛰어들 차비를 차리고 있어 오히려 누구를 후보로 선정할 것인지의 문제를 놓고 고심 중에 있었다. 다른 후보로서는 고건 전 국무총리가 한나라당의 박, 이 두 예상후보들과 함께 여론조사 순위 1~3위 안에서 경쟁하고 있었다. 이에 반해 여당은 후보로서 적합하다고 생각되는 인물이 스스로 나서지도 않았을 뿐 더러 당원들이 의견을 모아 내세울만한 마땅한 인물도 아직 드러나지 않는 처지에 있었다. 그래서 열린우리당 일각에서는 민주당과의 통합을 통해 고건 전 총리를 대통령 후보로 옹립하자는 움직임도 일고 있었다.

노 대통령의 '선장' 언급은 대통령 후보 문제를 염두에 두고 나온 발언인데 이는 당 내부에서 후보가 나오든 외부에서 영입해 오든 간에 범여권의 대선 후보는 '열린우리당'이란 이름의 간판 아래서 나와야 한다는 뜻을 지닌 것으로 풀이된다. 이 글은 정치담론을 분석하는 데 그 목적을 둔 것이 아니므로 여당의 대선 후보로 누가 나설 것이냐와 같은 정치적 시사쟁점에 대해서는 더 이상 언급을 하지 않고, 지금부터는 정치 담론에서의 비유 문제로 돌아가 나의 논의를 진행하기로 하겠다.

노 대통령의 발언 중에 구사된 은유언어는 배(船), 선장, 하선이다. 대통령 자신이 말했다시피 열린우리당은 '큰 배'에 비유되었다. 정치마당에서 정당이나 국가가 큰 배에 빗대지는 일은 매우 흔하며 노 대통령도 그 점에서 예외가 아니다. 정당이나 국가가 큰 배에 은유된다면 선장은 당대표나 대통령을 의미하는 은유언어가 된다. 하선은 당을 떠나는 탈당을 가리킨다. 다른 배로 바꿔 타거나 새로 탈 배를 만들거나 하는 일은 다른 정당과의 합당이나 새로운 정당의 창당을 의미한다. 노 대통령은 '선장이 지금 눈에 안 띈다고 하선하려고 하면 되겠는가?' 라고 말함으로써 열린우리당의 존속과 당명을 끝까지 지키겠다는 의지를 강력히 표명한 셈인데 우리의 눈길은 '선장 없어도 최선을 다하면 좋은 선장을 데려 올 수 있다' 라는 은유적인 발언 내용에 두지 않을 수 없다.

대통령 후보를 대신할 수 있는 언어기호들은 선장 말고도 다른 여러 개가 더 있다. 여객기의 조종사, 자동차의 운전자 등. 따라서 노 대통령은 대통령 후보의 속성을 대신할 수 있는 여러 개의 기호들 중 하나인 배를 선택하여 그것의 속성을 정당 또는 국가로 연결 짓고자 한 것이라 볼 수 있다. 여기서 환유적 의미연관의 부적절성이 노출되었다. 풀어서 말하자면, 배의 선장이 수행할 역할과 능력이 국가원수인 대통령의 역할 및 능력과 동일시되기 어려운 법인데 노 대통령은 선장의 여러 속성 중의 일부인 배의 운항기술과 선원들이라는 동류집단의 제한된 통솔력만을 국가의 수장인 대통령에게 투사하고만 것이다(국가는 구성원들의 인종, 이익, 취미의 불일치와 추구하는 목표와 이념 등의 다양성에 있어서 매우 상이한 여러 종류의 인간들 또는 집단들로 구성되어 있다). 배의 선장과 국가의 원수는 한 집단의 수장이란 점에서는 동일하지만 집단의 규모는 서로 엄청나게 다르며 또한 두 종류의 수장에게 각기 요구되는 역할과 능력 그리고 도덕성도 전혀 동일하지 않다. 얼핏 양자 사이에는 등가관계가 성립하는 것처럼 보이지만 $A+B=C$ 이므로 $A=C-B$와 같은 방식의 등가관계는 성립되지 않는다. 예컨대 쇠고기 1kg과 돼지고기 1kg은 무게에 있어서는 동일하지만 고기맛과 요리에서의 용도가 다르듯이, 부분적인 일치가 곧 전체적인 일치가 되지는 않는다. 그러므로 배의 선장과 국가원수 사이에는 등가성이 있는 것처럼 보일 뿐 완벽한 등가관계는 실재하지 않는다. 둘 사이에 동일관계가 성립되지 않음에도 마치 그것이 성립되는 것처럼 말한다면 그 오류의 정도가 어떠한지는 충분히 알 수 있다. 우리가 정치인의 발언을 주의 깊게 살펴야만 하는 이유는 이처럼 은유와 환유가 내포할 수도 있는 의미전이의 부적절성에 있다. 다시 말해서 선장의 역할 및 능력은 대통령의 그것과 전혀 같지 않음에도 불구하고 양자가 마치 같은 것처럼 말함으로써 생기는 엄청난 의미의 불일치가 부적절한 은유 및 환유의 사용에서 야기된다는 점에 우리는 유의하지 않으면 안 된다. 비유는 약인 동시에 독이다. 플라톤의 파르마콘(pharmakon, 그리스어로 藥을 의미함)이 양약(良藥)과 독(毒)의 이중성을 지녔듯이 비유에도 이중성이 있음을 우리는 알아야 하리라.

## '불쏘시개는 싫소'와 남명 조식

### 대학교 총장은 얼굴마담인가?

대학 교수나 대학교 총장이 정계나 관계로 진출하는 것을 굳이 나쁘다고만은 할 수 없다. 그렇게 하는 것은 그들이 선택할 수 있는 권리이며 자유이다. 그것을 좋다 나쁘다고 말하는 것은 쓸데없는 참견일지도 모른다. 대학 교수라고 언제까지나 캠퍼스의 연구실에 파묻혀 살라는 법은 없으니까. 기회가 주어지면 기업의 장으로도 정부의 장관이나 국무총리로도 얼마든지 나갈 수 있다. 그런데 우리는 왜 대학 총장을 지낸 사람이 장관이나 총리로 발탁되어 가는 것에 대해 그렇게 탐탁하지 않게 여기는 것일까. 그것은 아마도 대학 총장직에 부여되는 높은 가치와 총장직을 경험한 학자의 인품에 대한 우리의 기대감 때문이 아닐까. 그래서 국민은 그런 사람에 대해 도덕적 금지선을 쳐두었는지 모른다. 대학 총장을 지낸 사람이 어떻게 청와대 비서실장으로 나갈 수 있는가? 총장 지낸 사람이 굳이 국무총리직을 받아들일 이유가 어디 있는가? 비서실장이란 직책의 성격을 잘 아는 사람이라면, 대통령 책임제 아래서 국무총리란 직책이 실권이 거의 없는 '얼굴마담'에 지나지 않는 것을 잘 아는 사람이라면 그런 소리를 할 것이다.

지금까지 언론보도로 공개적으로 총리직에 거명된 대학 총장치고 이를 거부한 사람은 한 사람도 없었다. 언론에 보도된 단계에서는 거명당사자가 이미 낙점을 수락했을 수 있으므로 거부란 말도 성립되지 않는다. 그러므로 언론에서의 거명은 예정된 행선지로 나아가는 정부인사의 한 과정이며 절차이었고 또한 거론된 인물은 거의 예외 없이 그것을 감지덕지하는 모습을 보인 것이리라. 사실 그동안 우리는 대학교 총장 경력자들 가운데 여러 사람이 정부의 부총리나 국무총리로 기용된 사례를 직접 목격해 왔다. 이런 기억을 간직하고 있기 때문에 우리는 정운찬 전 서울대 총장이 2006년 중반 이후 끈덕지게 여권(與圈)의 2007년 대통령 후보감으로 물망에 오를 때마다 '그도 역시 마찬가지로……' 하는 심정을 갖지 않을 수 없었다.

### '불쏘시개는 싫소'

저렇게 줄기차게 후보영입을 하려는 여당측의 간청을 정 전 총장이 끝까지 거부하며 버틸 수 있을까? 우리의 의구심을 정 전 총장은 2007년 정월 초사흘 날 멋진 비유를 가지고 불식시켜줬다.

여권에서는 불이 꺼져 가니까 나를 불쏘시개로 이용하려 하고 있고, 언론은 한나라당 독주에 맞설 상대로 나를 흥행카드로 이용하고 있지만 나는 대통령직에 관심이 없다. 대통령 후보로 나설 생각도 없다.

전국 대학언론 기자들을 위한 '제2기 대학언론 기자학교' 특별강연 (고려대)에서 '불쏘시개'와 '홍행카드'란 비유로써 후보설에 대한 자신의 심경을 표현한 대목이다. 이는 교수신문에 이어 중앙일간지들에도 인용 보도되었다. 그는 또 이런 말도 했다.

우리는 이제 국격(國格)을 높여야 한다. 대통령의 품격을 포함해 국격을 높일 수 있는 사람, 이런 저런 이해관계에 얽히지 않는 사람, 특정지역에 연연하지 않고 탐욕스럽지 않는 사람이 대통령이 되었으면 한다.

'불쏘시개'가 되기 싫다고 말했으면 정 전 총장이 여권의 대권 후보설을 딱 부러지게 일축한 것이나 다름없다. 또한 본인 스스로가 후보되기 싫다고도 했으므로 더 이상 언론이나 여권에서도 그를 두고 왈가왈부하지 않는 것이 예의일 터인데 정치계나 언론계의 사정은 그렇지 않았다. 그 뒤로도 걸핏하면 정운찬이란 이름은 대권 후보 명단에 오르곤 했다. 나는 사실 화제의 '불쏘시개' 발언을 듣고 내심으로 '정 전 총장이야말로 자기가 할 수 있는 일과 할 수 없는 일을 분간할 줄 아는 지식인이며 대학교 총장 더욱이 한국 제일의 명문 대학교의 총장이란 직함이 얼마나 고귀한 것인가를 잘 아는 사람이구나. 그는 자신의 이름을 더럽히지 않고 있다'고 생각하며 그에게 조용히 칭찬의 박수를 보냈다. 우리는 몇몇 전직 대학교 총장들이 국무총리가 되어 국정수행에 참여한 것을 기억한다. 고 김상협 전 고려대 총장(1971~82), 이현재 전 서울대 총장(1983~85), 현승종 전 한림대 총장(1989~92), 이영덕 전 명지대 총장(1992), 이수성 전 서울대 총장(1995)이 총장직에서 곧바로 또는 얼마 지난 뒤 국무총리로 기용되었으며 송자 · 김우석 전 연세대 총장 등은 각기 교육부 장관과 청와대 비서실장으로 발탁되었다. 이화대학교 총장을 지낸 장상 씨는 김대중 대통령의 총리 지명을 수락한 뒤 국회 인준청문회에서 사실상 거부당했다. 그들이 총리직을 맡은 후 얼마나 훌륭한 국정수행 능력을 보여줬는지, 그에 관한 긍정적 평가에 대해서 유감스럽게도 우리는 아는 바가 별로 없다. 정 전 총장의 '불쏘시개'는 이런 저간의 배경에서 나온 말이어서 그 의미하는 바가 돋보였다. 대학교 총장이란 직함은 정권의 불쏘시개도 아닐뿐더러 정권 장식용 '얼굴마담'도 아니다.

## 임금이 주는 벼슬도 거부한 조선조 지식인

여러분 가운데 16세기 중기의 인물로서 여러 차례 임금의 부름을 받고도 이를 거절한 선비가 있었다는 역사적 사실을 아는 사람이 얼마나 되는지? 일생 동안 벼슬살기를 거부한 채 초야에 묻혀 오로지 학문(儒學)연구와 후학양성에만 전념하며 살았기에 그는 조선조의 일반적인 역사 기술에서 이름이 거의 나타나지 않은 선비였다. 벼슬을 마다한 재야의 선비였다고 해서 후세사람들은 그를 산림처사(山林處士)라 부른다. 경상남도 지리산 자락의 산청에 은거했던 남명 조식(南冥 曺植, 1501~1572)이 바로 그 사람이다.

벼슬길에 나아가지 않았다는 이유를 들어 남명의 유학이 이론에 치우친 것이려니 생각하면 그건 큰 착각이다. 남명은 공리공론으로 흐른 당시 성리학의 경향을 무엇보다도 경계했다. 그는 배운 것을 몸소 실천궁행(實踐躬行)한 행동하는 지식인이었으며 '칼을 찬 선비'라는 별명이 붙을 정도로 불의를 용서하지 않은 상무적 기질을 지닌 유학자였다. 그의 학풍은 제자들에게 그대로 계승되어 1592년 임진왜란이 터지자 곽재우를 비롯한 영남 각지의 여러 제자들이 의병장이 되어 왜적과 싸운 행적은 널리 알려져 있다. 그가 죽자 선조는 그의 인품과 학문을 존중하여 그를 사간원의 대사간(정3품)에 추증했으며 광해군은 1615년 그에게 다시 영의정직을 추서했다. 학자로서의 그의 명성은 진주의 덕천(德川)서원, 김해의 신산(新山)서원, 삼가의 용암(龍巖)서원 등에서 남명이 제향되어 후학들의 존경을 받고 있다는 점으로써 충분히 입증된다. 남명의 학문 수준이 어느 정도였는가는 경상좌도에 퇴계 이황(退溪 李滉, 1501~1570)이 있고 경상우도에 남명 조식이 있다는 말로서 대변된다. 같은 나이인 남명과 퇴계, 남명학파와 퇴계학파의 거두로서 16세기 중기의 조선 유학을 주도한 두 사람은 서로 상대의 이름과 학문만을 알 뿐 직접적인 깊은 교류가 있지는 않았다.

남명은 38세 때와 51세 때 이미 두 차례에 걸쳐 비록 종6품의 직급이기는 했지만 과거에 급제하지 않은 사람에게 내린 관직으로서는 꽤 높은 자리를 거부했다. 이를 잘 알고 있던 당시의 성균관 대사성(大司成, 정3품직) 퇴계는 관계로 나간 자신의 처지를 해명하며 조정의 부름에 응할 것을 남명에게 간곡하게 부탁하는 편지를 보냈다. 하지만 남명은 '눈병'을 빙자하여 이를 뿌리쳤다. 뿌리쳤을 뿐 아니라 은근히 퇴계를 조소했다.

그대는 날카로운 통찰력을 지녔는데 저는 항아리를 뒤집어쓴 듯 아무런 식견이 없어 안타깝습니다. 그대에게서 가르침을 받을 길이 없고 게다가 저는 몇 년 동안 눈병이 있어 사물을 볼 수 없게 되었습니다. 그대에게 발운산(撥雲散, 눈을 밝게 해 주는 약)이 있으시다면 제 눈을 밝게 해주십시오.
— 하권수 지음『절망의 시대 선비는 무엇을 하는가』한길사 2001 p.138

남명의 눈병은 진짜 눈병이 아니고 세상 보는 '눈이 멀었다'는 은유적 백내장이다. 발운산 역시 눈병의 실제 치료약이 아니고 세상 보는 눈을 흐리게 한 구름(雲)을 걷어내 없애는(撥) 가루약(散)을 가리킨다. 세 문장의 구절 하나하나를 꼼꼼히 읽어보면 남명이 퇴계를 조소하는 듯한 어조가 역연하다. 아무리 동년배라 하더라도 성균관 대사성 즉 요즘 이름으로 치면 국립서울대학교 총장이라는 높은 직책을 맡고 있는 영남사림파의 한 쪽 거두인 퇴계를 향해 일개 시골 서당의 훈장 선생이 할 소리인가? 벼슬을 살았느냐 아니냐, 벼슬을 살았으면 어느 정도 높은 벼슬을 살았느냐 즉 당상관(堂上官)이냐 당하관이냐를 가지고 가문과 개인적 신분의 고저귀천을 가르던 시절에 초야(草野)의 선비 남명은 당당하게 큰 소리를 뻥뻥 쳤다. '칼을 찬 선비' 남명은 바로 그런 사람이었다.

　올곧은 소리를 거침없이 쏟아내는 그의 강직한 기질은 저 유명한 〈단성소(丹城疏)〉에서 절정에 달했다. 〈단성소〉란 남명이 56세 되던 해 단성(丹城) 현감에 제수되자 이를 거절하며 올린 사직소(辭職疏)를 일컫는다. 그동안 임금이 내린 벼슬을 번번이 거절한 것을 보면 관직을 싫어하는 성미를 잘 알만 한데 왜 또다시 단성 현감 자리를 나에게 주어서 괴롭히느냐. 이번에야말로 제대로 할 말을 임금에게 아뢰어야 하겠다는 남명이 자신의 심정을 솔직하게 쓴 상소문이 〈단성소〉다. 조정의 간신배를 질타하여 온 나라를 진동하게 한 〈단성소〉는 남명이 부패척결의 칼을 서슬 퍼렇게 휘두르는 모습을 너무나도 선명하게 보여준다.

　낮은 벼슬아치들은 아랫자리에서 히히덕거리며 술과 여색에만 빠져 있습니다. 높은 벼슬아치들은 윗자리에서 빈둥거리며 뇌물을 받아들여 재산 긁어모으기에만 여념이 없습니다. 오장육부가 썩어 물크러져 배가 아픈 것처럼 온 나라의 형세가 안으로 곪을 대로 곪았는데도 누구 하나 책임지려고 하지 않습니다.

　내직(內職)의 벼슬아치들은 자기들의 당파를 심어 권세를 독차지하려 들기를, 마치 온 연못 속을 용이 독차지하고 있듯이 합니다. 외직(外職)에 있는 벼슬아치들은 백성 벗겨먹기를, 마치 여우가 들판에서 날뛰는 것 같이 하고 있습니다. 그들은 가죽이 다 없어지고 나면 털이 붙어 있을 데가 없다는 사실을 알지 못합니다. 백성을 가죽에 비유한다면 백성으로부터 거두어들이는 세금은 털에 비유할 수 있습니다. 대비(문정왕후)께서는 신실하고 뜻이 깊다 하나 깊은 구중궁궐의 한 과부에 불과하고(深宮之寡婦), 전하는

아직 어리니 다만 돌아가신 임금님의 한 고아에 불과합니다. 백 가지 천 가
지로 내리는 하늘의 재앙을 어떻게 감당하며 억만 갈래로 흩어진 민심을
어떻게 수습하시겠습니까?"
   ― 하권수 지음『절망의 시대 선비는 무엇을 하는가』한길사 2001 pp.146
      ~147

   이 상소를 보고 명종이 가만히 있을 리가 없었다. 왕대비 문정왕후를
과부라 지칭하여 모욕했을 뿐더러 자신을 고아라고 불러 능멸했다는
이유로 명종은 남명의 죄를 물으려 했다. 남명은 조정의 신하들이 명
종의 노기를 완강히 만류한 덕택에 가까스로 벌을 면했다. 상소문의 한
두 마디 말을 가지고 초야에 묻혀 사는 선비를 벌하면 임금에게 제 소
견을 아뢰는 백성들의 언로(言路)가 막혀 버릴 것이니 그것은 임금으
로서 할 일이 아니다 라는 것이 조정 신하들이 만류한 명분이었다. 남
명의 기백도 대단하려니와 그 기백을 충분히 인정해준 조정 신하들 역
시 〈백성들의 언로〉를 보전하는 데 큰 기여를 했다고 평가할 만하다.
   뒷날 우암 송시열은 남명의 기개를 이렇게 호평했다.

   천길 절벽에 우뚝 서서 일월(日月)과 빛을 겨루는 기상은 지금까지도 사
   람들로 하여금 두려움을 품게 해 완악(頑惡)한 벼슬아치들을 청렴하게 나
   아가게 하고 나약한 선비들을 떨쳐 일어나게 한다.

   '천길 절벽에 우뚝 서서 일월과 빛을 겨루는 기상' 이라는 은유를 남
명의 기개에 얹어준 우암의 비유는 참으로 멋지다. 그처럼 남명은 세
속에서 고고(孤高)했고 불의에 당당했으며 뜻을 관철함에 있어서 거칠
게 없는 조선의 참 선비였다.

   남명의 시대로부터 4백 50여 년이 지난 지금 남명과 같은 기개로써

학자나 지식인이 관계(官界) 진출을 마다하는 것은 시대착오적일 수도 있다. 식견과 재능 그리고 능력이 꼭 필요하다고 인정되는 학자라면 퇴계처럼 나라와 국민을 위해 봉사하는 것도 결코 나쁘지 않으리라. 과거를 보고 벼슬을 사는 것이 최고의 가치로 인정하는 사회적 통념이 지배하던 시절이었으니까. 정운찬 전 총장을 여권의 대통령 후보감으로 옹립하려는 사람들도 그런 판단을 했기에 그의 이름을 거명했을 터이고 언론도 그것을 보도했으리라고 일단 나는 보고 싶다. 하지만 후보감을 얻지 못해 고민하는 여권의 일부 정치인들이 정 전 총장의 말마따나 그를 '불쏘시개' 쯤으로 활용하기 위해 영입운동을 벌였다면 정 전 총장은 일찌감치 발을 빨리 빼는 것이 그 자신을 위해 백번 좋은 일이다.

궁지에 몰린 정치인들은 그들의 어려운 처지를 모면하기 위한 장식품이나 '얼굴마담'의 역할을 기대한 나머지 대학교 총장 경력자를 정치무대로 끌어들이려 한다고 치자. 그렇다면 대학교 총장 경력자들은 수동적으로 그들에게 끌려가기만 하면 되는 것일까? 그들은 자기가 정치적 역량과 능력을 갖췄는지 못했는지를 스스로 자문해봤는지, 의문이 아닐 수 없다. 자기에게 그런 평가를 할 만한 척도가 없다면 남의 척도라도 빌려야 마땅하지 않는가. 정치인들이 부르니까 또는 대통령이 부르니까 기다렸다는 듯이 '가문의 영광'과 '입신양명'을 위해 정부의 중책을 맡으려 한다면 나는 그 '총리감 후보자'와 대통령감 후보자'에게 묻고 싶은 말이 있다. 선택은 당신의 자유이지만 당신의 역량에 대한 스스로의 평가에 부끄러움이 전혀 없는지? 그리고 혹시 당신은 '불쏘시개' '얼굴마담'이란 말의 의미를 아는지?

(이 글을 쓰고 난 뒤 2007년 4월 30일 정운찬 전 총장은 기자회견을 갖고 공식적으로 대선불출마를 선언했다. 그는 자격과 능력 면에서 자신은 부족한 사람이라고 말했다. 이로써 반 년 넘게 국민의 관심을 끌어온 그의 범여권 대선 후보 문제는 일단락을 지었다.)

# 제2부
## 미학적 즐거움과 앎의 '은유기동군'

# 제1장
# 아름다운 기호놀이, 문학 작품 속의 은유와 환유

## 〈해인으로 가는 길〉

시든 소설이든 문학 작품은 은유와 환유를 사용하지 않으면 창작 그 자체가 불가능하다. 만일 작가들이 은유나 환유를 새로 창안하지 않는다면 그들의 작품은 얼마나 삭막할까? 비유를 부릴 줄 아는 그들이야말로 세상의 의미, 세상의 가치, 세상의 소금을 만드는 훌륭한 창조자들이다. 작가는 생활경험의 진실에 아주 리얼하고 생생한 이미지의 옷을 입히는 은유기법을 멋있게 구사하는 언어의 달인들이다. 그들은 은유와 환유에 의지해서 경험의 진실을 말한다.

시인 도종환이 산사에서 써낸 〈해인으로 가는 길〉은 화엄과 해인 그리고 연기라는 언어기호들의 놀이를 자연의 풍광에 은유적으로 대비시키면서 엮어낸, 한 번쯤 우리 자신의 삶의 의미를 성찰하겠끔 하는 아름다운 시다. 나는 먼저 이 시에서 은유가 어떻게 구사되었는지를 살펴보고자 한다.

화엄을 나섰으나 아직 해인에 이르지 못하였다
해인으로 가는 길에 물소리 좋아
숲 아랫길로 들었더니 나뭇잎 소리 바람 소리다
그래도 신을 벗고 바람이 나뭇잎과 쌓은
중중연기 그 질긴 업을 풀었다 맺었다 하는 소리에
발을 담그고 앉아 있다
지난 몇 십 년 화엄의 마당에서 나무들과 함께
숲을 이루며 한 세월 벅차고 즐거웠으나
심신에 병이 들어 쫓기듯 해인을 찾아 간다
애초에 해인에서 출발하였으니
돌아가는 길이 낯설지는 않다
해인에서 거두어 주시어 풍랑이 가라앉고
경계에 걸리지 않아 무장무애하게 되면
다시 화엄의 숲으로 올 것이다
그땐 화엄과 해인이 지척일 것이다
아니 본래 화엄으로 휘몰아치기 직전이 해인이다
가라앉고 가라앉아 거기 미래의 나까지
바닷물에 다 비친 다음에야 화엄이다
그러나 아직 나는 해인에도 이르지 못하였다
지친 육신을 바랑 옆에 내려놓고
바다의 그림자가 비치는 하늘을 올려다보며 누워 있다

지금은 바닥이 다 드러난 물줄기처럼 삭막해져 있지만
언젠가 해인의 고요한 암자 곁을 흘러
화엄의 바다에 드는 날이 있으리라
그 날을 생각하며 천천히 천천히 해인으로 간다.
— 도종환의 시집 『해인으로 가는 길』 문학동네 2006.


사용된 언어들로 보아 이 시는 붓다의 가르침에 대한 기초 소양이 없으면 이해하기 어려울지도 모른다. 화엄이니 해인이니 중중연기니 하는 말들이 불자가 아닌 사람에게는 무슨 뜻인지를 얼른 알기가 쉽지 않을 터이다. '화엄을 나섰으나 아직 해인에 이르지 못하였다'로 시작된 첫 행부터 무슨 말을 하려는지, 얼른 그 의미가 우리 앞으로 달려 나오지 않는다.

이럴 경우 우리는 작가가 어떤 상황에서 이 시를 썼는지 시창작의 배경을 알면 시 읽기에 도움이 되리라. 시인이 시집 뒤에 붙인 〈산방에서 보내는 편지〉는 창작 배경의 단초를 제공한다. 시인은 망가진 몸을 회복시키기 위해 산사에서 3년 동안 홀로 살았으며 그러는 동안 그냥 '빈 밭'으로 놔둔 마음 밭을 돌보며 아마도 붓다의 가르침을 부분적으로나마 터득하여 몸에 익힌 것으로 보인다. 이 시의 키워드인 화엄과 해인을 뒤좇아 중중연기가 등장한 걸로 미뤄 보면 그렇게 짐작된다.

하지만 우리는 시의 전개와 의미를 알기 위해 처음서부터 불교용어에 얽매일 필요는 없다. 일단 불교적 소양을 사상(捨象)해버리고 먼저 이 시를 찬찬히 뜯어보는 것이 읽기의 순서일 듯싶다. 그래야만 시를 엮는 데 동원된 시니피앙들의 구조 즉 텍스트의 얼개와 시니피앙들의 결합 양식을 알 수 있을 터이며 그것들을 알고 난 다음에 화엄의 숲을 떠나 해인의 바다를 찾아가도 늦지 않으리라.

이미 밝힌 대로 텍스트의 키워드이자 주요 시니피앙들은 화엄과 해인 그리고 연기이다. 화엄은 지리산 자락에 있는 구례 화엄사(華嚴寺)의 그 화엄인지, 해인은 가야산을 끼고 선 합천 해인사(海印寺)의 그 해인인지, 그것들이 무엇인지는 대번에 얼른 알아내기가 쉽지 않다. 이 시는 작자가 화엄사에서 해인사로 가면서 쓴 것이 아니므로 두 사찰이 이 시어들의 대상이 될 수는 없다. 구체적인 장소와 직접 결부된 두 절의 이름이 시 속의 화엄이고 해인이라면 작자는 사찰을 순례하는 관광객으로 전락하고 말았으리라.

그렇다면 화엄과 해인은 무슨 의미를 간직한 말들일까? 시 읽기가 시작되는 이 물음에 답하기 위해 우리는 화엄, 해인과 더불어 이 시에 나타나는 세 개의 대대(對待 또는 雙對)어들을 눈여겨 볼 필요가 있다. 먼저 화엄과 해인의 짝이 있고 다음에는 가는 길과 돌아가는 길, 땅(숲·마당·암자)과 바다의 짝이 있다. 서로 짝을 지은 대대어들은 처음에는 〈화엄에서 해인海印으로〉〈숲에서 바다海로〉의 진행 방향을 보이다가 어느 지점에 이르면 돌연 반대 방향으로의 회전동작을 아주 명시적으로 하기 시작한다. 가는 길에서 돌아가는 길로의 180도 방향전환, 그것은 〈해인의 암자에서 화엄의 바다로〉의 전환과 같이 시 전개의 매우 주요한 특징을 보여준다.

시의 첫 행이 말해주듯 화엄과 해인은 처음에는 서로 분리된 것처럼 보인다. 그렇게 보이던 화엄의 숲(마당)과 해인의 바다가 결국에는 서로 이어져 〈해인의 암자에서 화엄의 바다로〉 합일하는 획기적 전환과정을 우리는 유심히 살펴야 할 것이다. '해인에서 거두어 주시어 풍랑이 가라앉고/경계에 걸리지 않아 무장무애하게 되면/다시 화엄의 숲으로 올 것이다/그땐 화엄이 지척일 것이다'라고 읊은 대목이 시의 180도 U턴 지점이다. 여기서 '화엄에서 해인으로' 향하던 '나'의 진행 방향은 '해인에서 화엄으로' 회전한다. 회전 지점에서 '나'는 말한다.

본래 화엄으로 휘몰아치기 직전이 해인이다.

난해한 뜻을 담은 문장이긴 하지만 해인을 거쳐 화엄으로 되돌아가는 과정을 말한 것이라고 우선 이해해 두기로 하자. 이 구절에서 선(先) 화엄―후(後) 해인이라는 진행 순서는 역전된다. 방향도 첫 행의 것과는 정반대이다.

그렇다면 화엄은 도대체 무엇을 은유하며 해인은 또 무엇을 은유하는 것일까?

원래 화엄(華嚴)의 외연적 명시적 의미(denotation)는 '꽃으로 장식한다, 꾸민다'라는 뜻이며 해인(海印)의 그것은 '고요한 바다 수면 위에 비춰진 세계(우주)의 모습'을 가리킨다. 그러나 그의 '해인으로 가는 길'은 이런 외연적 의미를 토대로 씌어지지는 않았다. 도종환의 화엄과 해인은 두 단어가 품고 있는 그 내포적 함축적 의미(connotation)를 찾아가야만 화엄의 숲에서 해인의 바다로, 다시 해인의 바다에서 화엄의 숲으로 갈 수 있다.

텍스트에 나타난 두 단어의 쓰임새를 보면, 화엄은 숲과 마당과의 결부에서 시사되듯 〈땅에서의 고달픈 삶〉을 은유하고 해인(海印)은 그 글자의 뜻이 함축적으로 지시하듯 〈자유로운 해탈의 바다〉를 상징하는 내포적 의미를 지닌 말이라고 나는 풀이한다. 그러니까 첫 행 '화엄을 나섰으나 아직 해인에 이르지 못하였다'에서 제9행 '심신에 병이 들어 쫓기듯 해인을 찾아간다'까지의 화엄은 '땅에서의 병든 삶'을 그리고 해인은 그 병든 삶에서 벗어나는 '깨달음의 바다'를 가리키는 내포적 의미를 일차적으로 지닌다. 그런 내포적 의미를 간직하고 있으므로 시 속의 '나'는 지난 몇십 년 동안 벅차고 즐거운 한 세월을 잘 보낸 '화엄의 마당' 즉 '땅에서의 삶'을 뒤로 하고 '해인의 바다'를 찾아나선 것이다. '나'는 '깨달음을 얻기 위해서'라고 대놓고 표명하지는 않았지만 그런 뜻을 은근히 내비치며 해인으로 가고 있다. 만일 '나'

가 깨달음이니 해탈이니 하는 말을 명시적으로 사용했다면 시의 맛은 줄었을 터이고 그만큼 시의 매력 또한 저감되었을 것이다. 시적 언어 기호에서 의미는 고도로 생략되고 압축된다. 그러고 보면 시인이 시어를 구사하려고 이용하는 시적 코드는 생략과 압축에 의해 아우라(aura) 같은 신비로움을 풍기면서, 때로는 수수께끼 같은 궁금증마저 유발하면서 읽는 이를 자신이 창조한 시 세계로 잡아끄는 유혹의 저력을 발휘한다.

여기서 우리는 시를 읽기 위해 시적 코드를 풀지 않으면 안 되지만 코드의 해독은 왕왕 작가의 것과 일치하지 않을 수도 있다. 시적 코드는 일선에 배치된 군부대의 당일 암호처럼 화자와 청자 사이에 반드시 일치할 필요가 없다. 작자가 시에서 의도한 은유적 표상의 의미 즉 내포적 의미와 독자의 해석은 반드시 일치하지 않는다. 둘 사이에 코드가 일치해야 할 필연적인 이유는 없다. 때로는 전혀 엉뚱하게 빗나가는 경우가 오히려 자연스러울 것이며 그것이 작품의 삶이기도 하다. 작자의 손을 일단 떠난 작품은 작자의 시작(詩作) 의도와는 별개의 텍스트로서의 삶을 살며 해독되는 법이다. 의미의 생산은 꼭 작자만의 몫이 아니라 해독자의 몫이기도 하니까.

### 연기란 상호 의존관계

작품 속의 '나'가 화엄을 나서 해인을 찾아가는 도정을 그린 시의 초반 대목까지만 해도 화엄과 해인에는 선후의 순서가 매겨져 있고 '나'는 그 순서에 따라 일정한 방향(해인)으로 걸어간다. 그러다가 어느 지점에 이르러 그 방향과 순서가 180도 회전을 한다. 그 지점의 모습이 바로 제10행 '애초에 해인에서 출발하였으니/돌아가는 길이 낯설지는 않다'로 나타난다. '나'는 무슨 연유로 '애초에 해인에서 출발'했다고 말하며 동시에 화엄으로 '돌아가는 길'을 예언하고 있는 것일까?

이제부터 우리는 앞에서 잠시 접어놓기로 했던 불교의 가르침 일부에 대한 지식을 들춰보지 않으면 안 될 것 같다. 시를 좀 더 재미있게 읽기 위해서이다.

맨 먼저 알아야 할 언어 기호는 연기(緣起). 연기는 다소 다른 뜻이긴 하지만 흔히 인연(因緣, 인과와 연기의 합성어)이라고도 불린다. 시 속의 '나'가 냇가에 발을 담그고 '바람이 나뭇잎과 쌓은 중중연기(重重緣起)'를 관찰했을 때의 그 '중중연기'는 해인의 바다에서 화엄의 숲으로 회귀할 것을 예고하는 중요한 계기를 미리 일러준다. 연기란 이것이 저것에 의지하여 생기고 움직이며, 저것은 이것에 의지하여 생기고 움직인다 라는 붓다 석가모니의 가장 핵심적인 가르침 가운데 하나이다. 이 세상의 모든 것들은 상호 의존의 관계에 의해 생성되고 소멸한다는 뜻을 지닌 말이 곧 연기이다. 상호 의존관계 즉 상관성(相關性)을 가리키는 말이 연기이므로 영어로는 dependently arising or originating(相依性, 依他起性)라고 번역하기도 한다. 우리 자신을 포함하여 현상계의 모든 것은 상관성 또는 상의성을 벗어날 수 없다. 그렇다면 '나'를 포함한 현상세계의 것들은 어느 것이나 다 홀로 독립해서 고유하게 존재할 수 없다. 그러기에 그것들은 각기 영원불변한 본질(본체, 실체)을 지니지 않는다. 모든 것은 상호 의존성 속에서 생기고 소멸하는 것, 즉 제행무상(諸行無常, 존재하는 모든 것은 변한다는 뜻)이다.

연기의 기본적인 의미를 알고 나서 앞서의 중중연기로 다시 되돌아가면, 그것은 바람이 나뭇잎을 만나 부딪치는 소리마저도 곰곰이 생각해볼 때 겹겹이(重重) 맺어진 인연의 소산임을 알게 된다.

바람과 나뭇잎의 만남 자체가 중중연기의 소산이라는 이치를 안 '나'는 그것이 화엄에서 해인으로 가는 길에도 그대로 적용되는 것임을 홀연 깨닫는다. '나'는 도대체 어디서 와서 어디로 가는 존재일까? 오는 것과 가는 것은 경계가 그어진 것일까? 화엄과 해인이 일단 이렇게 가름할 수 있는 두 길이라면 해인이 먼저고 화엄이 나중일 수도 있지 않는가? 실제로 그 둘은 그렇게 구별하여 이름붙일 수가 없다. 결국 해인이 화엄이고 화엄이 해인인 것이다. 둘은 분명 하나가 아니지만 그렇다고 서로 다르지도 않다(不一不異). 그럼에도 '나'는 그것들을 각기 따로 구분하여 지금까지 이해해왔고 그래서 '화엄에서 해인을 찾아가는 길'이라고 말했다. 그러나 연기의 이치를 깨달은 이 시점부터 '나'는 생각을 고쳐먹지 않으면 안 되리라. '애초에 해인에서 출발하였으니/돌아가는 길이 낯설지는 않다'라고 여기면서 '나'는 새롭게 마음을 바로잡는다. 시작과 끝이 하나일 때 끝이 또한 시작이므로 시작과 끝 사이에는 구별과 경계가 없어지고 만다. 해인과 화엄의 관계도 그와 같다. 어느 것이 먼저이고 어느 것이 나중이다 라는 식별과 분별이 둘 사이에는 없어지고 만다.

'나'가 지금 '가는 길'은 다시 '되돌아가는 길'과 맞닿아 있으며 그래서 〈화엄에서 해인으로〉의 진행 방향은 다시 〈해인에서 화엄으로〉 회전한다. 〈화엄의 마당〉을 떠나 〈해인으로 가는 길〉은 처음에는 일직선으로 진행하는 방향이었다. 그러나 가는 길=돌아가는 길인 이상 그 길은 환형(環形)의 길이 된다. 이제 '나'는 새로운 의미(내포적 의미)를 얻은 환형의 길을 따라 해인으로 가고 있다. 화엄으로 되돌아올 날을 기약하면서 가는 것이다.

### 화엄과 해인의 불교적 의미

먼저 화엄경이란 경전의 정식 명칭 『대방광불화엄경(大方廣佛華嚴經)』(위대한 진리의 가르침〔대방광〕을 펴는 부처님을 온갖 아름다운 꽃으로 장식〔화엄〕한 경)이 말해주듯 화엄은 진리의 말씀이 간직된 〈연화장세계〉(蓮華藏世界)를 가리킨다. 하지만 우리의 지금 고찰 대상인 〈해인으로 가는 길〉의 화엄이 꼭 연화장세계를 지칭하고 있지는 않다.

다음에는 해인의 뜻. 이는 격랑이 갈아 앉아 고요해진 맑은 거울 같은 바다 수면 위에 우주의 모든 것들의 모습이 그대로 다 비치듯이 우리의 마음이 깊은 선정(禪定)에 들어 번뇌의 격랑이 갈아 앉고 고요한 바다 거울에 현현하면 그 위에 '나'를 포함한 우주의 모든 참 모습이 여여(如如)하게 다 비춰져 드러난다는 뜻이다. 그래서 화엄종 창시자인 중국의 법장(法藏)은 해인삼매를 진여본각(眞如本覺)이라 일렀다. '망상이 다하여 마음이 맑아지면, 온갖 사물의 모습이 함께 나타나' 본래의 진여(참모습)를 깨치는 경지를 일컫는 말이 진여본각이다. 큰 바다는 바람이 물결을 일으키지만 바람이 자면 물이 맑아져서 현상의 여여한 모습(진리의 참모습)이 빠짐없이 모두 드러나는 법이다. 그래서 '나'는

　　해인에서 거두어 주시어 풍랑이 가라앉고
　　경계에 걸리지 않아 무장무애하게 되면

　이라고 노래한다. 풍랑이 가라앉아 맑은 바다 거울 위에 모든 것의 참모습이 그대로 다 드러나게 되는, 깊고 깊은 선정에 들어가서 애증—선악—고저—가는 것과 오는 것과 같은 모든 것을 경계선의 이편 저 편으로 갈라놓고 보는 분별식(分別識)을 없앤다면 구법수행자는 아무런 걸림을 전혀 의식하지 않는 무장무애(無障無碍)의 경지에 이른다. 숫타니파타에서 말하는 저 유명한 바람의 은유인 '그물에 걸리지 않는 바람'처럼 해탈한 대자유인의 경지, 니르바나의 세계로 들어가는 경지다. 그것이 곧 해인삼매의 경지인데 이 시에서는 아마도 해인삼매의 약자로서 해인을 취한 듯하다.

　　다시 화엄의 숲으로 올 것이다
　　그땐 화엄과 해인이 지척일 것이다
　　아니 본래 화엄으로 휘몰아치기 직전이 해인이다

## 해인삼매와 화엄삼매

화엄경 해설서를 써서 우리나라에도 소개된 일본 불교학자 다마키 코시로(玉城康四郎)에 따르면 '해인삼매란 요컨대 우리들의 모든 일상 경험이 비로자나불(우주 자체)이라는 크나 큰 바다 위에 그대로 비쳐지고 있다는 사실을 뜻하며, 스스로의 경험이면서 그대로 비로자나불의 대삼매 속에 포용되는 것, 그것이 곧 해인삼매요 화엄경의 대선정(大禪定)'이라고 한다. '그 근본을 말하면 우리들 자신이 선정에 들어감으로써 우주 자체의 대선정, 곧 해인삼매에 접하고 해인삼매에 잠기고, 해인삼매를 맛보면 맛볼수록 우리는 인생이라는 끝도 없는 크나한 바다를 유유히 헤엄쳐 가고 있는 자신을 자각하게' 되는 경지라고 다마키는 지적한다. 그에 따르면 해인삼매는 화엄경이 설하는 세계관의 원형이다. 다시 그의 말을 빌리면,

그것은 우주의 삼라만상이 우주 자체의 대삼매, 비로자나불의 대삼매 속에 그림자를 비치고, 노닐고 있다는 뜻이다. 모든 존재는 각기 이 대삼매에 의거하고, 그 바다 위를 떠돌아다니고 있다. 바꿔 말하면 어떤 존재도 자기만의 영역에 유폐됨이 없이 끝없는 대삼매 안에 해방되어 있는 것이다.

해인삼매가 화엄경의 세계관이라 한다면 화엄삼매는 그 인생관에 해당한다. 해인삼매의 세계관에 의거할 때 인생을 어떻게 살 것인가라는 인생관의 목표는 저절로 정해진다. 그 인생관은 어느 무엇에도 걸리지 않는 무장무애하고 자유자재한 삶의 보살행을 의미한다. 모든 것의 구별과 분별이 없는, 원융하며 평등무차별한 해인의 세계를 토대로 형성된 보살행의 인생관이 화엄삼매의 세계라는 것이다. 세계관과 인생관은 이를 테면 한 물건의 겉과 속 같은 것이어서 인생관을 겉이라 한다면 그것은 속에 해당하는 세계관의 밑받침에 의거하여 인생을 살아가는 방향을 정한다고 말할 수 있다. 그 점에서 해인과 화엄은 서

로 분리되지 않고 표리일체를 이룬다.

해인삼매와 화엄삼매가 저 연기의 세계처럼 서로 분리되지 않고 겉과 속의 밀접한 연결관계를 이루는 것임을 안다면 우리는 화엄과 해인의 거리가 지척임을 깨닫고—아니 사실상 제로임을 깨닫고—다시 화엄으로 돌아가려는 시 속의 '나'의 방향의식과 회귀의식을 충분히 헤아릴 수 있을 것이다. '본래 화엄으로 휘몰아치기 직전이 해인'이므로 화엄과 해인은 둘이 아니라 하나이니까.

그러나 '나'는 화엄과 해인이 하나인 줄을 머리로는 알지만 몸으로는 아직 체득하지 못했다. 시 속의 화자인 '나'는 자기 자신이 의식하지 못할 정도로 아직 자신을 해인의 바다에 깊숙이 가라앉히질 못했다. 의식의 바다에서 자신의 분별식(分別識)에 기인하는 번뇌를 완전히 없애버리고 나와 너, 주체와 객체의 구별이 사라져서 완전히 하나가 되는 경지, 즉 무분별하고 무장무애한 해탈의 자유에 '나'는 아직 이르지 못한 것이다.

  바닷물에 다 비친 다음에야 화엄이다
  그러나 아직 나는 해인에도 이르지 못하였다
  지친 육신을 바랑 옆에 내려놓고
  바다의 그림자가 비치는 하늘을 올려다보며 누워 있다

'지친 육신을 바랑 옆에 내려놓고' 하늘에 비친 바다 그림자(海印)를 올려다보는 '나'는 이제 종교적 믿음의 세계에서 다시 현실의 자연으로 회귀한다. 처음에 '화엄을 나서 해인으로 가는 길'에서 옆길 숲으로 들어서서 바람과 나뭇잎이 사이좋게 속삭이는 중중연기의 모습을 볼 때처럼 팔베개를 하고 다시 해인과 화엄을 되새겨보는 것이다. '바닷물에 나 자신이 다 비친 다음에야 화엄으로 갈 수 있다. 해인삼매에 들어야 하리라, 해인삼매에 들어야 하리라'라고 다짐하면서. 아직 해탈=니르바나의 경지에 이르지 못했더라도 이 정도의 삼매 경지를 언어 기호로 말할 수 있다면 그는 해인의 바다가 곧 화엄의 숲이요, 화엄의 숲이 곧 해인의 바다인 것을 아는 구도자이다. 〈해인으로 가는 길〉에 나선 구도자는 마지막으로 조용히 다짐한다.

> 언젠가 해인의 고요한 암자 곁을 흘러
> 화엄의 바다에 드는 날이 있으리라
> 그 날을 생각하며 천천히 천천히 해인으로 간다.

### 주 · 객이 하나 되는 무분별의 경지

지금까지 시에서 차지하던 화엄과 해인의 자리는 마침내 정식으로 바뀐다. 화엄의 마당으로 해인이 들어가 암자를 세웠고 앞서의 해인의 바다는 다시 화엄의 바다로 바뀐다. 해인의 '고요한 암자'는 그 곁에 강물이 흐르는 암자이므로 화엄과 해인의 구별은 사라진다. 이제 '나'는 계곡을 걸어 내려가는 길 대신에 해인의 암자 곁을 흐르는 강물 길을 택하여 그 길을 따라간다. '화엄의 바다에 드는 날'을 기약하며 '천천히 천천히 해인으로 가'는 것이다. 여기서 '나'의 주체는 무분별의 객체와 하나가 되는 경지로 막 돌입하려는 지점에 이른다.

병명이 무엇인지는 모르나 이 시의 작자는 제 육신을 망가뜨린 병을 제압하기 위해 삼 년 간 산사에 머무는 동안 이 시를 썼다. 그는 불교도가 아니라 가톨릭 신자다. 〈해인으로 가는 길〉의 은유와 내포적 의미를 살펴보던 어느 주말, 가톨릭교회 소식지의 〈말씀의 이삭〉란에 실린 그의 글을 읽지 못했더라면 나는 아마도 그를 재가불자이거나 아니면 적어도 붓다의 가르침에 호감을 가진 신앙인쯤으로 여겼을 터이다. '진길 아우구스티노'란 세례명을 가진 시인 도종환이 보통불자의 앎의 범위를 넘어 화엄과 해인의 세계를 이처럼 왔다 갔다 하며 묘사해준 것을 고마워하면서 나는 그의 시를 읽는 기쁨을 누린 것을 다행으로 여긴다. 역시 시의 은유는 새로운 의미의 세계를 창조하고 삶의 진실을 보여준다고 거듭 생각한다. 그래서 요즘 나는 가끔 시 읽기를 즐긴다. 시의 세계가 '미적 환영'의 세계라고 한다면 그 세계에서 '환영'을 보는 일도 참으로 즐겁다. '환영'을 보는 일도 얼마쯤은 진리로 통하는 일이니까. 그걸 미학적 진리라고 할까.

## 두보의 달과 이규보의 포구

### 그믐달을 산이 토하니

당나라의 두보와 고려조의 이규보의 예에서 우리는 옛 시인들이 언어의 내포적 의미를 은유적으로 표현하는 솜씨가 현대 시인들에 비해 결코 손색이 없고 어느 면에서는 탁월한 창조를 거침없이 해냈음을 본다. 위대한 시인의 창조 솜씨는 시간과 공간의 간격을 뛰어넘어 그 빛이 전혀 바래지 않음을 새삼 알게 된다.

사경이라 그믐달을 산이 토하니 (四更山吐月)
얼마 남지 않는 밤의 물 밝은 다락 (殘夜水明樓)
— 杜甫의 〈달[月]〉에서, 이원섭 역

이 세상 모름지기 즐겨야리니 (細推物理須行樂)
뜬 이름으로 이 몸 매어 무엇 하리? (何用浮名絆此身)
— 杜甫의 〈곡강이수[曲江二首]1〉에서, 이원섭 역

광객 한 사람 예전에 있어 (昔年有狂客)

그대를 謫仙이라 기리었거니 (號爾謫仙人)

붓을 대면 비바람도 놀라 술렁이고 (筆落驚風雨)

귀신마저 울리던 그 詩 솜씨! (詩成泣鬼神)

— 杜甫의 〈李白에게〉에서. 위 세 수의 시구는 모두 이원섭 역 『杜甫詩
　選』〔정음사 1976〕에서 인용했음


　깊은 밤 사경에 산 위에 떠 있는 달의 모습을 '산이 그믐달을 토하니
(山吐月)'로 그려낸 두보의 날카로운 관찰력에 나는 그저 놀랄 뿐이다.
더 이상 무슨 말을 덧붙이겠는가. 다만 이왕 은유를 설명하는 마당이
니 입에 넣은 것을 다시 뱉어내듯이 산도 달을 토해낸다고 본 두보의
눈이 우리가 앞에서 관찰한 '마음이 고픈 사람'이나 '승리가 아직도
고픈 사람'의 그 '고픔'과도 비견할 수 있다는 점만을 부연하고 싶다.
아름다운 은유의 멋을 부리는 시인의 솜씨, 그것은 사금(砂金) 줍는 사
람이 강 모래를 열심히 이는 것에 견줄만한 일이 아닐까? 타고난 재능
에만 매달린다면 어찌 좋은 사금을 얻을 수 있겠는가. 칼을 만드는 대
장장이의 담금질 솜씨가 좋은 칼을 만들어내 듯이 시인은 말(언어)을
부리는 솜씨가 없고서야 어찌 '산이 달을 토해내는' 광경을 포착할 수
있겠는가.


### 뜬 이름으로 이 몸 매어 무엇하리

　두 번째로 인용한 시구 '이 세상 모름지기 즐겨야리니/뜬 이름으로
이 몸 매어 무엇 하리?'의 뜬 이름을 몸에 매는 발상법은 또 얼마나 기
발한가. 뜬 이름(浮名)이든 '가라앉은' 이름(沈名)이든 이름을 몸에 맨
다고 표현하는 것은 은유를 불릴 줄 아는 시인이 지닌 높은 창의적 능
력의 소산이다.

　곰곰이 생각해보면 이름이란 허망한 것이다. 내가 지닌 이름 석 자

도 그러거니와 사물에 붙여진 이름도 그 자체로서는 고유성이 전혀 없다. 그러기에 대승불교의 유명한 논서 중 하나인 『대승기신론』은 이름을 일러 '가명'(假名)이라 하지 않았는가. 산봉우리에 붙여진 비로봉, 천왕봉, 향로봉과 같은 이름들, 아들딸에게 붙여준 홍길동, 장길산, 김만덕, 이분례 같은 이름들, 기업체에 붙여진 ○○개발주식회사, 21세기○○기획 등의 이름들은 다른 것과 구별하기 위해 편의상 붙여진, 따라서 언젠가는 버려도 되는 '임시적인 이름'이다. 어느 것 하나 고유하지도 않거니와 어느 것 하나 영원하지도 않다. 자기—이름의 자기—와 대응하는 잠정적 대상이 없어지면 언젠가는 사라지고 마는 허망한 것이다. 관직의 이름 역시 가명이며 '뜬 이름'임에는 변함이 없다. 몇 해 전 장관에 임명되자 '가문의 영광'이라고 기뻐 날뛰던 어느 공직자의 말로가 사람들에게서 손가락질 받는 것으로 끝났음을 기억한다면 모든 이름이 '뜬 이름'에 지나지 않음을 어찌 모를 리가 있겠는가. 두보는 '뜬 이름'의 실체를 누구보다도 잘 터득하던 터인지라 '뜬 이름'에 속박당해 사는 가련한 인생의 처지를 안타까워하며 '뜬 이름'에 얽매이지 않으려고 안간힘을 쓴 것이리라.

세 번째의 시구는 당나라 때의 시선(詩仙)으로 칭송되는 이백의 '귀신마저 울리던 그 시 솜씨'를 은유로써 노래한 구절이다. 광객이란 하지장(賀知章)을 가리킨다. 이백이 당의 수도 장안에 나타나자 하지장은 그의 시를 읽고 감탄한 나머지 그를 '적선(謫仙, 仙界에서 人間界로 쫓겨 내려온 신선. 이백의 美稱)'이라 부르며 허리에 차고 있던 금거북(金龜)을 풀어 술을 한 턱 냈다 한다. 그때까지 무명이던 이백은 이후 숨겨진 재능을 하루아침에 인정받아 돌연 유명 스타가 되었다. 이 시에서 두보는 하지장의 언어를 차용하여 이백을 적선이라 다시 불렀는데 그의 시작 솜씨를 '붓을 대면 비바람도 놀라 술렁일' 정도라고 표현한 대목에 이르면 자연과 대비시킨 두보의 시적 상상력을 경탄하지 않을 수 없다. 통상 자연은 희노애락의 정(情)이 없는 것으로 우리는 치부한다. 그러나 두보는 상식적으로 이해되는 무정(無情)한 자연에 정감을 부여하여 유정(有情)한 자연을 만들었다. 이렇게 되면 인간은 자연의 일부가 되고 자연은 인간의 일부가 된다. 이백의 뛰어난 글솜씨는 무정한 자연을 유정한 자연으로 변환시켜 자연과 인간 사이의 경계를 없애고 둘을 하나로 되게 한 은유적 묘사에 있다. 거기에다 두보는 인간의 능력을 초월하는 '귀신'까지 동원하여 '귀신마저 울리던 그 시 솜씨'라고 찬탄했으니 그의 은유는 참으로 활달자재하다.

### 호수에 찍힌 달, 밀물을 들이키는 포구

다음에는 한국 중세문학사상 가장 탁월한 문장가이자 '동국의 시호(東國 詩豪)' 또는 시성(詩聖)으로 칭송받던 고려조의 이규보(李奎報, 1168~1241)의 은유법을 보자.

흐르는 물소리에 해는 지고 뜨는데
어촌의 인가가 듬성듬성 쓸쓸하구나.
맑은 호수에는 기묘한 달이 찍혀 있고
넓은 포구는 한껏 밀물을 들이킨다.
오래된 돌은 물결에 닳아져 평평해지고
부서진 배는 이끼 덮여 누운 채 다리(橋)가 되었구나.
강산의 온갖 경치 읊어내기 어려우니
화가를 시켜 그려야만 묘사할 수 있겠구나.
— 이규보 〈제포구소촌[題浦口小村]〉. 정병헌 이지영의 『고전문학의 향기를 찾아서』에서.

'강산의 온갖 경치 읊어내기 어려우니/화가를 시켜 그려야만 묘사할 수 있겠구나'는 오늘날의 표준으로 보면 '말로 형언할 수 없는 것'과 다름없는 진부한 비유이다. 시인의 글솜씨가 화가의 손에 미치지 못한다면 그 시인은 이미 시작의 둔재임을 자인한 것이나 마찬가지이리라. 그러나 이규보는 '맑은 호수에 찍힌 기묘한 달'과 '한껏 밀물을 들이키는 넓은 포구'를 가지고 자신이 둔재가 결코 아님을 입증했다. 게다가 '오래된 돌은 물결에 닳아져 평평해지고'란 평범한 묘사에다 '부서진 배는 이끼 덮여 누운 채 다리(橋)가 되었구나'란 구절을 없음으로써 '동국의 시성'은 평범함과 비범함을 '이끼 덮인 배다리'로 연결하는 놀라운 미학적 재주를 한껏 발휘했다. 신부하거나 평범한 것도 솜씨 좋은 시인을 만나면 언제든지 창의적이고 비범한 모습으로 변하는 것을 우리는 이규보의 시에서 발견한다. 그것은 타의 추종을 허용하지 않는 은유의 솜씨에 있지 않나 한다.

두 시인의 시에서 은유의 내포적 의미는 주관적이라 할 수 있다. 동시에 그 의미는 간주관적(間主觀的 또는 상호주관적, intersubjective)이기도 하다. 한 사회의 문화는 이런 간주관적 의미들이 조직화되어서 어느 정도 안정될 때 새롭게 탄생한다. 시적 진실은 시인의 언어가 얼마만큼 간주관적인 공감대를 넓히느냐에 달려 있다.


## 〈거대한 거울〉을 보는 보따리장사꾼


보따리 장사 시절. 강사 휴게실도 없는 학교의
벤치에 누워
한 점
콤플렉스 없는
가을 하늘을 보노라면
거대한 거울

이번 생의 온갖 비밀을 빼돌려
내가 歸順하고 싶은 나라:
그렇지만 그 나라는
모든 것을 되돌릴 뿐
아무도 받아주지 않는다.

대낮에 별자리가 돌고 있는
현기증 나는 거울,
미술대학 학생들이 그 양쪽을 들고
붉은 벽돌 본관으로 들어간다.

벤치에 앉았더니
따가운 햇살을 오래 쬔 탓일까
내가 왜 여기 있지?
갑자기 모든 게 낯설어진다.
　　　　—황지우의 시 〈거대한 거울〉 전문.

　황지우의 〈거대한 거울〉은 일상생활에서 흔히 쓰는 예삿말도 쓰기에 따라서는 이렇게 훌륭한 시어로 변신시킬 수 있구나 하는 생각이 들게 만든다. '보따리 장사 시절, 강사 휴게실도 없는 학교'란 구절은 아름다운 구석이라고는 전혀 없는 어느 비정규직 시간강사의 그 흔하디흔한 푸념에 지나지 않는 일상어이다. 그럼에도 그 평범한 일상어가 '콤플렉스 없는 가을 하늘' '온갖 비밀을 빼돌려 내가 歸順(귀순)하고 싶은 나라' '대낮에 별자리가 돌고 있는 현기증 나는 거울'과 접합(接合, articulation)하자 일상의 삶으로부터 소외된 시간강사, 자기 눈에 보이는 '모든 게 낯설어진' 시인의 가슴 답답한 노랫가락으로 바뀐다. 그래서 시인은 보통사람들이 잘 다듬어내지 못하는 조악한 언어들을 골라 멋있게 결합함으로써 그것들을 새롭게 치장해내는 남부러운 메이크업 솜씨를 지녔는가 보다. 고르고 결합하는 솜씨는 은유와 환유를 구사하는 솜씨를 가리킨다.

밑줄 친 부분들은 시 제목 〈거대한 거울〉을 다른 이름으로 지시하는 은유적 표현들이다. 애당초 '거대한 거울' 자체가 은유이지만 '콤플렉스 없는 가을 하늘' '귀순하고 싶은 나라' '현기증 나는 거울' 등도 모두 '거대한 거울'을 표상하는 또 하나의 은유어들이다. 이 시는 은유에 은유가 겹치면서 그 틈 사이에서 시인을 어디에도 소속되지 못하는 소외된 자로 만들어버린다. '보따리 장사'를 하는 시간강사인 시인의 처지는 같은 경험을 해보지 못한 사람은 잘 이해하기 어려울 것이다.

시간강사라는 직업은 요즘의 법률적 용어로는 비정규직 '품팔이' 노동자이다. 노동시장에서의 날품팔이는 일거리가 매일 그날 아침에야 정해지지만 시간강사의 일거리는 반 년 간의 학기마다 미리 정해져서 적어도 6개월간은 유효하다. 그 점에서 노동시장에서의 날품팔이와는 다르지만 맡겨진 강의시간이 끝나면 시간강사는 가서 머물 곳, 쉴만한 곳이 없다. 대학이라는 제도적 교육기관(직장)으로부터 소외된 그에게는 정규직 교수들처럼 연구실이 주어지지 않는다. 그 점에서 날품팔이와 시간강사 둘의 처지는 같다.

강의를 끝낸 시 속의 주인공 시간강사는 벤치에 누워 하늘을 쳐다본다. 그는 歸順하고 싶은 나라'로서 '콤플렉스 없는 가을 하늘', 당당하게 가슴을 편 공활한 가을 하늘을 선택하지만 그곳도 자신의 몸을 맡길 정처(定處)는 되지 못한다. 그의 귀순 의사가 거부당했기 때문이다. 시인은 먼발치에서나마 '현기증 나는 거울(가을 하늘)'을 바라볼 요량으로 벤치에 머물지만 그러한 조망의 자유와 권리마저 인정되지 않는다. 그 '거대한 거울'을 미술대학 학생들이 매정하게 들고 가버렸으니까.

이 시에 등장한 귀순이란 단어는 분단된 한반도의 정치적 현실을 함축한 말이다. 한반도의 북쪽에서 내려와 남쪽에서 살기를 원하면 그는 귀순자가 되고 고기잡이를 하던 남쪽 어민이 동해나 서해에서 북한 함정에 붙잡혀 가면 의거입북(義擧入北)한 것으로 둔갑된다. 시인은 분단 현실에서의 대립적 함의를 지닌 두 단어 중 귀순을 시어로 선택하여— 의거입북은 할 수도 없고 또한 인정하고 싶지도 않으니까—가을 하늘로 달려가 안기고 싶은 답답한 심정을 은유적으로 그려냈다.

　이 시를 읽으면서 나는 시를 쓸 당시의 폐색(閉塞)된 처지에서 이탈하고 싶어 하던 시인의 저항이 실패로 끝나는 것을 본다. 저항의 대상은 국가 또는 사회라고 해도 좋고 시대적 현실이라 해도 좋으며, 그것도 아니라면 밥벌이가 신통치 않는 비정규직 시간강사가 처한 노동현실이라고 해도 상관없다. 시인은 그것이 무엇이든 현처지에서 분리하여 다른 곳, 다른 공간으로 이탈하고 싶은 심정이 간절했으리라. 한 공간으로부터의 분리는 다른 공간으로의 결합을 전제로 하지 않으면 안 된다. 이 시인도 그러한 분리—결합을 모색했으리라. 그러나 그의 시도는 실패했다. 어딘가로 '귀순'하고 싶은 심정은 상상 속의 꿈일 뿐, 그는 다시 환상의 세계에서 엄연한 현실로 되돌아온다. 아마도 '미술대학생들이 들고 가는 거대한 거울'을 보고서야 비로소 벤치에 누워 꾸는 꿈이 문자 그대로 어느 초가을 날 백주의 짧은 몽환임을 깨닫고 시인은 서둘러 거기서 벗어났는지 모른다.

　　벤치에 앉았더니
　　따가운 햇살을 오래 쮠 탓일까
　　내가 왜 여기 있지?

라고 노래하며 시인은 앉았던 벤치에서 툭툭 털고 일어나 이탈하지 못한 실존적 현실의 자기 공간으로 다시 회귀한다. 처음에는 독자가 답답한 마음으로 읽었던 시인의 심정이 이 지점에서 좀 상쾌하게 여겨지는 건 웬 일일까. '따가운 햇살을 오래 쮠 탓일까/내가 왜 여기 있지?'

이 대목이 주는 산뜻한 자각 때문이리라. 마치 드넓은 가을 하늘의 시원함과 같은 산뜻함 때문이리라. 마지막 구절 '갑자기 모든 게 낯설어진다'는 엉뚱하게 꿈꿨던 귀순 기도에 대한 계면쩍음의 표현이 아닐까.


# 흐르는 강물을 노래한 두 편의 시


(가)

내 마음의 어딘 듯 한편에 끝없는

강물이 흐르네

도처오르는 아침날 빛이 빤질한

은결을 도도네

가슴엔 듯 눈엔 듯 또 핏줄엔 듯

마음이 도른도른 숨어 잇는 곳

내 마음의 어딘 듯 한편에 끝없는

강물이 흐르네.

— 김영랑의 〈끝없는 강물이 흐르네〉의 전문. 원제는 〈동백닙에 빗나는
  마음〉이었음. 표기만을 현대 맞춤법으로 고쳤고 사투리는 그냥 뒀다.


(나)

千年 맺힌 시름을

출렁이는 물살도 없이

고은 강물이 흐르듯

鶴이 나른다

……

......
누이의 어깨 넘어
누이의 繡틀 속의 꽃밭을 보듯
세상을 보자.
— 미당 서정주의 〈학〉의 일부

위 두 편의 시는 '강물의 흐름'을 은유어로 사용하여 했다. (가)는
아침 햇살에 반짝이는 동백잎을 보고 느낀 감정을 마음속을 흐르는 영
원한 강물에 비유하여 노래한 시이며 (나)는 누이의 수(繡)틀에 수놓
아진 학(鶴)이 사뿐히 날아오르는 경쾌한 모습을 고운 강물의 흐름에
은유한 시다. 하나는 평론가 김학동(金學東)의 말처럼 '영원한 생명의
파동'을 선명히 볼 수 있는—觀할 수 있는—은유가, 그리고 다른 하
나는 학이 곱게 날아오르는 정중동(靜中動)의 아름다운 움직임이 선명
히 다가오는 시각적 이미지의 은유가 작동하고 있다.

일반적으로 강물의 흐름은 무상(無常)에 곧잘 비유된다. 흘러간다는
것은 머물지 않고 지나간다는 뜻이며 덧없는 시간의 경과를 의미한다.
원시불경에서 강물의 흐름을 노래한 게송 몇 구절을 읽어보면 우리는
두 시의 세계와 상이한 강물의 흐름을 식별할 수 있다. 흐름의 콘텍스
트, 흐름이란 명칭(term)이 접합되는 다른 시어들이 어떤 것이냐에 따
라 흐름의 의미가 싹 달라지는 것을 감지할 수 있다.

산에서 발원한 물이 흘러가서 돌아오지 않듯이
인간의 수명도 지나가서 돌아오지 않는다.
— 〈감흥의 말씀〉 1—15

걸어갈 때나 머물러 있을 때나 언제나 밤낮으로
사람의 목숨은 지나가 멈추지 않는다.

강물이 흘러가듯이.
— 〈감흥의 말씀〉 1—32

갠지스 강물이 모여 흐르며 더러움을 버리고 바다로 가듯
선행을 한 사람이 설하신 이 길도 불사의 획득을 향해 흐른다.
— 〈감흥의 말씀〉 12—15

영랑의 〈끝없는 강물〉은 영원히 흐르고 있음에도 그 소리가 들리지 않고 숨어 있다. '도처오르는 아침날 빛이 빤질'하게 느껴질 정도로 솟구치는 정열의 거센 물결은 시인의 가슴속으로만 밀려들 뿐, 그 흐름소리는 전혀 들리지 않는다. 그것은 다만 보일 뿐이다. 보이는 것은 가슴의 정(情)으로 읽어야 하리라.

흐름의 소리가 안 들리기는 미당의 〈학〉에서도 매한가지이다. 〈학〉에서는 아예 처음서부터 날갯짓소리가 전혀 나지 않는다. 날갯짓은 보일 뿐이다. 그윽한 아름다움을 실은 너무도 고요한 비상이 날개를 타고 다만 보일 따름이다.

하지만 '출렁이는 물살도 없이/고은 강물이 흐르듯/鶴이 나른다' 라는 구절이 일러주듯이 〈학〉에서는 강물 소리의 있음과 없음의 차이가 뚜렷이 형상화되어 있다. 강물은 소리 없이 흐르므로 '고은 강물'이 되었고 '고은 강물'이 소리 없이 흐르듯 학은 사뿐히 날아오르는 아주 경쾌한 경관이 우리 앞에 전개된다. 두 시는 소리 없음을 가지고 원시불경에서 구별하는 〈소리 내는 흐름〉과 〈고요한 흐름〉의 의미 차이를 우리에게 선명하게 가르쳐 준다.

출렁이는 물살도 없이 흐르는 '고은 강물'은 바람기 한 점 없는 날 잔잔한 호수 면을 이동하는 흐름, 깊고 큰 강물의 흐름과 흡사하다. 고요하다는 말은 깊다는 뜻의 다른 표현이 아닐까. 우리가 만약 흐름을 입 밖으로 토해내는 말에 비유한다면 바닥이 얕은 개울물은 마구 재잘

거리며 쏟아내는 경솔한 말, 진중하지 못한 말과 같으며 깊은 강물은 말수가 적은 사람의 묵직한 행동거조와 같다고 할 수 있다. 영랑의 〈끝없는 강물〉이 마음이 '도른도른 숨어' 있지 않고 대문이 활짝 열어젖힌 마음의 뜰 안 구석구석을 요란하게 누비며 물결치는 소리를 내며 흘러갔다면 어떻게 되었을까. 만일 미당의 학이 꺼억꺼억 소릴 내고 날아올랐다면 그 고은 분위기는 얼마나 무참하게 깨져버렸을까. 요란하게 소리를 내며 흐르는 강물은 잡음이며 번뇌이다.

> 깊은 호수의 물과 얕은 시냇물에 대해서 그것을 알라.
> 바닥이 얕은 시냇물은 소리 내며 흐르나
> 큰 강물은 소릴 내지 않고 고요히 흐른다.
> — 숫타니파타 720

흐름이 인간의 번뇌에 비유된 숫타니파타 1034경을 보자. 학생 아지타가 고타마 붓다와 나누는 문답 형식으로 번뇌의 흐름이 전개되어 있다.

> 아지타가 물었다.
> '번뇌의 흐름은 온갖 곳을 향해 흐릅니다. 그 흐름을 멈추는 것은 무엇입니까? 그 흐름을 막는 것은 무엇입니까? 그 흐름은 무엇에 의해 막힙니까? 그것을 설해 주십시오.'
> 스승(세존)이 대답했다.
> '아지타여. 이 세상에서 모든 번뇌의 흐름을 멈추는 것은 정신집중이다. 정신집중이 번뇌의 흐름을 막는다 라고 나는 설하노라. 그 흐름은 지혜에 의해 닫힐 것이다.'
> — 숫타니파타 1034~35

# 두보의 춘망(春望)과 길재의 탄고도(嘆古都)

나라는 깨져도 산하는 남고
옛 성에 봄이 오니 초목 우거져……
시세(時勢)를 설워하여 꽃에도 눈물짓고
이별이 한스러워 새소리에도 놀라는 것.
봉화 석 달이나 끊이지 않아
만금(萬金) 같이 어려운 가족의 글월
긁자니 또 다시 짧아진 머리
이제는 비녀조차 못 꽂을레라.
— 杜甫의 〈春望〉


오백년 도읍지를 필마로 돌아드니
산천은 의구한데 인걸은 간 데 없네
어즈버 태평연월이 꿈이런가 하노라.
— 吉再(1353~1419. 여말~조선 초기의 학자)


위 두 시를 읽으면 우리는 두보와 길재가 다 같이 망해버린 나라의
옛 성터, 폐허로 변한 도읍지를 찾았을 때 느낀 감회가 이렇게 다름을
눈여겨보게 된다. 두 시인은 폐허의 성터에 서서 나라는 망해도 예전
과 다름없이 의구(依舊)한 산천에서 다시 찾아온 새봄의 우거진 초목
을 먼저 목격한다. 여기까지는 두 시인의 정서가 비슷하다. 하지만 그
다음부터 두 시인의 감회는 아주 달라진다. 먼저 길재는 고려의 수도
개성에서 사라진 고려의 인걸이 없음을 한탄하며 그 옛날의 태평연월
을 그리워한다. 3·4조의 운율에다 3장으로 이뤄진 우리의 전통적인
정형시라는 시조의 한계에 묶여 길재는 더 이상의 감회를 읊지 못했으

리라. 내가 주목하려는 것은 길재가 더 이상의 감회가 있음에도 그것을 표출하지 않았다는 점이 아니라 정형시의 한계 안에서나마 맨 먼저 부상한 정감이 태평연월의 옛날을 동경하는 마음이었다는 점이다.

이와 대조적으로 두보는 폐허의 새봄에 피어난 꽃을 보고도 '눈물짓고' 새소리를 듣고도 소스라치게 '놀라'면서 오랜 전란에 소식이 끊긴 그리운 가족의 안부를 궁금히 여긴다. 더군다나 이제는 나이가 들어 비녀조차 못 꽂을 정도로 짧아진 머리카락을 탄식하며 그는 사무치는 가족 생각의 중압에 눌려 변함없이 다시 찾아온 새봄의 아름다움을 아름다움으로 볼 수 없는 자신의 초라한 신세를 슬퍼한다. 그러기에 그는 꽃을 보고도 '눈물짓고' 새소리를 듣고도 '놀라는' 것이다.

한 사람은 망해버린 나라의 폐허에서 가슴속으로 파고드는 고적(孤寂)한 감정을 '의구한 산천'과 간데 온데 없이 '사라진 인걸'에 빗대어 시조로 엮어낸 데 반해 또 다른 사람은 '시세(세상 돌아가는 모습)를 설워하며 꽃을 보고 짓는 눈물'과 '이별이 한스러워 새소리에도 놀라는' 심정을 섬세하게 묘사함으로써 어김없이 찾아온 새봄의 기쁨과 아름다움 속에 자기만이 지닌 적적함을 돋보이게 하는 은유법을 구사했다. 같은 적적함의 마음이건만 적적함의 시니피앙이 생산한 의미는 사뭇 다르다. 그 이유를 흔히 시상의 차이에서 연유하는 것이라고 하지만 시상만의 차이에 그 까닭이 있지는 않다. 시인이 보고 눈 앞의 현실의 대상을 묘사하기 위해 대응시키는 시어라는 시니피앙들의 결합적 차이에서 연유하는 차이라고 나는 생각한다.

두 사람이 폐허에서 느끼는 고적한 심정이 동일함에도 불구하고 그들이 그것을 표출하기 위해 시어들을 선택하고 결합하는 작시(作詩)기법은 서로 다르다. 다시 말해서 부류계열(paradigm)에서 선택하는 은유적 단어들—예컨대 도읍지, 산하, 인걸, 태평연월, 꿈, 나라, 새봄, 꽃, 눈물, 새소리, 놀람, 소식, 봉화, 가족, 짧은 머리, 비녀 등—과 그것들을 환유적으로 결합하여 만들어내는 시구(詩句, 結合體 syntagm)들이 서로 다르기 때문에 두 시가 생산해내는 정감의 효과도 각기 확연히 달라지는 것이다. 여기서 우리는 거의 동일한 부류의 언어기호(단어)들이 어떻게 선택되어 서로 어떻게 결합되느냐에 따라 시인이 생산하는 시의 미적 효과도 덩달아 달라짐을 알게 된다. 이미 밝힌 바와 같이 언어기호의 선택은 은유적인 등가성을 지닌 다른 언어기호를 찾는 행위이며, 언어기호의 결합은 환유적인 기호 이동—등가관계의 자리바꿈displacement—이므로 작시에 있어서 은유와 환유의 기법은 의미의 생산과 미적 효과의 발생에 있어서 더 말할 나위 없이 중요한 것임을 여기서 새삼 확인할 수 있다.

# 제2장
# 시간과 공간 그리고 만능의 돈

## 덧없는 시간의 가교 위에서

### 우리는 시간을 어떻게 느끼는가?

시간을 은유한 우리 선조들의 사고방식을 찾아가는 길목에서 우리
는 먼저 시간과 공간의 개념을 이해해 두는 것이 여러 모로 도움이 될
듯하다.

시간이란 무엇일까? 이런 물음보다는 우리는 시간을 어떻게 느끼고
있을까? 라고 묻는 편이 시간이란 화두에 대해 답하기가 좀 더 쉬울지
모르겠다. 어떤 단어나 용어를 정의하는 것(to define)은 지극히 어렵
다. 여러분은 '간다(行 또는 去, go)'란 말을 무엇이라고 정의할 수 있는

지, 자기 자신에게 한 번 물어보라. 십중팔구 아마도 쉽사리 답이 나오지 않으리라. 정의란 그만큼 어려운 일이다. 그래서 해체(解體=脫構築 deconstruction) 철학자 자크 데리다(Jacques Derrida, 1930~2004)는 어떤 단어를 정의하는 일은 따로 정의해야 할 또 다른 단어들(different words)을 동원하여 사용하지 않으면 안 되는 끊임없는 차연(差延=différance)의 연속과정, 한 단어의 의미가 단 번에 확정되지 않은 채 계속되는 의미 불확정의 상태에서 잇달아 다음 단어에서 또 다음 단어로 의미의 차이를 추구하는 지연(遲延)의 과정이라고 말했다. 이것이 데리다가 말하는 의미의 결정불가능성이다. 시간의 정의도 그처럼 곤란한 과제이므로 우리는 시간을 느끼는 방법을 터득하는 것이 더 나을 것 같다.

## 시간과 공간의 동거

'어느 새 해가 중천에 올라왔군.' '서산마루로 해가 벌써 내려섰으니 어서 하산 길을 서둘러야겠네.' 라고 말할 경우 우리는 이미 시간에 대한 느낌을 아주 훌륭하게 표현한 셈이다. 위 두 문장에서 시간은 해가 먼저 있던 지점에서 다른 지점으로 이동한 간격으로 표시된다. 동쪽 언덕 위로 불끈 솟아오른 맑은 아침 해가 이동해간 다음 지점 다시 말해서 중천과 서산마루까지의 흐름의 거리가 시간이다.

어린이 놀이터에서 하루종일 재미있게 놀던 아이가 '이제 그만 집으로 가자' 라는 엄마의 독촉을 받았을 때 입 밖으로 내뱉는 말 한마디, '벌써 저녁이야?'도 시간의 흐름을 알린다. 어린아이의 의식 속에서 시간은 매우 빠르게 달려갔기 때문에 아이의 물음은 '벌써 저녁이야?'로 나타난 것이다. 의식 속에서 흐르는 시간은 의식의 주체에 따라 달리 느껴진다. 꿈에는 시간이 없다고 한다. 프로이트가 말하는 무의식의 세계(the unconscious)는 시간이 없는(timeless) 세계이다.

꿈 이야기든 아니든 시간에는 늘 따라다니는 '그 무엇'이 있다. 한 지점에서 다른 지점으로 해가 이동한 거리—실은 이 거리는 상상의 거리지만—가 '그 무엇'을 가리킨다. '그 무엇'은 바로 공간이다. 우리가 일상적으로 느끼는 시간은 공간의 테두리를 벗어나지 않는다. '어느 새 해가 중천에 떠올랐군'이라는 말 자체는 하늘을 일정한 간격으로 구분한 상상의 공간 속 어디쯤에서 중앙 쪽으로 해가 이동했음을 의미한다. 천문학에서의 진실은 해가 아니라 지구가 이동한 것이지만 일상적인 용례를 좇아 해가 움직인 것이라고 나는 말했을 따름이다. '서산마루에 지는 해'의 경우도 시간은 서쪽에 있는 산이라는 공간을 동반한다.

> 동창이 밝았느냐 노고지리 우짖는다.
> 소치는 아희들은 상기 아니 일었느냐.
> 재너머 사래 긴 밭을 언제 갈려 하느니.
> ― 남구만(현대문으로 고침)

조선조 숙종 때 정치인으로 영의정까지 지낸 남구만(南九萬, 1629~1711)의 시조는 시간의 측정이 공간과 함께 이뤄진 사례를 보여준다. 이 시조에서 아침이 벌써 밝았다는 시간의식은 어떤 시골 농가의 '밝은 동창'과 그 시골 하늘에서 우짖는 '노고지리의 울음소리'로 표시되어 있다. 아침의 몇 시냐는 시각이 한지(韓紙, 조선 종이)로 발라 놓은 동쪽 창의 밝기로 측정됨과 동시에 아침 시각의 고지(告知)는 노고지리의 우짖음으로 알려진다. 이 경우에도 시간은 동향집 농가의 장소와 직접 결부되어 있다. 하늘을 나는 노고지리의 울음소리는 농가의 방안에서 들으면 아침 시간의 경과를 알리는 알람소리다. 농가의 구체적 위치―지리적 장소―가 강원도 산골이냐, 전라도 변산반도냐에 따라 동창이 밝는 시간은 당연히 달라지게 마련이다. 그렇겠지만 동창이 밝는 시점과 노고지리의 우짖음이 서로 결부되는 점만은 당시의 농경문화 아래서는 어디서나 동일했을 것으로 짐작할 수 있다.

영국 사회학자 앤서니 기든스(Anthony Giddens, 1938~ )는 이처럼 시간과 공간의 밀착된 동거가 근대에 들어와서 분리되는 과정을 고찰했다. 공간으로부터 시간의 분리는 기계 시계의 등장에 의해 가능해졌다. 기계 시계는 해가 어디에 있건 상관없이 시간의 길이를 초(秒) 분(分) 시(時) 일(日) 년(年)의 일정 간격으로 분할함으로써 공백화된 시간을 표준화했다. 이에 따라 지구의 각 지역들에는 표준시가 설정되었다. 표준시는 서울의 아침 9시가 미국 뉴욕에서는 전날 밤 7시가 된다는 것을 알려준다. 제트 여객기로 13시간 걸리는 원거리의 서울과 뉴욕은 표준시제도에 의거하여 비로소 구체적인 장소와 연결된 개념을 벗어버렸다. 시간의 표준화는 시간을 구체적인 장소에서 분리시켰을 뿐 아니라 공간마저도 구체적인 장소에서 분리시켰다. 구체적인 장소에서 공간이 분리되는 현상을 기든스는 공간의 공백화라고 부른다. 공간의 공백화를 달성함으로써 우리는 지도(地圖)를 얻게 되었으며 지도상의 영역 표시를 둘러싸고 벌어지는 영유권 분쟁을 때때로 목격하곤 한다.

## 의식 속을 흐르는 시간의 상대성

시간의 공백화, 공간의 공백화가 인간사회에 획기적인 구조적 변화를 초래한 것은 누구도 부인할 수 없는 엄연한 사실이다. 우리는 근대란 이름의 사회에서 대단히 편리한 문명생활을 누려왔다. 그럼에도 불구하고 우리의 일상생활에서는 여전히 시간은 언제나 그리고 이미 장소와 결부되어 인식되고 있다. 그것이 일상생활에서의 진실이다.

엄밀히 말해서 시간은 끊임없는 흐름이며 순간마다 생기는 변화의 연속이다. 내가 북한산 기슭에서 백운대로 이동한 거리—공간적 간격—는 해의 이동과 함께 시간의 흐름으로 계산된다. 그 흐름 속에서 이 세상의 모든 것들은 아주 미세하나마 변화를 겪는다. 공간과 더불어 일어나는 시간의 흐름과 변화, 그것이 있기 때문에 우리는 짧은 시간에 대해 덧없음의 의미를 부여하면서 될 수록 긴 시간, 영원한 시간을 욕망한다. 시간이 길어지기를 바라는 욕망, 그 배후에는 언제나 한정된 수명의 시간을 연장하고 싶어 하는 인간의 부질없는 욕망이 도사리고 있다.

시간이 흐름과 변화로 의식되는 한 기계 시계에 의한 시간 측정과는 상관없이 따로 의식되는 시간이 있다. 말하자면 우리의 의식 밖에서 기계 시계―요즘은 전자 시계―에 의해 측정되는 시간과 우리의 의식 안에서 경험되는 시간이 별개로 있다는 말이다. 기계 시계에 의한 시간이 절대적이라 한다면―상대성원리에 따르면 절대적 시간이란 관념이 부정되지만 일단 편의상 그렇게 부르기로 하자―우리의 의식 속을 흐르는 시간은 상대적이다. 비근한 예를 들자면 우리가 재미있는 구경거리를 보는 동안 또는 즐거운 일을 하는 동안 지나간 시간은 아주 짧은 것으로 의식된다. 하지만 지루한 일을 하면서 보내는 시간은 대단히 길다. 그리운 사람을 기다리는 시간은 너무도 길게 느껴지지만 입사시험을 치르는 시간은 너무도 짧게 느껴지는 것은 시간의 상대성 때문이다.

## 시간은 덧없이 흘러

예부터 사람들은 시간이 대단히 빠른 속도로 달아나는 것으로 인식해왔다. 준마(駿馬)처럼 재빠르게 달리는 시간, 쏜살(飛矢) 같이 질주하는 시간처럼 사람들은 말과 살을 선택하여 시간의 빠르기를 쟀다. 시간 측정을 하는 은유언어로 말과 살이 선택되었다는 점에서 우리는 예전 사람들이 겪은 경험의 한계를 읽는다. 초음속 제트 항공기가 하늘을 날아 동서양을 왔다 갔다 하고 그보다도 더 빠른 로켓이 인공위성을 지구궤도 위로 쏘아 올리는 지금 세상에서, 그것들보다도 이메일 메시지가 더 빠르게 송·수신되는 인터넷 세상에서 준마와 쏜살은 그다지 빠른 것들이 결코 아니다. 그럼에도 우리는 '준마처럼 빨리, 쏜살같이 내닫는다'라는 식의 말을 아무렇지도 않게 일상적으로 상용한다. 그러한 또 하나의 예가 주마간산(走馬看山)이다. 이 말은 자동차와 비행기가 발명되기 훨씬 이전의 유용한 교통수단으로서 말(馬)을 이용하던 시절의 객지 여행을 표현한 관용어였다. 외양간을 끼고 사는 사람이 우리나라 인구의 단 몇 퍼센트에 불과함에도 불구하고 우리가 '소 잃고 외양간 고치기'란 속담을 애용하고 '쏜살'을 여전히 애호하는 것도 주마간산과 마찬가지의 이치에서다.

왜 이런 일이 벌어질까? 그것은 그 말들이 문자 그대로의 본래의 구상적 의미를 지워버리고 일상생활에서 추상화되고 스테레오타입화한 은유, 관용화한 은유언어로서 제자리를 차지했기 때문이다. 스테레오타입화한 것과 관용화한 것은 어느 것이나 우리에게 친숙하다. 친숙한 것은 생소한 것의 의미를 대신하여 표현하는 데 적합하다. 때문에 우리는 옛날의 친숙한 것을 지금도 애호하면서 지금의 생소한 것의 의미를 대신하는 데 즐겨 사용하는 것이다.

이쯤에서 우리의 본론으로 들어가야 하겠다. 먼저, 오십여 년 전만해도 멋부리는 글귀로 곧잘 인용하곤 했던, 그러나 지금은 아주 진부한 문장으로 골동품화한 것이나 다름없는 시간의 은유를 음미하는 데서 우리의 이야기를 시작하자.

영미권 사람들은 시간이 빠르게 흐르는 것을 fleet라고 표현했으며 거기서 인생의 덧없음(fleeting)을 느꼈다. 인생 70을 뒤돌아보면 쏜살의 속도나 로켓의 그것은 실로 찰나(刹那)에 지나지 않는다. 찰나의 덧없는 것, 그래서 롱펠로(Henry Wordsworth Longfellow, 1807~1882)는 시간은 덧없이 흘러 우리를 슬프게 만든다고 탄식했다.

예술은 길고 시간은 덧없이 흐르나니
무서운 줄 모르는 튼튼한 심장도
천 덮인 북 마냥

무덤으로 가는 장송곡을 여전히 울리는구나.

(Art is long, and time is fleeting,

And our hearts, though stout and brave,

Still, like muffled drums, are beating

Funeral marches to the grave.)


'예술은 길고'는 롱펠로가 처음 간파한 진리가 아니다. 이미 괴테 (Johann Wolfgang von Göthe, 1749~1832)에 의해 '예술은 길고 인생은 짧다. 판단은 어렵고 기회는 붙잡을 수 없구나' 라는 시로서 일찍이 탄생되어 있었다. 그러나 괴테 버전마저도 기원전 그리스 철학자에게로 그 시원(始原)이 거슬러 올라간다는 사실을 우리는 알아야 하리라. 히포크라테스(Hippocrates, 460~400 BC)가 '인생은 짧고 예술은 길다. 기회는 덧없이 달아나고 경험은 종잡을 수 없으니 판단은 참으로 어렵구나' 라고 한탄한 것을 보면 '예술은 길고 인생은 짧다'의 괴테 버전도 실은 차용품에 지나지 않는다. 이처럼 아무개의 창작품이란 것이 따지고 보면 실은 다른 누구의 작품인 것으로 밝혀지듯이 우리의 생각이나 글 가운데 독창적이고 자주적인 것은 참으로 드물다. 십중팔구 다른 어떤 텍스트에서 차용된 것들이다. 즉 그것들은 intertextual 하다.

시간의 길고 짧음을 은유로써 읊은 글솜씨들이 2천 몇백 년의 시간 간격을 뛰어넘어 어쩌면 그렇게도 동일한 패턴을 이루고 있는지. 친숙한 은유의 질긴 생명력을 확인하게 된다.

비슷한 내용의 이 시들은 모두 인생보다 생명력이 더 긴 것 즉 예술을 추구하며 예술을 찬양했다는 점에서 동일하다. 예술의 긴 생명력에 비하면 기회는 덧없는 것이며 판단은 어려운 것임에 틀림없다. 그러므로 인간은 후대에 길이 남을 가치 있는 그 무엇을 만드는 일에 고민해야 하지 않겠는가.

## 시간의 가교, 시간의 회랑

시간은 언제나 덧없이 흘러간다고 해서 인간에게 마냥 아쉬움만을 남기지 않는 듯하다. 시간은 때때로 먼 저곳의 너와 이곳의 나를 이어 주는 시간의 다리(架橋, the bridge of time)가 되기도 하고 기억의 흔적이 아스라이 피어오르는 회랑이 되기도 한다. 만남을 약속한 그 시간의 가교 위에서 또는 사랑의 속삭임을 나누던 시간의 긴 회랑의 어느 석주 곁에서 우리는 지난날의 흔적을 반추하며 잠시 달콤한 회상에 젖어보곤 한다.

이렇게 인사 한 마디 나누고 헤어지는 걸
우리는 왜 시간의 가교 위에서 만나는 걸까.

어느 누가 노래한 '시간의 가교'를 롱펠로는 음유시인들의 발걸음 소리가 잔잔히 울리는 '시간의 회랑(the corridors of time)'으로 끌어들였다. 그래서 그는 '우리'가 헤어지며 남긴 발자국의 흔적들이 새겨진 '시간의 모래(the sands of time)'를 보며 가슴 아파하기도 했다.

오, 시간이여! 달아나는 너,
자비로운 시시각각이여!
네가 가는 길을 붙잡으리라
가장 아름답던 우리의 시절
덧없는 그 기쁨을 다시 맛보기 위해.

'달아나는 시간'의 모습은 어떤 것일까? 형태는 없으리라. 냄새도 없으리라. 시간은 그 흐름만을 의식할 수 있을 뿐 있고도 없는 것이니까. 시간은 붙잡을 수도 놓아줄 수도 없다. 시간은 다만 그것과 마주하는 인간이 그 모양과 형태와 의미를 제 마음대로 만들어갈 따름이다.

그래서 시간은 돈이 되기도 하고 다리와 회랑이 되기도 하며 모래가 되기도 한다. 그뿐인가. 시간은 또 다른 숨긴 얼굴을 우리 앞에 불쑥 내놓는다. '우리가 무언가를 배우는 학교' '무언가를 태워버리는 불' (Delmore Schwartz, 1913~1966)의 모습으로 나타나 시간은 우리를 놀래주기도 한다. 그러므로 온갖 얼굴을 가진 시간은 그 자체가 텅 빈 공무(空無)다. 자꾸만 텅 빈 얼굴을 내밀며 다시 새롭게 채워지기를 기다리는 흐름의 무한연속, 그것이 다름 아닌 시간이다. 그 흐름의 연속이 내달리는 모래밭 위에 사람들은 제각기 자기가 선호하는 사랑의 글귀를 적어놓는다. 물결이 넘실거려 그걸 깨끗이 삼켜 버리는 것을 알면서도 말이다. 그것이 시간의 의미이다.

## 시간이 돈이라면 타임킬링은?

### 시간의 경과가 곧 부(富)의 축적

텅 빈 공무(空無)의 시간은 자본주의의 성립 · 발전과정에서 인간에 의해 그 자체 안에 새로운 의미를 채워 담게 된다. 시간에 담겨 넣어진 의미는 돈의 귀중한 가치다. 그래서 시간은 비로소 돈을 증식하는 중요한 수단으로 변모하며 마침내 시간=돈이라는 동일성의 등식이 만들어진다. 자본의 증식을 눈여겨보기 시작한 사람들은 시간을 돈으로 환산하는 기술을 고안해냈다. 그 하나가 시간의 흐름에 따라 대부금(貸付金)에 대한 이자를 계산하는 일이며 그 연장선이 '시간은 돈'이라는 이자증식의 아이디어를 낳았다.

벤저민 프랭클린(Benjamin Franklin, 1706~1790)이 '시간은 돈'이라고 말했을 때 그는 시간의 경과 그 자체가 부를 얻는 요체로서 헛된 일이 아니라는 점을 젊은 상인들에게 일깨워주려 한 것으로 이해된다.

산업혁명에 의한 자본주의의 발전이 서구에서 한창 진행하고 있을 무렵에 활동한 미국 정치가이며 과학자인 프랭클린은 1748년 〈젊은 상인들에게 주는 충언〉에서 이렇게 말했다. '시간이 돈임을 기억하라' 고. 이 말처럼 돈벌이의 요체를 간결하게 표현한 말이 달리 또 있을까. 그 뒤 자본주의체제에서 부자로 성공하기 위해 시간의 중요성을 근면과 질약으로 실현한 꿈 많은 청년들에게 프랭클린의 말은 문자 그대로 금언이 되었다.

그러나 프랭클린의 금언은 시간의 중요성만을 강조했을 뿐 시간을 더욱 잘게 쪼개어 활용하는 수법까지 일러주지는 않았다. 시간을 시와 분으로 분할하여 계산할 것을 권유한 자본주의자는 그의 30년 후배인 헬리버튼(T. C. Halliburton, 1736~1865)이었다. 그는 말했다.

우리는 시(時)와 분(分)을 달러와 센트로 생각한다.

우리의 은행들이 대출 자금의 이자 납부 시한을 정해진 날짜의 은행 업무 마감시각까지로 설정한 것과 주차장에서의 주차요금을 15분 단위로 쪼개서 계산하는 것 등은 시간을 더욱 작은 단위로 미분할하여 사용하는 헬리버튼의 섬세한 사고방식과 직접 연결되어 있다.

### 시간 절약은 돈의 절약

시간은 절약(time saving)하면 할수록 그 성과물로서 돈의 절약을 가져온다. 이것은 돈을 가진 사람에게만 해당되는 말인 듯싶지만 실은 돈을 빌려 쓰는 사람에게도 동일하게 적용된다. 시간을 절약하면 그와 함께 이자도 절약할 수 있으니까. 시간은 반대로 낭비(time waste)하면 할수록 돈의 낭비를 초래한다. 그러므로 부를 일구려는 사람은 악착같이 시 분을 다투어 시간을 아껴 쓰지 않으면 안 된다. 이렇게 보면, 시간의 의미와 가치를 돈의 그것에다 비유한 프랭클린의 금언은 청교도(Puritan)적인 노동윤리—금욕윤리—와 자본주의적 근면·절약정신을 가장 극명하게 반영한 은유일 듯하다.

시간은 비단 자본주의의 발달 단계에 와서야 그 귀중한 가치가 존중받게 된 것은 아니다. 시간과 돈의 귀중함은 이미 기원전 그리스와 중동 지역에서도 인정되었고 강조되었다. '시간은 인간이 소비할 수 있는 것 가운데 가장 가치 있는 것'이라고 지적한 테오프라스투스(Theophrastus, BC 275 사망)나 '사람은 즐거우려고 잔치를 벌인다. 술이 있어야 살맛이 있다. 돈이 모든 것을 해결해 준다'라고 강조한 구약성서 전도서의 구절은 모두 시간과 돈의 귀중함을 일깨운 격언들이다.

## 타임킬링, 시간 죽이기의 코미디

영국의 정치가 글랫스톤(William Ewart Gladstone, 1809~1898)이 1866년의 의회 연설(the Reform Bill 관련)에서

여러분은 미래와 맞서 싸울 수 없다. 시간은 우리 편이다. (Time is on our side)

라고 말했을 때 그 시간은 미래를 가리킨다. 옛날이나 지금이나 사람들은 시간을 '연속된 흐름'으로 간주했다, 그러므로 시간은 앞에서 계속 흘러오고 있는 것 즉 미래를 의미한다. 이미 지나가버린 것이 아니라 앞에서 흘러오고 있다는 말이다. 글랫스톤의 '시간은 우리 편'이라는 대목은 그래서 '미래는 우리 편'이므로 '우리의 입장이 마침내 승리한다'라는 함의를 지닌다.

그런데 만일 미래를 향해 앞에서 줄기차게 흘러오는 시간을 우리가 죽인다(time killing)'면 어떻게 될까? '시간을 죽이는 것'은 영원함을 죽이는 것과 다름이 없으리라. 시간은 죽으면 멈추니까.

시간 죽이기는 아마도 코미디의 요체일 듯하다. 비극의 요체가 영원함을 죽이는 것처럼.

이라고 한 미구엘 우나무노(Miguel Unamuno, 1864~1936)의 말은 그래서 더욱 음미할 필요가 있을 성싶다. 영원으로 가는 길목에서 잠시 시간의 흐름을 차단하는 것 바꿔 말하면 시간을 죽이는 것의 코미디를 보며 시간의 덧없는 흐름을 잠시 동안 잊는 행위. 그것이 여가즐기기가 아닐까.

영국인은 왜 시간을 죽이지 않으면 안 된다고 생각했을까? 영국 퓨리턴은 타임 세이빙의 프로테스탄티즘만을 간직한 게 아니라 타임 킬링의 여가도 즐길 줄 아는 사람들이었던 것 같다. '일할 때 일하고 놀 때 놀라'라고 했듯이 그들은 일하지 아니 할 때는 타임(시간)을 적절히 '죽일' 줄 아는 지혜도 지니고 있었다. 보리스 파스테르나크(Boris Pasternak, 1860~1960. 〈닥터 지바고〉의 저자)가 말했듯이 인간은 '영원의 인질, 시간의 포로'에서 잠시나마 벗어나기 위해 시간을 죽이는지도 모른다. 영원으로 가는 길은 너무도 멀고 기약 없이 지루하니까. 시간을 죽여야만 영원으로 가는 여정이 주는 긴장과 압박에서 비록 잠시나마 벗어날 수 있으리라고 그들은 생각했을지 모른다.


## 장자의 시간과 공간


### 매미는 봄, 가을을 모른다

『장자』의 소요편 첫 머리는 이런 말로 은유의 지혜를 일깨우기 시작한다.

조그만 날짐승들이 또한 어떻게 대붕(大鵬)의 비상을 알랴.

작은 지혜는 큰 지혜에 미치지 못하고

짧은 수명은 긴 수명에 미치지 못한다.

어떻게 그렇다는 것을 아는가.

조균(朝菌, 하루살이 버섯)은 밤과 새벽을 모르고

씽씽매미는 봄과 가을을 모른다.

이것이 짧은 수명이다.

— 안동림 역주『莊子』


고작해야 뒷산과 우리집 앞의 방앗간 사이 정도를 왔다 갔다 하는 참새가 9만 리 창천을 나는 대붕의 뜻을 어찌 알겠는가? 산을 높이 오르는 사람일수록 넓은 시야를 가질 수 있는 것도 이와 마찬가지다. 그러니까 한 회사의 대표인 사장의 경영안목과 과장의 그것 사이에는 상당한 차이가 있게 마련이다. 경험의 폭, 지식의 깊이와 전문성 그리고 조직에서의 지위고하에 따라 직장인에게 부딪친 위기상황을 극복하는 자세와 대처방법은 각기 다르다는 것을 우리는 인정해야 할 것 같다. 그 사람이 무슨 일을 얼마나 잘 처리했느냐를 인사문제에 있어서 주요 고과사항 중 하나로 삼는 이유도 거기에 있다.


작은 지혜는 큰 지혜에 미치지 못한다. (小知不及大知)


라고 말한 장자의 격언은 바로 그 점을 지적한 것이다. 그렇다면 경험의 시간적 길이 바꿔 말해서 삶의 길이도 세상을 보는 지혜의 정도를 판가름하는 기준이 될 수 있다고 보아야 할까? '짧은 수명이 긴 수명에 미치지 못한다(小年不及大年)'라고 단언한 장자의 말이 바로 그러하다. 그가 예로 든 조균 즉 아침에 몸을 드러냈다가 이내 사라지는 지극히 짧은 수명의 생명체와 한여름에 고작 일 주일 정도를 살다가 생을 마감하는 매미의 상대적 비교가 그 사실을 일러준다. 시간의 장단과 경험공간의 광협에 따라 사람의 지식과 지혜의 정도는 분명히 차이가 날 수 있다. 중국과 서역을 잇는 실크로드의 요충 돈황(敦煌)에 있는 막고굴 속의 수많은 불상조각들을 직접 가서 목격한 노년의 불교학자와 석굴암 불국사의 범위를 벗어나지 못 하는 청년 불교학자가 중국의 당(唐)대 불교문화를 이해하고 평가하는 지식의 깊이와 폭은 다를 수 있으리라고 우리는 짐작할 수 있다. 학자의 학문적 깊이와 폭이 감각적 경험의 넓이만을 가지고 측정될 성질의 일은 물론 아니므로 나는 '다를 수 있다'는 그 개연성만을 지적했을 따름이다. 반드시 그렇지는 않다 라는 뜻이다. 대체로 경험이 풍부한 사람의 지혜와 경험이 일천한 사람의 그것이 차이가 난다는 점을 일단 인정하고 우리는 이야기를 진행하기로 하자.

장자가 그의 〈소요편 1〉에서 말하고자 한 본 뜻—문장에 표현되지 않고 글자 뒤에 숨겨진 뜻—은 '작은 지혜와 큰 지혜', '짧은 수명과 긴 수명' 간의 차이를 안다면 그것을 아는 대로 실천하라는 말이 아닐까? '짧은 수명과 긴 수명' 간의 차이가 있느냐 없느냐를 시시콜콜 따져서 그것이 진리냐 아니냐를 가리는 데 장자의 본뜻이 있지는 않았다고 본다.

그런데 장자의 글을 자세히 살펴보면 시간의 경험을 말하면서 정작 그 경험이 발생한 장소에 대해서는 구체적이고 명시적인 언급이 없다. 장소는 경험의 배경에 숨겨 있다. 내가 이 글에 장자의 하루살이 아침버섯과 매미를 끌어들인 까닭은 시간의 경험 속에는 반드시 장소가 빠지지 않는다는 점을 구체적으로 적시하기 위해서다. 시간의 길고 짧음을 언급하려면 반드시 공간의 넓고 좁음도 아울러 참고해야 마땅하다.

또한 장자의 글에는 오늘날의 지식수준에서는 납득하기 어려운 다른 하나의 결함이 도사리고 있다. 바로 매미의 수명이다. 장자는 한여름 낮 기운차게 울다 가는 매미의 목숨이 대단히 짧다고 여긴 듯하다.

하지만 장자의 관찰은 내가 워싱턴 특파원 시절 미국 북부 버지니아 주에서 목격한 매미(cicada)의 17년 삶을 놓쳤음에 틀림없다. 나무뿌리에 붙어 수액을 빨아먹으며 캄캄한 땅 속에서 17년 동안이나 애벌레로 산 북부 버지니아의 시케이더는 1987년 여름에 한꺼번에 햇빛과 바람이 쏟아지는 바깥세상으로 나와 종족보존을 위한 짝짓기를 한 다음 생을 마감했다. 어찌 매미의 삶이 짧다고 감히 말할 수 있겠는가. 정확하게 17년 마다 성충이 되어 땅 밖으로 몸을 내미는 시케이더. 그것들은 비록 미물일지라도 시간의 길이를 어설프게 계산하는 '작은 지혜'가 결코 아니다. 그 매미가 수액의 증감 정도를 가지고 일 년 사철의 경과를 계측한다는 사실은 밝혀졌지만 그런 사철이 열일곱 번 반복되는 주기를 어떻게 알아내는지는 현대 과학의 높은 수준으로도 아직 해명되지 않은 비밀로 남아있다. 이런 매미를 두고 우리가 봄과 가을을 모르는 '작은 지혜'의 소유자라고 단정하는 것은 매우 경솔한 처사일 뿐 아니라 매미와의 대비에서 인간의 잘못된 우월성을 자만하는 불손한 행위가 아닐 수 없으리라.

## 압축되는 시간

'일각의 여삼추로 기다림은 지루했다.' 라든가 '천 년도 수유던가.' '춘풍추우가 지나간 지 그 얼마였던고!' 라는 영탄은 시간을 때로는 길게 때로는 순간으로 느끼게 한다. 우리에게 주관적으로 의식되는 시간의 길이는 실로 사람마다 천차만별이다. 사람의 의식 밖에 있는 기계 시계가 알려주는 시간은 일정하지만 시간의 흐름을 주관적으로 경험하는 사람의 의식은 일정하지 않다. 그러므로 시간에는 절대적인 길이가 없다 라고 말할 수 있다. 의식의 흐름과 더불어 가는 시간의 길이는 상대적이다. 아인슈타인이 발견한 시간이 상대적이듯이.

기계 시계가 발명되기 전 고인(古人)들은 시간을 지금과 다른 방식으로 측정했다. '봄바람, 가을비'가 몇 번 지나갔느냐, 해가 하늘의 어디쯤에 와 있느냐, 장날 마당을 비추던 여름날 해가 산마루에 걸렸느냐를 가지고 그들은 시간의 흐름을 쟀다.

'일각이 여삼추(一刻如三秋)'란 말은 아주 짧은 시각이지만 세 번 가을이 바뀔 만큼 길게 느껴졌다 라는 뜻이다. 3년을 기다리는 것만큼이나 지루한 순간의 기다림이라면 어떤 기다림일까. 분명 만나서 반가운 님을 기다리는 심정을 노래한 사미인곡(思美人曲)이리라.

짧은 시간이 길게 늘어나기도 하고 긴 시간이 짧아지기도 하는 것은 인간의 의식 속을 흐르는 시간의 속성 때문이다. 그래서 '천 년도 수유(須臾)던가'의 수유는 압축된 천 년의 시간을 의미한다. 수유는 잠시 동안이란 뜻을 지닌 산스크리트어의 한자 번역어. 인도인은 주야 하루의 30분의 1을 가리키는 데 흔히 '수유찰나(須臾刹那)'라는 합성어를 만들어 쓴 예가 있다. 찰나는 시간을 재는 아주 작은 단위. 두 손가락을 한 번 마주쳐서 두들기는 시간의 65분의 1설에서 75분의 1설에 이르기까지 찰나의 정의에는 여러 설이 있다. '천 년도 수유던가'는 소설가 정비석이 그의 유명한 금강산 기행문 〈산정무한〉에서 신라가 망한 후 금강산을 찾아든 마지막 왕세자 마의태자를 회상하는 대목에서 사용한 문구이다. 신라가 존립했던 천 년의 기간도, 패망 후부터 천 년이 더 흐른 지금의 시점에서 보면 실로 순식간에 지나지 않는다 라는 뜻으로 그는 '천 년도 수유던가'라고 노래한 것이다.

그래서 짧은 기간에 많은 일이 성사된 상태를 일러 영국이 250년 동안에 달성한 근대화(산업화)를 한국은 불과 25년 동안에 달성했다 라고 말하며 서로 비교하기도 한다. 영국에서의 250년이 한국에서는 25년으로 압축된 셈이다. 그래서 250년과 25년은 은유적 등가성 아니 동일성을 지닌다. 이처럼 짧은 기간 동안의 엄청난 변화를 역사적으로 경험한 긴 기간에 비유하는 일은 학술 논문의 저술가나 작가들이 왕왕 채용하는 비유법이다.

# 마르크스의 '변화의 단축'

우리는 긴 시간이 압축된 또 하나의 예를 칼 마르크스의 유명한 저서에서 살펴보기로 하자.

일찍이 들어본 적이 없이 분주하게 뭇 원칙들이 서로를 밀어젖히고 뭇 사상적 영웅들이 북적거렸다. 그래서 3년이라는 짧은 기간(1842~1845)에 독일에서는 예전의 3세기 동안보다도 더 많은 청소(淸掃)가 행해졌다. 이 모든 것은 순전히 사상의 영역에서 일어났다.(〈The German Ideology 서론〉에서. Joseph O' Malley ed. 『Marx, Early Political Writings』 Cambridge Univ. Press 1994).

어떤 사상의 영역인가? 그것은 헤겔 우파철학을 철저하게 비판한 헤겔 좌파가 왕성하게 활동한 사상의 영역을 가리킨다. 그 기간이 1842~1845년간이었다. 마르크스가 『독일 이데올로기』를 집필하기 전후 무렵의 3년과 예전의 300년 사이에 성립되는 은유는 엄청난 변화의 유사성—또는 등가성—에 의해 가능해진다. 이 기간 동안 마르크스를 비롯한 헤겔 좌파는, 신과 정상적인 인간에 관해 허위의식(false consciousness, 마르크시즘에서는 특정계급의 이익을 위한 허위의식을 이데올로기라 부름)을 '창조'함으로써 스스로의 관념적 발명품에 의해 지배당하는 헤겔 우파 관념론의 허구성을 낱낱이 파헤쳐 비판했다. 그 결과 헤겔 좌파철학은 부패의 발효과정을 거쳐 마침내 여러 갈래로 분열하기에 이르렀다. 마르크스는 이를 정복왕 알렉산드르 대왕(356~323 BC)의 대제국이 그의 사후에 분열하여 로마에게 망하기까지, 즉 헬레니즘 시대의 종말을 고하기까지의 300년 동안에 비유한 것이다. 다시 말해서 헬레니즘 시대의 종말과 로마 문명의 시작은 유럽사에서 획기적인 전환점을 마련한 일대 사변이다. 마르크스는 독일에서의 3년 동안 변화를 헬레니즘의 종말까지의 300년에 은유적으로 빗댄 것이다.

이처럼 단축된 시간은 때때로 그 시간의 거리(the span of time) 안에 일어난 모든 일들을 동일화하는 인간의식을 만들어낸다. 그래서 마르크스가 묘사한 바와 같이 '3년의 짧은 기간이 예전의 3세기'와 동일해지는 현상이 빚어진다. 우리는 그 두드러진 예를 유럽의 '중세 천 년 역사', 신라 천 년과 조선왕조 5백 년의 역사에서 보면서 천 년, 5백 년이란 긴 기간을 하나의 특성으로 동질화해 버린다. 그 결과 유럽의 중세 천 년은 '암흑의 시대'가 되어 버리고 신라 천 년은 '찬란한 불교문화의 시대'로 조선왕조 5백 년은 '유교사상이 지배하던 사색당쟁의 시대'로 간단히 낙인찍고 만다. 마치 그 천 년과 5백 년 동안에는 그 밖의 다른 일들은 전혀 발생하지 않는 것처럼. 시간의 단축은 편리한 역사서술법을 우리에게 가르쳐주지만 때로는 긴 시간 전체를 단순화하여 동질화시켜 버리는 오류를 범하게 만들기도 한다.

위 글에 이어 마르크스는 또한 헤겔 우파철학자들을 '철학산업가(the industrialists of philosophy)에 비유했다. 기업경영자인 이들 산업가들이 공급과잉으로 상품들이 넘쳐나는 철학 시장에서 어떻게 부실경영에 직면하게 되는가.

카푸트 모르툼(caput mortum)의 여러 성분들이 생명의 마지막 불꽃이 꺼진 뒤 분해되기 시작하여 새로운 화합물을 만들고 새로운 물질을 형성했다. 지금까지 절대정신을 먹이로 삼아 살아온 갖가지 철학산업가들이 이제는 새로운 화합물로 덤벼들었다. 누구든지 자기 손에 들어온 부분들을 자풀이(解尺)로 산매(散賣)하려고 열을 올렸다. 이것은 경쟁 없이 지속될 수 없었다. 독일 시장은 공급과잉 상품으로 넘쳐나 아무리 노력해도 세계 시

장에서 구매자를 찾을 수 없게 되자 장사는 언제나 그러했듯이 독일식으로 부실해졌다(번역문은 O' Malley 편집의 켐브리지 텍스트와 일본의 廣松涉[히로마츠 와타루] 편역본 『ドイツ・イデオロギ』 岩波文庫 2005년 신편집판을 참조하여 작성했음. 히로마츠 편역본은 그의 독일어 편집본과 더불어 일본 및 구미 학계에서 훌륭한 텍스트라는 정평을 얻은 책이다).

글이 이처럼 아주 까다로운 은유로 가득 차게 되면 독자가 이해하기가 매우 어렵다. 죽은 헤겔을 카푸트 모르툼 즉 '죽은 머리(死頭)'로, 헤겔 우파의 관념철학의 붕괴를 분해로, 헤겔 관념철학의 요체인 절대정신을 철학자의 먹이로, 헤겔 사상을 부분적으로 습득한 후계자들이 그 부분을 전파하는 양상을 상품의 자풀이 산매로, 철학사상을 받아들이는 사람과 공간을 시장으로, 사상을 상품으로 그리고 철학하기를 장사에 마르크스는 비유(은유)한 것이다. 은유가 풍성하면 내용과 의미도 함께 풍성해지고 글맛도 더욱 더 증가한다. 은유가 풍기는 풍자도 또한 읽는 이로 하여금 흥미와 관심을 돋우어 글의 다음 대목으로 눈길을 붙잡아 끌어간다. 그래서 죽은 헤겔 우파철학이 간직한 '생명의 마지막 불꽃'이 꺼진 뒤 마침내 철학 '장사의 파산(부실)'을 맞기까지 독자는 그 연속 과정을 눈을 부릅뜨고 바라보게 된다. 은유의 묘미는 실로 여기에 있다. 마르크스는 그런 은유를 그의 저작 곳곳에서 구사하여 명문장가의 값어치를 발휘했다.

'자풀이로 산매'란 구절에 대해서는 약간의 보완적인 설명이 필요할 듯하다. 일제강점기인 1937년의 한 기업 홍보물을 보면 자풀이가 무엇인지를 잘 보여준다.

포목상을 하는 이천 삼익사(利川 三益社)의 홍보전단 달력은 다음과 같은 광고 카피를 실었다. 달력이라고 해도 요즘과 같은 6장 내지 12장짜리 호화판 캘린더가 아니라 질 낮은 종이 한 장에 12달 365일을 일진(日辰)과 함께 전부 넣은 그런 달력임을 유념하기 바란다.

> 손님본위 친절봉사.
> 가장 좋은 사철 의복감
> 疋(필)에는 도매금으로
> 해척(解尺)에는 필금으로
> 값싸고 자푸리(자풀이) 좋게 팜니다.

위 광고 카피에서 '해척에는 필금으로, 값싸고 자푸리 좋게 팜니다'를 눈여겨보면 해척과 자풀이는 동의어다. 필(疋) 단위로 옷감을 많이 사면 도매 값으로 싸게 파는 것은 당연한 일이지만 자풀이로 사더라도 필 값으로 싸게 판다는 광고 카피의 선전문구는 소비자들에게 특별히 싸게 드리겠다는 이천 포목상의 '큰맘 먹은'(?) 선심공세다. 요컨대 삼익사를 찾아오는 손님에게는 한 자(尺) 두 자 정도의 소량의 옷감을 사더라도 도매 값으로 싸게 판다는 서비스 정신을 홍보하고 있는 것이다.

〈독일 이데올로기〉에 나온 마르크스의 글은 절대정신을 먹이로 삼는 헤겔 우파의 철학산업가들이 자기네의 사상을 성수기의 판매방식인 도매로서가 아니라 '자풀이'라는 낱개로서라도 판매하여 드문 고객을 붙들어야 하는 처량한 신세로 전락했음을 비아냥거린 것이다. 철학하기를 저잣거리의 장사에 비유한 마르크스, 자본주의의 시장경제를 그토록 미워한 그였음에도 그는 얼마나 신랄한 은유의 장사꾼인가.

### 이메일에 의한 시간 단축
일본에 있는 재단법인 간사이(關西)정보센터가 1995년 9월 미국에 파견한 조사단의 일원으로 미국 정보 사회의 현황을 시찰한 히토츠바시(一橋)대학의 경제학자 나카타니 이와오(中谷巖)는 그가 상상했던 정도보다 훨씬 더 진전된 이메일에 의한 정보혁명의 영향에 신속하게 대응하는 미국 기업들의 자세를 보고 놀라움을 표시했다.

그의 보고에 따르면 그 당시 세계 전체 퍼스컴(PC)의 80%에 마이크로프로세서를 공급하는 세계 최대의 반도체 회사 인텔의 그로브 사장은 이메일이 초래한 충격의 크기에 대해 다음과 같이 말했다.

이메일을 올바르게 사용하면 두 가지 놀라운 변화가 일어난다. 하나는 며칠 씩 걸리던 일을 단 몇 분 만에 해치울 수 있으며 또 하나는 직무상 단 한 사람의 동료를 만나는 노력을 가지고 몇 백 명의 동료들을 접촉하는 효과를 얻을 수 있게 된다.
— 中谷巖『日本經濟の歷史的轉換』1996

이는 당시 본격적으로 보급되기 시작한 이메일이 '시간의 압축', '거리의 단축', '공간의 축소'를 동시에 한꺼번에 가능케 했음을 의미한다. 지금 우리는 축지법(縮地法)과 축시법(縮時法)이 도처에서 시행되는 세상에 살고 있다. 앞서 우리는 시간의 단축이 천 년, 5백 년의 긴 기간을 아주 간단하게 동질화하는 인간의식의 편의적 작용을 살폈지만 21세기 초엽의 인터넷에 의한 놀라운 축지·축시법은 실제로 글로벌 빌리지(global village)에서 수억 명의 사람들이 거의 동시에 TV로 동일한 월드컵 경기를 시청하고 동시에 이메일 댓글을 쓰는 세상을 만들었다.

막스 베버가 밝힌 바와 같이 자본주의 정신이 프로테스탄티즘의 금욕윤리에 의해 배양되어 산업혁명에서 꽃을 피운 서유럽 사회는 다른 측면에서는 시간을 돈으로 환산하는 사고방식과 더불어 시간을 압축하고 거리를 단축하는 온갖 수단의 발명에 의해 발전의 가속도를 얻었다. 마르크스가 지적한 '변화의 단축'은 바야흐로 그로브 사장의 이메일에 의한 '시·공간의 축시·축지'로 연결된 것이다.

# 돈, 아무나 상대하는 창기(娼妓)

## 돈 사랑도, 돈 없음도 만악의 근원

앞에서 시간의 비유에 대해 언급하면서 나는 이미 돈에 대해서도 약간 언급을 했다. 이제는 본격적으로 돈의 힘이 은유적이든 실제적이든 간에 얼마나 큰 힘을 발휘하는지를 살펴보기로 하자. 돈의 힘은 예나 제나, 좋은 의미에서나 나쁜 의미에서나 다 같이 큰 것으로 묘사되곤 했다. 멀리는 구약성서에서부터 최근에는 사회학자 앤서니 기든스에 이르기까지 돈이 우리 일상생활의 전역에 미치는 심대한 영향력에 대해 많은 학자들은 저마다 각양각색으로 언급했고 또한 깊이 있는 분석을 가했다.

먼저 구약성경 〈전도서〉의 한 구절을 보자. 인생의 쾌락을 향유하려는 사람의 욕망을 해결해주는 위력을 임금의 인생관을 빌려 〈전도서〉는 기술하고 있다.

사람은 즐거우려고 잔치를 벌인다. 술이 있어야 살맛이 있다. 돈이 모든 것을 해결해 준다. 이렇게 말하는 임금 욕을 잠자리에서 하지 말라. 부자 욕을 침실에서도 하지 말라. 낮말은 새가 듣고 밤말은 쥐가 듣는다.
— 구약 〈전도서〉 10: 19~20.

사도 바오로는 〈전도서〉의 돈 만능설을 배척하면서 돈은 '모든 악의 뿌리'라고 경고했다.

돈을 사랑하는 것은 모든 악의 뿌리입니다. 돈을 따라다니다가 믿음에서 멀어져 방황하고 많은 아픔을 겪은 사람들이 있습니다.
— 신약성경 〈티모테오에게 보낸 사도 바오로의 첫 서간〉 6:10.

'돈의 없음은 만악(萬惡)의 근원'이라고 말한 희곡작가 버나드 쇼 (George Bernard Shaw, 1856~1950. 〈Man & Superman〉 1903), '부모 는 우리의 생을 주었지만 생을 지켜주는 것은 오직 돈 뿐'라고 강조한 일본 도쿠가와(德川)막부시대의 작가 이이하라 사이카쿠(井原西鶴, 1642~1693)라든가 '확실히 돈과 재물은 사람이 의지할 것 중 최선의 것'이라고 주장한 영국 소설가 찰스 디킨스(Charles Dickens, 1812~ 1870)의 말들은 모두 돈의 위력을 다른 말로 표현한 바오르의 견해와 맥을 함께 한다. 돈이 돈을 낳고 사람을 포함한 모든 것의 가치를 돈으 로 환원해버리는 자본주의체제 아래서 무전(無錢)인생으로 사는 것은 확실히 고통스런 병임에 틀림없다. 굳이 자위를 한다면 옥든 내시 (Ogden Nash, 1902~1971)가 말한 것처럼 우리의 인생에는 '돈을 갖 고도 사지 못하는 것들이 여전히 많으며 더욱 재미있는 것은 돈 없이 그런 것을 사려고 애써 본 적이나 있는가' 라는 물음을 스스로에게 한 번만이라도 던져볼 필요가 있다는 점이다. 그런 의미에서 '돈을 사랑 하는 것은 모든 악의 뿌리' 라는 바오로의 말씀을 우리는 곱씹어야 하 겠지만 반면 우리의 굳센 각오에도 불구하고 돈은 여전히 우리 밖에서 그 만능의 권력을 사정없이 휘두르고 있다는 사실도 또한 우리가 외면 해서는 안 될 엄연한 현실임을 인정해야 하리라.

### 눈에 보이는 만능의 신

돈의 위력, 돈의 권력을 가장 적절하고 흥미로운 은유를 동원하여 강조한 사람은 아마도 마르크스가 아닐까 한다. 그는 돈의 속성을 다 음의 두 가지로 압축했다.

(1) 돈은 모든 것을 혼란시키고 뒤집어엎는 '눈에 보이는 신'(神 the visible deity)이며,

(2) '아무 손님이나 상대하는 창기(娼妓, the universal whore)'이거나 또는 욕구와 대상, 인간의 삶과 생존수단 사이를 연결하는 '무차별적

인 뚜쟁이(the universal pander)'이다.

돈의 이런 특징들이 마르크스 자신의 창의에 의해 적시된 것은 물론 아니다. 원래 셰익스피어의 소네트를 좋아한 마르크스는 그 희곡작가가 읊은 돈의 두 가지 특성에서 아이디어를 얻어 그의 『경제학 철학 초고(草稿)』에서 위와 같이 정리한 것이다. 돈이 어떤 근거에서 만능의 '눈에 보이는 신'으로 간주되어야 하는지는 마르크스의 말을 직접 들어보면 자명해진다.

모든 인간적 속성들과 자연적인 속성들을 혼란시키고 뒤집어엎는 돈의 권력, 서로 상종하기 어려운 것들을 화합시켜 동거하게 하는 돈의 힘 요컨대 돈의 신성한 권력은 유(類)적 존재로서 인간의 소외된 삶, 유적 존재로서 자기를 소외시키는 인간의 삶, 그것의 성격에 깊숙이 깃들어 있다. 개인으로서 내가 할 수 없는 것, 그래서 나의 모든 재능이 할 수 없는 것을 돈은 나를 위하여 가능하게 해준다. 그러므로 돈은 이러한 재능들을 각기 정반대의 것으로 바꿔놓는다.

내가 식사를 하고 싶다면, 아니 도보로 걸을 수 있을 만큼 튼튼하지 않기 때문에 내가 우편마차를 타고 싶다면, 돈이 식사와 우편마차를 제공해준다. 즉 돈은 표상으로부터 오는 욕망을 현실로 변형시킨다. 상상의 존재를 실재의 존재로 바꾸는 것이다. 이처럼 매개하는 가운데 돈은 '순수하게 창조적인 권력'이 된다.

돈은 표상을 현실로, 현실을 단순한 표상으로 바꾸는 외재적인 보편적 수단이며 권력이다. 그러한 수단과 권력은 인간다운 인간이나 사회다운 인간 사회로부터 파생된 것이 아니다.
— 〈Manuscript〉[草稿], Erich Fromm 『Marx's Concept of Man』
　　1996 p.167

'아무 손님이나 상대하는 창기' '인간의 삶과 생존수단 사이를 연결하는 뚜쟁이'라는 돈의 속성에 대해서는 설명이 좀 필요할 것 같다. '창기'와 '뚜쟁이'이라는 비속어는 사실상 모든 것을 가능하게 하는 만능의 권력자인 돈을 보는 마르크스의 비판적 안목이 여실히 밴 단어들이다. 만능의 권력자는 피지배자의 눈으로 보면 실제로 위선적 속물적 근성을 지니고 있지 않는가. 자본주의의 후기 전개 단계에서 일어난 자기수정 능력을 예상하지 못한 채 계급 간의 적대적 대립과 투쟁으로 말미암아 무계급사회, 누구에게나 평등한 공산사회가 도래할 것을 기대했던 마르크스로서는 돈이 휘두르는 만능의 권력을 비판적으로 고찰하는 것이 당연한 과제였을 것이다. 돈의 위력에 의해 악덕이 미덕으로 변함으로써 인격 그 자체를 좌지우지하는 돈의 권력을 지배계급의 권력만큼이나 그는 미워했을지도 모른다. 어쨌든 원래는 셰익스피어가 사용한 은유를 마르크스가 차용함으로써 '창기'와 '뚜쟁이'는 비속어의 차원을 넘어 돈의 만능적 위력을 우리로 하여금 실감하게 해준 친숙한 이름으로 변신했다.

'눈에 보이는 신'이란 소외된 인간의 삶 그 자체 속에 내재된 '돈의 신성한 권력'을 가리킨다. 역기서의 신은 크리스천이 믿은 유일절대신인 하느님(God)이 아니라 인도인이나 우리나라의 할아버지 할머니들이 신앙의 대상으로 삼은, 자연 속에 있는 초월적 능력의 소유자(deity)를 가리킨다. 나 개인으로서는 도저히 할 수 없는 일, 그래서 나의 모든 능력과 재주를 동원하더라도 해결할 수 없는 일을 돈은 나를 위해서 거뜬히 대신해준다. 다시 말해서 돈은 개인적인 차원에서 불가능한 것을 가능한 것으로 바꿔주는 만능의 힘을 보유하고 있다. 그러므로 돈은 남자를 여자로, 여자를 남자로 바꾸는 성전환만을 불가능의 영역으로 남겨둔 채 무소불위(無所不爲)의 존재로서, 신과 다름없는 존재로서 우리 눈 앞에 군림해 있는 것이다. 마르크스는 돈의 그런 만능적 속성을 다음과 같은 비근한 예로써 아주 실감나게 묘사했다.

나는 추악하지만 나 자신을 위해 가장 아름다운 여인을 구입할 수 있다. 그 결과 나는 추악하지 않게 된다. 왜냐 하면 추악함은 돈에 의해 무로 변했기 때문이다. 나는 가증스럽고 치사스러우며 경박하며 어리석은 사람이지만 돈이 영광스러우므로 그 소유자도 또한 영광스럽게 된다. 돈은 지고선(至高善)이며 그 소유자도 또한 선이다.

— 앞의 책 pp. 165~166.

## 무차별의 뚜쟁이

이것이 '눈에 보이는 신'으로서 돈이 지닌 만능성의 의미라면 '아무 손님이나 상대하는 창기' '무차별적인 뚜쟁이'로서의 돈은 무엇을 지시하는가? 마르크스의 다음 구절을 보자.

돈은 특정 성질(quality), 특정 물건, 인간의 특수한 재능을 얻기 위해 교환되는 것이 아니라 인간과 자연의 객관적 세계 전체를 얻기 위해 교환되는 것이다. 그래서 소유자의 입장에서 보면 돈은 다른 모든 성질과 모든 대상을 얻기 위해 모든 것을 맞바꾼다. 비록 그것들이 서로 모순된 것이라 할지라도 모든 것을 맞바꾼다. 돈은 상종하기 어려운 것들을 화합시켜 상종하게 하며 정반대의 것들을 포용토록 한다.

— 앞의 책 p.168.

국가나 회사의 예산에서는 돈의 용도가 특정화되어 있다. 정해진 용도 이외에 돈을 쓴 공무원은 회계감사에서 예산유용 또는 횡령으로 지적 받아 심한 경우에는 파면의 처벌까지 받는다. 돈의 용도가 정해졌다고 해서 돈의 얼굴이 미리 정해졌다고는 말할 수 없다. 무질서한 돈의 사용을 방지하기 위해 국가 예산에서 돈의 용도를 미리 정해놓았을 뿐이다. 그 이유는 돈의 일반적 속성을 잠시 묶어 놓기 위해서이다. 그렇기 때문에 예산 책정에 의해 돈의 용처를 한정시킨다 해서 돈의 일반적 속성이 변질되는 것은 전혀 아니다. 말하자면 예산은 제약 없는 넓은 들판으로 뛰쳐나올 가능성이 언제나 상존하는 돈의 일반적 야성을 임시로 가둬놓은 허약한 가건물에 지나지 않는다. 돈의 일반적 속성은 예산의 용도확정처럼 욕망의 특정 대상을 얻기 위해서가 아니라 광야에서의 방목처럼 욕망의 모든 대상을 얻기 위해 돈이 교환되는 데서 발휘된다. 돈은 모든 대상에 대해 등가적이다. 모든 대상을 전혀 차별하지 않고 상대한다.

## 모든 대상에 등가적인 '비천한' 교환수단

모든 대상에 대해 등가적으로 상대하는 것이 돈의 일반적 속성이라면 돈은 또한 특정 대상에 대해 특정화한 취향이나 기호(嗜好)를 갖지 않는다. 역으로 말하면, 돈의 속성은 무성격의 것, 무색투명한 것이다. 서구 산업자본주의의 활발한 성상기에『돈의 철학』(1900)이란 유명한 사회학적 연구서를 남긴 독일 사회학자 게오르크 짐멜(Georg Simmel, 1858~1918)은 이 점을 아주 적절하게 다음과 같이 설명했다.

돈은 단순한 교환수단으로서는 전적으로 무성격이기 때문에 전적으로 통일적 성격을 지니지만, 다른 한편으로는 모든 다양한 행위와 즐거움으로 변한다. 돈은 또한 무색투명함 속에 스펙트럼의 모든 색들이 포함되어 있듯이 잠재적 형태로서 경제생활의 모든 색깔을 그 자체 안에 결합시킨다. 즉 돈은 무수한 기능들의 결과와 가능성을 말하자면 하나의 점(点)에 집중시킨다. 왜냐 하면 돈은 장래의 다양성 뿐만 아니라 과거의 다양성도 포함하고 있기 때문이다.
　　— 짐멜〈社會的 分化論〉, 『デュルケーム · ジンメル』中央公論社 1980
　　p.534

짐멜의 돈에 대한 관찰은 마르크스의 그것과 다르지 않다. 마르크스는 돈의 등가성의 특징 중 만능의 신이란 측면을 부각시킨 데 비해 짐멜은 등가성의 다른 측면 즉 돈의 만능성으로 말미암아 빚어지는 돈의 '비천'함을 들춰낸 점이 색다르다. 요컨대 둘은 동일한 것을 서로 상이한 관점에서 언급한 것이다.

> 돈은 '비천'하다. 왜냐 하면 돈은 모든 것에 대한 등가물이기 때문이다.
> — 짐멜 지음 김덕영 윤미애 옮김 『짐멜의 모던이즘』 새물결 2005 p.22.

돈은 '경제생활의 모든 색깔'을 자체 안에 품고 있으므로 사실상 모든 가능성을 내포한다. 앞서 우리가 고찰한 기호가 텅 빈 것이어서 모든 의미를 함유할 수 있는 가능성을 지녔듯이, 그래서 텅 빈 기호를 우리가 공무(空無)의 것이라 불렀듯이 돈도 역시 그러하다. 그래서 돈은 그 자체의 무색투명함 속에 모든 가능성을 간직하고 있다가 돈의 소유자를 향해 그 가능성의 문을 활짝 열어놓는다고 짐멜은 보았다. 그에게는 개별적인 것, 개성적인 것은 고귀하고 더 값진 것으로 보인다. 그에 반해 모든 것에 차별 없이 골고루 적용되는 돈, '아무나 상대하는 창기'와 같은 돈은 그 등가적 교환매체의 특성으로 말미암아 개성적인 것의 높은 가치를 상실함으로써 비천한 것으로 하향조정되고 만다. 돈에 의해서 비천한 것, 추한 것이 얼마든지 고귀한 것, 아름다운 것으로 될 수 있지만 다른 한편에서 돈은 고귀한 것, 아름다운 것을 얼마든지 비천한 것, 추한 것으로도 만들어버릴 수 있는 아주 고약한 성질을 지니고 있다. 돈의 이런 성질에 대해 짐멜은 '다수가 동일하게 가진 것은 그 가운데 가장 낮은 것과 동일하게 되며 따라서 가장 높은 것은 가장 낮은 것의 수준으로 끌어내려 진다'고 말했다. 이것은 돈에 의한 모든 것의 악평등화를 의미한다.

돈의 '창기'적 성격과 돈의 '비천한' 교환행위가 우리의 주변 환경에서 어떤 구체적인 상품거래로서 실현되는지, 그 실례를 나는 역력히 기억하고 있다. 남대문 시장이나 이태원 상점 거리에 가면 우리는 '짝퉁'이라는 불리는 가짜명품들을 싼값에 얼마든지 살 수 있다. '짝퉁'은 그것이 영국의 바바리이건, 이탈리아의 프라다·페라가모이건, 프랑스의 루이 뷔통·크리스티앙 디오르이건 간에 브랜드의 차이에 구애 받지 않고 무차별적으로 돈으로 교환된다. 다시 말해서 돈은 브랜드의 다름에 따라 '짝퉁'끼리를 차별하지 않으며 또한 '짝퉁'과 진품을 구별하지도 않는다. 돈은 소유자의 욕구에 충실한 종복으로서 순종할 따름이다. 소유자가 가격표를 브랜드 물품의 곁에 달고 다니지 않는 한 돈은 10만 원이란 헐값에 산 '짝퉁'과 1~2백만 원짜리 진품을 차별하지 않는다. 실제로 그 둘을 쉽게 구별할 수도 없다. 이처럼 돈은 대상에 대해 '아무나 상대하는 창기'처럼 무차별적으로 응대하는 보편적인 속성을 가지고 있으므로 진품을 사기 어려운 재정적 처지의 사람들에게 짝퉁을 갖게 해줌으로써 그들의 공허한 욕망을 얼마 쯤 채워줄 수 있다. 그래서 짝퉁은 진품의 버추얼 리얼리티가 된다. 짝퉁은 '진품이 아닌 진품'으로서 행세하는 것이다. 그것은 돈에 의해 가능해진 일이다.

한 브랜드의 진품은 같은 디자인, 같은 품질의 제품이 소량으로 출시(出市)될 때에만 그 희귀성으로 인해 높은 가치를 인정받으며 또한 그 가치가 지속적으로 유지된다. 하지만 진품이 다량으로 시장에 나돌게 되면 대량 유통에 의한 희귀성의 상실로 말미암아 그것의 가치는 내려가게 마련이다. 이 원리는 '짝퉁'에도 적용된다. 짝퉁도 소량 유통이 이뤄질 때라야만 비로소 그 나름의 제값을 유지할 수가 있다. 그래야만 짝퉁은 '진품 아닌 진품'으로서의 품위를 유지하며 과시할 수 있다. 대량으로 출시되어 누구나가 헐값에 짝퉁을 살 수 있다면 그 가치는 급락한다. 1990년대 초반의 어느 해 남대문 시장에서 대량으로 팔린 바바리 짝퉁들(트렌치코트, 샤스, 마풀러, 우산 등)이 거리에 지천으로 출현한 적이 있다. 그러자 해외 여행중에 런던이나 뉴욕에서 진품을 산 사람들은 외출할 때 자신이 소지한 바바리 진품을 몸에 걸치기를 꺼려하는 진풍경이 연출되었다. 짝퉁들의 범람은 짝퉁 자체의 평가절하는 말할 것도 없고 진품의 가치와 품위마저도 하락시키는 사태를 빚어냈다. 진품의 소유자는 짝퉁으로 인해 '비천해진' 진짜를 입고 거리에 나타나고 싶지 않았으며 짝퉁의 소지자는 그들대로 진품의 비천함에 비례하여 '비천해진' 자신의 처지를 남 앞에 드러내고 싶지 않았다. '비천함'의 악평등화는 진품과 짝퉁 양쪽에서 발생한 것이다.

유명 브랜드의 짝퉁이 가르쳐 주듯이 돈의 무차별적 구매(교환행위)는 물건의 가치를 악평등화의 길로 내몰고 만다. 이것이 돈에 의한 구매 대상의 비천화인 동시에 구매자의 비천화이다. 구매자의 비천화는 다른 말로 하자면 돈에 의한 인격의 비천화와 그 맥이 닿아 있다. 소유로부터 소외된 자본주의적 시장체제하의 현대인이 자기 노동력을 팔지 않으면 생계를 유지하기 힘든 상황에서 그 사람은 소유자 또는 고용주에 대해 인격적인 굴종마저도 감내해야 하는 처지에 놓일 수 있다. 그 경우 그 사람은 인격적으로 비천해진다. 돈이 없는 사람은 그의 처지만이 비천한 것이 아니라 자신의 인격 그 자체마저도 비천해진다. 그래서 돈은 '비천한 것'이라는 짐멜의 경책을 우리는 진지하게 곱씹어보지 않으면 안 된다.

### 시공(時空)을 확대하는 돈

짐멜의 화폐분석을 근대성(modernity)의 분석에 응용한 사회학자는 아마도 앤서니 기든스가 효시일지 모르겠다. 온갖 상품과 서비스를 비인격적으로 치환하는 교환매체로서 돈이 지닌 무차별적 성격은 기든스에 의해 '화폐의 시·공간 확대수단' 이론으로 발전했다. 돈이 시·공간을 확대하는 수단이라 함은 시간과 공간의 측면에서 아무리 멀리 떨어져 있는 사람들 사이의 거래라 할지라도 그것은 돈에 의해 가능해진다는 것을 뜻한다. 국가가 지불보증을 하는 은행화폐(bank note, 예전의 상품화폐와 비교됨)는 생산물의 직접교환이 불가능한 경우 신용대부와 지불책임을 시간적으로 연결 짓는 수단이 된다. 기든스는 화폐가지닌 시·공간적 함의를 다음과 같이 말했다.

돈은 시간과 공간을 괄호로 싸서 하나로 묶는다.
— Anthony Giddens 『Modernity and Self-Identity』 1991 p.18.

돈은 신용수단—채무와 사후지불—이 되므로 먼저 물건을 갖고 가되 그 값은 나중에(미래에) 지불하도록 구매자에게 허용함으로써 구매자의 현재와 미래를 하나로 묶는다. 다시 말해서 돈을 매개로 하여 구매자의 현재 구매 행위와 미래 지불 행위는 하나의 동시성으로 연결되는 것이다. 또한 돈은 물리적으로 서로 대면하지 못하는 복수의 개인들 간의 거래도 허용하는 표준화된 가치를 지니고 있어 공간을 하나로묶는다. 즉 돈을 매개로 하여 한국의 현대자동차에 투자한 미국 투자자와 일본 투자자 그리고 한국 투자자들은 공간적으로 하나로 동시에묶이게 되는 셈이다. 이것은 3개국의 투자자들이 한정된 지역(국가)을뛰어넘어 현대자동차의 주주(株主)가 됨을 의미하는데 이로써 그들 각각은 현대자동차에 투자된 돈을 매개로 주주로서의 동일한 관계를 동시에 맺게 된다. 이런 관계를 맺어주는 것을 마르크스식으로 표현하면'무차별적 뚜쟁이'로서의 돈의 속성이라고 말할 수 있다.
'돈은 시간과 공간을 괄호로 싸서 하나로 묶는다(Money brackets time and space)'라는 문장의 '괄호로 싸서 하나로 묶는다(bracket)'란말은 원래는 은유적 표현이 담긴 단어이다. 수학의 인수분해에서 동류항(同類項) 끼리를 하나의 괄호로 묶는 경우와 마찬가지로 괄호로 묶인 시간과 공간은 하나로서 동일하다. 즉 괄호 안에 묶인 것들끼리는서로에 대해 무차별적인 성질을 지니게 된다. Dole표 파인애플 통조

림은 제조업자의 의사와는 전혀 독립적으로 언제든지 어떠한 나라 어떠한 사람에 의해서도 동일하게 무차별적으로 소비될 수 있다. 또한 미국 제약회사의 감기약은 한 달쯤 지나면 아프리카의 오지 주민들에 의해서도 차별 없이 복용된다. 이와 마찬가지로 돈은 시간과 공간을 지구 전역과 과거에서 미래로까지 확대하여 하나로 묶는 역할을 수행하는 것이다.

# 제3장
# 텅 빈 욕망의 바다

## 바벨탑, 언어에의 욕망인가? 문명에의 욕망인가?

바벨탑(the Tower of Babel)에 관한 유태인의 창세기 신화는 신이 인간에게 다양한 종류의 언어들을 만들어줌으로써 효율적인 의사소통의 길을 막아버린 내용의 이야기로서만 우리는 알고 있다. 그것이 보편화된 상식이며 창세기 해당 부분 읽기의 요체이기도 하다. 하지만 바벨탑은 다른 의미도 또한 우리에게 알려 준다는 점을 이 자리에서 말해야 하겠다.

바벨은 성서에 나오는 바빌로니아의 도시. 그곳에 정착해 살던 노아의 후손들은 탑을 쌓아 하늘나라에 도달하려는 엄청난 시도를 꾀했다.

이를 본 신은 인간의 무모한 도전에 격분했다. 신은 탑을 파괴했다. 뿐만 아니라 신은 앞으로는 인간이 더 이상 그런 짓을 하지 못하도록 그들에게서 한 가지 언어로써 서로 의사소통할 수 있는 능력을 영구히 박탈해버렸다.

우리는 바벨탑 이야기가 오로지 언어에만 국한된 하느님의 결정이 아니라는 것을 알아야 한다. 거기에는 언어의 영역을 훨씬 뛰어넘는 인간의 무한한 욕망을 지시하는 은유의 그림자가 짙게 드리워져 있다. 실제로 어떤 내용이 전개되어 있기에 상식적 이해를 넘는 해석이 가능한지, 우리는 먼저 구약성서의 바벨탑 이야기를 꼼꼼히 정독해보기로 하자.

(대홍수 이후 노아(Noah)의 후손들은 각지로 흩어져 씨족과 부족을 이뤄 살고 있었다. 그들이 사는) 온 세상이 한 가지 말을 쓰고 있었다. 물론 낱말도 같았다. 사람들은 동쪽에서 옮아오다가 시날 지방의 한 들판에 이르러 거기에 자리를 잡고는 의논하였다.

'어서 벽돌을 빚어 불에 단단히 구워내자.'

이리하여 사람들은 돌 대신에 벽돌을 쓰고, 흙 대신에 역청을 쓰게 되었다. 또 사람들은 의논하였다.

'어서 도시를 세우고 그 가운데 꼭대기가 하늘에 닿게 탑을 쌓아 우리 이름을 날려 사방으로 흩어지지 않도록 하자.'

야훼께서 땅에 내려오시어 사람들이 세운 도시의 탑을 보시고 생각하셨다.

'사람들이 한 종족이라 말이 같아서 안 되겠구나. 이것은 사람들이 하려는 일의 시작에 지나지 않겠지. 앞으로 하려고만 하면 못 할 일이 없겠구나. 당장 땅에 내려가서 사람들이 쓰는 말을 뒤섞어 놓아 서로 알아듣지 못하게 해야겠다.'

야훼께서는 거기에서 사람들을 온 땅으로 흩으셨다. 그리하여 사람들은 도시를 세우던 일을 그만두었다. 야훼께서 온 세상의 말을 거기에서 뒤섞

어놓아 사람들을 온 땅에 흩으셨다고 해서 그 도시의 이름을 바벨이라고
불렀다.

　— 창세기 11장 1—9절 '바벨탑 이야기', 바벨은 갈대아어로 '신의 문'이
　　라는 뜻이지만 '뒤섞어놓는다'라는 히브리어와 소리가 비슷해서 여기
　　서는 '혼란'이란 뜻으로 해석되었다고 〔공동번역 성서〕의 주석에는
　　씌어 있다.

바벨탑 이야기는 인간의 부질없는 욕망에 격노한 하느님이 단일 언어
에 의한 커뮤니케이션을 막아버린 알레고리로서 종종 인용되지만 질
리언 로즈(Gillian Rose)는 이를 〈언어와 건축의 알레고리(allegory)〉로
확대 해석한다(Rose의 논문 〈Architecture to Philosophy, the Postmodern
Complicity〉 1993).

　로즈에 따르면 바벨탑 이야기는 단순히 인간의 커뮤니케이션 상실
을 넘어서는 차원의 이야기이다. 그 이야기는 인간사회에서의 공동체
의 모습, 다양한 문화, 권력, 법 및 도덕성들 간의 갈등 양상, 그리고
지식을 포함한 문화연구의 주요 주제들을 망라한 것으로 이해된다. 로
즈에 따르면 바벨탑은 단지 건축공사 뿐 아니라 도시건설까지도 표상
하는 상징물이다. 도시란 사람들이 모여 사는 곳. 거기에 살게 됨으로
써 사람들은 비로소 문화를 갖게 되었다는 인식을 하게 된다. 도시는
문화를 생산하지만 도시에 사는 사람들은 오직 하나의 문화만을 갖지
않는다. 거기에는 다양한 문화들이 서로 갈등을 일으키며 존재한다.
그래서 어떤 사람들이 당연하다고 여기는 일에 대해 다른 사람들이 전
혀 동의하지 않는 사태가 종종 발생한다. 이것이 문화의 갈등이다. 문
화들이 대립하는 도시에서는 다른 문화에 속해 있는 사람들은 타자로
서 취급되며 차별받는다. 거기서 타자의 문화를 공격하는 사태가 발생
한다. 이러한 문화의 갈등과 대립 속에서, 달리 표현하자면 타자의 공
세로부터 자신의 독자적인 가치를 유지하고 지키려는 문화적 권력투

쟁의 과정에서 사람들은 문화적 존재로서 자아의식을 지니게 되며 주체성(subjectivity)을 양성하게 된다.

바벨탑 이야기의 포인트는, 아마도 모든 인간문화의 포인트는 탑의 도시에서 건축을 시작하는 순간부터 인간은 부도덕해지는 존재임을 지적하는데 있다고 보는 견해도 있다. 문화연구자의 견해가 그렇다. 바벨탑 이야기가 인간의 욕망을 표상하는 하나의 은유인 이상 그 이야기는 여러 갈래로 해석할 수 있다고 나는 생각한다. 그들의 다양한 해석들에 나도 또한 내 나름대로의 해석을 덧붙이고 싶다. 바벨탑 이야기는 다양한 문화들로 표상되는 인간의 한없는 욕망이 영원히 채워 질 수 없는 충족을 향해 하늘로 솟아오르다 마침내 꺾이고 마는 모습을 은유한다고 나는 해석하고 싶다. 구약성서의 신이 이미 그것을 말하지 않았는가?

이것은 사람들이 하려는 일의 시작에 지나지 않겠지. 앞으로 하려고만 하면 못 할 일이 없겠구나.

그렇다 사람들이 마음만 먹으면 못할 일이 없겠다는 신의 경고, 그 경고를 받은 인간이 '꼭대기가 하늘에 닿게' 쌓으려던 바벨탑의 구축은 그들의 문화적 욕망이 작동하는 원초적 시발점이다. 기독교 신앙의 지배 아래 형성된 유럽문화에서 바벨탑의 구축은 그런 문화에 대한 욕망, 문명에 대한 인간의 무한한 욕망을 지시한다. 하지만 바벨탑 이야기의 은유는 유럽문화에만 한정되지는 않는다. 그 은유는 비유럽문화권에도 적용될 수 있는 내러티브이다. 때문에 나는 이 장(章)의 첫 머리에 바벨탑 이야기를 감히 인용한 것이다.

'인간이 하려고만 하면 못할 일이 없겠구나'라고 말하는 신의 관찰과 판단은 무한대로 뻗치는 인간 욕망의 종착점을 모르겠다는 신의 선언이기도 하다. 바벨탑은 언어의 탑이라는 이름 아래 구축되기 시작한 구조물로서 우리 눈 앞에 출현하지만 그 정체는 문명의 발전을 지향하는 끝없는 욕망, 인간의 다양하고 다채로운 끝없는 욕망을 상징하는 탑이다. 다시 말해서 바벨탑의 은유를 통해 인간이 충족하려던 욕망은 온갖 것들이 '뒤섞여진' 욕망이며 '혼란'과 '혼돈'의 욕망이다.

## 황금이 소나기처럼 쏟아질지라도

'오리엔트(Orient, 서구 쪽에서 본 동방의 중동지역)' 지방의 어느 곳에서 탄생한 유태인 신화가 바벨탑의 내러티브를 가지고 인간의 끝없는 욕망을 묘사하고 있을 때 거의 같은 무렵 그 오리엔트보다도 더 먼 히말라야 산록의 남쪽 한 곳에서는 고타마 붓다가 텅 빈 욕망의 공간을 이야기하며 중생들에게 해탈의 길을 가르치고 있었다. 그의 가르침의 일부는 불교의 원시경전 가운데서도 비교적 초기에 편찬된 것으로 알려진 〈숫타니파타〉(經集=p.* Suttanipata, Sn)와 우리의 귀에 너무도 친숙한 잠언들의 모음집인 〈진리의 말씀〉(법구경=p. Dhammapada) 등에 담겨 있다.

> 황금이 소나기처럼 쏟아질지라도
> 사람의 욕망을 다 채울 수는 없다
> 욕망에는 짧은 쾌락에
> 많은 고통이 따른다.
> ― 법정 역 법구경 186

감각적 쾌락의 길에 들어서

---

*p는 pali어의 약호임.

욕망이 생겨난 사람에게

만일 감각적 쾌락이 충족되지 못하면

그는 화살에 맞은 자처럼 괴로워한다.

— 전재성 역 『숫타니파타』 Sn.767, p.392


'황금이 소나기처럼 쏟아질지라도……'의 은유가 말해주듯 사람의 몸에서 타오르는 욕망의 불길은 꺼질 줄 모른다. 꺼진 듯하다가도 다시 살아나곤 하는 모진 생명력을 가진 게 욕망의 불씨이다. 아무리 채워도 좀처럼 다 채워지지 않는 것이 욕망의 공간이다. 욕망의 공간은 참으로 공허하다. 공허하므로 광대무변하다. 무한한 욕망의 텅 빈 공간은 '그물처럼 뒤엉켜 있어'(법구경 180) 거기에 갇힌 인간을 풀어주지 않은 채 고뇌의 포로로 만들어 헤어나기 힘든 격랑 속으로 몰아가는 잔인한 성질을 지녔다. 인간은 욕망의 철우리(鐵檻철함=iron cage)에 갇힌 사나운 야성의 포효와도 같다. 철우리에 갇힌 인간은 번뇌와 고통의 늪을 정처 없이 그리고 쉴 새 없이 헤매는 가엾은 욕망의 노예다. 그는 언제나 '화살에 맞은 자처럼 괴로워한다.' 그 괴로움이 잠시 멈추면 그는 또 여전히 감각적 쾌락을 즐기려고 몸부림치는 '가슴 없는 향락인'이 된다.


### 욕망을 다스리라고 가르친 붓다

불교란 무엇이냐?

라는 물음은 스님이나 불교학자에 따라 몇 갈래의 답이 가능할지도 모른다. 나한테도 굳이 답을 묻는 다면—나는 비록 그 답을 말할 만큼 붓다의 가르침에 밝은 전문가도 독실한 수행자도 아니지만—이렇게 답하리라. 불교는 마음속에 내장된 본성=불성을 찾아 그것을 밝히며(明心) 마음씀씀이(用心)를 가르치는 종교라고. 불교는 절대자에 의지하여 저승에서의 구제를 믿는 종교라기보다는 자기 자신의 마음을 스스로의 힘으로 다스리는 종교라고 할 수 있다.

　마음씀씀이를 바르게 하여 마음을 다스리고 마음의 본성을 밝힌다면 그것은 곧 자신의 욕망을 다스리는 길을 배우게 되리라. 그것이 깨침을 얻는 길로 나아가는 첫걸음에 다름 아니리라. 요컨대 불교는 욕망을 다스리는 종교라고 단순화할 수도 있다. 불교가 욕망을 다스리는 종교라 함은 탐진치(貪瞋痴) 즉 무언가를 한없이 탐내는 욕망(貪欲탐욕)과 사소한 일에도 벌컥 화를 내어 성질을 부리는 일(瞋恚진에)과 붓다의 가르침을 모르는 무명의 어리석음(愚痴우치, 無知무지), 이 세 가지 독(三毒)을 스스로 제거하기 위해 수행정진하라는 가르침 중에서도 탐욕을 으뜸으로 꼽은 사실을 보아도 알 수 있다. 탐진치를 독에 비유한 불교의 가르침 중 욕망 다스림을 내가 이 자리에서 특별히 강조한다고 해서 불교를 금욕의 종교로서 낙인찍으려는 의도는 없다. 종교 치고 금욕을 가르치지 않는 종교가 이 세상 어디에 있으랴마는 몇몇 보편종교들 가운데서도 유독 불교는 욕망의 헛됨, 실체가 없는 욕망의 텅 빔을 어느 종교보다도 두드러지게 경책하는 종교임에는 틀림없다.

### 성애가 담긴 욕망

　욕망은 산스크리트어로 kama이며 영어로는 desire로 번역된다. kama는 인도인의 저 유명한 '성애(性愛) 경전'인 『카마수트라』(Kamasutra, 성애의 경)가 의미하는 바와 같이 원래는 애욕(愛慾)을 지칭하는 말이었다. 그러나 한국, 중국, 일본의 숫타니파타와 법구경 번역자들은 이것을 욕망 일반을 가리키는 용어로서 굳혔다. 이 점을 지적하는 것은 kama가 욕망으로 번역된 것이 잘못되었음을 꼬집으려 하는 것이 아니라 산스크리트어 kama는 성애의 뜻이 담긴 욕망임을 알리기 위해서이다. 위 인용문 중 욕망을 언급한 대목에서 어김없이 '감각적 쾌락'이 수반하는 것은 그 때문이다.

　욕망을 인간의 오관과 떼어놓고 말할 수는 없다. 고타마 붓다를 비롯한 고대 인도인들은 욕망의 원천이 인간의 오관에 있다고 보았다. 그렇지만 그들은 오관과 연결된 신체의 감각적 쾌락의 범주에서만 욕망을 한정시켜 살피지는 않았다. 욕망이 일어나게 하는 대상(object)의 측면에서도 그들은 욕망을 관찰했다.

일본 불교학계의 거장 중 한 사람이던 고 나카무라 하지메(中村元, 1912~1999)에 따르면 고대 인도인은 '농토, 대지, 황금, 소와 말, 노비와 하인, 부녀와 친족' 등을 욕망의 주요 대상에 포함시켰다. 이들 욕망의 대상들은 고대 노예제사회에서는 대단히 중요한 생산수단과 노동력인 동시에 그것들 자체가 곧 재산과 권력을 상징하는 물질적 지표였다. 그러므로 현대인들과 마찬가지로 인도인들에게도 누구나가 가장 탐내는 욕망의 대상은 부와 권력 그리고 생산수단이었음을 알 수 있다. 그렇다고 그들이 사회적 권위와 명성을 탐내지 않은 것은 결코 아니다. '농토와 대지, 황금, 소와 말, 노비와 하인, 부녀와 친족' 등을 많이 소유한 사람은 그와 동시에 사회적 권위와 명성이 수반되는 필연적 효과를 얻었으므로 그러한 욕망의 대상들에는 사회적 권위와 명성도 포괄되어 있었다.

> (감각적) 쾌락의 종류는 다양하고 달콤하고 즐거우니
> 여러 가지 형상으로 마음을 혼란시킨다.
> 욕망의 가닥들에서 이러한 위험을 보고
> 코뿔소의 외뿔처럼 혼자서 가라.
>
> 이것이 내게 고뇌이고 종기이고
> 재난이며 질병이고 화살이고 공포이다
> 욕망의 가닥들에서 이러한 두려움을 보고
> 코뿔소의 외뿔처럼 혼자서 가라.
> — 전재성 앞의 책, Sn. 50~51 pp.83~84

## 화려하게 치장한 욕망의 기호들

숫타니파타는 욕망의 대상이 매우 다양하다는 것을 가르친다. 욕망의 대상이 다양하면 인간은 어느 것에 선택적 우선권을 두어야 할지 갈팡질팡하게 된다. 인간을 부르는 욕망의 대상들의 손짓이 다채로우므로 선택의 눈은 어지러워진다. 욕망을 유혹하는 대상의 손짓은, 기호론으로 풀이하면, 인간의 오관을 자극하는 기호(sign)들의 현란한 향연이다. 아침에 일터로 가기 위해 거리에 나서면 우리는 각양각색의 간판들의 무질서한 난무(亂舞)를 보고 우선 질린다. 그쯤에서 멈추는 게 아니라 어지럼증을 느낄 때도 있다. 간판들의 모양과 색깔이 어쩌면 그렇게 다채로운지, 그저 놀랄 따름이다. 우리의 욕망의 가슴을 막무가내로 열어젖히려고 기호들이 날마다 벌이는 유혹의 잔치놀음은 무엇을 의미하는가? 그것은 마치 짝짓기를 하려고 암컷을 꾀는 야생 조류 수컷의 화려한 몸치장 · 교태부리는 몸놀림과도 같다.

욕망의 기호들이 부리는 교태에 우리가 걸려드는 일은 별로 어렵지 않다. 우리는 욕망의 무한한 공간이 해방된 시대에 살고 있으며 언제나 거기에 노출되어 있으니까. 하지만 밑 빠진 욕망의 항아리는 아무리 채워 넣어도 결코 채워지지 않는다. 언제나 여분의 결핍이 남아서 우리를 괴롭힌다. 하나의 욕망은 다른 욕망을 다시 불러오기 때문이다. 소문난 잔칫집에 먹을 게 없다는 속담의 교훈이 현란하게 치장한 욕망의 광고 카피(copy)에서 입증되는 허망한 결과를 성찰했을 때는 나이가 들어 우리의 육신이 이미 쇠잔해졌을 때이다. 그때는 너무 늦다. 좀 더 일찍 우리는 욕망을 다스리는 법을 익혔어야 했다. 요란한 간판에다 구미당기는 광고 문구를 과시하는 식당치고 음식 맛을 인정받는 집은 흔치 않다. 마찬가지로 욕망의 기호들도 화려한 치장을 한 것일수록 그것은 속 빈 강정이다. 욕망의 가닥들이 혼란스럽고 어지러울수록 그것들은 위험이요 두려움이다. 숫타니파타는 그것을 우리에게 가르친다.

욕망의 가닥들에서 이러한 위험을 보고
코뿔소의 외뿔처럼 혼자서 가라.
욕망의 가닥들에서 이러한 두려움을 보고
코뿔소의 외뿔처럼 혼자서 가라.

'코뿔소의 외뿔처럼 혼자서 가라'라는 가르침이 비단 수행자에게만 내리는 경책은 결코 아니리라. 우리 범인들에게도 해당하는 붓다의 엄숙한 경책이다. 코뿔소의 외뿔처럼 어지러운 욕망의 거리를 의연히 걸어가자. 소매를 붙잡는 유혹에 속절없이 끌리지 말고.


## 라캉의 욕망, 가없는 판타지의 세계


### '~하(이)고 싶다'의 늘 부족함

'남이 소유하고 있는 것과 다름없는 좋은 집을 강남지역에 갖고 싶은데……', 'TV에 나오는 인기 스타가 입고 있는 저 멋진 옷을 나는 입으면 안 되나?', '사랑하는 연인과 함께 무드 좋은 유명 레스토랑에서 프랑스제 고급 와인에 맛있는 디너 요리를 먹고 싶으니 금주는 아르바이트로 번 돈을 알뜰히 모아두자.' '연말이면 고아원이나 양로원에 흔쾌히 성금을 듬뿍 내고 동창회 모임 때에도 한 턱 크게 쓰더라도 가계에 별지장이 없을 정도로 돈 많은 부자가 되고 싶다.'

이처럼 '~을 하고 싶다' '~이 되고 싶다'라는 소망이 요컨대 욕망이다. 이러한 욕망은 종류와 정도의 차이는 있지만 누구에게나 언제나 있으며 언제나 발동한다. 하지만 욕망이 사람에게서 발동하는 대로 충족되지는 않는다. 이 사실도 우리는 경험을 통해 잘 안다. 특정한 남자 또는 여자를 대상으로 정해서 '나는 저 사람을 사랑하고 싶다' 라며 욕망의 불을 아무리 지핀다고 해서 그 욕망은 자신의 원하는 대로 수월하게 달성되지도 않을뿐더러 설사 달성된다 하더라도 그것은 일시적일 뿐, 일단 달성되었다고 생각한 찰나에 곧바로 어딘가 부족한 느낌이 마음 한 구석에 웅크리고 있음을 다시 의식하게 되는 것, 그것이 욕망의 정체이다. 욕망은 언제나 결핍의 상태로 우리를 유혹한다.

만일 사랑하는 사람을 아내 또는 남편으로 만나 결혼하여 사랑의 욕망을 완전히 충족했다면 왜 그들은 백년해로는 고사하고 단 몇 년 만에 아니 단 몇 달 만에 헤어지는 것일까? 그들은 서로 진정으로 사랑하지 않았기 때문이라고 말할는지 모르나 그것은 진실을 말하지 않는 답이다. 사랑의 불길은 순간적으로 달아올랐다가 얼마 안 가 사그라질 수도 있으니까 하는 말이다. 그래서 노부부의 금혼식 행사를 우리는 대단히 높이 평가하며 찬양한다. 그들은 시들해지기 쉬운 배우자에 대한 사랑을 서로 이해(理解)와 너그러움으로 감싸 안는 지혜와 성실함을 가지고 50년 동안 함께 키워왔기에 그렇게 오랫동안 함께 산 것이다. 그들 노부부는 미움도 사랑이고 싸움도 사랑 때문임을 몸으로 터득한 사람들이다.

벼르고 벼른 끝에 비싼 값을 치르고 산 핸드백이 얼마 안 가서 싫증 나고 다시 새 핸드백을 갖고 싶어 하는 여자의 마음을 단지 허영심이라고만 탓할 수는 없다. 불경이 가르치듯 원래 욕망은 채워도 채워지지 않는 영원한 부족과 결핍 그 자체이기에. 욕망은 손아귀에 잡힐 듯 잡힐 듯하면서도 끝내 쥐어지지 않는 신기루 같은 존재이며, 손바닥 안에 담았다 싶으면 금방 손가락 사이로 빠져 달아나는 물과 같다. 욕망과 결핍은 하나의 실체에 대한 진실을 가리키는 두 얼굴이다.

### 욕망은 존재의 결핍

자크 라캉(Jacques Lacan, 1901~1981)은 욕망을 존재의 결핍(缺乏, the

lack in being)라고 규정했다. 욕망은 인간존재에 있어서 원천적으로 본래의 결핍 그 자체를 가리킨다 라는 뜻이다. 정신분석의 창시자인 '프로이트로의 회귀(回歸)'를 제창하면서 주목받기 시작한 라캉은 독일인 스승 지크문트 프로이트 (Sigmund Freud, 1856~1939)의 욕동(欲動, Trieb=drive)이론을 재해석한 결과, 그것을 토대로 자신의 욕망(desire)이론을 전개했다.

라캉에 의하면 욕동은 본능(instinct)과 구별된다. 본능은 새나 짐승의 성행위에서 보듯이 계절적이며 한시적일 수도 있지만 욕동은 그렇지 않다. 욕동은 사시장철 365일 내내 인간 주체를 '추동(推動)하는 항상적인 힘(a constant force)'이다. 이 항상적인 힘에 의해서 인간은 욕구(need)를 일으키고 욕망을 발동시킨다. 라캉은 욕망을 욕구와 구별하여 설명했지만 여기서는 상세한 구별의 내용은 언급하지 않겠다. 다만 욕망이든 욕구이든 그것은 어떤 대상을 지향하기 마련인데 욕구는 식욕이나 갈증처럼 추구하는 대상은 얻으면 금방 충족되지만 욕망은 〈달성되리라고 기대했던 만족〉과 〈만족이 달성된 결과〉 사이에 언제나 불일치를 느낀다 라는 점만을 양자의 차이로서 지적해 두기로 하겠다. 라캉은 이 사실을 정신분석의 임상경험을 통해 터득했다. 기대했던 만족과 그 결과 사이에 존재하는 매워질 수 없는 골(谷, gap), 모자라는 부족과 결핍, 그것이 곧 욕망을 시동하는 원동력이 된다. 그러므로 욕망은 애당초부터 결핍 그 자체인 것이다.

### 욕망은 의미의 문제

프로이트 이전에 욕망을 설명하는 전통적인 심리학 이론은 생물학적인 본능 이론에 입각하는 일이 많았다. 그러나 프로이트의 정신분석이 보여주는 바와 같이 20세기의 사회과학과 문화연구의 성과는 점차 욕망을 생물학적 본능으로서 파악하려는 전제에서 벗어나 욕망을 의미의 문제로서 고찰하게 되었다. 실제로 프로이트는 히스테리 환자의 임상치료에서 환자의 증상을 신체에 나타난 〈욕망의 의미〉의 문제로서 이해했으며 그런 의미의 문제가 욕망의 본질적 내용을 구성하고 있음을 발견했다.

　여기서 설명하고자 하는 욕망은 프로이트가 말한 성적 욕망에 한정되지 않는다. 욕망은 언어나 기호에 기초한 의미의 차원과 인간의 신체—감각기관으로서의 몸—와의 사이에 생기는 문제이므로 현대 소비사회에 있어서의 상품, 광고, 미디어와 인간의 몸 사이에 발생하는 광범위한 욕망까지를 두루 포괄한다. 욕망의 문제는 의미의 차원에서 취급할 가치가 충분히 있는 테마다.

　예컨대 욕망과 의미의 연관 문제를 '배가 고프다. 삼계탕을 먹고 싶다'라는 말에서 찾아보기로 하자. 이 어구(語句)는 두 말 할 필요도 없이 우리 자신의 욕구를 나타낸다. 욕구는 특정적으로 지목된 대상을 획득하려 하며, 일단 그것을 획득하면 그 자리에서 충족되며 얼마 동안은 다시 찾지 않는다. 그러나 욕구가 기호학적인 체계(라캉의 상징세계. the Symbolic)로 들어오면, 다시 말해서 기호 의미의 세계로 들어오면 그것은 욕망으로 변하며 궁극적으로는 영원히 충족되지 않는 결핍이 된다. 유명한 프랑스식 레스토랑에서 비싼 디너를 먹는 것은 저녁 무렵의 배고픔을 채워주는 욕구 충족의 행위인 동시에 프랑스 요리에 부여된 문화적 의미를 소비하는 행위이기도 하다. 그러므로 그것은 욕구 충족인 동시에 욕망의 추구인 셈이다. 강북에서 값싼 아파트를 사지 않고 강남에서 값비싼 아파트를 굳이 사려는 중년 주부의 소망은 단지 거주 편의와 효용만을 추구하는 것이 아니라 아파트의 문화적 의미까지를 획득 소유하려는 욕망이다. 그러므로 욕망은 문화 속에 배양되며 문화 그 자체를 소비한다. 욕망의 문화 소비에 의해서 문화는 다시 재창조되는 것이다. 이것이 현대 소비사회에서의 문화회로(cultural circuit)다.

## '잃어버린 대상'을 찾는 판타지

벤츠 자동차는 보편적 의미에서 다른 자동차와 다름없는 유용한 교통수단임에 틀림없다. 그것은 분명 가솔린을 연료로 사용하여 엔진 속의 피스톤들을 움직이게 한 다음 그 움직임에 의해 발생하는 동력으로 달리는 교통수단이다. 이것이 벤츠의 외연적 지시적 의미(denotation)다. 그런데 이러한 외연적 의미와 함께 벤츠 자동차가 문화적 의미가 부착되는 기호의 세계로, 달리 말하면 상징적 질서체계의 세계로 들어오면 내포적 의미(connotation)를 지닌 욕망의 기호—엄밀히 말해서 욕망의 시니피앙—로 바뀐다. 내포적 의미를 지닌 기호로 변할 때 벤츠는 소유자의 사회적 지위를 상징하는 표기물(status symbol)이 되며 다른 국산 자동차들과 구별되는—의미의 차이를 발생시키는—욕망의 시니피앙이 되어 돈 많은 소비자의 구매수요를 자극하게 된다. 자동차를 갖지 않던 사람이 어렵게 모은 돈으로 소형 경자동차를 할부로 사면 그 사람은 초기에는 그 작고 귀여운 소형차의 소유에 잠시 동안 흡족해 한다. 매일 아침 출근길에 또는 퇴근하여 귀가한 때에 그는 자동차 위의 먼지를 닦고 광택을 내는 일에 열중한다. 어렵게 소유한 경자동차의 가치를 그만큼 귀중하게 여기는 것이다. 그러던 그가 얼마만큼의 시간이 지나 금전적 여유를 갖게 되면 중형차를 소유하고 싶어지며 더 나중에는 더 비싼 고급형 승용차를 몰고 싶어지는 것은 무슨 연유에서일까?

그 해답은 인간주체의 채워지지 않는, 그래서 항상 결핍된 상태에 있는 욕망에 있다. 엄마의 자궁을 벗어남과 동시에 엄마와 또다시 하나로 결합되고 싶어 하는 유아의 욕망이 결코 달성될 수 없는 영원한 원초적 결핍인 것처럼 인간의 욕망은 본디 다시 찾을래야 찾을 수 없는 '잃어버린 대상'—즉 탯줄이 잘리면서 분리된 엄마의 몸—을 좇는 결핍이다. '욕망은 인간 존재에 있어서의 결핍이다'라는 라캉의 명제는 이를 두고 하는 말이다. '잃어버린 대상'을 좇는다는 점에서 욕망은 판타지이다. '잃어버린 대상'은 다시 획득할 수 없으므로 존재의 결핍 속에 허덕이는 인간은 '잃어버린 대상'의 대용물을 끝없이 좇는다. 때문에 욕망은 어디까지나 판타지인 것이다. 욕망은 실물(the real thing)을 찾는 것이 아니라 실물의 대용물(substitute)을 찾는다. 대용물은 어디까지나 대용물일 뿐 욕망의 허기진 배를 채울 수는 없다. 대용물은 곧 허수아비이며 판타지다. 비슷하면서도 실제로는 같지 않는 것, 그것이 대용물의 속성이다.

## 욕망의 은유적 대용물

눈썰미가 있는 독자라면 이 대목에서 '대용물'이란 단어를 눈 여겨 보았으리라. 대용물은 실물을 대신하는 것, 영원히 실물이 될 수 없는 욕망의 대상이다. 그럼에도 인간은 대용물이 마치 실물인 것처럼 착각하고 대용물의 의미를 실물의 의미로서 욕망한다. 대용물은 실물과 비슷하게 보이지만 실물이 아니라는 점에서 실은 실물의 은유(메타포)이다. 두 개의 대상 사이에 존재하는 유사성의 관계, 등가성의 관계가 곧 은유를 의미한다는 점을 기억하는 독자라면 실물과 대용물 사이의 관계 역시 은유적 관계임을 쉽게 이해할 수 있으리라. 따라서 욕망의 주체를 유혹하는 것은 욕망을 채워주는 실물이 아니라 욕망을 채워주는 듯이 보일 따름인 은유적 대용물의 의미일 뿐이다. 곧 설명하겠지만 욕망의 주체가 욕망하는 대상—즉 기호의 껍데기=시니피앙—의 의미는 주체에 대해 은유적으로(metaphorically) 작동한다고 말할 수 있다.

은유적으로 작동하는 욕망의 대상 아니 욕망의 시니피앙에 대해 우리는 우리의 옛 시조 한 수를 통해 살펴보기로 하자.

벽오동 심은 뜻은 봉황을 보렸터니
내 심은 탓인지 기다려도 아니 오고

밤중만 일편명월만 빈 가지에 걸려세라.
― 작자 미상

『우리의 옛시조 여행』(이광식, 가람기획 2004)에 따르면 '벽오동 심은 뜻'이란 한 번 날개 치면 구만 리를 난다고 하는 전설의 새 봉황이 깃드는 것을 보고 싶어 하는 마음이다. 그러므로 '벽오동 심은 뜻'이라는 오동(梧桐) 식수자의 욕망은 전설이 가르쳐주는 바와 같이 '봉황의 도래와 오동나무에서의 둥지구축'라는 욕망의 대상을 추구한다. 이 경우 벽오동과 봉황은 오동 식수자라는 욕망의 주체에 대해 각기 은유적으로 의미를 작동시키는 시니피앙들이 된다. 풀어서 말하면, 지체가 높은 사람의 사회적 위치와 권위를 은유적으로 상징하는 봉황과 그런 상서로운 새가 벽오동나무에 찾아와 둥지를 튼다는 것은 욕망의 주체에 대해 벽오동을 심듯이 젊어서 청운의 큰 뜻을 세웠다는 것을 은유적으로 표상한다는 뜻이다. 그래서 시조의 중장(中章) '내 심은 탓인지 기다려도 아니 오고'는 큰 인물이 되려고 한 청운의 뜻이 주체의 박덕한 탓인지 달성되지 않았음을 은유한다. 그리고 나서 '한밤중에 한 조각의 밝은 달만 오동나무 가지에 쓸쓸히 걸렸구나'라는 종장에서 욕망의 주체는 달성되지 않는 꿈―욕망―을 탄식한다.

### '나'의 욕망은 곧 남의 욕망

이 대목에서 우리가 주목해야 할 점은 '욕망의 대상'이란 말 가운데 그 '대상'이 어떤 구체적인 물(物, thing)을 가리키느냐 하는 것이다. 욕망은 그것의 충족을 위해 구체적인 대상을 지향하는 듯이 보이지만 깊이 따지고 보면 대상의 이미지―판타지―를 좇는 것으로 낙착되는 것을 우리는 경험으로 알고 있다. 대상으로서의 物은 사라지고 그 자리에는 기호로서의 物, 그것의 피상적 이미지만이 대신 들어서 있을 뿐이다. 그래서 욕망은 대상 그 자체를 지향하기보다는 대상이 지닌 피상적 이미지, 대상에 대해 인간이 부여한—또는 이름 붙인—시니피앙의 의미를 좇는 인간의 탐욕을 가리킨다.

만일 욕망이 대상물 자체와 필수적으로 직결되어 있다면 '가솔린으로 가동되어 움직이는 금속 제품의 교통수단' 쯤에서 자동차를 지향하는 욕망은 멈춰서야 마땅하리라. 그런데 실제로 욕망은 '가솔린으로 가동되어 움직이는 금속 제품의 교통수단'만을 지향한다기보다는 그 '금속 제품의 교통수단'에 부착된, 정확히 표현하자면 나를 포함한 많은 사람들이 거기에 부여한 문화적 의미 즉 사회적 지위를 표시하는 욕망의 시니피앙(기호의 겉모습)을 향하여 발동하는 것이다. 자동차라는 시니피앙의 사회적 문화적 의미는 경천동지할 일이 발생하더라도 '나는 코뿔소의 외뿔처럼 고고하게 내 길을 간다'는 의연한 자세로 나 자신에 의해 부여된 것이 아니다. 그것은 나 밖의 세상 사람들과 그 사람들이 사는 사회체제(자본주의 시장경제체제)에 의해 정해진 문화적 가치이며 의미다. 그러므로 욕망이 지향하는 시니피앙의 의미는 나 밖에 있는 타자에 의해 결정되어 타자의 욕망으로서 우리 앞에 다가오는 것이다. 그래서 '인간의 욕망은 타자의 욕망'이라고 일컬어진다. 그런데 '타자의 욕망'은 타자의 것으로만 머물지 않고 결국에는 나의 욕망으로 귀결된다. 왜냐 하면 타자의 욕망, 타자를 위한 욕망은 타자에 의해 내가 욕망되어지기를 바라는 욕망이기 때문이다.

이상의 설명만으로는 부족하다고 여기기에, 우리는 '인간의 욕망은 타자의 욕망'이라는 라캉의 저 유명한 명제의 의미를 좀 더 자세히 들여다보아야 할 듯하다. 상식의 수준에서 보면 욕망은 우리 자신에게서 발생하는 것으로 이해된다. '나'가 없는 욕망, '나'라는 주체가 없는 욕망이 있을 수 없다는 주장은 얼핏 듣기에 진실인 듯이 보인다. 하지만 새로 유행하는 옷을 입은 이웃집 아주머니를 보고 나도 그 옷을 사고 싶은 욕망이 일어났다면 그 욕망의 진앙(震央)은 나가 아니고 아주

머니 즉 나 밖의 타자=남이다. 유행은 비단 의복에만 국한되지 않는다. 미술품 수집에도 유행이 있다. 십여 년 전에는 소치(小痴), 의제(毅齊), 남농(南濃), 청전(青田), 운보(雲甫) 등의 한국화(韓國畵)가 애호가의 수집 표적이 된 적이 있었지만 요즘에는 박수근 이중섭 등 서양화가가 단연 인기의 정상에 있다. 그 바람에 한국화가들은 창작품의 제값을 받기가 어려워졌다는 얘기가 화랑가에서 들린다. 이를 보면 그림 수집에의 욕망은 '나'의 욕망을 따르는 것이 아니라 '남'의 욕망, 타자가 만든 유행의 물결을 타는 것임을 알 수 있다.

그렇다면 타자의 욕망은 어떻게 '나'(주체)의 욕망으로 작용하는가? 욕망이 작동하는 사회적 문화적 문맥을 고찰하면 '나'는 남에 의해서 욕망되어지기를 욕망하는 존재(a being who desires to be desired by the other)이다. 아침에 출근할 때 내가 고르는 옷의 코디, 와이셔츠와 넥타이의 색깔은 '나'의 선택이지만 동시에 그것은 실은 아내의 바람이며 '나' 밖의 외부 세계에서 유행하는 컬러에 따른 아내의 선택이기도 하다. 내가 매고 나가는 봄철의 꽃무늬 넥타이는 '나'가 즐기는 '나'의 욕망에 따른 선택이라기보다는 밖에서 '나'를 보는 젊은 여성들이 선호하는 색깔이다. 그렇다면 그것은 곧 타자의 욕망에 따른 선택이 된다. 남들이 바람직하다고 여기는 색깔을 내가 받아들임으로써 '나'는 남의 욕망을 나의 신체에 표현할 뿐인 것이다.


## 시니피앙의 네트워크, 의미작용의 고리(連鎖)


'인간의 욕망은 타자의 욕망'이라는 명제가 가장 알기 쉽게 표현되는 사례는 아마도 광고가 아닐까 한다. 광고는 그것이 인간의 소비욕망을 어떻게 부채질하는가를 분석하는 데 있어서 매우 유용한 도구다. 좀 더 확대 해석한다면, 욕망의 시니피앙들이 편만(遍滿)한 현대 소비 사회에서 그것들은 인간 주체에게 어떻게 작용하는가를 규명하는 데 에도 매우 유용한 분석 도구가 된다.

    '아! 옻닭
    마침내 옻을 벗다'

    옻이 옮지 않는 목우촌 즉석안심 옻닭 탄생!
    전통닭의 맛과 효능은 그대로 살렸습니다.
    우리나라 최고의 전통 웰빙음식 — 옻닭
    그동안 옻이 일으키는 알레르기 때문에 누구나 쉽게 즐길 수 없는
    아쉬움이 있었습니다.「목우촌 즉석안심 옻닭」은 전통 옻닭의
    뛰어난 맛과 건강효능은 그대로 살리면서 옻의 알레르기 성분만을
    완전 제거했기 때문에 누구나 안심하고 드실 수 있습니다.

    올 삼복 무더위엔 맛있고 어디서나 간편하게 즐길 수 있는
    전통 고급 보양식 목우촌 즉석안심 옻닭으로 몸보신 하세요.
    — 농협 목우촌(조선일보 2006. 7.27 전면광고)

  2006년 삼복더위 한복판인 7월 30일의 중복을 겨냥하여 어느 신문 의 한 면 전체에 실린 농협 목우촌의 옻닭 광고는 상단에 레그혼 수탉 이 분홍색 외투를 훌렁 벗어던지는 몽타주 컬러 사진이 있고 하단 오 른쪽에는 소비자의 식욕을 돋우기에 충분할 만큼 뚝배기 그릇에 담긴 옻닭삼계탕 컬러 사진이 실려 있다. 광고 전체는 '독이 제거된 옻닭삼 계탕＝안심되는 웰빙음식'이라는 시니피앙을 가지고 잠재소비자(주 체)에게 메시지를 전한다. 여기서 '독이 제거된 옻닭삼계탕'은 주체의

욕망을 대신하는 시니피앙이 된다. 라캉의 욕망이론을 따르면 그 시니피앙은 욕망의 주체 그 자체를 대신(substitution)한다.

이 광고가 욕망의 주체에게 던지는 메시지들—시니피앙들(Sn)의 연결고리로 표현된 의미들—은 대략 다음 여섯 가지로 압축할 수 있다.

> 목우촌 옻닭($S_1$),
> 삼복더위의 보신음식 삼계탕($S_2$),
> 옻(옷)을 벗은 옻닭($S_3$),
> 분홍색 옷(독)을 벗어던진 레그혼($S_4$),
> 간편한 웰빙음식($S_5$),
> 옻 알레르기로부터의 해방($S_6$) 등.

분석자에 따라 시니피앙들은 이밖에도 더 첨가할 수도 있다. 광고 제작자는 위에 열거한 시니피앙들을 가지고 욕망의 주체(Subject)로 하여금 삼복더위에 몸보신용으로 간편한 목우촌 옻닭삼계탕을 구매하려는 욕망을 자극하려 하고 있다. 이 광고에서 욕망의 시니피앙들($S_1 \sim S_6 \rightarrow Sn$) 각각은 소비주체에 대해 은유적으로 주체의 욕망을 대신한다. 목우촌 옻닭($S_1$)은 위 광고의 전체를 대표하는 시니피앙이지만 주체의 욕망을 백 퍼센트 대변하지는 않는다. 엇비슷하게 표상하고 있을 뿐이다. 붉은 옷을 벗어던지는 레그혼의 컬러 사진이 욕망의 주체를 대신하여 표상하는 목우촌 옻닭 광고는 사람에 따라 알레르기 반응을 일으키는 옻의 독성이 제거되었음을 알리는 메시지를 잠재 소비자에게 전달하고 있지만 이 메시지는 옻닭에서의 독성 제거를 엇비슷하게 묘사할 뿐 그것을 있는 그대로 여실하게 그려내지는 못한다. 그래서 메시지를 구성하는 시니피앙들 각각은 욕망의 주체에 대해 은유적으로(metaphorically) 옻닭의 의미를 대신할 뿐이라고 말하는 것이다.

요컨대 시니피앙 각각은 소비주체에 대해 은유적 관계에 있다고 보면된다. 목우촌 옻닭($S_1$)의 뒤를 잇는 시니피앙들 즉 삼복더위의 보신음식 삼계탕이나 옻(옷)을 벗어던진 옻닭, 간편한 웰빙음식 등도 각기 소비주체의 욕망을 엇비슷하게 대변할 뿐이다.

하지만 목우촌 옻닭에서 시작되는 일련의 시니피앙들($S_1 \sim S_6 \rightarrow S_n$)이 서로 엮어져 하나의 고리(chain)를 형성할 때 그 고리가 창출하는 의미는 욕망의 주체에 대해서 더욱 구미를 돋우는 의미작용을 하게 된다. $S_1 \sim S_6 \rightarrow S_n$들이 서로 이어져 만들어내는 시니피앙들의 고리를 전문용어로는 〈의미작용의 고리〉 또는 〈의미를 창출하는 고리〉(the signifying chain)라고 부른다. 목우촌 옻닭 광고에서 환유는 바로 이 〈의미작용의 고리〉를 통해 작동한다. 다시 말해서 시니피앙 $S_1 \sim S_6 \rightarrow S_n$들은 각기 서로에 대해 부분적으로 그리고 인접적인 관계에 의지하여 목우촌 옻닭의 의미를, 욕망의 주체를 대신하여 각기 표상하는 것이다. 그런 점에서 〈의미작용의 고리〉는 환유적으로(metonymically) 작동한다. 부분적인 인접관계가 서로 연결된다는 것은 $S_1 \sim S_6$의 각각이 지닌 의미가 목우촌 옻닭과 부분적 인접적으로 관계를 맺는다는 뜻이다.

위의 은유와 환유를 요약하면 은유는 각각의 시니피앙($S_1 \sim S_6$)들이 욕망의 주체(S)에 대한—또는 주체와의—관계에서 형성되는 비유이며 환유는 각각의 시니피앙($S_1 \sim S_6$)들이 이웃해 있는 서로 서로에 대해 각기 맺어지는 인접적 관계의 그물—즉 의미작용의 고리—을 통해 생산하는 비유적 의미라고 말할 수 있다. 다시 말해서 은유는 주체와 시니피앙들 간의 수직적 관계에 속하며 환유는 시니피앙들끼리의 수평적 관계에 속한다. 각각의 시니피앙과 욕망의 주체 사이의 수직적 관계는 서로 유사관계에 있기 때문에 은유적이다. 이 경우 하나의 시니피앙은 다른 시니피앙에 대해 욕망의 주체를 대신한다고 말한다. 왜냐 하면 각각의 시니피앙들은 그 어느 것을 택하더라도 욕망의 주체와의 사이에 유사관계를 형성하기 때문이다. 이에 반해 시니피앙들끼리 간의 수평적 관계는 위 광고의 키워드인 옻닭을 따라 인접적인 관계에 있으므로 주체의 욕망은 이 시니피앙에서 저 시니피앙으로 잇따라 의미를 옮겨가게 된다.

시니피앙(광고의 메시지)과 주체(S)와의 관계를 도해로 표시하면 다음과 같다.

$$\underline{S_1 \rightarrow S_2 \rightarrow S_3 \rightarrow S_4 \rightarrow S_5 \rightarrow S_6 \cdots \blacktriangleright S_n}$$
$$\$$$$

라캉의 욕망이론에 따르면, 이 도해의 상하 경계선에 있어서 아랫부분 S(욕망의 주체)에는 사선(斜線)이 쳐져 있다. 이는 주체의 욕망이 언제나 시니피앙과 시니피앙들($S_1 \sim S_6 \rightarrow S_n$)의 연결망(네트워크)을 통해서 밖에 표현되지 않으며 주체 그 자신은 스스로 자기 욕망을 표출하지 못한다는 것을 가리킨다. 그래서 주체는 자기 이외의 남 즉 타자— 여기서는 시니피앙들—를 통해서만 자기 자신을 표현할 수 있을 뿐이며 그래서 주체의 욕망은 언제나 타자의 욕망이라고 말한다. 타자의 욕망이란 바꿔 말하면 시니피앙(들)의 욕망이다.

옻닭 광고 하나만을 가지고도 우리는 광고에 의해서 즉 타자에 의해서 우리의 욕망이 대변(대표, represent)되는 현상을 발견한다. 하물며 날마다 TV와 신문 등의 미디어에 수없이 등장하는 광고들에 있어서랴. 날마다 우리의 욕망은 그 광고들에 등장하는 무수한 타자들—시니피앙들—에 의해 대변(대표)된다. 그 광고들을 유심히 들여다보고 있노라면 그 순간 욕망의 주체인 '나'는 광고를 보는 동시에 광고에 의해서 '나'가 보여짐을 감득할 수 있다. '나'의 욕망은 광고에 의해서 시동이 걸려, 구동하면서 소비를 향해 앞으로 내달리는 기관차와 같다. 마치 '나' 자신이 광고를 봄으로써 광고에 실려 비로소 살아 있는

것 같고 광고에 실려서 '나'의 삶의 보람을 느끼는 듯한 환각을 일으키게 된다. 그래서 현대인은 〈나는 쇼핑을 한다. 그러므로 나는 존재한다〉로 표현되는 시장지향적이며 타자지향적인 소비인간이 되고 말았다. 이들 소비지향적 인간은 합리적 이성의 소유자일까? 아니면 외부에서 주어지는 감각적 자극에 수동적으로 반응하며 움직이는 시장판의 얼간이일까?


# 즐거운 하우스트레일러 여행


## 생명의 안전과 하우스트레일러 여행

초가을 낮 승용차가 앞에서 견인하는 하우스트레일러(house-trailer) 한 대가 동해안 길을 간다. 승용차는 한 가족을 태우고 신바람나게 바닷가 도로를 달린다. 길이라기보다는 나무 판자로 만들어놓은 관광객들의 해안가 산책로라고 불러야 마땅하다. 하지만 하우스트레일러가 멈춰 선 산책로는 도로로 보인다. 파란 하늘에 구름이 시원스레 흘러가는 동해안의 초가을, 하우스트레일러 한 대만 갖고 있으면 금방 하던 일을 팽개치고 훌쩍 그곳으로 달려가고 싶은 욕망을 광고를 보는 사람은 가지기 쉽다. 하룻밤 오토캠핑을 즐기며 밤하늘의 별들과 가을 이야기를 속삭이고 싶다.

가족과 함께 여행을
가족의 안전을 지켜드리는 기술 속에도
보이진 않지만 삼양이 있습니다.
—life's ingredient SAMYANG —

삼양의 엔지니어링 플라스틱으로 만드는 각종 자동차 부품이 운전을 더욱 안전하게 해줍니다.

— 조선일보 2006. 9. 25

이 광고 카피는 자동차 부품 제조 회사인 삼양의 홍보 광고이다. 얼핏 보아 하우스트레일러 여행과 관련된 기업체의 광고인 듯싶지만 카피를 찬찬이 읽어보면 그게 아니라는 것을 금방 알아차릴 수 있다.

광고 스폰서인 삼양은 맨 마지막 광고문이 말해주듯 일반 소비자에게 직접 제품을 판매하는 회사가 아니다. 자동차 딜러를 통해 일반 소비자를 직접 상대하는 회사는 자동차 제작 회사다. 삼양은 자동차 제작 회사에 부품을 납품하는 하청업체이다. 그럼에도 삼양은 왜 이런 광고를 냈을까? 자기 회사의 이미지를 소비자들 사이에서 제고하기 위해서인 것으로 이해된다. 삼양의 광고는 자사 제품의 의미를 자동차 여행을 즐기는 일반 소비자에게 일깨워주기 위해 내놓은 것이다.

이 광고의 핵심은 자동차 부품의 안전성이다. 좀 더 정확히 표현하면 안전성 그 자체라기보다는 안전성의 의미를 홍보하는 광고다. 이런 부류의 광고는 제품 자체의 효용을 알리는 듯하면서도 실은 제품의 의미를 선전하고 있다. 삼양의 엔지니어링 플라스틱으로 만들어지는 각종 자동차 부품이야말로 운전자들이 안심해도 좋다는 제품의 의미에 대한 자부심이 이 광고문에서는 여러 가지 다른 단어들로 표출되어 있다. 안전성이라는 의미의 문제에 착안한 광고 카피라이터는 'life's ingredient'라는 영어 문구를 창안해냈다. '생명의 구성요소' 또는 '생활의 구성요소', 그 어느 쪽으로도 해석이 가능한 문구이다. 이 문구는 하우스트레일러로 여행하는 가족의 생명의 안전을 삼양 부품이 지켜드린다는 의미를 담고 있다. 다시 말해서 삼양 제품이야말로 '생명의 구성요소'인 동시에 '생활의 구성요소'라는 뜻을 광고 카피는 독자들에게 알리고 있다. 그와 동시에 이 광고는 독자들, 달리 말해서 욕망의 주체로 하여금 자기 자신의 욕망의 의미를 life's ingredient에서 찾도록 유도한다. 그렇게 함으로써 욕망의 주체가 '생명(생활)의 구성요소'와 동일시하도록 유사관계의 길로 그 주체를 안내한다. 다시 말해서 이 광고 카피는 욕망의 주체와 삼양—life's ingredient 사이에 은유적인 등가관계가 성립되게 하는 전략적 효과를 노리고 있다.

이러한 광고 기법이 겨냥하는 은유적 효과는 '즐거운 하우스트레일러 여행' '가족의 안전' '해변' '자동차 부품' 등의 시니피앙들로 이어지면서 삼양과 관련된 한 세트의 시니피앙들의 네트워크를 형성한다. 이렇게 해서 해안가 나무 판자 산책로 위에 세워진 한 대의 하우스트레일러 사진은 시니피앙들 간의 환유적 효과를 유발한다. 즉 Samyang을 보는 욕망의 주체(광고 독자—소비자)는 생명(생활)의 안전에 관심을 갖게 되며 이어서 가족의 안전과 즐거운 하우스트레일러 여행 그리고 해안도로로 시선을 옮겨가게 된다. 욕망을 채우고 싶어 하는 소비자는 이런 식으로 광고 속 시니피앙들의 네트워크를 하나씩 하나씩 이동하는 동안—아주 순간적이지만—그 시니피앙들을 자신의 욕망의 대상으로 간주(착각)하게 되고 마침내 그 대상 자체를 자기와 동일시하게 되는 것이다. 이렇게 해서 시니피앙의 욕망은 주체의 욕망으로 탄생하는 것이다.

앞에서도 이미 설명했지만 광고 기획자들은 이처럼 은유적 효과와 환유적 효과를 겨냥하는 광고 카피 또는 광고 영상—이미지와 사진—을 번갈아 동원함으로써 욕망의 소비자들을 광고의 틀 안으로 끌어들이고 그들로 하여금 광고 속의 제품과 일치시키려 한다. 요컨대 은유와 환유기법을 동시에 구사한 광고 카피를 만들어내는 데 열성을 다한다는 말이다. 삼양 광고는 하우스트레일러 여행을 은유적으로 끌어들여 자기 회사 제품을 선전하는 수법을 썼는데 이것이 성공했는지 어떤지는 오로지 광고 독자들의 마음속에 간직되어 있을 뿐이다.

## 술보다는 술병 브랜드를 마신다

라캉의 욕망이론은 인간의 욕망이 타자의 욕망일 뿐 아니라 그것이 환유적으로 작동하는 것으로 보았다는 점에 그 두드러진 특징이 있다. 그 점에서 라캉의 욕망이론은 정신분석사에서 독창적 위치를 확보했다. 구조언어학에서 의미생성의 한 방식으로 간주되는 환유(換喩)가 욕망이론에서 중요한 역할을 수행하는 까닭은 환유의 지시적 명시적 성질에 있다. 술병이 음주를 환유적으로 대신하듯 사람은 술의 의미를 술병에서 찾는다. 어떤 의미에서는 술의 질과 맛보다 술병의 브랜드, 술병의 이름을 더 욕망하는 경우가 많다. 살롱이나 카페에서 비싼 값에 마시는 '발렌타인 17년산'은 스카치위스키로서의 우수한 술의 질과 부드러운 맛보다는 술통에서 17년 동안 묵힌 발렌타인이라는 이름(名) 다시 말해서 술의 시니피앙이 술꾼들의 욕망을 대신한다. 미국 캘리포니아산 명품 와인인 조단(Jordan)이나 오푸스 원(Opus 1)도 맛 그 자체보다는 값비싼 것으로 인지되는 브랜드로써 돈 많은 부호들의 입맛을 다시게 하는 경우가 많다. 와인을 마시고난 뒤 그들은 말한다. '역시 명품 와인의 맛은 확실히 다르다'라고. 분명히 맛이야 다른 하품들보다 나으리라. 하지만 그렇게 말하는 순간 와인의 맛은 사라지고—부재(不在)하며—브랜드만이 흔적으로서 남는다. 와인을 마신 사람의 의식 속에는 세상 사람들의 부러움을 사는 값비싼 와인의 교환가치와 브랜드(시니피앙)만이 현전(現前)하는 것이다. 술꾼들은 와인 맛에 브랜드 값이 얹어져 실제의 사용가치보다 교환가치가 필요 이상으로 더 높아졌다는 엄연한 사실을 인식하지 않는다. 그래서 엄밀히 분석해보면 술꾼들은 술을 마시고 싶은 욕구 자체를 소비한다기보다는 '발렌타인 17년산'이나 '조단'이라는 시니피앙을 소비하고 있는 것이다. 유명 살롱에서 분위기를 돋우는 무드 음악에 맞춰 거래처 손님과 함께 마시는 술, 그 술의 시니피앙은 대단히 높은 교환가치를 지닌 욕망의 대상이다. 살롱의 손님들은 와인의 맛이 아니라 와인의 시니피앙을 욕망하며 그것을 소비한다.

어디에서 마시든 욕망의 대상으로서 술병의 브랜드는 술을 대신하며 기호로서의 의미작용을 하자마자 그 자리에서 부재(absence)한다. 그 대신 거기에는 낯익은 시니피앙으로서의 술병 브랜드가 음주(술)의 의미를 치환(置換, displace)한다. 이때 술의 의미는 술병의 시니피앙으로 환유적으로 바꿔진다고 우리는 말한다.

환유적으로 바뀐(置換) 술의 자리에 들어선 시니피앙(브랜드), 그것이 차지하는 의미의 공간은 공허한 욕망의 공간이다. 소비주체로 불리는 술꾼들은 이 무한한 공허 · 공무(空虛 · 空無)의 바다, 텅 빈 바다를 표류하는 욕구 대상(物)의 껍데기(시니피앙)를 보고 강렬하게 달려든다. 사람들은 욕망의 시니피앙이 물신(物神, fetish)이라도 되는 것처럼 그것을 붙잡으려고 애쓴다. 시니피앙은 판타지로 사람들 앞에 현현하는 물신이 되는 것이다. 소비자들은 판타지라는 욕망의 허상, 시니피앙의 물신을 붙들고 거기에 경의를 표함으로써 자기 안의 욕망을 채우려고 안간힘을 쓴다. 황금이 소나기처럼 쏟아져 내려도 욕망이 채워지지 않는 것은 욕망 그 자체가 원래 결핍에서 생성된 것이기 때문이다. 이 시니피앙에서 저 시니피앙으로 욕망의 화살이 발사되지만 물신은 결코 욕망의 공허한 공간을 결코 채워주지 않는다. 옻닭 광고의 예에서처럼 욕망의 시니피앙들의 연결고리 가운데 맨 마지막으로 표시되는 시니피앙 Sn은 언제나 〈-1〉로 표시되는 영원한 결핍의 기호이다. 다시 되풀이하거니와 엄마의 몸에서 분리된 유아는 엄마와 원융무애한 상태로 재통합하려는 자신의 욕망을 달성할 수 없는 영원한 결핍의 존재이다. 라캉의 정신분석에서는 이러한 욕망의 영원한 결핍이 주체에 있어서의 본원적 결핍(잃어버린 엄마=잃어버린 대상)으로 설명되지만 여기서는 번잡한 철학적 사변과 치밀한 정신분석적 사유를 요하므로 그에 대한 설명은 이 정도로써 줄이기로 한다.

위에서 이미 우리는 라캉의 욕망이론 가운데 욕망의 은유적 대신과 환유적 치환에 대해 살펴보았다. 라캉은 이 개념을 구조주의자인 언어학자 로만 야콥슨에게서 차용하여 그의 욕망이론에 적용한 것인데 앞의 제1부 제2장에서 밝혔듯이 야콥슨에 의하면 은유와 환유는 언어의 양대 의미구성 원칙이다. 라캉은 이 두 종류의 비유가 무의식적 욕동(drive)과 욕망(desire)의 정신경제학에서 작용하는 힘을 파악할 수 있다는 확신 아래 두 개념을 그의 욕망이론에 적용한 것이다. 프로이트의 정신분석에 따르면, 꿈의 내용은 압축(condensation)과 치환(또는 轉置, displacement)의 형식을 좇아서 구성된다. 다시 말해서 꿈의 스토리 전체가 압축되는 한편 이 줄거리가 저 줄거리로 마구 바뀌다가 나중에는 서로 연결되어 하나의 스토리 전체를 구성한다는 뜻이다. 꿈을 꾸어본 사람이라면 이러한 압축과 치환이 꿈 이야기의 특징을 이루고 있음을 알 것이다. 라캉은 그러한 스토리의 압축이 은유적이며 줄거리의 치환이 환유적이라는 점에 주목하여 은유를 압축에 그리고 환유를 치환에 대응시킨 것이다.

# 제4장
# 니체의 '초인'과 '말인', 베버의 '철우리'

## '죽은 신'을 대체하는 초인

### 동굴 위로 떠오른 태양

니체는 진리를 '은유들의 기동군(a mobile army of metaphors)'이라고 지칭했다. 군사적 목적에 따라 항상 이리저리 신축적으로 움직이는 기동부대와 같은 갖가지 은유들의 집합체, 그것이 곧 진리라고 니체는 본 것이다. 그의 초기 논문 〈비도덕적 의미에 있어서의 진리와 거짓말하기〉(1873)에 등장하는 이 명구는 은유에만 한정하지는 않는다. 좀 더 정확히 인용하자면 진리(진실)란 '은유와 환유들의 기동군, 神人동형론(anthropomorphism)의 기동군'이다. '진리는 자주 사용하여 닳아져서 모든 감각적 활력을 상실한 은유이며 표면의 그림이 지워져 동전의 구실을 잃어버린, 단순한 금속 조각에 지나지 않는 동전'인 것이다. 니체의 이 말은 진리를 은유 그 자체와 동일화함으로써 진리의 절대성과 초월성을 부인하는 인상을 짙게 풍긴다.

19세기 말의 위대한 사상가로서 20세기는 더 말할 나위 없고 21세기에 와서도 여전히 인류의 철학사상에 지대한 영향의 그림자를 드리우고 있는 니체, 그 자신이 바로 탁월한 은유의 장인(匠人)이었다는 사실을 아는 독자라면 아마도 그의 은유 생산기법이 어느 수준이었는지를 충분히 아는 사람이리라. 서양 철학자들 중에서 니체만큼 비유를 많이 구사한 사람이 또 있을까? 그의 저술들은 그 자체가 은유의 바다라고 부를 수 있을 만큼 은유들로 차 있다. 우선 그의 유명한 저술 『차라투스트라는 이렇게 말했다』의 서론 한 구절을 보자.

> 10년 동안 너(태양)는 나의 동굴 위로 떠올라왔다. 그러나 나와 나의 독수리와 뱀이 없었더라면 너는 자신의 빛과 행보에 싫증이 났으리라……. 나는 나의 지혜를 선물로 나누어주고 싶나니, 사람들 가운데서 현명한 자들이 다시 한 번 자신들의 어리석음을, 가난한 자들이 다시 한 번 자신들의 풍요로움을 즐길 때까지.
>
> 그것을 위해 나는 저 아래로 내려가야만 한다. 저녁때면 네가 저 바다 아래로 내려가 하계를 비춰주듯이, 너 풍요로운 천체여!
>
> 이제 나는 너와 마찬가지로 하강하지 않으면 안 된다. 내가 가려고 하는 인간들이 그렇게 부르듯.
>
> ―『차라투스트라는 이렇게 말했다』 강대석 역 한얼미디어 2005 p.12

30세에 고향을 떠나 입산한 지 10년 동안 자신의 강인한 정신과 철저한 고독을 즐기면서 명상한 차라투스트라, 그는 마침내 산 아래로 내려가기로 결심했다. 10년간의 입산수도 끝에 이제 그는 마을로 내려가려는 참이다. 저녁때면 바다 아래로 내려가는 태양처럼 차라투스트라는 인간이 사는 속세로 하강하지 않으면 안 된다고 말한다. 여기서의 하강은 동굴이 있는 산 위에서 산 아래로의 내려감을 의미하는 동시에 세속을 떠난 곳에서 세속으로의 환속이라는 이중의미를 지닌다. 내려가다로 번역된 독일어는 untergehen, 영어로는 go down이다. '아래로 내려간다' 라는 뜻의 이 말이 독일어 untergehen으로 읽을 때는 가끔 '산 아래로 떨어져 몰락하다' 라는 뉘앙스를 풍길 경우도 있다. 그래서 일부 우리말 번역본이나 일본어역에서는 '몰락하다'로 되어 있기도 하다. 강대석은 그의 번역본에서 '하강하다, 하산하다, 몰락하다'라는 세 가지 의미가 그 독일어 단어에 다 포함되어 있다고 풀이했다.

'태양이 나의 동굴 위로 떠올라왔다'의 동굴은 무엇을 가리키는가?

플라톤의 『국가』 제7권을 읽은 독자라면 사슬에 묶인 채 동굴 속에 갇혀 오로지 벽에 비친 그림자—등불에 반사된 그림자—만을 쳐다보던 수인(囚人)이 밖으로 나와 이른바 '진리의 태양'을 쳐다보는 우화의 장면을 연상하리라. 니체는 아마도 플라톤을 염두에 두고 차라투스트라로 하여금 동굴 밖으로 나와 태양과 마주하게 한 것 같다.

동굴을 빠져나온 차라투스트라는 태양을 향해 이렇게 외친다.

너 위대한 천체여! 너에게 만일 너의 햇살을 비춰줄 상대가 없다면 너의 행복이 무엇이겠는가!

니체의 글을 읽으면 철학이 곧 문학이고 미학이라는 것을 절실히 느끼게 한다. 시인의 시처럼 인간의 정감이 넘쳐흐르는 그의 글은 딱딱한 논리적 문장들로 질서정연하게 채워진 철학서에 주눅이 든 우리를 잠시 즐겁게 한다. 동굴에서 나온 차라투스트라가 저 아랫마을로 내려가야겠다고 다짐하는 절실한 이유는 무엇일까? 그가 사람들에게 나눠

주고 싶다는 '지혜'란 도대체 무엇일까? 그는 왜 '현명한 자들의 어리석음'과 '가난한 자들의 풍요로움'을 이야기하고 있는 것일까? 뿐만 아니라 불끈 솟은 태양을 향하여 외치는 그의 소리를 들어보라! '너에게 만일 너의 햇살을 비춰줄 상대가 없다면 너의 행복이 무엇이겠는가?' 라고 말하는 차라투스트라의 참뜻 아니 니체의 본의는 무엇일까? 우리가 스스로에게 던지는 이 물음들은 니체가 풍성하게 동원한 메타포를 알지 못하면 답이 나오지 않는다. 니체 철학은 시적 은유로써 아름다운 한 편의 이야기를 엮어가는 멋진 내러티브(敍事)다.

태양, 동굴, 독수리와 뱀, 하강하다 등은 모두 은유어들이다. 무엇을 은유하는가? 니체 철학의 진수를 알기 위해 우리는 그의 은유 저장고를 뒤져보기로 하자.

혼자서 하늘 높이 날아다니는 독수리는 구속을 받지 않고 움직이며 자유롭게 사유하는 인간의 능력이며 동시에 그것은 지구의 중력과 대비된다. 중력이란 니체 시대까지 유럽인들이 지녀온 관습적인 사고 또는 타성적인 전통을 가리킨다. 『차라투스트라』에서 독수리는 차라투스트라의 자존심을 빗댄 것이다. 다시 말해서 그것은 전통의 압박을 무너뜨릴 수 있는 인간의 강력한 능력을 가리키는 것으로 이해된다.

뱀은 지혜의 상징으로서 언급된다. 구약 성경은 뱀을, 인간이 원죄를 짓도록 부추긴 사악한 동물로 묘사했지만 니체의 뱀에 대한 기호해석은 이와 다르다. 그의 뱀은 인간의 비극에 대한 깊은 통찰력과 함께 대지의 지혜를 상징한다. 『차라투스트라』 제1부 서론의 말미 부분에는 독수리와 뱀이 한데 엉킨 모습이 그려져 있다.

보라! 독수리가 커다란 원을 그리며 하늘을 날고 있었다. 그 독수리에는 한 마리의 뱀이 먹이가 아니라 친구처럼 매달려 있었다. 뱀이 독수리의 목에 감겨 있었던 것이다. '저것은 나의 동물이다' 차라투스트라는 그렇게 말하며 마음속으로 기뻐했다.

태양 아래 가장 거만한 동물과 태양 아래 가장 영리한 동물, 저것들이 나를 살피러 나온 것이다.

'태양 아래 가장 거만한 동물'인 독수리와 '태양 아래 가장 영리한 동물'인 뱀을 사랑하는 차라투스트라. 그는 마침내 그동안 은거하던 동굴 밖으로 나와 태양마저 조롱하며 산을 내려간다.

차라투스트라는 숲가에 있는 가장 가까운 도시에 이르렀다. 동굴에서 나온 지 처음으로 사람들이 많이 모인 저잣거리로 들어섰다. 거기서 그는 군중을 향해 이렇게 말했다.
'예전에는 신을 모독하는 것이 가장 큰 불경이었다. 그러나 <u>신은 죽었다.</u> 그와 더불어 이러한 모독자들 또한 죽었다. <u>대지를 모독하는 것</u>이 지금은 가장 두려운 일이다.
진실로 <u>인간이란 하나의 더러운 강물</u>이다. 스스로 더러워지지 않고 오염된 강물을 받아들일 수 있기 위해서 <u>인간은 바다가 되어야 한다.</u>
보라 나는 그대에게 초인을 가르치노라. 초인은 바다이고 그 속에서 그대들의 위대한 경멸이 가라앉을 수 있다.'
— 강대석 역본 p.17. 밑줄은 인용자의 것

밑줄 친 어구(語句)들은 모두 은유다. 무엇을 은유하는 것일까? 이 자리는 니체 철학 자체를 강의하는 자리가 아니므로 자세한 해설은 삼가기로 하겠다.
초인은 독일어로 Übermensch, 영어로는 overman으로 번역되었다. 때로는 superman으로 옮겨지기도 하는데 슈퍼맨은 니체의 엄숙한 의미가 퇴색되고 망토를 휘날리며 창공을 훨훨 나는 만화 주인공 슈퍼맨의 이미지를 연상시켜 약간 코믹한 느낌이 든다. 니체의 초인과 슈퍼맨 간의 혼란은 버나드 쇼가 그의 대중적인 연극 〈범인과 초인〉에서 보여준 무절제한 패러디 탓이라는 해석이 있다. 쇼 자신은 그의 연극에서 우주를 움직이는 '생명력'의 방어자로 초인을 묘사했다. 그것도 지적이고 철학적으로 다정한 방어자로 연출되었다. 그러나 초인으로 번역된 니체의 Übermensch는 새로운 인간형이나 새로운 종(種)의 인간이라기보다는 생성적인 힘을 회복한 인간, 권력의지를 가진 인간을 가리키는 것이 아니냐 하는 해석이 있다. 그런 인간은 어떤 인간형일까?

### '신은 죽었다'의 신은?

니체 철학에 대해서는 잘 몰라도 그 이름만은 알고 있는 사람이라면 으레 입에 올리는 가장 표퓰러한 니체 트레이드마크가 '신은 죽었다'이다. '신은 죽었다'는 무엇을 의미하는 말일까?

니체가 죽었다고 선언한 신(神, the God)은 유럽 문화를 만들고 2천년 동안 유럽인들의 사고와 행위를 지배해온 절대 유일신을 가리킨다. 그런 신이 죽었다고 니체가 선언했을 때 그가 말하고 싶었던 것은 〈신을 중심으로 한 기독교적인 가치체계와 윤리체계〉의 붕괴를 의미한다. 그와 동시에 니체가 강조하고 싶었던 신의 죽음은 신에 대한 믿음을 과학에 대한 믿음으로 대체한 근대인의 지적 오만을 질타하면서 이성의 완전성에 기초한 서구합리주의(도구적 합리성, instrumental rationality)의 생명력이 끝났음을 천하에 선언하고 싶은 조종(弔鐘)소리이다. 신의 죽음은 이성의 죽음에 대한 선언이며 과학의 진보에 대한 맹신에 내린 사망선고이기도 하다. 이 경우 신은 유럽 계몽정신이 두터운 신앙으로써 모셔온 합리성과 이성을 대신하는 은유로서 작용한다.

니체는 말년에 쓴 〈반(反) 그리스도〉란 글에서 매우 신랄하게 기독교를 비판했다. 인간의 자유로운 정신을 가둬놓고 인간을 신학의 체계에 순종하는 노예로 만들어버렸다는 것이 니체의 기독교관이었다. 그러나 그는 제도화된 기독교 교회를 혹독하게 비판했지 지저스 크라이스트(Jesus Christ) 즉 기독교의 교조인 예수 그리스도 그분을 비판하고 반대한 것은 아니다. 그는 예수와 제도화된 기독교 교회를 분리해서 기독교를 비판한 것이다.

니체가 예수의 삶을 얼마나 긍정적으로 평가했는지는 그의 다음 말로써 충분히 뒷받침된다.

기독교도는 사실 단 한 명 뿐이었다. 그리고 그는 십자가 위에서 죽었다. 〈복음〉도 십자가 위에서 죽었다. 바로 그 순간 이후 〈복음〉이라고 불리어온 것은 그가 살았던 삶의 성격과는 이미 반대의 것이었다. 기독교적인 실천, 십자가 위에서 죽은 자가 살았던 것과 같은 삶만이 기독교적인 것일 뿐이다. 오늘날에도 그러한 삶은 가능하다. 어떤 특정한 사람들에게는 필요하기까지 하다. 진정한 원시 기독교는 어느 시대에나 가능한 것이다.
— 송무 옮김 〈반 그리스도〉 39. 『우상의 황혼/반 그리스도』 p.159

진정한 복음을 행동으로써 보며주며 실천한 예수 그리스도에 대해서는 이처럼 긍정적인 평가를 내렸음에도 니체는 제도화된 기독교 즉 교회와 교회를 이끌어온 성직자 조직에 대해서는 자연의 가치를 무(無)로 만들었고 삶의 진정한 의미를 훼손시켜버렸다고 비판했다.

어떤 사제가 '진리'라는 말을 입 밖에 내기만 해도 이제 우리는 참을 수가 없다. 조금이라도 겸손하게 성실함을 주창하는 사람이라면 오늘날 신학자나 사제나 교황이 한 마디 한 마디 말을 늘 틀리게 하고 있을 뿐 아니라 거짓말을 하고 있다는 사실을 틀림없이 알고 있다. 그들이 '순진하다' '아무것도 모른다'고 해서 마음대로 거짓말을 할 수 없다는 것을 틀림 없이 알고 있다. 다른 사람들과 마찬가지로 사제도 역시 '신'이 없다는 것, '죄인'도 '구세주'도 없다는 것 그리고 '자유의지' '도덕적 세계질서' 따위는 거짓말이라는 것을 알고 있다. 교회들의 모든 개념들은 이제 제대로 파악되고 있다. 자연과 자연의 가치를 무가치하게 만들려는 가장 악의적인 허위의 날조인 것으로 알려졌다.

— 송무 옮김 앞의 책 p.158. 인용자가 영역본을 참조하여 약간 고쳤음

니체가 앞에서 지적한 '도덕적 세계질서'는 왜곡된 신의 개념에 기초하여 구축된 도덕적 질서를 말한다.

신의 개념은 왜곡되어 버렸다. 도덕의 개념도 왜곡되었다.(유태인 사제들) 이들 사제들은 그 신묘한 왜곡의 작업을 잘도 해냈다. 그 왜곡의 기록이 바로 성서의 상당부분으로 우리 앞에 놓여 있다. 그 뿐 아니다. 철학자들도 교회를 거들어왔다. 〈도덕적 세계질서〉라는 기만이 최근의 철학에까지 그 전체 발전과정에 두루 스며들어 있는 판이다. 도대체 '도덕적 세계질서'란 무엇을 의미하는가? 인간으로서 해야 할 것과 해서는 안 되는 것에 대해서는 불변적인 신의 뜻이 존재한다는 것, 한 민족, 한 개인의 가치는 신의 뜻에 얼마만큼 많이, 또는 얼마만큼 적게 순종하는가의 여부로 재어질 수 있는 것, 신의 뜻이 가지는 지배력은 복종의 정도에 따른 상벌로 나타나며 한 민족이나 한 개인의 운명을 통해 입증된다는 것 등이다.

— 송무 옮김 앞의 책 p.145

이 정도의 인용문이라면 니체가 선언한 신의 죽음이 무엇을 뜻하는지는 대충 드러났다고 본다. '신은 죽었다'는 선언은 신에 대한 신앙의 사망선고를 의미한다고도 볼 수 있는데 니체는 인간이 신을 죽이고 신에 대한 신앙을 버린 것이라고 강조했다. 신에 대한 신앙이 허물어지면 인간의 사고와 행위를 규제해온 도덕도 함께 죽는다. 그렇게 되면 인간은 신에 의한 속박, 도덕에 의한 속박에서 풀려나 자유로워진다. 신이 없는 세계에서 인간은 전적으로 자기 자신의 결단과 행위에 대해 책임을 지지 않으면 안 된다. 전통의 중력을 박차고 창공을 나는

독수리처럼 한없는 자유를 얻은 대신 인간은 무거운 책임을 스스로 짊어져야 한다. 초인은 바로 신 없는 세계에서 자기 자신에게 책임을 질 줄 알며 자기 삶의 미래를 설계할 줄 아는 그런 인간형을 상징하는 개념이 아닐까.

저잣거리의 군중을 향해 외치는 차라투스트라의 목소리를 들어보면 그가 인간에게 가르치려한 초인이 어떤 인간형인지를 짐작할 수 있으리라.

> 지금이야말로 인간이 자신의 목표를 세워야 할 때다. 지금이야말로 인간이 자신의 가장 큰 씨앗을 뿌려야 할 때다. 인간의 땅은 아직 그럴 수 있을 만큼 충분히 비옥하다. 그러나 이 땅은 언젠가 메마르고 황폐해져 큰 나무가 그곳에서 자라지 못할 것이다. 안타깝구나! 사람이 더 이상 인간들을 넘어서는 동경의 화살을 쏘지 않으며 활시위를 흔들리게 하는 법도 잊어버릴 때가 올 것이다.
> ─ 강대석 역본 p.23

## 초인과 말인

### 초인은 대지의 의미

니체의 초인은 앞서 잠간 언급한 바와 같이 그의 시대까지 2천년 동안 유럽을 지배해온 기독교 중심의 전통적 관념과 도덕적 질서를 거부한 새로운 타입의 인간이다. 구체적으로 초인은 어떤 인간일까? 니체가 자유자재로 구사한 은유는 초인을 여러 가지 모습으로 그렸다. 먼저 초인은 원숭이＝동물과 대비된다. 이 경우 초인은 동물에서 진화한 인간의 단계를 넘는 존재를 가리킨다. 다음을 읽어보면 알 수 있듯이 초인의 등장으로 말미암아 인간은 원숭이와 진배없는 '하나의 웃음거리, 괴로운 수치'로 전락하고 만다. 니체의 초인은 초인이 나타나기까지 인간이 누려온 인간중심주의적 관념을 분쇄해버린다. 니체에 이르러 비로소 인간은 중심의 자리에서 주변으로 밀려난다.

인간에게 원숭이란 무엇인가? 하나의 웃음거리 혹은 괴로운 수치이다. 그리고 초인에겐 인간 또한 그러할 것이다. 하나의 웃음거리 또는 괴로운 수치일 것이다.

보라. 나는 그대들에게 초인을 가르치노라! 초인은 대지의 의미이다. 그대들의 의지로 하여금 말하게 하라! 초인이란 대지여야 한다고.

형제들이여 그대들에게 간청하노니. 대지에 충실하라! 그리고 그대들에게 천상의 희망을 말하는 자들을 믿지 마라! 의식적이든 무의식적이든 그들은 독을 뿌리는 자들이다.

— 강대석 역본 p.16

진실로, 인간이란 하나의 더러운 강물이다. 스스로 더러워지지 않고 오염된 강물을 받아들일 수 있기 위해서 인간은 바다가 되어야 한다.

보라. 나는 그대들에게 초인을 가르치노라. 초인은 바다이고 그 속에서 그대들의 위대한 경멸이 가라앉을 수 있다.

— 앞의 책 p.17

인간은 동물과 초인 사이에 매어진 하나의 밧줄. 심연 위에 매어진 하나의 밧줄이다.

— 앞의 책 p.17

혓바닥으로 그대들을 핥아줄 번개는 어디 있는가? 그대들에게 접종되어야 할 광기는 어디 있는가?

보라, 나는 그대들에게 초인을 가르치노라. 그가 바로 그 번개이며 그가 바로 그 광기이다.

— 앞의 책 p.19

보라, 나는 번개의 예언자이며, 먹구름으로부터 떨어져 내리는 무거운 빗방울이다. 그리고 이 번개는 초인이라 불린다.

— 앞의 책 p.22

## 초인은 바다, 초인은 번개

'초인은 대지' '초인은 바다' '초인은 강물' '초인은 번개'라는 이 다양한 은유들에 대해 우리는 어떤 풀이를 할 수 있을까. 여기서 니체가 말하는 대지의 내포적 의미(connotation)는 하늘 및 천상과 대립되는 것으로 사용되어 있다. 하늘은 원래 신의 영역으로 획정되었다. 그런데 니체는 신에 대한 신앙의 사망을 선언함으로써 하늘의 가치와 하늘이 내리는 도덕을 거부하고 파괴했다. 니체에게 있어 하늘의 반대편에 있는 대지는 이제부터 인간이 발을 붙이고 사는 현실을 가리킨다. 이상(Ideal)을 우상(Idol)이라고 보는 니체에게 하늘 즉 천상의 세계는 우상이 들어찬 허상의 세계, 환상의 세계다. 그러므로 니체는 우상을 거부했고 하늘을 거부했으며 그 대신 대지를 선호한 것이다. 대지는 새로운 인간형인 '초인'이 살아가는 풍요로운 터전이다.

니체는 또한 초인을 바다와 동일시했다. 그가 보는 바다의 이미지는 모든 것을 삼켜버리는 바다의 모습이다. 니체가 그토록 경멸하는 모든 것을, 더러운 일체의 것을 흡수하여 침전시킬 수 있는 커다란 힘과 넓은 용량을 가진 실체가 바다로 그려져 있다. 바다는 또한 태초에 생명체가 처음 탄생한 시원(始源)의 장이기도 하다. 생명체를 키워내는 동시에 생명체를 삼켜버리는 곳, 그 생사의 터전이 곧 바다와 강물이다.

바다는 이처럼 두 개의 얼굴을 갖지만 대지와 마찬가지로 역시 생명의 시원적 모태이다. 인간의 모태인 바다는 자연의 가치를 충분히 발현할 수 있는 가장 자연스런 터전이다.

　요컨대 대지와 바다는 뭇 생명들이 숨 쉬며 활발하게 사는 곳, 모든 살아 있는 것들의 생명력(vitality)이 서로 다투면서 용솟음치는 곳이다. 니체가 초인의 특성 중 가장 중요한 것으로 지적한 '권력에의 의지(die Wille zur Macht)'가 제대로 발현되는 곳이 대지와 바다다. '권력에의 의지'란 생명력을 증진하는 모든 살아 있는 것들의 욕동(欲動, Trieb=drive) 다시 말해서 모든 살아 있는 것들이 살아 있음을 발현하는 항상적인 힘(恒常力, constant force)을 가리킨다. 인간에게 적용될 경우 그것은 비단 정치권력 뿐 아니라 갖가지 형태로서 외부를 향해 표출할 가능성을 품은 인간 내면의 힘을 지시한다. 그러므로 대지와 바다는 곧 '권력에의 의지'가 발현하는 사이트다.

　니체의 초인은 또한 자기에게 스스로 책임질 줄 아는 자이다. 초인은 일체의 기성도덕을 갖지 않는다. 만일 도덕과 같은 것이 초인에게 있다면 그것은 '권력에의 의지' 뿐이다. 초인의 전형을 니체는 차라투스트라에서 찾는다. 일체의 기성도덕을 파괴하는 자, 〈신은 죽었다〉면서 기존의 기독교적 가치관을 버리라고 인간들에게 촉구하는 차라투스트라야말로 초인을 재현(再現)하는 하나의 우화(寓話)이자 비유다. 초인이 무엇인가를 밝히는 니체의 말을 직접 들어보자.

　　초인이라는 말은 '근대인(近代人)', '선인(善人)', 기독교도, 및 기타 니힐리스트들과 대립하는 최고로 잘 만들어진 인간형을 지칭하는 것이다. 이 말이 도덕의 파괴자인 차라투스트라와 같은 인물의 입에 오르면 극히 의미 깊은 말이 된다. 예컨대 보다 높은 종류의 이상주의적 인간형, 반(半)은 성자이며 반은 천재의 타입이라는 식으로 해석된다. 또한 다른 멍청이 학자들은 이 말을 방패삼아 다윈주의의 혐의를 나에게 뒤집어 씌웠다.

—『이 사람을 보라』 중 〈나는 왜 이렇게 좋은 책을 쓰는가〉에서. Aaron Ridley & Judith Norman ed. 『The Anti-Christ, Ecce Homo, Twilight of the Idols etc.』 Cambridge Text 2005 p.101

## '행복을 발견했다' 고 기뻐하는 말인

초인을 찬양하는 니체가 가장 경멸한 대상은 말인(末人)이다. 말인은 독일어 die letzten Menschen (Mensch의 복수형)의 번역어이다. 영어로는 the last men. 역자에 따라서는 '최후의 사람들'이라고 옮기는 경우도 있다. 어떤 일본학자는 '끝장 난 사람'이라고도 불렀다. 앞서 초인이란 말을 썼으므로 그것과 쌍대(雙對)를 이루는 의미에서 나는 말인이란 용어를 쓰기로 했다. 말인은 초인과 대립되는 개념이다. 그러므로 초인을 알려면 말인을 아는 게 하나의 방도가 된다. 말인의 정체는 도대체 무엇일까?

> 그리고 차라투스트라는 (시장의) 군중을 향해 이렇게 말했다.
> 지금이야말로 인간이 자기 자신의 목표를 세워야 할 때다.
> 지금이야말로 인간이 자기 자신의 가장 큰 희망의 씨앗을 뿌려야 할 때다. 인간의 땅은 아직 그럴 수 있을 만큼 비옥하다. 그러나 이 땅은 언젠가 메마르고 황폐해져 큰 나무가 더 이상 그곳에서 자라지 못할 것이다.
> 안타깝구나! 사람이 더 이상 인간들을 넘어서는 화살을 쏘지 않으며, 활시위를 흔들리게 하는 법도 잊어버릴 때가 오리라……
> 안타깝구나! 장차 인간이 아무런 별도 탄생시키지 못할 때가 오리라. 안타깝구나! 더 이상 자기 자신을 경멸할 수 없는 가장 경멸스러운 인간의 시대가 오리라.
> 보라. 내가 그대들에게 말인을 보여주리라.
> '사랑이 무엇인가? 창조가 무엇인가? 동경이 무엇인가? 별이 무엇인가?' 말인은 그렇게 물으며 눈을 껌벅거린다. 대지는 작아져 버렸고 그 위

에서 모든 것을 작아지게 만드는 말인이 뛰어다닌다. 이 종족은 벼룩처럼 근절시킬 수가 없다. 말인이 가장 오래 산다.

'우리는 행복을 발견했다!' 말인들은 이렇게 말하며 눈을 껌벅거린다.

— 강대석 역본 앞의 책 pp.23~24

니체의 말인 비판 산문시를 읽다보면 말인은 마치 우리(檻, cage) 속에 갇혀 사는 살찐 돼지처럼 보인다. 말인은 희망의 씨앗을 뿌릴 줄도 모르고 동경하는 목표를 향해 꿈의 화살을 날릴 줄도 모르며 꿈의 별도 창조할 줄 모르는, 다만 '눈만 껌벅거리는' 무기력한 인간존재, 무한한 가능성을 소장한 대지와 바다에서 자기의 잠재력을 전혀 키울 줄 모르는 참으로 가련한 인간존재다. 말인은 우리에 갇힌 채 그 안에서 '행복을 발견했다'는 환각을 껴안고 안주하는 존재, 허깨비와 판타지를 보고 환호작약하면서 다만 눈만 껌벅거리는 순종적 존재다. 니체의 말인은 다름 아닌 '근대인'의 모습 그 자체다.

영국의 젊은 학자 니콜라스 게인(Nicholas Gane)은 차라투스트라의 격렬한 '말인' 비판을 네 가지 면에서 다음과 같이 정리한다.

첫째 말인 비판에는 근대 과학의 흥성과 발전이 우리가 사는 세계를 작게 만들어버렸다는 차라투스트라의 믿음이 깔려 있다. 세계가 작아진 것은 자연을 더 잘 이해하고 자연을 통제할 수 있는 인간의 능력이 증대되었다는 점과, 이러한 과정의 결과로서 궁극적 가치의 점진적 무가치화(devaluation 또는 탈가치화) 및 그에 수반하는 근대 유럽문화의 니힐리즘으로의 타락이란 두 가지 면에서 일어난 현상이다.

둘째 근대 과학의 발전과 궁극적 가치의 무가치화는 카리스마적 권위의 쇠퇴를 초래했다.

셋째 과학적 '진보(progress)'의 결과는 비극이 아니라 '행복'이라는 근대적 믿음이 잘못된 것이라고 차라투스트라는 비판했다.

넷째 근대인의 이러한 믿음에 대한 '순진한 낙관주의'를 말인들이 흉내내고 있으며 또한 아무런 반성도 의문도 없이 그것이 근대인의 성격이 되어버렸다. 그래서 니체는 그렇게 눈만 껌벅거리지 말고 '신이 없는 세계, 혼돈의 심연'을 똑바로 응시함으로써 새로운 창조에 나설 것을 근대인에게 촉구했다.(Nicholas Gane, 『Max Weber and Postmodern Theory』 Palgrave 2004 p.52).

# 베버의 '철우리'(鐵檻)와 '말인'

## 얼이 없는 전문가, 가슴 없는 향락인

니체가 『차라투스트라』(1883~85)에서 그 정체를 벗긴 말인은 그로부터 35년 뒤 막스 베버에 의해서 '얼이 없는 전문가, 가슴 없는 향락인'이란 이름 아래 다시금 비관적인 모습을 드러냈다. 19세기 말엽에 말인 비판과 초인 이념을 가지고 20세기 근대사회의 방향을 제시한 니체 사상은 독일인 사회학자에 의해 서구적인 '근대합리성의 불합리성'에 대한 비판으로 전개되었다.

분명히 베버는 니체의 『차라투스트라』에서 영향을 받았다. 베버가 '말인'이란 니체의 은유언어를 그대로 차용한 것 자체가 베버의 근대인 비판이 니체의 그것과 동일 맥락에 서 있음을 보여준다.

베버의 '말인'은 미래에의 비전(전망)을 잃고 현재의 이른바 '행복'에 안주하는 사람, 비합리적인 것을 합리화하려고 부질없이 시도하며 '철우리(鐵檻, iron cage)' 속에 자신을 가둬 포로가 된 사람들을 가리킨다. 철우리는 근대인 스스로가 만든 창조품이다. 그러므로 말인은 스스로가 만든 창조품에 갇힌 포로다. 좀 더 구체적으로 말하면, 말인은 관료체제의 합리성과 과학 기술의 진보가 낳은 철우리 속의 '살찐 돼지들'이며 풍요로운 대지와 생명의 모태인 바다를 왜소하게 만듦으로써 자기 스스로도 지극히 왜소해진 가련한 근대인상(近代人像)의 응축된 표상이다. 베버는 『직업으로서의 학문』이라는 말년의 유명한 뮌헨 강연(1919)에서 니체의 말인을 빌어 20세기 문화와 학문의 미래에 대한 그의 비관적 전망을 피력했을 때 바로 음울한 근대인상을 염두에 두었다.

이 대목에서 나는 니체와 베버 두 거장의 밀인에 대한 서시기법에 대해 잠간 언급하고자 한다. 니체의 『차라투스트라』와 베버의 『직업으로서의 학문』에 사용된 이야기 전개방식을 보면 두 사람 모두 비유와 유추, 인용구의 나열과 비교를 구사하여 독자와 청중을 설득하려 했음을 알 수 있다. 니체는 그의 책을 읽어줄 독자를 상대로 글을 썼고 베버는 강연회 청중의 얼굴을 직접 마주 보면서 강의를 했지만, 두 사람은 '독자와 청중의 격정과 편견에 직접적으로 호소하는 설교를 하지는 않았다.'(N. Gane의 앞의 책 p.52) 라는 두드러진 특징을 보여준다.

이제 우리는 철우리와 말인 비판에 관한 베버의 말을 직접 들을 차례에 이르렀다. 인용문이 좀 길지만 베버의 근대성 비판이 어떤 비유를 사용하여 전개되는지를 아는 데 있어 중요한 자료이기 때문에 인내심을 갖고 읽어주기를 바란다. 밑줄 친 구절들은 은유이므로 무엇을 의미하는지를 유의하면 그렇게 어려운 내용의 글이 아님을 알 것이다.

(기계에 의한 생산기술이라는 경제적 조건과 결부된 근대적 경제 질서라는 저 강력한, 인용자) 질서계는 현재 압도적인 힘을 가지고 이 체계(메커니즘) 속으로 들어오는 모든 개인들의 생활 스타일을 결정하고 있으며 아마 앞으로도 화석연료의 마지막 한 덩어리가 타버릴 때까지 결정할 것이다.

백스터(Baxter)의 견해에 따르면 외부물품(external goods)에 대한 배려는 다만 '언제든지 벗어던질 수 있는 가벼운 겉옷'처럼 성자(聖者)의 어깨 위에 걸쳐 있어야 했다. 그런데 운명은 불행히도 이 겉옷을 단단한 철우리(鐵檻, iron cage)로 만들어버렸다. 금욕이 세속을 개조하여 세속의 내부에서 성과를 올리려고 시도하는 가운데 세속의 외부물품은 일찍이 역사에서 그 유례를 보지 못했을 정도로 강력해져서 마침내는 도망칠 수 없는 힘을 인간들에게 행사하게 되었다.

오늘날 금욕정신―최종적인 것인지 어떨지, 누가 알겠는가―은 철우리에서 빠져나가버렸다. 어쨌든 승리를 거둔 자본주의는 그것이 기계의 기초 위에 수립된 이래 그 기둥을 더 이상 필요로 하지 않는다.

    ― 막스 베버『프로테스탄티즘의 윤리와 자본주의 정신』. 大塚久雄 역의
        岩波文庫본 p.365와 Talcott Parsons의 영역본 pp.123~124를 참
        조하여 인용자가 다듬었음.

장차 이 철우리 속에 살 자는 누구인지, 그래서 이 거대한 발전이 끝났을 때 완전히 새로운 예언자들이 나타날 것인지, 또는 예전의 사상(思想)과 이상(理想)의 힘찬 부활이 일어날 것인지, 또는 그 어느 쪽도 아니라면 일종의 이상한 위대함으로 분식된 기계적 화석(化石)으로 변하게 될 것인지, 아직 누구도 모른다. 그래서 이러한 문화발전의 최후 단계에 나타나는 '말인들'에 대해서는 다음 말이 진리가 되지 않을까? '얼이 없는 전문가, 가슴 없는 향락인(specialists without spirit, sensualists without heart).' 이 공허한 사람들은 인간성이 일찍이 도달한 적인 없는 단계로 이미 올라갔다고 자부할 것이다.

    ― 앞의 책 岩波文庫본 p.366

베버의 명저『프로테스탄티즘의 윤리와 자본주의 정신』의 결론 말미에 나오는 유명한 이 구절은 우리로 하여금 대단히 음울하고 니힐리스틱한 미래에의 비전을 갖게 한다. 근대적 합리주의가 만들어낸 조직화된 관료제사회의 불합리성과 경직성을 표상하는 철우리, 그것은 과

학 기술의 합리성이 도달하는 종착역을 예언하기라도 하는 듯한 대표적인 은유언어다. 베버의 말인은 또 어떠한가. 백스터가 필요 없다고 판단하면 '언제든지 벗어던질 수 있는 가벼운 겉옷'이라고 여겼던 자본주의의 '외부물품'은 '화석화한 연료(석탄)'가 모두 타서 없어질 때까지 인간을 철창 안에 가둬 놓은 채 그들을 문화발전의 최후 단계에 도달한 인간군상으로 만들고 말았다는 베버의 결론은 듣기만 해도 끔찍하다. 말인은 '이상한 위대함으로 분식된 기계적 화석'인 동시에 '얼이 없는 전문가, 가슴 없는 향락인'으로 묘사되어 있다. 베버의 은유적 묘사는 바로 여기서 탁월한 문학적 효과를 발휘한다.

베버는 우리가 사는 세계의 과학 기술적 합리화(도구적 합리화)가 궁극적으로 인간에게 행복을 가져올 수도 없으려니와 그것이 반드시 실용적 가치를 지니지도 않았음을 예리하게 관찰했다. 한 편으로는 원리상 우리의 삶에서 만나는 모든 대상과 모든 관계들이 계산 가능한 것, 예측 가능한 것이 되어버리는 상황이 조성되고, 다른 한편으로는 우리의 세계 자체가 학문(과학)에 의해 합리화되고 수단화되는 사태를 베버는 날카로운 비판의 안목으로 통찰했다. 그런 상황이 과연 말인들이 마침내 찾았다고 기뻐해야 할 '행복'한 세상일까? '얼이 없는 전문가, 가슴 없는 향락인'은 합리성이라는 거대한 기계의 한 부품처럼 움직이는 근대문화의 순종적 얼간이들이 아닐까? 학문(과학)의 발전으로 경제력이 향상되고 생활 수준이 높아짐으로써 근대인이 아니 현대인이 풍요로움을 누리게 된 것은 사회 변화가 그들에게 준 혜택임에 틀림없다. 그러나 그들이 전근대인이나 미개인보다 행복한 삶을 살고 있다고 자신 있게 자부하지는 못할 것이다. 세계에서 가장 빈곤한 나라인 히말라야의 부탄이 세계에서 행복지수가 가장 높은 나라라는 21세기의 사실은 물질적 풍요와 합리성의 진전이 결코 행복으로 그대로 직결되지는 않음을 말해준다.

## '어떻게 살 것인가?'에 답 못 주는 과학의 진보

베버는 근대인과 미개인의 삶을 비교하는 관점을 일상도구에 대한 지식으로 옮겨 비유적으로 고찰했다. 근대인은 그들이 사용하는 일상도구에 대한 상세한 지식이 없다. 그런 반면 미개인은 자기네가 사용하는 일상도구에 대해 근대인과는 비교가 되지 않을 정도로 상세한 지식을 갖고 있다.

예컨대 지금 이 강당에 있는 여러분은 인디언이나 호텐토트 같은 미개인보다도 자기의 생활 조건에 대해 더 잘 알고 있다고 어느 누가 자신 있게 말할 수 있을까? 아마 없을 것이다. 예를 들면 우리가 전차를 탔을 경우 전문적인 물리학자라면 몰라도 일반적으로는 누구도 전차가 움직이는 이치를 모르며 또한 알지 않아도 된다. 우리는 단지 그것이 어떻게 움직이는지를 〈예측〉할 수만 있으면 그만이다. 이렇게 해서 우리는 전차의 움직임에 의거하여 행위를 할 수가 있다. 그러나 그것이 어떤 구조에 의해서 움직이는지는 조금도 알 필요가 없다. 그러나 미개인은 우리가 사용하는 도구에 대해 이것과는 비교되지 않을 정도로 잘 알고 있다.

— 尾高邦雄 역 『職業としての學問』岩波文庫〔1936〕 1980 개역판
p.32. 『From Max Weber』 ed. and trans by Wright Mills p.139

예컨대 우리가 뭔가를 사려고 할 때는 돈을 지불하려 한다. 이 경우 도대체 어떠한 사유로 이 돈이라는 것을 갖고—어떤 때는 많게 어떤 때는 적게—물건을 살 수 있는지? 나는 단호히 말하거니와 비록 이 자리에 경제학을 전공하는 여러분들이 계시지만 이에 대한 답은 백인백색일 것이다. 그러나 미개인은 그날그날의 일상식량을 얻는 데 어떻게 하면 좋은지, 또한 그 경우에는 어떤 시설이 도움이 되는지를 잘 알고 있다. 때문에 주지화(主知化, intellectualization)와 합리화(rationalization)가 증대된다는 것이 자기의 생활 조건에 관한 일반적인 지식을 그만큼 많이 갖게 되는 것을 의미하지

는 않는다.

— 尾高邦雄, 앞의 책.32~33

여기서 베버는 톨스토이의 『전쟁과 평화』에필로그에 나오는 기관차의 움직임에 대한 세 농부의 답변이라는 비유를 끌어들여 근대적 개인의 전문화한 부분적 지식과 농부라는 신비적 존재의 완전성을 대비시킨다.

기관차가 움직이기 시작한다. 그러자 누군가가 묻는다. 무엇이 기관차를 움직이게 하지? 한 농부는 악마가 움직이게 한다고 말한다. 다른 농부는 바퀴가 구르니까 기관차가 가는 것이라고 말한다. 세 번째 농부는 바람이 실어가는 연기 안에 움직임의 원인이 있다고 주장한다. 세 번째 농부의 말을 누가 반박할 수 있는가? 그는 완벽한 설명방법을 찾아냈으니까. 감히 아무도 그를 반박하지 못한다. 그러나 적어도 이 문구의 핵심은, 우리가 지금 목적으로 삼고 있는 문제의 키포인트는 기술적 진보가 인간에게 반드시 진보를 의미하지 않다는 데 있다. 세계의 합리화는 근대 이전의 농부의 삶에 통일성을 가져다주던 상징적 질서를 허물어버리고 말았기 때문이다. 그래서 세계의 합리화는 우리가 살고 있는 이 세계에 대한 이해와 인식을 합리적이되 부분적인 것으로 만들고 말았다.

— N. Gane, 앞의 책 p.54

과학의 진보와 세계의 합리화가 현대인에게 무엇을 의미하는가에 대해 톨스토이가 베버에게 일러준 대답은 이렇다.

과학은 무의미한 존재다. 왜냐하면 그것은 우리의 물음, 우리에게 중요한 물음 즉 '우리는 무엇을 해야 하는가, 우리는 어떻게 살아야 하는가?'에 대해 아무런 답도 주지 않기 때문이다.

— 尾高邦雄 앞의 책 pp.42~43

베버는 '우리는 어떻게 살아야 하는가?'라는 물음에 아무런 답도 줄 수 없는 과학 특히 자연과학의 처지를 보면서 과학의 진보에 행복에의 길이 있다고 믿는 '순진한 낙관주의'를 배격하는 결론에 도달했다.

니체가 '행복을 발견'했다는 저 '말인들'을 호되게 비판한 것을 좇아서 나는 학문—다시 말해서 과학에 의지하여 생활을 지배하는 기술—을 행복에 도달하는 길이라고 찬미해온 저 순진한 낙관주의를 완전히 팽개쳐도 무방할 것이다. 아직도 대학 강단에 서 있거나 편집실 안에 있는 소수의 머리 큰 어린애들이라면 몰라도 어느 누가 이를 믿겠는가?'
— 尾高邦雄 앞의 책 p.42

## 슈퍼맨을 우러르는 현대의 말인군상

니체가 가장 경멸하는 인간으로 묘사한, 참으로 무기력하고 순종적인 말인들은 베버에 의해 과학기술을 신봉하는 '순진한 낙관주의자'로 그려져 있다. '순진한 낙관주의자'인 말인군상은 '우리가 어떻게 살 것인가?'에 대해 아무런 해답도 줄 수 없는 그런 과학에 의지하여 고작해야 우리 생활을 지배하는 처세술쯤이나 익히고 그것으로써 '행복을 찾았다'고 찬미하는 '영리한' 과학신봉주의자들이며 합리화찬양자들이다. 그들은 니체가 그토록 갈망한 '초인(超人)'을 아이러니컬하게도 역설적인 존재로 만들었다. 슈퍼맨(Superman)이 그것이다. 빨간 망토를 등 뒤에서 날리며 하늘을 나는 영웅적 인간, 그 슈퍼맨을 현대의 말인들은 팬클럽을 만들어 열광적으로 찬양하며 신봉한다.

그런 슈퍼맨은 니체가 그리는 초인 즉 Übermensch가 아니다. 영화관 스크린이나 안방의 TV 브라운관을 지배하는 슈퍼맨은 과학기술로 조작된 기계적 인간이다. 그는 발전된 미디어기술에 의해 창조된 애니

메이션 인간에 불과하다. 슈퍼맨은 니체가 초인의 전형으로서 그린 차라투스트라의 인간형과는 거리가 멀다. 인간 스스로가 자기 자신 안에 억제된 위대한 생명력을 발휘하여 각질화한 조직제도 하의 예속상태에서 벗어나서 광활하고 풍성한 대지 위에서 자유롭게 호흡하며 창의적으로 활동하는 인간이 아니다. 베버가 밝혔듯이 합리성의 진행과 과학의 발달에도 불구하고 니체의 진정한 초인은 나타나지 않고 '얼이 없는 전문가, 가슴 없는 향락인'들만이 현대 소비사회를 주름잡고 있다. 그들이야말로 니체가 말한 말인군상이 아니겠는가.

역설적이게도 그런 말인군상이 현대 소비사회에서는 슈퍼맨처럼 보인다. 그들이야말로 추함을 아름다움으로, 비열한 것을 고귀한 것으로, 천박한 것을 우아한 것으로 만들어주는 만능의 힘, '눈에 보이는 신(돈)'을 충실하게 신봉하는 미디어스타 광들이다. 스스로 미디어스타가 되고 싶어 하는 말인들은 미디어스타들을 열광적으로 찬양하고 추종함으로써 슈퍼맨의 환상을 좇아가는 속빈 강정들이다. 프로테스탄티즘의 금욕윤리를 토대로 탄생한 자본주의의 성실한 건설자들은 이제 해방된 욕망의 공간에서 타자의 욕망을 조준하며 저잣거리를 분주하게 누비는 탐욕스런 소비자 무리가 되어 있다. 그래서 소비사회의 말인들은 자기들의 욕망을 언제나 부분적으로만 채워주는 저잣거리에서 슈퍼맨이 되고 싶은 부질없는 환상을 품고 보무당당하게 활보한다. 현대의 말인들은 빨간 망토를 휘날리는 애니메이션 슈퍼맨에게 갈채를 보내며 스스로 창조했다고 자부하는 '행복'의 판타지를 붙들고 대리만족을 향유한다. 그것이 공무(空無)의 판타지, 영원한 결핍의 허상인 줄을 모르고 어리석게 향유하는 것이다.

# 제3부
## 비유의 저편 — 삶의 진실

# 제1장
# 『주역』, 변화의 이치를 밝힌 '불변의 책(書)'

## 여섯 마리 용들의 퍼레이드

고도 경제성장을 한창 구가하던 지난 1980년대의 아시아의 네 나라 (지역), 한국·대만·싱가포르·홍콩(1997년 중국 반환 이전)을 서양인 들은 네 마리의 용이라고 불렀던 것을 여러분은 기억하고 있으리라. 아마도 기운차게 하늘로 솟아오르는 상서로운 동물(용)처럼 경제의 비상을 실현한 나라라는 뜻으로 그렇게 부른 듯하다. 공교롭게도 이들 한자문화권의 사람들은 용을 숭상하는 문화를 함께 지니고 있다.

점술서로서 한국, 일본, 중국인들에게 널리 알려진 『주역』의 이야기 무대는 여섯 마리 용들이 등장하여 퍼레이드를 펼치는 데서 막이 오른다. 건괘(乾卦)란 이름의 제1막 제1장은 하늘을 무대로 하여 물 속에 잠긴 용이 출현함으로써 이야기를 전개하기 시작한다. 물에 잠긴 잠룡(潛龍)은 언제 하늘로 솟아오를 것인가? 하늘로 솟아오르기까지 잠룡은 물속에서 무엇을 해야 좋은가? 건괘의 괘 풀이는 여기서 시작하여 여섯 마리 용들이 지닌 형상적 이미지들을 가지고 점괘의 의미를 밝힌다.

건괘에서 하늘은 용들이 자신의 최종 역할을 수행하는 무대 중심이 된다. 용은 지금 어디에 있든 궁극적으로는 하늘로 오르는 것이 최종 목표이니까. 용과 하늘은 매우 구체성을 띤 이름이면서도 동시에 관념적이고 추상적인 언어기호이다. 그것들의 구체성은 그림(용) 또는 우리에게 친숙한 모습(하늘)에서 연유한다. 관념적이라는 것은 그 둘이 구체적 형상과 직접적인 연관이 없는 의미를 함유하기 때문이다. 그래서 상상 속의 동물임에도 불구하고 건괘의 용들은 하늘과 땅—못(澤)은 대지의 일부이므로—사이를 오가는 최고 최대의 관념적 존재가 되어 인간의 일 하나하나에 심대한 영향을 미친다. 마치 잠룡의 상을 타고난 사람은 그런 용과 동일시되는 것처럼 각각의 용들은 인간사와 일대일의 대응관계를 형성하는 것이다.

그래서 고대 중국인들은 용과 하늘을 동일시하고 용과 인간, 인간과 하늘을 동일시하는 사상을 키워왔다. 중국 문화의 영향을 크게 받은 한국인에게도 용은 역시 사람과 상징적으로 직결되어 한 나라, 한 지방 최고의 존재와 동일시된다. 역대 중국 왕조들의 황제가 천자(天子)로 불리고 황제가 앉는 자리를 용상(龍床)이라 지칭한 것은 하늘이 곧 용이며 용이 곧 황제라고 보는 사상에서 유래한다. 가장 높은 곳에 자리하는 가장 위대한 동물이란 뜻에서 임금의 의자는 용상이라 불리었다. 우리나라 조선조의 임금이 앉았던 자리도 용상이었고 임금을 상징하는 동물도 용이었다.

주역의 여섯 마리 용들은 잠룡(潛龍)을 필두로 다음에 현룡(見龍)이 밭(들)에 나타나고 이어 모든 일에 두려움을 갖고 신중히 대처하는 척룡(尺龍)이 나온다. 그 다음에는 솟아오르려고 시도했다가 다시 못에 잠기는 약룡(躍龍), 하늘로 날아오르는 비룡(飛龍) 그리고 더 없는 절정에 오른 항룡(亢龍)의 순으로 퍼레이드를 전개한다. 건괘의 무대에 순차적으로 용들이 등장할 때마다 사람들은 각각의 용들에게 차별적 이미지와 의미를 부여한다. 잠룡의 상(象)*, 현룡의 상, 척룡의 상, 약룡의 상, 비룡의 상, 항룡의 상이란 식으로.

주역의 역술가는 그런 괘의 상(이미지)들을 좇아 상의 의미를 인간에게 적용하여 해석하는 작업을 벌인다. 이것이 이른바 주역풀이의 한 가닥인데 역술가가 풀이하면 인간의 운명을 점치는 점괘풀이가 되고 주자학자(철학자)가 풀이하면 우주와 세계의 철리(哲理)를 밝히는 사상풀이가 된다. 어느 쪽의 풀이든 간에 주역의 괘 풀이는 해석자에 따라 천변만화의 모습을 시현(示現)한다. 천변만화라고 해도 그 변화의 종류는 기본적으로 64괘(卦) 384효(爻)에 불과하지만, 그것들이 탁월한 해석자의 머리를 통과하는 사이에 그 변화 패턴의 수는 얼마든지 더 늘어날 수 있다. 여기서 괘란 태극기의 네 모퉁이에 있는 건곤감리(乾坤坎離), 그것을 가리킨다.

## '물에 잠긴 용' 이 승천하려면

잠룡은 물 밖으로 나와 승천하기까지 함부로 경거망동(輕擧妄動)해서는 안 된다는 경고의 의미를 발한다. 물 속에 잠기는 동안 잠룡은 그 힘을 착실히 축적하여 승천에 철저히 대비해야 하는 처지에 있다. 힘을 기르지 않고 물 밖으로 고개를 내미는 경솔한 행동을 했다가는 어느 권력자의 칼날에 목이 날아갈지 모를 일이다. 잠룡의 상은 인간으로서 충분한 성숙 단계에 이르지 않은 20대의 팔팔한 젊은이이므로

---

*相과 象과 이미지에 대해: 이 책에서는 이미지를 가리키는 용어로 相과 象이 쓰였는데 불교에서의 相이나 주역에서의 象이나 우리가 늘 쓰는 像이나 모두 같은 뜻을 갖고 있다. 언어기호는 각기 다르지만 그 뜻은 같다고 보기 때문에 나도 이것들을 구별하지 않고 사용했음을 밝혀둔다.

30, 40대에 큰일을 하기 위해 오로지 자기함양에만 매진함으로써 철저히 대비해야 한다는 의미를 지니고 있다.

자신의 점괘로서 건괘를 얻은 사람은 일단 큰일을 하거나 할 수 있는 운세(運勢, fortune)를 타고난 사람이라 할 수 있다. 옛날에는 왕이나 제상, 오늘날에는 대통령이나 국무총리가 될 잠재력을 지녔다고나 할까. 어쨌든 건괘 중 첫 번째인 잠룡의 효(爻)를 얻은 사람은 '잠룡의 상'(象, 이를 효상이라 함)을 지닌 것으로 간주되는데 건괘의 첫 효는 잠룡의 상을 지닌 사람이 해야 할 행동수칙을 가르치고 있다. 정치적으로 큰일을 꿈꾸는 사람이라면 거기에 상응하는 공과 덕을 쌓고 능력과 힘을 기르면서 미래 사태(상황)에 대비해야 한다. 잠룡의 영어 번역어인 'a diving dragon'(자맥질하는 용) 또는 'a hidden dragon'(숨은 용)은 물 밖으로 나오지 않는 용의 이미지를 그려내고 있다. 잠룡의 이미지를 충분히 살린 번역어라고 보기는 어렵지만 물 밖으로 몸을 드러내지 않는 용이라는 뜻만은 살렸다고 생각한다. 깊은 못 속에서 자맥질하는 용이든, 애초부터 그냥 물 속에 몸을 숨긴 용이든 간에 잠룡은 물안에 잠겨 있으면서 때를 기다리며 힘을 비축한다는 함축적 정보를 제공하고 있다.

### 밭으로 오른 용, 하지만 두려워하고 삼가는 용

우리가 주역에서 두 번째로 만나는 용은 '현룡재전(見龍在田)'의 용즉 땅 위로 올라와 밭에 있는 용이다. 심연에 사는 용은 최후에는 하늘로 솟아올라야 제 뜻을 펴는 것으로 간주되는데, 용이 수면 위로 일단 얼굴을 내밀었으면 기운차게 저 높은 하늘로 날아올라야 마땅하거늘 어째서 현룡은 밭에(在田) 머문단 말인가. 하지만 현룡인들 어쩔 도리가 없다. 의욕대로 승천하기에는 아직 때도 익지 않았고 자신도 숙성하지 않았기 때문이다. 그러므로 현룡은 힘을 다시 기르며 밭에서 승천을 준비해야 한다. 밭에서 승천을 준비한다 함은 무슨 뜻인가? 주역이 가르치는 교훈은 훌륭한 현인의 지도를 받으며 덕을 키워 모든 사람의 신뢰를 쌓아야 한다고 말한다. 덕을 쌓고 기다린다면 결국 자신의 덕이 많은 사람들에게 널리 알려져 마침내 뜻하는 바를 얻을 수 있으리라. 주역의 내러티브를 엮은 사람—분명 한 사람은 아닐 것이다—은 참으로 아이디어가 비상한 사람일 듯싶다. 용이란 물에 잠겨 있지 않으면 하늘로 오르는 처지에 있는 것으로만 생각하기 쉬운 것이 우리들 범인의 사고 한계인 데 반해 주역 편찬자는 이분법적인 상식의 틀을 깨고 용이 하늘로 가기 전에 잠시 기착하는 중간 역 같은 곳을 세 개나 생각해 낸 것이다.

세 번째 등장하는 척룡은 인간의 발전단계에 비유하자면 40대 중년에 해당한다. 20대의 잠룡, 30대의 현룡을 거쳐 중년에 이른 용이 척룡이다. '君子終日乾乾 夕惕若 厲无咎(군자종일건건 석척약 여무구)'에서 저녁(夕)에 척약하는 용이란 뜻에서 척룡의 이름을 얻었다. '군자는 온종일 쉼 없이 부지런히 힘썼다(終日乾乾).' 그럼에도 군자는 저녁이 되어도 결코 마음을 편안히 놓지 않는다. 아니, 놓을 수가 없다. 그래서 군자는 '두려운 마음으로 신중하게'(惕若) 경각심을 늦추지 않는 것이다. 한편으로는 굳세게 끊임없이 분투 노력하고 다른 한편으로는 결코 나태하거나 해이하지 않는 마음가짐, 그런 자세와 태도를 가질 수만 있다면 그 사람은 능히 군자의 대접을 받을 자격이 충분할 뿐만 아니라 나라의 큰일도 할 수 있는 인물이다. 인생의 40대 중년은 바로 그런 고비에 있다. 20~30대의 근면을 통한 준비와 패기를 경솔하게 과시하려 들어서는 결코 안 된다. 저 하늘로 날아오르는 비룡이 되기까지는 매사에 두려워하고 삼가는 자세로 임해야 하리라. 척룡의 비유적 교훈은 바로 거기에 있다.

### 또는 뛰어오르기도 하는 용

하늘로의 비상을 준비하는 용이라 할지라도 언제까지나 몸을 사려

못 속에다 고개를 숨길 수만은 없는 법. 때로 못 속의 용은 얼굴을 물 밖으로 내밀어 뛰어올라 보기도 한다. '혹약재연 무구(或躍在淵 无咎)의 용이 그런 약룡이다. 혹시 뛰어오르려다가 다시 못 속으로 잠기고 마는 용이란 뜻이다. 때로는 도약을 시도했다가 시의적절하지 않다는 판단 아래 다시 잠기고 마는 용. 이런 용은 자신의 능력과 기회의 포착에 있어 매우 신중한 행동을 한다. 때에 맞춰 도약하기도 하고 또는 물러나 깊은 못에 몸을 깊숙이 감추기도 하는 용, 그런 용에게 무슨 화가 미치겠는가. 그래서 무구(无咎)다. 아무 탈이나 화가 없다고 건괘는 가르친다.

## 절정에 이른 용에게는 회한이

마침내 못 속의 용은 하늘로 솟아올라 비룡(飛龍)이 된다. 만인을 아래로 굽어보며 그들의 존경을 한 몸에 받는 대통령이 된 것이다. 대통령이 아니라면 대통령의 부름을 받아 장관이 되었거나 아니면 지방선거에서 승리하여 도지사나 광역시장으로 당선된 사람을 가리켜 비룡의 상을 지녔다고 주역은 말한다. 우리는 여기서 만물의 〈변화〉를 가르치는 경서로서의 주역이 지닌 진가를 발견한다. 솟아오른 비룡이 더 비상하여 갈 곳은 어디인가? 현명한 임금이라면, 아니 요즘 같은 자본주의 산업사회에서 성공한 기업 경영자―대회사의 사장 또는 회장―라면 자기가 오를 수 있는 정점이 어디쯤인지를 미리 알아야 할 것이다. 비룡은 언젠가는 정점에서 방향전환을 해야 한다. 더 이상 오를 수 없는 용, 이제는 아래로 내려가는 길 밖에 다른 길을 보지 못하는 용이 항룡(亢龍)이다. 그래서 비룡은 반드시 항룡이 되기 마련이다.

최고 지위에 오른 항룡이 그 정점의 자리에서 다시 하강하지 않으면 안 되는 것은 항룡의 거역할 수 없는 운명이다. '항룡유회'(亢龍有悔), 정점에 이른 항룡에게는 후회가 있다(有悔) 라는 넉자는 그런 뜻을 품고 있다. 과거에 저지른 안하무인의 행위, 권력의 정점에 도달하는 동안에 자행한 오만방자한 짓거리를 깊이 뉘우치며 정상에서의 하강 길을 대비하지 않는 자는 반드시 후회하고야 만다'라는 가르침을 '항룡유회'는 내포한다. 가다가 막다른 끝에 닿으면 돌아서야 한다. 물극필반(物極必反), 사물이 절정에 이르면 반드시 반전하는 법이다. 정점에 이른 사람은 반드시 되돌아 나와야 하고 산 정상에 오른 사람은 다시 하산해야만 한다. 그렇지 않으면 그에게는 죽음이 입을 벌려 기다릴 뿐이다.

은유와 환유로 엮어진 주역 텍스트의 내러티브를 읽노라면 여섯 마리 용 이야기가 가르쳐 주듯 인간사를 포함한 모든 세상일이 일정 지점에서 변전(變轉)과 반전(反轉)을 반드시 거듭한다는 '불변의 이치'를 알게 된다. 세상일이란 흐르는 강물처럼 변하고 또 변한다. 평지가 다하면 비탈이 있게 마련이고 유복한 생활을 누리다가도 언젠가는 빈한과 고독의 슬픔을 맛보기도 한다. 제 자리에서 언제까지나 변하지 않는 모습으로 지속되는 일은 하나도 없다. 모두가 무상변전(無常變轉)한다. 주역의 각 괘와 효는 그 변전과 반전의 고비마다에서 인생의 교훈을 일깨워준다.


# 천인합일의 사상


## 인간과 감응하는 자연의 은유

잠룡에서 비룡을 거쳐 항룡에 이르는 과정에서 우리는 용이라는 하나의 시니피앙이 마치 풍운조화를 일으키듯 변화무쌍한 인간사와 세상사의 속성 그리고 그 일들의 갖가지 양태를 발현(發現)하며, 그런 가운데 다채로운 의미의 옷을 갈아입으면서 부단히 변하는 것을 보았다.

용은 한 나라의 임금이 되기도 하고 대통령을 상징하기도 한다. 용의 시니피앙은 때로는 회사의 대표이사와 가족의 가장이란 역을 대행하면서 그때마다의 은유적 의미작용을 수행한다. 그러나 용의 시니피앙이 아무리 우리 눈 앞에서 춤을 추며 멋진 변장술을 연기한다해도 용은 실재하지 않는다. 지상의 온갖 동물들 중에서 주역이 하필이면 왜 용을 선택하여 인간사에 빗대는 은유언어로 활용했는지, 그 이유는 무엇일까? 그리스인이 반인반마(半人半馬)의 괴수와 같은 상상의 동물들을 창조하여 신화를 만들어낸 것과 같은 훌륭한 창의력의 소산이 용 이야기로 현현한 것이라고 보아야 하지 않을까 한다.

주역에는 용 외에도 갖가지 동물들이 은유의 기호로서 등장한다. 생산과 유순함을 상징하는 암말(牝馬빈마)과 암소(牝牛빈우), 그늘에서 우는 학(鶴), 울타리에 부딪쳐 나아가지도 물러서지도 못하는 숫양(羝羊저양), 오로지 전진하기만 하는 다람쥐, 사냥에서 잡힌 '노란' 여우, '거세(去勢)된 멧돼지의 송곳니처럼 날카로우나 해롭지 않다'는 멧돼지, 꼬리를 밟혀도 물지 않는 호랑이 등.

이처럼 갖가지 동물들이 주역에 출현하는 것은 그것들이 일상생활 중 우리 주변에서 흔히 목격되는, 구체적인 형태를 지닌 낯익은 동물일 뿐 아니라 그것들 각자의 특이한 의미가 인간에 의해 인간생활에 부여되었기 때문이다. 암말이나 암소는 새끼를 뱄을 때는 유순하게 보이므로 그것들의 갖가지 특징이나 성질들 가운데서 유순함만이 선택되어 인간의 사고나 행위에 은유적, 환유적으로 의미연관을 지어졌거나 의미가 옮겨진 것이다. 주역은 이처럼 낯익은 구체적 형상을 자연에서 빌려 인간사의 의미를 깨우쳐주는 기법을 구사한다. 이를 가상유의(假象喩意)라 한다. 이미지를 빌려서 비유적으로 뜻을 전한다는 말이다. 나중에 자세히 설명하겠지만 주역은 가상유의의 은유적 환유적 기법을 가지고 자연의 변화가 인간사에 감응하는 〈자연—인간 하나됨〉(天人合一)의 사상을 기술한 미래 예언의 점술서인 동시에 인간에게 삶의 지혜를 일깨워주는 사상서이다.

## 주역의 두 얼굴

구조주의 이론을 확립한 인류학자 레비-스트로스는 서구식 과학문명의 혜택을 전혀 입지 못한, 문자 없는 미개사회에도 인간주체와 세계와의 관계를 풀어가는 그들 나름의 독특한 논리가 있음을 발견했다. 그 논리가 바로 〈야성의 사고〉다. 레비-스트로스가 〈야성의 사고〉로 특징지은 미개인의 사유논리는 문명인처럼 과학적 논리를 구사하지 않는다. 〈야성의 사고〉는 자연과 인간사회의 대응관계를 유추적으로 해석하여 자연의 의미를 인간사회로 전이함으로써 세계를 해석하는 논리이다. 그에 따르면, 미개인의 유추적 사고는 자연의 분류 체계라는 수단을 이용하여 인간과 자연을 서로 대응시켜 이해하는 상호적 관점에 입각해 있다. 이런 사고방식에서는 인간과 자연이 서로 분리되어 있지 않고 유기적으로 통일된 하나의 세계를 이룬다. 자연의 일이 곧 인간의 일이며 인간의 일이 곧 자연의 일인 것이다. 둘은 분리되지 않는다. 과학의 사고는 자연과 인간을 분리하며 자연을 정복의 대상으로 삼지만 〈야성의 사고〉는 자연과 인간을 분리하지 않고 그 둘 사이에 의사소통이 이뤄지며 서로 공생하는 것으로 간주한다. 유럽 근대의 합리주의 사상과 동양사상 간의 근본적 차이는 거기에 있다.

주역의 사상을 낳은 고대 중국인들도 〈야성의 사고〉와 비슷한 사고를 했다. 자연의 움직임과 변화에 비춰 인간사회와 인간의 행위를 풀이하며 전망하려고 그들은 노력했다. 이를 〈천인합일〉사상이라 일컫는다. 천(天)은 하늘과 땅을 동시에 포괄하는 천지(天地)가 되어 총체적으로 자연을 함의한다. 그러므로 〈천인합일〉사상은 자연의 질서와 인간사회의 질서를 일치—합일—시키려는 사상, 바꿔 말하면 해와 달과 별, 산천과 초목, 바람과 구름, 물과 땅 등의 변화를 포함한 자연현상이 그대로 인간세계에 감응되어 반영된다고 보는 사상이다. 기호론적으로 풀이하면, 천인합일 사상은 자연현상의 의미가 은유적 환유적으로 인간사회의 온갖 일들을 대신하여 재현하는 것으로 보는 관점에 서 있다.

〈천인합일〉사상을 담은 대표적인 책이 극히 일부분이나마 우리가 지금 살피고 있는 역경(易經)이다. 역경은 중국 유가(儒家)의 주요 경전 중 하나다. 역경의 다른 이름인 주역(周易)은 고대 중국의 주(周)나라에서 만들어진 역서란 뜻을 갖는다. 역경은 유가의 공맹(孔孟)사상과 도가(道家)의 노장(老莊)사상의 원천이라는 점에서 중국 고전 중의 고전이라는 자리를 차지한다.

역경은 두 개의 얼굴을 갖고 있다. 하나는 인간의 운명과 앞날을 점치는 점서서(占筮書)의 얼굴이고 다른 하나는 우주 변화의 이치를 밝힌 철학사상서의 얼굴이다. 그러므로 이 책은 점서라는 한 면과 세상사와 우주의 이치를 일러주는 철리서(哲理書)라는 다른 면에서 다 같이 고대 중국인의 지혜가 응집된 고전으로 평가받는다. 인간의 앞날과 운명을 점치는 쪽에 역경읽기의 무게가 실리면 점술서가 되며 세상만물의 움직임과 변화의 이치를 일깨우는 쪽에 비중이 옮겨지면 사서오경 중의 하나인 사상서의 자리를 차지한다. 그 점에서 주역은 세속적인 예언서라는 일면과 우주와 세계에 대한 오묘한 진리를 담은 철학사상서라는 또 다른 일면을 동전의 양면처럼 지닌 아주 특이한 경전이다. 적어도 지금부터 2천 5백 년 전 내지 3000년 전에 만들어진 것으로 추정되는 주역은 두 얼굴을 지녔기에 오랜 세월의 풍상을 견디면서 아래로는 점을 즐기는 시골 촌부에서부터 위로는 세상의 이치를 말하는 지식인과 사대부, 임금에 이르기까지 폭넓은 팬들을 확보했는지도 모른다. 주역이 수많은 경서들을 불살라 없앤 진시황의 저 악명높은 분서갱유(焚書坑儒, 시황제가 학자들의 정치논의를 금하기 위해 온갖 사상서를 불사르고 유학자를 갱 속에 묻은 사건)의 화를 면한 것도 그 고전이 다행히도 점술서로 평가받았었기 때문이다.

# 텅 빈 기호, 하늘(天)의 수용 능력은?

주역은 세상만물의 움직임과 변화를 먼저 괘(卦)로 불리는 여덟 가지의 상징적 기본 패턴—8괘—을 토대로 삼아 그것을 64가지의 음양 패턴—64괘(8괘×8괘)—으로 재분류하고, 그 각각의 괘를 다시 효(爻)로 불리는 여섯 가지의 작은 하위 패턴—6효—으로 나눈다. 이를 다시 정리하면, 주역은 8괘라 불리는 우주의 여덟 가지 기본적 상징(기호)들을 먼저 설정하고 똑같은 다른 8괘와 각기 서로 둘씩 짝 지워(8×8) 64괘로 만든 다음 그 예순 넷 각각의 괘 아래 음효 셋 양효 셋씩 모두 여섯 효를 둔 384효(64×6)로 구성된 〈변화의 경전〉이다. 그러므로 우주의 근본원리를 밝히는 기본상징들은 여덟 갈래—8괘—지만 이를 토대로 모두 64갈래의 천지운행의 이치가 풀이되는 것이다. 주역에 처음 접하는 독자의 이해를 돕기 위해 여덟 가지 기본 상징들(8괘)을 소개하고자 한다.

| 괘 이름(卦名) | 괘 모양(卦形) | 상징(기호)의 의미 | |
| --- | --- | --- | --- |
| | | 자연 | 성질 |
| ① 건(乾) | ☰ | 하늘 | 강건함 |
| ② 곤(坤) | ☷ | 땅 | 유순함 |
| ③ 진(震) | ☳ | 우뢰 | 격동적 |
| ④ 손(巽) | ☴ | 바람 · 나무 | 들어감 |
| ⑤ 감(坎) | ☵ | 물 · 비 | 빠짐 |
| ⑥ 이(離) | ☲ | 불 · 해 | 달라붙음 |
| ⑦ 간(艮) | ☶ | 산 | 멈춤 |
| ⑧ 태(兌) | ☱ | 못 · 바다 | 기쁨 |

64괘의 의미를 담은 비밀의 문은 첫 번째 건괘(乾卦)에서 열린다. 두 번째 괘가 곤괘(坤卦)이고, 맨 마지막 두 개는 기제(旣濟)와 미제(未濟)의 괘로 불린다.

주역의 장에서 맨 처음에 나오는 건괘는 여섯 마리 용들과 연관지어 그것들의 은유적 퍼레이드를 살핀 괘다. 건괘는 하늘을 중심으로 한 만물의 변화를 밝힌다. 乾은 天과 함께 하늘을 의미하는 하나의 기호이다. 天은 형이상학적이며 추상적인 관념으로서의 자연을 상징하는 기호인데 비해 乾은 우리들 머리 위에 펼쳐진 저 공활한 하늘(the sky)이란 구체적 이미지를 담고 있다고 풀이하는 학자도 있지만 여기서는 天과 乾이 세상만물의 중심적 위치를 차지하는 명칭(term)으로서 이해하는 데서 출발하는 것이 좋을 듯하다.

주역에서 하늘 즉 천은 고정된 의미를 지니지 않고 상황과 문맥(context)에 따라 매우 다양한 의미를 나타내는 기호로서 작용한다. 그것은 대기권을 포함한 구체적인 sky가 아니고 그보다 더 넓은 의미의 것, 어느 면에서는 의미 자체가 텅 빈 형이상학적 관념의 하늘인 heaven을 가리킨다. 그러므로 나는 天을 고정된 시니피에를 아니 갖는 기호—정확하게는 시니피앙—로 보고자 한다. 텅 빈 기호이므로 천이란 시니피앙을 채우는 의미의 종류는 매우 다양하다. 천의 의미는 아주 신축적이며 융통성이 있다. 천이란 시니피앙은 저 높은 하늘에서는 태양이 되고, 땅에서는 강건함이 된다. 또한 천은 물질세계에서는 무언가를 덮는 총체의 것을, 몸에서는 머리를, 가족에서는 가장(家長)을, 나라에서는 임금(왕)을 그리고 제국에서는 황제를 의미하기도 한다. 천의 시니피에(개념)는 위에서 열거한 것들 말고도 더 있다. 회사의 사장이 될 수도 있고 마을의 이장이 될 수도 있으며 산을 지키는 산장의 주인이 될 수도 있는가 하면 대학교 학생회의 회장일 수도 있다. 요컨대 천은 세상만물의 원초적 시발인 동시에 두두물물(頭頭物物, 온갖 종류의 사물들)의 으뜸임을 지시하는 명칭(시니피앙)이다. 천의 길은 인간

생활의 토대가 되는 길이며 우리의 삶을 시작하는 길이다.

주역에 의지하는 점술가의 유능함과 덜 유능함을 가리는 기준은 예컨대 건괘 하나에 나타나는 천의 다양한 의미들의 집합체(範列 paradigm)에서 어느 것을 선택하여 점괘에 해당하는 주인공의 여러 가지 행위 및 일들과 그 의미를 어떻게 연결시켜 전체적인 운명의 의미를 해석할 줄 아느냐 여부에 달려 있다고도 말할 수 있다. 점서법(占筮法, 대나무 젓가락으로 점치는 방법)에서 건괘를 얻은 사람이 만일 정치인—정치지망생—이라면 그에게 천은 도지사나 시장 또는 국회의원 아니면 도의회의원을 의미할 수도 있을 것이고 그가 만일 현직 국회의원이라면 장관이나 국무총리 아니면 대통령을 의미할 수도 있을 것이다. 이처럼 의미가 고정되어 있지 않다는 점에서 천은 텅 빈 기호이며 그래서 천은 그 자체 안에 실로 풍부한 의미를 함장(含藏)하는 수용력이 대단히 넓고 크다. 채워진 그릇보다는 텅 빈 그릇이 더 많이 더 다양한 내용물을 담을 수 있는 이치는 바로 여기에 있다. 우리의 마음도 이와 다르지 않다. 텅 비어 있으면 있을수록 더 자유롭게 더 많이 골라서 담을 수 있다. 그러므로 '마음을 비우라' 라는 충고는 '그래야만 더 많은 것을 담을 수 있다' 라는 잉여의미를 품고 있다.


## 음양은 분류범주의 기호

### 강유보다 나중에 출현한 음양

주역을 음양과 떼어놓고 논의하는 것은 서울과 한강을 서로 분리하여 생각하는 것만큼이나 잘못된 처사다. 그만큼 둘은 서로 밀접히 이어져 있다. 그러므로 주역을 이해하려면 음양의 연속성이라는 이치를 우선 터득해놓지 않으면 안 된다. 음양에 관한 것을 다 안다고 해서 주역을 전부 이해한다고는 말할 수 없겠지만 적어도 음양을 모르고서 주역 이야기를 할 수는 없다. 주역은 음양원리를 기초로 하여 성립된 책이기 때문이다.

이처럼 음양은 주역과 표리관계를 이루는 중요한 위치를 차지하고 있음에도 정작 주역에는 음양이란 단어가 별로 많이 출현하지 않는다. 주역의 본경(本經)이라 할 수 있는 괘사(卦辭), 효사(爻辭), 단전(彖傳) 및 상전(象傳) 중에서 음양 두 글자는 고작 한두 군데에서만 잠깐 선을 보일 뿐, 주역의 사상을 총체적으로 해석한 부분이라 할 수 있는 계사전(繫辭傳)에 와서야 비로소 그 본격적인 모습을 드러낸다. 그것도 잠깐 보일 뿐 이내 자취를 감춰버린다.

그래서 주역연구자들 사이에서는 음양이란 단어는 주역의 본경이 만들어 진 후 훨씬 후대에 와서 주역에 편입된 용어라는 견해가 유력하게 퍼져 있다. 이 견해를 받아들인다고 해서 음양이란 말이 등장하기 이전에는 음양사상을 가리키는 사상이 중국에 없었다고 말하는 것은 결코 아니다. 나중에 설명하겠지만 음양의 출현 이전에 음양의 사상은 강유(剛柔)라는 명칭에 실려서 대행되었다. 주역 64괘 384효를 설명하는 본경의 문장들 중에서 음양의 자태가 거의 보이지 않고 강유의 얼굴만이 빈번하게 출현하는 것은 그 때문이다. 주역에서 강유는 음양의 다른 이름이다.

### '음양=氣' 라는 설

동양의 전통사상을 언급할 때면 으레 튀어나오곤 하는 음양오행설(陰陽五行說)의 음양은 대체 무엇을 의미하는 명칭일까? 동양 고금의 많은 철학자들에 따르면 음양은 기(氣)로서 이해되었다. 양기, 음기라고 말하는 그런 기로서 말이다. 그것이 통설로 굳어진 해석법이기도 하다. 하늘과 땅(天地), 남자와 여자(男女), 해와 달(日月), 밝음과 어둠

(明暗) 등을 포괄하는 모든 이항대립은 음양으로 대표된다. 다시 말해서 음양은 모든 이항대립을 대신하여 표상한다. 이러한 음양설을 따르면 천변만화하는 우주와 자연계의 모든 사물은 음과 양의 작용에 의해서 움직이며 변화를 일으키는 것으로 간주된다.

중국 송의 대사상가인 정이천(程伊川, 1033~1107), 나중에 주희(朱熹, 1130~1200)에게로 계승된 주자학(朱子學 또는 程朱學)의 초석을 깔아놓음으로써 주자보다 더 높은 대접을 받는 그는 음양을 기(氣)라고 보았다. '음양=기'라는 입장에서 그는 이기설(理氣說)의 체계를 처음 수립했다. 이후 주자학자들이나 여타 동양철학자들 사이에서 '음양은 기'라는 음양=기설이 요지부동의 정설로 고착되어 왔다.

이천은 만물의 생성소멸을 '음양의 氣'에 의해 나타나는 현상으로 보았으며 그 현상의 배후에서 氣를 작동시키면서 현상에 의미를 부여하는 그 무엇(something)을 이(理)라고 이름지었다. 이천에 의하면 氣는 물리적인 형태나 형상을 갖는 것 즉 형이하(形而下)의 것이고 理는 형상이 없는 것, 즉 형이상(形而上)의 것이다. 이천의 理는 노자의 무(無), 도가의 도(道), 불교의 다르마(Dharma=法), 기독교의 창조주, 서양철학의 절대본질로 통하는 중국식 명칭이라고 이해하면 큰 무리가 없을 듯싶다.

### 음양, 만물 식별의 기호

이처럼 당연시되어온 음양=기의 통설에 대해 우리는 의문을 갖지 않으면 안 된다. 음과 양이 기이고 그 기가 물리적인 형태를 가진 것이라면 비물리적인 형태들에 대해서는 음양=기의 원리를 적용할 수 없지 않는가? 강과 유(剛柔), 동과 정(動靜), 밖과 안(外內), 기수와 우수(奇·偶數), 따뜻함과 추움(暖寒)처럼 주역에서 비물리적인 대립항들에 음양의 원리를 적용하는 것은 이치에 맞지 않다는 결론에 도달하게 된다. 하늘과 땅(天地=乾坤), 불과 물(火水), 남성과 여성(男女)처럼 구체적 형상을 가진 것들이 양의 기운이나 음의 기운과 같은 어떤 기운, 전기의 흐름이나 에너지와 같은 힘의 작용에 의해 움직이고 변화를 일으킨다는 설명법은 우리가 납득할 수 있지만 구체적 형상이 없는 관념적인 것, 추상적인 것들에도 그런 기운이 작용한다는 설명은 선뜻 이해가 되지 않는다.

이천의 음양=기설에 대한 나의 의문과 고민은 도올 김용옥의 책 『氣哲學散調』(통나무 1992)와 손영규(孫映奎)와 양역명(楊亦鳴)의 책 『易經對話錄』(박삼수 역 『주역』 현암사 2007)을 만남으로써 풀렸다. 책의 군데군데에서 얄미울 만큼 학문적 오만이 물씬 풍겨 나오는 문장의 수사법이 썩 마음에 들지는 않지만 때로는 번득이는 지혜의 빛을 발산하는 도올의 음양 풀이는 이천의 음양=기설을 거부하는 입장에서 전개된다. 그는 음양을 현상세계의 만물을 인식하는 기호적 원리로서 파악한다. 그에게 음양은 만물을 분별하여 식별하도록 하는 원초적 준거기준(primary point of reference)이 된다. 이러한 인식 원리인 음양을 가지고 어떤 대상을 살피고자 할 때 대상을 보는 원리 그것이 바로 오행이라고 도올은 해석한다. 도올에게 있어 음양은 인식의 원리이고 오행은 대상의 원리다. 여기서 음양과 항상 짝을 이루는 오행에 관한 설명은 그의 책에 맡기기로 하고 다시 우리의 음양 설명으로 되돌아오면 음양의 얼굴은 기호론적인 것으로 돌연 바뀐다.

음양은 세만틱스가 아니라 세미오틱스이다. 음양은 음양이 아니다. 다시 말해서 음양은 우리가 상식적으로 전제하는 바 세만틱스의 음양이 아니다.
— 김용옥 『氣哲學散調』 통나무 1992 p.58

도올의 이 말은 음양을 의미론(semantics)적으로 보지 말고 세미오틱스(semiotics) 즉 기호론적으로 보라는 권고다. 이는 음양을 그 자체에 고유한 의미가 내장된 명칭으로서 이해하지 말라, 음양은 특정한 지시대상(referent, object)에 고정되어 있지 않으므로 그 의미도 횡~하니 열려 있는 기호로서 파악하라는 말이나 다름없다. 도올의 음양에 대한 기호론적 입장은 정이천의 음양=기설보다는 설득력 있는 관점이라고 나는 생각한다. 음양을 기호로 보는 관점은 孫·楊 두 중국인 학자에 의해서도 견지되고 있다. 그들은 주역의 괘효를 '개방적인 부호의 체계' 다시 말해서 기호의 체계로 보았다. 따라서 괘효가 '상징하는 의미는 시간과 사람과 사물에 따라 달라질 수 있다'고 그들은 말한다.

음양은 현상계의 사물을 분류하는 범주의 개념이며 氣는 음과 양을 연결하여 교통하게 해주는, 다시 말해서 음과 양을 매개하여 서로 대립(相對)하면서 상용(相容)하게 하는 작용을 일으키는 일종의 에너지이다. 理는 氣라는 에너지의 작용 원리를 형이상학적으로 표현한 개념에 지나지 않는다고 나는 보고 싶다. 그래서 理는 주역에서 모든 대립의 양상이 원융의 상태로 되는 태극이 되며, 노장사상에서는 無 또는 道가 된다. 한 마디로 理, 太極, 無, 道는 동일한 개념을 지시하는 다른 이름에 지나지 않는다.

### 대립 모순이 아닌 대대(對待)개념

기호로서의 음(--)과 양(—)은 우리가 사물을 인식하는 기준으로서의 분별과 차이의 원리이다. 그것은 전기의 +(플러스) —(마이너스), 컴퓨터가 식별할 수 있는 언어인 1, 0과 마찬가지로 이항대립의 개념이긴 하지만 언제까지나 서로 대립하면서 배척하는 개념이 아니다. 음양은 이항대립의 개념이면서 동시에 이항합일(二項合一), 이항상의(相依)의 개념이다. 물극필반(物極必反), 즉 사물이 극치에 이르면 반드시 반전하는 법. 양도 극에 이르면 음이 되며 음도 극에 이르면 양이 된다. 이러한 사물의 반전이 음과 양 사이에 이뤄지려면 음 속에 양이 내재해 있어야 하며 또한 양 속에 음이 내재해 있어야 한다. 그래서 음과 양은 서로 은밀히 내통하고 있는 것이다. 그러다가 어떤 때는 양으로 나타나고 어떤 때는 음으로 나타난다고 보아야 한다. 음양의 은밀한 속삭임이 있기에 물극필반의 이치가 생기는 것이다. 이러한 변화의 이치는 모든 일에는 밝은 면만이 영원히 지속되지 않고 언젠가는 어두운 면으로 반전하는 것을 우리에게 가르쳐 준다. 이것이 주역의 기본사상이다. 앞서 언급한 천인합일 사상도 기본적으로는 두두물물의 움직임을 일원론에서 파악하는 음양원리에 기초하고 있다.

음양합일의 원리는 과학의 세계에서도 발견된다. 일본의 도모나가 신이치로(朝永振一郎) 교수와 함께 노벨물리학상(1965)을 공동수상한 리처드 P. 파인만(Richard P. Feynman, 1918~1988) 박사는 말했다. '얼핏 보기에는 상이한 것처럼 보이는 두 개의 것이 실은 하나의 것의 다른 측면들'로 판명되는 일이 과학 세계의 현상이라고. 그는 철과 산소를 화합시켜 산화철을 만드는 과정에서 화학적 변화를 일으키는 데 결정적 역할을 하는 것은 양전기(+)와 음전기(—)의 작용이라는 영국 과학자 파라데이(Michael Faraday, 1791~1867)의 위대한 발견에 감탄하면서 이 발견이야말로 '과학사상 드문 일인 동시에 가장 극적인 순간'이라고 표현했다(Feynman 저 大貫昌子 역 『科學は不確かだ!』岩波現代文庫 2007 p.19). 그에 따르면 물질 속의 원자로부터 방출되는 마이너스 전기와 플러스 전기는 일정한 비율로 서로 끌어당김으로써 산소와 철의 화합작용을 일으키게 한다. 이 사실은 화학적 변화가 결과적으로 전기의 힘으로 일어나는 것임을 말해준다. 이는 음양으로 표상되는 마이너스 전기와 플러스 전기가 산소와 철에 작용함으로써 화학적 변화를 통해 서로 대립하는 것들을 하나로 만든 것이라는 설명이다.

대립하는 이항들이 언제나 '맞서서 으르렁대며 상대를 제압 또는 배척'하는 개념이 아니라 '맞서 있으면서 웃는 낯으로 서로 상대를 받아들이고 서로 상대에게 의지한다'라는 뜻에서 동양의 음양은 서양의 변증법적 모순 개념과 구별된다. 서양의 모순 개념도 대립되는 두 항이 변증법에 의해 하나의 통일로 지양(止揚)되기는 한다. 헤겔 변증법이 그러하다. 하지만 마르크스주의의 방법론적 토대가 되는 유물변증법에서 보듯이 두 개의 모순 대립항들은 서로 적대항들이 되어 하나에 의해 다른 하나가 부정(배척)됨으로써만 새로운 것을 탄생시키는 내용으로 되어 있다. 요컨대 변증법은 정신과 물질을 이원적으로 파악하며, 서로 상합할 수 없고 모순되는 정과 반이 이원적으로 작용하는 원리를 말한다. 따라서 변증법은 결국에는 어느 일방이 우세하여 타방을 극복하고 제압함으로써 비로소 통일(合)이 실현되는 구조를 갖고 있다. 변증법의 원리는 그것이 유물변증법이든 관념변증법이든 간에 물심(物心)일원론의 입장을 취하는 음양의 세계관을 대신할 수도 없거니와 또한 유사한 것으로서 설명할 수도 없다.

음양원리는 태극을 천지만물이 생성하는 원초적 시발점으로 삼아 양도 되고 음도 되는 일원론적 세계관을 취한다. 이것이 氣의 작용에 의한 음양이론을 전개할 경우 氣일원론이라 부른다.

거듭 말하거니와 일원론적 공통 근거 위에서 氣를 매개로 작용하는 음양의 감응은 대립하는 이항 사이에 교통이 원만하게 이뤄짐을 의미한다. 전기의 +극과 −극이 만나 전류의 흐름을 형성하고 그 흐름에 의거하여 전깃불이 켜지듯이, 또한 하늘(天 乾)과 땅(地 坤)이 서로 만나 인간과 만물을 생성하듯이, 음과 양은 서로 만나 감응함으로써 새로운 생성을 일으킨다. 그것이 음과 양의 원만한 커뮤니케이션이다. 변증법의 정반합(正·反·合)은 감응 이론도 아니며 커뮤니케이션 이론도 아니다.

서양의 모순 대립과 다르다는 점에서 동양의 음양은 대대(對待) 개념으로 불린다. 전기의 플러스/마이너스가 서로 다른 것을 만나 상용하면서 전류를 흐르게 하듯이, 컴퓨터의 1과 0이 서로 상대를 껴안아 받아들임으로써 무수한 배열과 조합을 통해 만물의 천태만상을 글, 그림, 소리로서 아주 훌륭하게 재현하는 상용(相容)개념이 되듯이, 음양도 일방이 존재하기 위해 필수적으로 타방(상대)을 필요로 한다. 음과 양은 서로에 대해 일방이 원인이 되고 타방이 결과가 되는 수직적 주종관계에 있지 않고, 일방이 타방이 존재하기 위한 근거로서 기능하는 수평적 상의관계에 있다. 이 경우의 근거는 한정적 범위의 근거가 아니고 무한대의 근거이므로 초탈적 근거(超脫的 根據) 또는 하이데거의 용어로 탈근거(Ab-grund, base without base)라고 부를 수 있다. 근거는 근거지만 한정성을 벗어나 무한정성(indefinite)을 지녔다는 의미에서 무근거라 부르지 않고 그렇게 부르는 것이다.

음양은 인간이 지각하고 인식하는 온갖 대상들의 식별에 적용하는 아주 단순화된 원초적 범주, 원초적 기준에 지나지 않는다. 음양의 범주에 따라 우리는 온갖 대상들을 때로는 하늘과 땅, 남성과 여성, 노인과 소년, 산과 늪, 육지와 바다로, 때로는 위와 아래, 가는 것과 오는 것, 잃음과 얻음, 태어남과 죽음, 강함과 유연함 등으로 분류하여 그 대대이항에 의미를 부여한다. 그러나 음양은 남과 여(男女), 가는 것과 오는 것(往來), 위와 아래(上下)와 같은 대대이항이 서로 배척하지 않으며 서로 받아들인다는 속성을 지니고 있다는 점에 그 현저한 특징이 있다*. 음양의 이분법이 서구의 이항대립과 다른 소이(所以)는 바로 여기에 있다. 서구의 이항대립은 신과 악마, 영혼과 육체, 마음과 물질, 본질과 현상, 조물주와 피조물, 프롤레타리아와 부르주아처럼 서로를

---

*소옹은 그의 『관물』편에서 "陽은 홀로 설 수 없으며 반드시 陰을 基로 한다. 음은 스스로 나타날 수 없어 반드시 양을 얻은 후에 나타나므로 음은 양으로 唱을 삼는다."라고 말했다. 소옹의 견해 역시 음과 양의 상의관계를 말하는 것이다. 李恩奉의 풀이에 따르면 음은 응결하고 모이는 성질을 갖는다. 구름이 응결, 응취하면 비가 내리게 된다. 구름이 양을 만나면 흩어져 올라가게 된다. 천둥과 번개는 음이 모여 흩어지지 않는 상태에서 그 음 안에 있는 양이 나갈 구멍을 잃고 막혀 있다가 별안간 음을 뚫고 밖으로 분출하는 현상을 말한다. 반대로 밖에 있는 양이 응취, 응결해 있는 음을 뚫고 안으로 들어가지 못하면 세찬 바람이 일어난다. 이를 회오리바람이라 한다. 그러므로 모든 자연현상은 음양의 성질과 상호작용을 떠나서 있지 않다고 한다.
— 『한국민족문화대백과사전』의 李恩奉 〈음양오행〉항에서

상용할 수 없는 처지에서 분리되어 서로를 배척하며 적대시한다.

음양을 이처럼 식별의 원리, 대상 분류의 범주와 기준으로 보는 관점에 서면 리기(理氣), 음양은 대승불교의 유명한 논서 중 하나인 〈대승기신론〉(大乘起信論)에서 설하는 체·상·용(體相用)에 대응한다고도 볼 수 있다. 즉 體는 이기설의 理에, 用은 氣에 그리고 相은 음양에 각기 대응한다. 이렇게 보면 정이천의 음양=기설은 어떤 사물의 형상(相)과 작용(氣·用)을 분리시키지 않고 일체화된 하나의 것으로 고찰함으로써 음과 양 그 자체가 제각기 성질이 다른 氣를 함장(含藏)하여 운동하는 개념을 낳고 말았으며 따라서 음양의 개별적 대상인 비물질적 개념(高低, 大小, 署寒 등)까지도 마치 기운과 같은 에너지가 작동하는 것처럼 오인하는 잘못된 인식을 초래하고 말았다. 높음과 낮음, 큰 것과 작은 것, 더위와 추위는 음양이 각기 대응하는 대상들—실재하는 대상이라기보다는 차이의 상대적 관념—의 이름일 뿐이며 氣와 같은 에너지를 갖지 않는 것임을 이해한다면 분석적으로는 음양이 마땅히 기와 분리되어 고찰하지 않으면 안 되는 필수적 이유를 알게 될 것이다.

## 하늘과 땅이 사귀고 만물이 서로 통한다

지금까지 음양의 기본 개념을 살폈으므로 이제부터는 음양이 주역에서 실제로 어떻게 작용하는지를 알아볼 차례다. 64괘 중 음양의 상용상의(相容相依) 사상을 가장 잘 표현한 것은 아마도 제11괘인 지천태(地天泰)괘가 아닐까 한다. 이 괘는 괘명에서 드러나듯 하늘과 땅이 조화를 이뤄 안정되고 태평한 상태를 만들어낸다는 의미를 갖고 있다.

먼저 괘 전체의 판단(주역에서는 彖傳단전이라 부름)을 보고 그 다음에 괘 전체의 의미와 이미지를 해석하는 상전(象傳)을 보자.

(단전), 하늘과 땅이 어울리고 만물이 서로 통한다. 윗사람과 아랫사람이 어울리고 그들의 뜻이 일치한다. 양이 안에 있고 음이 밖에 있다. 강건함이 안에 있고 유순함이 밖에 있다. 군자가 안에 있고 소인이 밖에 있다.
(상전), 땅이 위에 있어 아래로 내려오려 하고 하늘이 아래에 있어 위로 올라가려 하니 하늘과 땅이 서로 만나 마음을 연다. 하늘은 안에서 다스리고 땅은 밖에서 순종한다. 창조능력은 안에서 지배하고 수용능력은 밖에서 헌신한다. 몸과 마음, 집안과 나라가 태평하다.
— 김인환 역해 『주역』 고려대학교 출판부 2006

역술인을 찾아간 손님이 얻은 점괘가 만일 지천태괘로 나왔다면 그 역술인은 아마도 무릎을 탁 치며 참으로 좋은 괘가 나왔다고 손님의 마음을 북돋울지도 모를 그런 괘상(卦象)이다. 그런데 이 괘상을 어떻게 풀이할 것인지, 주역에 문외한인 우리 범인들에게는 난감한 일이다. '몸과 마음~태평하다'를 빼면 위 인용 구절 전체가 은유로 되어 있다. 어떻게 위에 있는 하늘이 아래로 내려오려 하며 하늘과 땅은 또 어떻게 만나 마음을 여는가? 이 장(章)의 첫 머리에서 용의 메타포를 소개한 것도 그리고 지금 지천태괘를 인용하여 다시 메타포 이야기를 펴려는 것도 주역 속의 메타포가 함장(含藏)하는 풍부한 의미의 샘을 다소나마 퍼내고 싶기 때문이다.

지천태괘는 괘명과 괘상이 가리키듯 하늘(天·乾)의 괘(☰)와 땅(地·坤)의 괘(☷)가 합친 것이다. 하늘은 양으로 상징되고 땅은 음으로 상징되므로 지천태괘는 하늘과 땅 즉 양과 음이 합친 태평한 상태를 의미하는 괘임을 알 수 있다. 그래서 '하늘과 땅이 어울리고(天地交)'라는 표현을 써서 '만물이 서로 통한다(萬物通)'라는 괘 전체의 판단이 내려진다. 동양의 음양사상은 한 마디로 요약하자면 서로 대립되는 것들(相反)이 만나 화합함(應合)으로써 생성작용을 일으킨다는 상반응합의 논리를 함축한 것이다. 이것은 앞서 설명한 상용상의의 다른 설명방법이라고 생각하면 된다. 이에 비춰보면 지천태괘는 서로 대립되는 하늘(양)과 땅(음)이 만나 교합한다는 이미지와 의미를 발산하므로 좋은 생산적 효과를 낳을 수 있다는 기대를 갖게 한다.

이 대목에서 우리는 하늘과 땅 즉 천과 지(天地)가 양과 음을 대신하는 다른 명칭 즉 다른 기호라고 풀이하는 것이 적절하다는 점을 알게 된다. 천지는 새들이 나는 스카이(the Sky)와 식물이 자라고 동물이 뛰노는 지구=대지(the Earth)일 뿐만 아니라 스카이와 대지를 합친 저 광대무변한 천공(天空)의 세계 내지는 가없는 우주를 가리킨다고 보아야 한다. 이렇게 보지 않는 한 우리는 동양사상에서 언급되는 천지의 개념을 제대로 파악하기 어렵다.

다시 우리의 본론으로 돌아가서, 지천태괘의 실천적 풀이로 들어가자. 이를 현대 생활의 실천면에서 응용한 어느 주역해석자의 견해를 인용하는 것으로 나의 설명을 대신할까 한다.

천하태평이고 모든 소원이 실현된다. 운세는 순조롭다. 경사가 있으며 인간관계도 넓어진다. 다만 성운(盛運)에만 의지하면 허를 찔릴 가능성이 있다. 운세가 좋을 때 쇠운(衰運)으로 향하기 시작했을 때의 준비를 해두는 것도 중요하다. 만사가 순조롭다고 해서 주위 사람들에게 과시하거나 하면 반드시 후회할 일이 기다리고 있다. 방심하고 돈을 낭비하면 영락한다. 성운이기 때문에 다른 사람에게 신경을 써 주위 사람들을 돌보아주도록 노력하는 것이 중요하다.

— 최완식 역해『주역』혜원출판 1989

# 산과 늪이 서로 감응하여 만물이 생긴다

이러한 상반응합, 대대의 원리 위에서 음양의 커뮤니케이션이 어떻게 전개되는지. 우리는 주역의 제31괘인 택산함괘(澤山咸卦)에서 이를 살펴보고자 한다. 이 괘의 판단(彖傳)은 이렇게 말한다.

咸(함)은 感(감)이니 유순(柔順)함이 위에 있고 강건(剛健)함이 아래에 있어서 두 기운이 서로 감응하며 화합한다. 남자가 여자의 아래에 있으므로 '하는 일이 형통하나 바르게 행동하는 것이 유익하다. 여자를 취하면 좋다'고 하는 것이다.

하늘과 땅이 감응하니 만물이 생겨나고 성인이 백성의 마음을 감동케 하니 세상이 화평하다. 서로 감응하는 바를 관찰하면 천지만물의 정을 알 수 있다.

(象曰: 咸感也 柔上而剛下 二氣感應以相與……是以亨利貞 取女吉也 天地感而萬物化生 聖人感人心而天下和平 觀其所感而天地萬物之情 可見矣).

주역에 대한 기초 지식이 부족한 독자의 이해를 돕기 위해 이 괘의 모양과 구조에 대해 잠간 설명하면, 이 괘는 간괘(艮卦 ☶)를 위에 두고 태괘(兌卦 ☱)를 아래에 둔 구조를 이룬다. 이처럼 주역 64괘는 간괘, 태괘를 포함함 여덟 괘들(八卦)의 상하 조합(combination)에 의해 만들어진 구조로 짜여 있다. 나는 편이상 '간괘를 위에 두고 태괘를 아래에 둔 구조'라고 말했지만 주역 읽기의 격식에서는 위에 놓인 간괘 즉 외괘(外卦)의 위치를 하(下)라 하며 태괘 즉 내괘(內卦)의 위치를 상(上)이라 한다. 64괘의 얼개는 이처럼 우리들의 보통 상식과는 거꾸로 짜여 있음을 유의해야 한다. 이 점에 주목하여 괘상(卦象)을 읽으면, 주역의 체계에서 내(상)괘인 태괘는 음을 의미하며 외(하)괘인 간괘는 양을 가리킨다. 그러므로 택산함괘는 양인 남자가 음인 여자의 아래에 놓이게 되는 형상을 하고 있다.

　나는 택산함괘를 보면서 가부장적이며 남성중심적인 사상을 곳곳에서 강조하는 당시 사회적 상황에서 주역이 여성 아래에 남성을 두는 괘를 만들어내 그것을 어떻게 음양의 화합으로 풀이하게 되었는지, 그 까닭을 퍽 흥미롭게 여기지 않을 수 없다. 이는 건괘(☰)와 곤괘(☷)의 여섯 줄(이를 六爻라고 함)을 세 줄씩 짝을 지워 괘를 만들다 보니 어쩔 수 없이 양(남성)이 음(여성)의 아래에 놓이는 구조를 지니게 되었다고 생각할 수 있다. 말하자면 순열조합의 수학적인 배치방식이 초래한 필연적 산물이라는 설명법이다. 그러다 보니 원래 음양의 조화와 융합을 중시하는 주역의 사상적 입장이 강건한 남성이 유순한 여성보다 하위의 든든한 위치에서 여성과 융합해야만 화목한 가정 운영이 가능해질 수 있다는 괘 해석이 나왔다고 본다. 순서에 있어서 나중에 나오는 제41괘인 산택손괘(山澤損卦)가 택산함괘와는 정반대로 되어 있음을 주목하기 바란다. 어쨌든 이글은 주역 64괘의 형성과 구조를 모두 밝히려는 데 그 목적이 있지 않으므로 괘의 구조에 관한 이야기는 이 정도로 그치고 본래의 길로 다시 되돌아가기로 하자.

### 대대항의 커뮤니케이션(감응)

　택산함괘는 산과 늪의 감응이란 용어를 사용하여 음양의 커뮤니케이션을 설명한다. 앞서의 괘 풀이에서 함(咸)을 감(感)이라 한 것은 咸의 본래 뜻이 感임을 의미한다. 함은 곧 감응을 뜻한다. 우리는 일상생활에서 '감으로 맞추고 감으로 이해한다' 라는 표현을 곧잘 쓴다. 이 경우의 감이 바로 감응이다. 감으로 맞추려면 주체와 객체 사이에 이른바 코드가 맞아떨어져야 한다. 산을 끼고 있는 늪과, 늪을 안고 있는 산 사이에 커뮤니케이션을 가능케 하는 의사소통의 코드가 없으면 감응은 일어나지 않는다. 그런 감응이 아주 리얼하게 드러난 괘가 택산함괘다.

이 괘를 자세히 살펴보면, 택산함(澤山咸)이란 괘명이 지시하듯이 못(澤)이 산(山) 위에 있는 형상(이미지)을 취하고 있다. 바로 이 이미지가 택산함이 지닌 커뮤니케이션의 원리 즉 감응의 원리를 단적으로 보여준다. 한 마디로 말해서 택산함괘의 이미지는 산 위에 못이 있는 모습을 보여준다. 산 위에 못이 있다니 백두산 천지나 한라산 백록담을 가리킨다는 말인가? 아니다. 이 괘는 그런 구체적인 지형을 염두에 두지도 않았거니와 두려고 하지도 않는다. 택산은 구체적인 지형이나 형상이 아니라 추상적인 관념이며 구체적인 것이 지워진 은유적 기호의 흔적이다.

주역의 모든 괘와 효는 이처럼 추상적이다. 계사전(繫辭轉) (하)에서 풀이했듯이 주역은 세상의 일과 인간의 일을 천지(자연)현상에 빗대어 추상화해서 표현하고 있다. 주역은 추상의 책이며 그래서 난해할 수밖에 없다. 추상화가 구상화보다 이해하기 어렵듯이 말이다.

이를 어느 영역된 주역서는 쉽게 설명했다. 역경을 점서서(占筮書)로 규정하여 64괘와 384효를 풀이한 그 영역본은 이렇게 말한다.

늪지(澤)의 물이 산을 키우며 땅을 비옥하게 만든다. 마찬가지로 남녀 간의 사랑은 결혼에 의해 합일함으로써 절정에 이른다. 하괘의 강건한 양(陽)과 상괘의 유순하고 모든 것을 수용하는 음(陰), 이들 두 기운이 합쳐짐으로써 성공적인 제휴를 위한 훌륭한 토대를 구축한다. 산과 늪은 상호의존적이다. 늪이 산에 의지할 필요가 있듯이 산은 습기를 얻기 위해 늪이 필요하다. 성인은 자기에게 찾아오는 사람을 가르치되 다른 사람의 좋은 충언에 귀를 기울여서 모든 사람이 이익이 되는 좋은 관계를 발전시킨다.
— Martin Palmer, Kwok Man Ho and Joanne O'Brien, 『The Fortune Teller's Iching』 1986 p.123

나는 여기서 음과 양이 각기 여와 남을 대신하고, 늪과 산을 대변하는 은유기호의 의미를 본다. 강건한 것은 남자이며 산이다. 유순한 것은 여자이며 물(늪)이다. 그것들이 제각기 혼자서는 제구실을 할 수 없다는 사실을 우리는 너무도 잘 안다. 강하기만 하면 부러지기 쉽고 오만해지기 쉽다. 강철이 강하다고 하지만 휠 때를 만나면 아주 낭창 낭창하게 잘 휘어진다. 부드러움을 지님으로써 강철은 본래의 강한 성질을 더욱 강하게 발휘할 수 있는 법. 강한 철은 부드러운 성질을 만남으로써 비로소 강해지되 유연하여 부러지지 않는 강철이 되는 것이다. 마찬가지로 남자나 여자가 제각기 홀로 세상을 성공적으로 살아갈 수는 없다. 21세기의 현금은 싱글(독신자)들이 특히 소득수준이 높은 '골드 미스'들이 늘어나는 추세가 사회현상의 한 가지 특징으로 되어 있지만 인구구조 면에서 싱글이 지배하는 사회는 지속될 수 없다. 그런 사회는 결국 인구감소로 인해 쇠락할 운명을 맞게 마련이다. 남녀가 서로 감응하여 생산을 할 수 있을 때 비로소 개인 각자도 행복해 질 수 있으며 사회도 건강하게 지탱될 수 있다.

그렇다면 남자와 여자가 성공적인 커뮤니케이션을 할 수 있는 조건은 무엇일까? 택산함괘는 강건한 남자가 부드러운 여자보다 아래에 놓인 경우라고 가르친다. 우리의 상식은 남자가 여자보다 상위에 있다는 잘못된 인식에 입각하고 있다. 그러한 남성 중심의 사고방식은 언제나 남자를 중심에 두며 여자보다 상위에 자리매김해 왔고 그것이 전통이란 이름으로 유지되어 왔다. 주역은 그러한 상식의 결함을 과감하게 혁파한다. 강한 것은 부드러운 것보다 아래에 있어야 당연하다고 강조하는 것이다. 얼마나 멋진 은유인가?

여기서 '아래'의 은유적 의미는 여성 상위라기보다는 강한 남성의 자기 낮춤이며 동시에 토대구축이라고 보아야 할 것이다. 야생의 세계에서 뭇 수컷들이 짝짓기를 하기 위해 암컷을 향해 부리는 자기 낮춤과 암컷에게 베푸는 온갖 서비스를 한 번 유심히 살펴보라. '아래'의 의미는 바로 거기서 풍긴다.

'성인은 자기를 찾아오는 사람들을 가르치되 다른 사람의 훌륭한 충언에 귀를 기울인다' 라는 성인의 낮은 자세도 또한 남성의 자기 낮춤과 다름없는 맥락에 있다. 유가(儒家)의 세계에서 성인(聖人)은 지적으로나 도덕적으로나 모든 사람의 표준 모델이 되는 가장 완벽한 지혜로운 사람을 가리킨다. 성인은 기독교에서의 갓(God, 절대적인 하느님), 불교에서의 붓다(Buddha, 부처님＝깨달아 해탈한 사람)와 거의 동급의 존재이다. 성인은 영어로 Saint로 번역하지 않고 Sage로 옮긴다. 성인이 만일 남을 가르치기만 하고 다른 사람의 충고에 귀를 기울이지 않는다면 그는 오만과 자만에 빠져 성인됨을 이미 상실한 사람이다. 오만과 자만은 성인다움의 결핍을 뜻한다. 그러한 부류의 성인과 보통사람인 범인(凡人) 사이에는 커뮤니케이션이 성립되기 어렵다. 감응이 쉽게 이뤄지지 않으니까. 요즘 시쳇말로 코드가 안 맞기 때문이다.

## 성인을 감싸 안는 범인의 넉넉한 품

이 대목에서 나는 성인과 범인 사이의 관계가 어떤 토대 위에서 음양의 관계에 비유되는지를 살피고 싶다. 주역에서 양은 태양이며 하늘이고 모든 것의 으뜸인 중심이다. 음은 대지이고 하늘을 떠받치며 모든 것을 받아들이는 넉넉한 품이다. 양과 음은 상반하면서 상응하여 합일한다. 은유적 측면에서 성인은 중심이며 양에 해당한다. 범인은 성인을 가운데 품는 주변(둘레＝緣)이기는 하지만 성인을 성인답게 만들어 주는 필수적 요소인 음이 된다. 성인과 범인 간의 관계를 지배자와 피지배자의 관계로 전환시켜 보면 양자의 필수적이며 상호의존적 관계가 더욱 선명히 부각된다.

여기서 잠간 우리는 양과 음이 하나의 단어로 될 때면 '양음'이 아니고 으레 '음양'으로 되는 점을 주목했으면 한다. 천지(天地), 강유(剛柔), 산하(山河), 상하(上下), 남녀(男女)에서 보듯이 상대하는 이항을 하나의 단어로서 묶을 때는 반드시 양 쪽이 앞에, 음 쪽이 뒤에 온다. 그러나 양과 음이 합쳐 하나의 단어가 될 때만은 반드시 음이 앞에 와서 '음양'이 된다. '음양오행설', '음양 전변의 이치'에서처럼 언제나 음이 양의 앞자리를 차지한다. 왜 그럴까? 내 개인적인 생각으로는 중심에 놓인 성인보다 그 성인을 감싸 안는 음의 넉넉한 품을 마치 모태(母胎)처럼 취급하는 인간의 사고방식에서 연유한 것이 아닌가 한다.

명나라 말기의 지욱(智旭. 1598~1654)은 선불교적 관점에서 주역을 역해한 그의 『周易禪解』에서 성인과 범인 간의 감응관계를 다음과 같이 확대하여 풀이했다.

> 세상 돌아가는 이치(世道)로 보면 (咸은) 위정자와 국민이 상교(相交)함이며, 불법으로 보면 중생과 제불(諸佛)이 서로 찾음(相叩, 서로 두드림)을 뜻한다. 관심수행으로 보면 세계(境界)와 지각(知覺)이 서로 촉발시키는 것이다. 대저 감응이 있으면 반드시 통하는 바가 있기 마련이다.
> ― 박태섭 역주 『주역선해』 한강수 2007 p.485

예스런 한문 번역투인 데다 한자말이 많아서 한글세대 독자가 이해하기는 무리다. 그래서 나는 같은 대목의 영역문을 소개함으로써 여러분의 이해를 도울까 한다.

> 정치에 있어서 이것은 통치자와 피치자(백성) 간의 커뮤니케이션이다. 불교적 관점에서 보면 이것은 깨달은 자(부처)와 깨닫지 못한 자(중생) 사이의 상호작용이다. 마음을 깊이 들여다보는 선정에서 보면, 이것은 대상과 지혜를 서로 일으켜 세워 움직이게 하는 것이다. 감응이 있으면 커뮤니케이션이 통하기 마련이다.
> ― Thomas Cleary trans. 『The Buddhist I Ching』 Shambhala 1987
>   p.128

지욱에 의하면 늪과 산의 감응 관계는 '서로에게 감응함으로써 서로에게 주체가 되는 동시에 객체가 되는' 관계이다. 즉 커뮤니케이션이 통하는 주객일치의 관계다. 그러므로 남녀가 서로 만나 결혼하면 길하다고 택산함괘는 예언한다. 궁합이 잘 맞고 자식 낳을 운이 좋으며 의사소통이 원만히 이뤄지므로 길하다는 뜻이다. 그러나 남녀의 혼인처럼 감응은 제대로 올바르게 이뤄지지 않으면 안 된다. 〈변화의 서(書)〉로서의 주역의 묘미와 오의(奧義, 심오한 뜻)는 해석의 단서인 '그러나'의 첨가에 있다. 은유적인 늪과 산의 감응처럼 모든 인간관계에서 커뮤니케이션이 올바르게 제대로 이뤄지지 않으면 그 다음에는 반드시 길한 일이 찾아온다고 보장할 수 없다고 주역의 행간(行間)의 말씀은 경고한다.

### 일음일양(一陰一陽)과 일한일서(一寒一署)

음양을 남녀에 비유한 주역의 대목을 살피다 보니 남회근(南懷瑾)이 지은 『易經繫傳別講(역경계전별강)』의 음양 풀이가 생각난다. 남회근은 불교, 유교, 도교의 이론에 정통한 대만의 동양철학자이다. 우리말로는 『주역강의』(신원봉 옮김 문예출판사 1997)로 오래 전에 번역 출간된 그의 책은 주역을 알려는 입문자에게는 꼭 일독을 권하고 싶은 아주 평이하게 쓰인 해설서다.

앞서 음양을 설명할 때 나는 주역 본경의 해설부분인 계사전에 와서야 비로소 음양이란 단어가 본격적으로 등장하여 그 의미를 보여준다고 말했는데 막상 계사전에 음양이란 단어가 어떻게 나오는지에 대해서는 전혀 언급하지 않았다. 그것은 음양에 대한 설명이 번잡해 지는 것을 일단 피하기 위해서였다. 이제 계사전에서의 음양풀이를 소개하고자 한다.

일음일양하는 것을 도라 일컫는다. 이를 이은 것이 선(善)이며 이를 이룬 것이 성(性)이다(一陰一陽之謂道 繼之者善也 成之者性也).

간단한 두 문장이지만 해설자마다 구구한 풀이가 나오는 대목이어서 일단 위와 같이 한자성구를 살려서 우리말로 옮겨보았다. 위 풀이에서 가장 말썽거리는 '일음일양'과 '이를 이룬 것이 성(性)'이란 구절이다. 우리나라에서 번역된 역해서 중에는 '한 번은 음이 되고 한 번은 양이 되는 것을 도라 한다. 도를 쇄신하는 것이 선한 행동이고 도를 완성하는 것이 사람의 본성이다'라고 풀이한 책(김인환 역해『주역』)이 있는가 하면, '때로는 하나의 음기(陰氣)가 되기도 하고 때로는 하나의 양기(陽氣)가 되기도 하는 우주변화의 근원을 도라 한다. 이를 이어받은 것이 인간의 선이요, 그 선을 성취하는 것이 인간의 본성이다'라고 풀이한 책(최완식 역해『周易』)도 있다. 우리나라에서 주역 해석의 대가 중 한 사람으로 알려진 김석진의『대산 주역 강의(3)』(한길사 1999)에도 '한 번 음하고 한 번 양하는 것을 이르되 도라 한다'로 되어 있는 것을 보면 두 학자들의 해석이 아주 틀렸다고 단언할 수는 없다. 나는 그들의 풀이가 틀렸음을 적시하기 위해 인용문들을 여기에 소개한 것이 아님을 먼저 밝히고 나서 얘기를 진행하고자 한다.

남회근의 해설서와 일본 이와나미(岩波)문고본(高田眞治 · 後藤基巳 역해『易經』상하 岩波書店 1969)을 읽어본 나로서는 '일음일양'의 풀이가 얼마나 어려운 것이며 그 자구의 뜻을 그렇게도 해석할 수 있음을 솔직히 인정하지 않을 수 없다. 그럼에도 내가 굳이 남회근과 이와나미본의 풀이를 따르기로 한 것은 그들이 불교와 유교 및 도교에 관한 해박한 지식을 동원하여 알기 쉽게 '일음일양'을 풀이했으며 그것이 설득력 있게 읽혔기 때문이란 점만을 밝혀두고자 한다.

남회근은 음과 양이 서로 대립하면서(相反) 서로 의존하며(相依) 서로 감응하는(應合) 기일원론적인 대대(對待) 개념이라는 점을 먼저 명백히 한 다음에 일음일양을 풀이했다. 이 점에 관해서는 이와나미본의 풀이도 이와 다르지 않다. 때문에 그들은 자구의 뜻에 얽매이지 않고 음양의 기본원리 면에서 풀이를 한 것으로 나는 이해한다. 남회근에 따르면 '일음일양지위도'는 '음양이 갈마드는 것을 도라 한다' 라는 뜻이다. '갈마들다'는 '번개와 우레가 연상 갈마들며 볶아치니……' 라든가 '희비가 갈마드는 인생'이란 예문에서 보듯 두 개의 '사물이 서로 번갈아 들다' 라는 뜻을 지닌다. 남회근은 일음일양을 음과 양이 원래 한 쪽으로 치우치지 않고 균형과 조화를 이룬 상태에 있음을 나타낸 구절로 풀이했다. 그의 음양조화균형설에 따르면 '일음일양'의 첫 구절은 '음과 양은 분리된 듯이 보이면서도 실은 조화롭게 서로 의존하고 있어서 음이면서 양이고 양이면서 음이 된다' 라는 의미를 지닌 것으로 풀이된다. 그것이 바로 도(道)라는 것이다.

이미 앞에서 잠간 언급한 바 있지만 음과 양은 본디 하나로 되어 있어 음 속에 양이 내재해 있으며 양 속에 음이 내재한 상태를 유지하면서 두두물물의 기호로서의 구실을 수행한다. 음과 양은 현상적으로는 남녀처럼 분리된 듯이 보이지만 내재적 속성에 있어서는 서로 이어져 있는 연속 개념이다. 더군다나 음과 양은 상대적인 개념이어서 남성은 언제나 양으로서만 그리고 여성은 언제나 음으로서만 고정되어 있지도 않다. 아버지와 아들의 관계에 이르면 아들은 남성임에도 아버지에 대해 음이 된다. 여성도 남편에 대해서는 음이지만 어머니가 되면 자식에 대해 양이 된다. 그러므로 음과 양의 의미는 서로 상대적이다. 추상적인 개념인 움직임과 멈춤의 경우도 움직임(動)이 극치에 도달하면 멈추게(靜) 마련이다. 멈춤이 없이 영원히 움직이기만 하는 것은 이 세상에 하나도 없다. 그러므로 동과 정은 서로 이어져 있어 상통하는 것이라고 본다.

음양도 이와 마찬가지다. 음양을 하나로 보지 않고 양기(陽氣)와 음기(陰氣) 식으로 둘로 분리하여 보는 입장을 취하면 본체의 작용인 기와 현상의 기호인 음양을 불가분의 것으로 일체화하는 오류를 범하게 된다. 동일한 기는 양의 대상에도 작용하고 음의 대상에도 작용한다. 기가 양에 작용하면 양기로 불리고 음에 작용하면 음기로 불릴 따름이다. 달리 말하면 양기와 음기가 별개의 분리된 것으로서 언제나 고정되어 있다고 인식하지 말라는 뜻이다. 양기니 음기니 하고 편의상 나눠 부를 수는 있다. 그렇지만 양의 기호가 지시하는 대상(강건함이나 남성 또는 산 따위)에 작용하는 기와 음의 기호대상(유순함이나 여성 또는 강 따위)에 작용하는 기 자체를 질적으로 서로 다른 것으로 착각해서는 안 된다. 다만 기가 어떤 위치와 환경에 있는 대상에 작용하느냐 다시 말해서 어떤 연(緣)을 만나 작용하느냐에 따라 그 기가 작용하는 성질이 달라질 뿐이다. 이것은 마치 물리학에서 동일한 에너지가 높은 곳에 박힌 바위에 함장될 경우에는 위치에너지가 되고 흐르는 물에 내장될 경우에는 운동에너지가 되는 이치와 같다. 양의 기와 음의 기, 그 기 자체는 동일하다. 그러므로 음과 양은 동일한 기에 실리는, 다시 말해서 기와 합쳐지는 별개의 이름이지만 내면적으로는 연결되어 있다. 서로 상이한 기호로서의 음과 양이 서로 교류하며 내통하는 것은 동일한 기를 바탕으로 삼기 때문에 가능한 일이다.

다시 '일음일양'의 이야기로 되돌아가자. '일음일양'에 대한 위와 같은 해석은 계사전의 앞머리에 나온 천체운행의 이치를 밝힌 대목에 의해서도 뒷받침된다.

일월운행 일한일서(日月運行 一寒一署, 해와 달이 운행함으로써 추위와 더위가 번갈아 갈마든다.)

'일음일양'에 비하면 '일한일서'는 얼마나 가시적이며 감각적인 개념인가. '한 번 춥고 한 번 덥다'라고 풀이하기보다는 '추위와 더위가 번갈아 갈마든다'라고 하면 낮과 밤이 바뀌고 사계절이 순환함에 따라 추위와 더위가 서로 잇대어 갈마드는 자연현상이 우리 눈에 선명히 다가온다. 이렇게 보면 '일한일서'나 '일음일양'은 주역 기술인(記述人)이 陰=寒, 陽=署라는 상동(相同)관계, 다시 말해서 음이 추위와 짝을 짓고 양이 더위와 짝을 짓는 관계에 있는 대대(對待)항이 되도록 단어들을 배치한 작문기법의 소산이 아닌가 한다.

여기서 말하는 도는 남회근에 따르면 구극의 본체를 가리키는 太極과 같은 道라기보다는 본체의 도가 응용된, 현실에서의 일반적인 이치 또는 법칙이라고 봐야 할 것이다. 본체로서의 도는 형이상적인 도인데 반해 응용된 법칙으로서의 도는 형이하적인 도라는 것이 남회근의 설명이다. 노자(老子)의 『도덕경』 첫 머리에 나오는 저 유명한 구절 '도가도 비상도'(道可道非常道, 도를 도라 이름 붙여 부르면 그것은 항상적인 도가 아니다)의 세 개의 道 역시 다 같은 의미의 도가 아닌 것처럼 본체로서의 도와 그것이 응용된 이치로서의 도—현실에서 구체화된 도—는 서로 다르다. 이를 토대로 '일음일양지위도' 이하의 구절을 다시 풀이하면 다음과 같이 될 것이다.

음양이 갈마드는 것, 그것을 일러 세상의 이치라 한다. 이 이치를 이어받는 것이 선이며 이를 완성하는 것은 성이다.

## 음양은 섹스의 구별이 아니다

이렇게 풀이하고 보니 음과 양은 서로 분리되지 않고 상호의존 관계를 이루면서 자연과 세상만물이 생성, 변화하는 양태를 보여주는 구극의 이치(道)를 지시하고 있구나 하고 이해하게 된다. 그런데 문제는 마지막 구절 '이를 완성하는 것이 성'이다라는 글귀에 있다. 성이란 무엇을 뜻하는가? 글자의 뜻대로 풀이하면 '음양이 갈마드는 세상의 이치를 완성하는 것이 性이다'가 되는데 이 경우의 '性'이 다른 학자들이 말하는 인간의 '성품'인지 아니면 남회근의 주석대로 인간의 '본성'인지 주역의 철학사상에 대해 아직 얕은 지식 밖에 갖지 못한 나로서는 헷갈릴 수밖에 없다. 일단 나는 남회근의 견해를 좇아 인간의 '본성'으로 해석하기로 했다. 그에 따르면 이 경우의 性은 불교에서 말하는 견성성불(見性成佛)의 性 다시 말하면 인간이 본래 갖추고 있는 티 없이 맑고 청정한 본성, 누구나 다 부처가 되도록 구비한 불성(佛性)을 의미한다. '개에게도 불성이 있습니까?' 라는 물음에 '없다'라고 답한 조주(趙州) 스님의 그 '불성'을 가리킨다. 그러므로 '一陰一陽之謂道 成之者性也'는 '음과 양이 갈마드는 것을 일러 도라 하며 그것을 완성하는 것이 인간 본래의 성품이다'로 해석해야 좋으리라.

이제 비로소 우리는 주역 해석에 있어서 가장 말썽 많은 구절, 남녀 간의 섹스를 중시하는 사도(邪道)를 전파한 무리들에 의해 왜곡된 중요한 구절에 이르렀다. 이들 사도의 무리는 일음일양이라는 추상적 개념의 원초적 기호를 애당초부터 구상화(具象化)하여 일녀일남(一女一男)이라고 왜곡해버렸으며 그에 따라 '成之者性也'의 性을 섹스로 조작하고 말았다. 음과 양이 여성과 남성을 대신하는 기호임에는 틀림없으므로 굳이 따진다면 일녀일남이라는 형식적 해석 그 자체에 잘못이 있을 수는 없겠지만 그것이 '일음일양하는 것을 일러 도라 하며 그 도를 완성하는 것이 섹스다'라고 해버린다면 견강부회(牽强附會)하는 해석이 아닐 수 없다. 음양을 가리키는 부호인 --와 ―를 남녀의 성기를 상징하는 모양이라고까지 말하는 믿기 어려운 설도 있음을 보면 '一陰一陽하는 道'를 달성하는 이른바 수행법 아니 양생법을 남녀의 성적 교합에서 찾고자 하는 삿된 무리가 등장한 것은 〈추상적 개념의 잘못된 구상화〉에 기인한 오류 때문이라고 말할 수 있다.

이처럼 주역의 철학사상을 오염시켜 일부 우민들을 현혹하는 일이 벌어지는 것은 어찌 보면 해석의 여지가 대단히 넓은 주역이라는 은유의 바다 탓일지도 모른다. 인간은 추상적인 개념만을 가지고 그들이 진리라고 믿는 것을 충분히 표출할 수 있는 능력이 부족하다. 언어를 구사할 줄 아는 능력에 한계가 있기도 하지만 근본적으로는 언어 자체가 품고 있는 불명확성과 불투명성의 한계 때문이다. 그래서 인간은 추상적인 것을 구체화하여 설명하려고 애쓰기 마련이다. 이 과정에서 인간은 무리한 구체화를 시도하게 되며 그 결과 심각한 사상적 오염과 왜곡을 발생시킨다. 알프레드 화이트헤드는 이를 '잘못 놓인 구체성의 오류'(구체성 誤置의 오류, the fallacy of misplaced concreteness)라고 명명했다. '잘못 놓인 구체성의 오류'가 벌어지는 것이 비단 주역 해석뿐이겠는가. 철학사상이 정치적 이데올로기화하는 과정에서 벌어진 그런 오류의 사례는 얼마든지 있다.


# '가면 돌아온다'의 아포리즘


## 평평해서 언덕지지 않음이 없으며

평평해서 언덕지지 않음이 없으며 가서 돌아오지 않음이 없으니. (无平不陂 无往不復)

— 金碩鎭 역해 『대산 주역 강의』(1) 상경 인용


이 구절은 지천태괘(地天泰卦)로 명명된 제11괘의 세 번째 효(九三의 陽爻)에 나오는 말이다. 한문으로 쓰인 원문을 일단 위와 같이 옮겼는데 한글 풀이는 물론이고 영역본의 풀이도 서로 약간 씩 다르다. '无平不陂 无往不復(무평불피 무왕불복)'에서 平, 陂를 무엇이라고 풀이해야 적절할 지에 대해 일정한 기준이 없어서 빚어진 번역상의 차이를 피하기가 어렵다. 이 점을 먼저 전제하고 글자 뜻을 풀이하면, 无는 無(없을 무)의 다른 글자이고 陂는 기울 피 자이므로 첫 넉자일구는 '무평불피(無平不陂)'가 된다. 无往不復의 往은 갈 왕, 復은 돌아올 복이므로 '무왕불복'. 먼저 내가 갖고 있는 영역본 두 종류와 한글번역본 두 종류의 해당부분을 여기에 옮겨놓고 이야기를 진행할까 한다.

> 평화가 있으면 반드시 교란이 있고, 가면 반드시 되돌아온다.
> (Peace cannot exist without disruption. He cannot go without coming back.)

> 평지가 있으면 비탈진 곳이 있게 마련이고, 가면 돌아오게 마련이다.
> (There is no level without incline, no going without returning.)

> 고르기만 하고 기울지 않는 것은 없고 가기만 하고 돌아오지 않는 것은
> 없다(김인환).
> 평평한 것도 언젠가는 기울고, 가면 반드시 돌아오는 법(최완식).

이런 정도의 번역상의 차이가 생기는 것은 당연하다. 왜냐하면 경우에 따라서 달리 해석할 소지를 많이 지닌 단음절 한자 단어의 속성이기 때문이다. 팔괘(八卦)라는 이상한 작대기 기호들의 조합(combination)과 그 조합을 암호 비슷하게 한자어로 설명하는 매우 추상화된 비유적 상징성이 맞물려 있어 주역의 의미읽기는 그래서 더욱 어려워진 게 아닌가 싶다. 어쨌든 无平不陂 无往不復은 '평탄함이 있으면 반드시 경사가 있게 마련이고 가면 반드시 돌아오는 법'이라는 의미를 지닌 것으로 보면 대과가 없을 터이다.

이는 무엇을 뜻하는 아포리즘일까? 평평함/경사, 감/돌아옴이라는 두 쌍의 대대(對待)항들이 서로 분리되지 않고 하나로 연결되어 있음을 가리키는 이 구절은 무엇을 상징하는 것일까?

먼저 지천태(地天泰)라는 괘명의 풀이부터 하자. 앞서의 택산함괘에서 우리는 늪(澤=陰)이 안에서 밖에 있는 산(山=陽)을 감싸는 형상을 보았는데 지천태는 거꾸로 땅(地 坤, 外陰)이 밖에서 안에 있는 하늘(天 乾, 內陽)을 안은 형상을 취하고 있다. 그래서 이 괘는 화평하다는 뜻을

지닌다. 이것 역시 우리의 상식을 뒤엎는 기호의 의미이다. 하늘이 위에서 땅을 감싸는 형상으로 이해하는 것이 우리의 상식임에 반해 주역의 지천태는 이 상식을 깨버린다. 어머니인 대지가 아버지인 하늘을 감싸 안는 형상이라야 태평하다는 해석을 내린다. 남자는 강하고 여자는 유순하므로 그래야만 둘이 함께 부부가 되어 조화로운 생활을 영위하면서 공동의 목표를 성공적으로 추구할 수 있다고 지천태괘는 말한다. 앞서 인용한 无平不陂 无往不復은 지천태의 화평한 상태를 배경에 두고 나온 구삼(九三)의 효란 점을 유의하여 풀이해야 한다. 이 괘에는 구삼의 효 말고도 다섯 개의 효가 더 있다.

하늘과 땅은 우리 눈의 시각에는 멀리 떨어져 있는 듯이 보이지만 본질적으로는 서로 이어져 있으므로 언제든지 합일(合一)될 수 있다. 양은 양으로서 음은 음으로서 언제까지나 따로 있으면서 서로를 배척하지 않는다. 양 안에 음이 있고 음 안에 양이 있으므로 음과 양은 언제나 서로 내통한다고 보아야 한다. 음과 양은 현상적으로는 상반(相反)한다. 그러나 둘은 항상 융합, 조화하는 운동을 끊임없이 벌인다. 때로는 양과 양이 만나 서로 밀어내기도 하지만 남녀 간의 관계처럼 음과 양은 서로 만나 사이좋게 어울리게 마련이다.

하지만 음과 양이 만났다고 해서 마냥 길(吉)한 것만은 아니다. 앞의 괘사에서 말하지 않았던가. 언제까지나 평지만을 걸을 수는 없는 법. 평지가 있으면 경사진 곳도 있게 마련이니까. 마찬가지로 평화만이 영원히 지속될 수도 없다. 평화가 와해되어 분란이 일어날 수도 있다. 이처럼 우리 인간의 삶은 물레처럼 돌고 돌면서 좋고 나쁜 일의 순환을 되풀이한다. 한 개인 뿐 아니라 사회도 이와 같다. 항구적인 태평이 언제까지나 지속될 수는 없다. 한 때 평화로운 시기가 있으면 다음에는 갈등과 분란의 시기가 따라온다. 일음일양하는 것, 그것이 세상 변화의 이치이다. 인간의 운세는 변할 수 있지만 인간의 삶은 변화를 겪으면서 계속 유지된다. 봄에 잎사귀를 싹틔워 짙푸른 녹음을 드리웠던

갈잎나무가 가을이 되면 낙엽을 떨어뜨려 알몸으로 동면하다가 봄이 다시 오면 소생하는 것과 같은 이치이다. 낳고 죽는 변화 속에서 줄기 차게 생명을 이어가는 불변의 삶, 이것이 구삼 효의 대의이며 〈변화의 서〉로서 주역이 지닌 본래 뜻을 아주 간단하게 잘 대변한다.

　우리의 삶에서 좋고 나쁜 일이 순환한다면 그 순환의 이치는 어떻게 설명하면 쉽게 알아들을 수 있을까? 이 효의 이미지(象)를 풀이한 어느 책의 문장은 "'가서 돌아오지 않음이 없다'라고 한 것은 천지의 사귐(天地際)"때문이라고 설명했다. 하늘과 땅이 외면적, 현상적으로는 서로 분리된 듯이 보이면서도 내면적, 본질적으로는 서로 이어져 있으며 그래서 서로 커뮤니케이션을 하는 이치를 하늘과 땅의 사귐이라고 표현한 것이다. 하늘과 땅의 교합(天地交)으로 풀이했든 하늘과 땅의 사귐(天地際)으로 풀이했든 또는 하늘과 땅의 감응(天地咸)이라 했든 간에 그것은 하늘과 땅이 분리의 개념이 아니고 합일의 개념임을 강조한 것임에 다름 아니다.

　대부분의 역해서들은 天地際의 際를 '사귐'으로 옮겼지만 이 글자를 경계라고 번역한 예도 있다. 지욱의 『周易禪解』를 번역한 영역본도 '无往不復 天地際也'를 'There is no going without returning. This refers to the border of heaven and earth.'라고 했다. 際를 '경계'로 본 것이다. 國際關係, 學際的 연구에서처럼 際는 나라와 나라의 '사이 = 경계', 학문분야와 분야의 '사이'라는 의미를 갖고 있다. 따라서 天地際를 '하늘과 땅의 경계'라고 번역한 것을 오역이라 단정할 수는 없다. 際를 '경계' 또는 '사이'로 풀이한다고 해서 말뜻이 성립되지 않는 것도 아니다. '가서 돌아오지 않음이 없는 것이란 천지의 경계를 가리킨 것'이라는 이 말은 천지 間(사이 간)의 관계에 눈길을 준 데서 생긴 것이다. 남녀 사이의 '교제(交際)'라고 말할 경우의 際가 바로 天地際의 際란 사실을 안 다면 際=사이=경계가 곧 '교제'와 '사귐'으로 이어짐을 충분히 미뤄 짐작할 수 있다. 나는 '경계'란 번역이 잘못 된 것이라고는 보지 않지만 이왕이면 '사귐' 쪽을 택하고 싶다. 주역의 음양감응=천지합일 사상을 중시한다면 '경계' 쪽보다는 '사귐' 쪽이 더 직접적으로 표현한 것으로 보기 때문이다. 문맥으로 보아도 '사귐' 쪽이 더 적절하다고 여긴다.

## 서로 필요로 하는 대대이항

어느 쪽을 택하든, 하늘(天)과 땅(地)은 서로 배척하는 이원화된 대립(對立) 개념이 아니다. 하늘과 땅은 현상적 외면적으로는 사이를 둔 듯이 보이지만 본질적 내면적으로는 항상 하나로 연결되어 교통하면서 서로를 마주보며 기다리는 일원적인 대대(對待)의 개념이다. 경계가 있는 듯이 보이지만 실은 경계를 터놓고 오가면서 잘 사귀는 것, 그것이 천지의 사이=관계다. 기계 시계의 문자반에서 10시와 11시는 사이를 두고 있지만 그 사이는 편의상 인간이 만든 디지털의 단절적 구분일 뿐 실은 10시와 11시 사이는 서로 이어진 아날로그의 연속적 흐름이다. 그래서 우리의 일상 언어생활에서 천과 지를 분리하지 않고 천지라는 한 단어로 쓰는 까닭도 천과 지가 하나로 된 자연이라고 보기 때문이다. 앞서 택산함괘에서 보았듯이 天과 地, 剛과 柔, 男과 女는 하나로서 서로 상응(相應)하고 상용(相容)하는 관계에 있다. 계사전(하-5)에 일렀듯이 '세 사람이 한 길을 가면 한 사람을 잃으며 한 사람이 길을 가면 길벗을 얻는다' 라고 한 것은 '둘이 하나로 합치함을 이르는 것'이다(三人行 則損一人 一人行 則得其友 言致一也). 하나는 반드시 다른 하나를 필요로 하며 또한 다른 하나를 얻게 마련이다. 그것이 주역이 가르치는 음양합일, 음양상용 즉 천지합일의 이치이다. 이 이치는 주역 전체를 관통하는 가장 중요하고 핵심 원리이다.

'평평해서 언덕지지 않음이 없다'는 아포리즘은 우리 귀에 익숙한 아포리즘을 일깨워준다. '아름다운 꽃도 열흘 붉지 못하고 하루의 때는 새벽만 계속되는 게 아니다'(花無十日紅 時不在晨)란 이치 말이다. 흥망성쇠는 인간사와 세상사의 변치 않는 이치다. 나아가면 물러섬이 있게 마련이고 높은 자리로 출세하면 반드시 거기서 내려올 날을 대비하지 않으면 안 된다. 더 올라갈 데가 없는 정점에 도달한 항룡(亢龍)이 다시 내려오는 후회의 날에 대비하여 두는 것과 같은 이치다. 〈변화의 이치〉를 일러주는 인생의 실천적 윤리 교과서인 주역은 그 이치를 인간에게 깨쳐주면서 흥륭(興隆)에서 쇠락(衰落)으로 전환하는 위기의 고비에 대처하는 방안을 제시한다. 위기는 그래서 기회가 되는 법이다. 어떻게 하면 기회로 살릴 수 있을까.

어려움 속에서 바르게 행동하면 허물이 없다.

성쇠가 하나로 연결되어 있음을 알았다면 나아가고 물러남을 제대로 알아야 하리라. 어려운 때일수록 바른 몸가짐과 바른 마음으로 행동하면서 코앞에 닥친 위기에 대처한다면 비록 얻은 것을 잃어버리는 일이 있더라도 자기 자신마저 잃는 어리석음을 범하지는 않으리라.

## 자연의 언어, 메타포의 탄생

### 큰 大의 자원(字源)은 사람
지금까지 우리는 주역의 극히 일부 괘효(卦爻)들을 가지고 그것이 의미하는 바를 살펴보았다. 눈 밝은 독자라면 이 고찰 과정에서 추상적이고 관념적인 사상을 표출함에 있어서 구상적이고 실제적인 메타포가 사용되는 것을 읽었으리라. 이 장(章)의 맨 처음에 열거한 여섯 마리 용(龍)들의 퍼레이드에 관한 이야기라든가 바로 앞 절(節)의 평탄한 곳—경사진 곳 이야기 등은 모두 추상적인 인간사를 알기 쉽게 풀이해주는 구상적인 메타포들이다. 이처럼 메타포는 원래 자연의 모습을 본떠 그것을 인간사에 적용하는 데서 시작되었다. 상형문자의 탄생을 알게 되면 메타포의 탄생도 자연스레 알게 되지 않을까 한다.

한자에서 연유한 대학(大學), 대가(大家), 대통령(大統領), 대강(大綱), 대인(大人) 등에 사용된 大는 원래 무엇을 형상화한 문자일까? 한한(漢韓)대사전을 펼쳐 大 자 항을 찾아보면 그 자원(字源)이 사람으로 나와 있다. '정면에서 바라본 사람의 머리, 두 팔과 다리가 크게 벌려져 있는 모습'이라고 한다. 그래서 자훈(字訓)이 큰 대(大)가 되었다. 클 태(太)도 인간의 모습을 형상화한 글자다. 여기서 우리의 관심을 끄는 것은 그렇게 두 팔 다리를 쫙 벌려 우뚝 선 사람을 세상에서 '큰 것'이라고 여긴 옛사람들의 사유방식이다. 세상에서 큰 것이 하늘이나 산이라기보다는 사람이라고 여겼으며 그래서 사람을 중심으로 '큰 것'이라는 추상적 관념을 끌어낸 옛사람의 사유방식은 아주 휴머니스틱(humanistic=人間中心主義的)하다. 그들이 세상에서 가장 큰 것, 세상에서 가장 높은 것이 하늘임을 인정하지 않는 것은 아니다. 하늘이 가장 큰 것이로되 그 '큼'을 사람을 중심으로 보았을 뿐이다. 두 팔 다리를 쫙 벌려 우뚝 선 사람 위에 하나의 넓은 것인 ―이 얹혀진 모습의 글자를 그들은 하늘 천 天이라고 명명했다. 大와 天이 생긴 유래와 글자의 원래 형상—글자의 기원—을 안다면 한·중·일 등의 동아시아 한자문화권 사람들이 전통적으로 천인합일 사상을 품어온 까닭을 대충 짐작할 수 있으리라고 본다.

큰 大가 세상에 태어난 이래 긴 역사 여행을 거쳐 오늘에 이르는 도정에서 글자의 의미가 매우 다양하게 변한 것을 우리는 주목하지 않으면 안 된다. 한한중사전(동아출판사 李家源·任昌淳 감수)에 나온 큰 大의 뜻 가운데 주요한 것만을 추려도 무려 20가지가 넘는다. 그 중에서도

흔히 사용되는 용법만을 골라보면,

크다 · 넓다(大自然, 大地, 大國, 大學, 大氣, 大河, 大器, 小貪大失, 立春大吉
등), 훌륭하다 · 높다 · 존귀하다(大人, 大德高僧, 大家, 大學者, 士大夫 등),
위대하다 · 으뜸가다(大王, 大統領, 大權 등), 대강 · 개략(大綱, 大要, 大義
등), 크고 바르다(大道無門), 첫째 · 맏이(大兄) 등을 꼽을 수 있다.

크다, 넓다, 높다, 맏이 등의 뜻은 그나마 다소 구체적이지만 훌륭하
다, 위대하다, 바르다, 존귀하다, 대략 등은 추상적이며 관념적이다.
애초에 구체적이며 가시적이었던 인간의 팔 다리 벌린 모습인 큰 大
가 이렇게 추상화되고 관념화되는 과정에서 무엇이 사라지고 무엇이
새로 들어섰는가? 메타포의 기원과 변용을 아는 열쇠는 이 물음의 답
을 찾는 데 있다. 이에 대한 답은 다음의 중국 고사를 살펴본 다음에
찾기로 하자.

### 읍참마속한 제갈량이 눈물을 흘린 까닭

정부나 기업의 큰 목적을 달성하기 위해 그 수장인 대통령이나 사장
(회장)이 자기가 아끼는, 잘못을 저질은 부하 간부를 눈물을 머금고 해
직하거나 강등시킬 때 흔히 하는 말이 읍참마속이다. 정당의 대표나
국가원수인 대통령이 빗발치는 국민의 비난 여론을 이기지 못해 도리
없이 자기가 매우 아끼는 일급 참모를 공직에서 해임할 때 '국민의 여
론을 겸허히 받아들이기 위해 읍참마속의 심정으로 그를 잘랐습니다.
몹시 가슴이 아픕니다.' 라고 기자회견에서 자기 심경의 일단을 피력
하는 경우를 우리는 미디어에서 가끔 목격한다. 읍참마속, '눈물을 머
금고 마속의 목을 자르다.' 이 발언을 듣는 사람들 중 읍참마속의 원래
참뜻을 알고 있는 이가 과연 몇이나 될까? 나의 질문의 핵심은 원래
뜻을 아는 사람의 수에 있지 않고 원래 뜻이 무엇이었길래 이런 의미

로 통용되게 되었는가에 있다.

　고대 중국의 삼국시대인 기원 3세기 초엽 촉(蜀)의 군사전략가 제갈공명(諸葛孔明)은 조조(曹操)가 세운 위(魏)나라를 치기 위해 북정(北征)작전을 벌였다. 그는 일차적으로 중요한 전략지역인 기산(祁山)일대를 제압했다. 이 전략근거지를 지키려면 식량보급로의 요충인 가정(街亭)을 확보하지 않으면 안 되었다. 이때 공명의 작전상의 의도를 간파한 마속(馬謖)이란 장수가 가정 확보싸움에는 자기가 나서겠다고 자청했다. 마속은 비록 군사고문으로서 매일 공명과 군사작전을 논의하는 처지이기는 하지만 공명으로서는 그의 자청을 선뜻 받아들이고 싶지 않았다. 그의 재능이 젊었을 때부터 인품과 실력 이상으로 알려진데다 임종 무렵에 선왕인 유비(劉備)가 남긴 '마속은 실력 이상의 것을 말하므로 너무 중용하지는 말라' 라는 말이 공명의 마음에 걸렸다. 공명은 마속 기용을 머뭇거렸다. 더군다나 가정을 수비하는 위나라 장수가 마속이 상대하기에는 벅찬 무장이라고 여기던 터여서 공명은 마음이 썩 내키지 않았던 것이다. 그럼에도 자신의 병법 고문인 마속이 '만일 가정을 빼앗지 못하면 일족을 멸하는 벌을 받더라도 한이 없겠습니다' 라고 다짐하는 결연한 자세를 보이는 모습을 보니 공명의 마음도 흔들릴 수밖에 없었다.
　가정전투는 마속의 참담한 패배로 끝났다. 혹시나 해서 공명이 붙여준 부하 참모 왕평(王平)의 조언—산 아래 기슭에 포진하자는 제안—마저 뿌리치고 자기 고집대로 산상에 진을 친 마속 부대는 산기슭으로 밀어닥친 적군에게 포위되어 물을 차단당해 고전한 끝에 투항하는 병사까지 나왔고 마침내는 산 아래로 내리달리며 결전을 치렀으나 결과는 무참한 패배로 낙착되고 말았다. 사서인 『삼국지』(三國志)의 〈蜀志馬謖傳(촉지마속전)〉은 이렇게 적고 있다.

건흥(建興) 6년(228) 공명은 더 전진할 근거지를 잃고 군을 되돌려 한중(漢中)으로 돌아갔다. 마속을 옥에 가둬 죽이고 이 때문에 공명은 눈물을 흘렸다(泣斬馬謖). 속의 나이 39세였다.

『삼국지』〈제갈량전〉에는, 공명은 마속을 죽인 뒤 백성들에게 사과했다고 씌어 있다. 그런 다음 공명은 촉의 2대 지도자 유선(劉禪)에게 글을 바쳐 자신의 임무를 다하지 못했으며 사람을 똑바로 알아보지 못한 책임이 자신에게 있으므로 직위를 내려 벌해 달라고 청원했다고 한다. 그러나 직위는 비록 우장군(右將軍)의 위치로 강등되었으나 공명의 직무는 전과 다름없었다.

이상이 읍참마속이란 사자성어가 생긴 대체적인 경위다. 이를 보면 공명이 '눈물을 흘리며(泣) 마속을 배었다(斬)'라고 보기보다는 '마속을 배어(斬) 놓고 눈물을 흘렸다'라고 해석하는 편이 더 적합할 듯하다. '눈물을 흘리며 마속을 배었다'라고 하면 공명이 마속의 재능을 인정했지만 군령을 지키기 위해 눈물을 머금고 그를 밴 것이 되지만 '마속을 배어놓고 눈물을 흘렸다'라고 하면 마속의 재능도 인정하지 않았을 뿐더러 군령도 어겼기 때문에 마음이 아프나마 할 수 없이 마속을 처형한 것이 된다. 읍참마속에 관한 해석의 혼란은 『삼국지』 마속전 중 '공명은 눈물을 흘렸다'라는 대목에 대한 오해의 탓인 듯한데 지금 우리나라에서 통용되는 읍참마속의 의미는 '재능이 아까운 부하이지만 군령을 지키기 위해 죽인다'라는 쪽으로 기울어 있다. 이는 읍참마속의 원의와는 상당한 거리를 두는 해석법이다. 그렇다고 우리나라에서의 일상적 통념이 틀렸다고 말할 수도 없다. 내가 이렇게 말하는 것은 읍참마속의 원래 구체적인 모습은 역사의 풍랑에 씻겨 사라졌거나 사서의 한 귀퉁이에 숨어버렸고 새로운 읍참마속 읽기, '새로운 읍참마속의 기호론적 모습이 강세를 얻어 일반화했다는 사실을 지적하고 싶기 때문이다. '새로운 읍참마속 읽기'에서 읍참마속이란 기호의 추상화와 관념화는 시작된다.

## 은유 뒤에 숨어버린 감각적 형상

'읍참마속의 심정으로 제 참모를 공직에서 물러나도록 조치했습니다'라고 말하는 어느 조직의 수장의 읍참마속이나 '대권(大權)경쟁에 나서는 후보들'이라는 언론 보도 구절의 大는 모두 은유에 해당한다. 우리는 이들 은유의 원천적 모습(形相, figure)을 실제로 머리에 떠올리면서 이 은유들을 사용하고 있을까? 아마도 아닐 것이다. 읍참마속의 역사적 기원이 눈 앞에 생생하게 전개되었던 구체적인 모습 즉 자연적 형상은 이미 온데간데없이 사라져버렸다. 남은 것은 '눈물이 날 만큼 아픈 가슴을 쓸어안고 부하 참모를 해직시켰다'는 관념적이며 추상화한 그림뿐이다. 이럴 때 읍참마속의 네 글자가 빚어내는 은유의 참뜻(진의)이 무엇인가는 듣는 사람이 풀어야 할 몫이다. 大 자의 경우도 마찬가지다. '두 팔과 다리를 활짝 벌린 인간'이라는 자원(字源)의 구체적인 모습이 숨어버린 지는 이미 오래다. 우리 앞에는 다만 '크다, 넓다, 위대하다'라는 추상적인 관념만이 현전(present)할 뿐이다.

은유를 데리고 철학적 사유를 즐긴 데리다는 은유의 구상적(감각적) 기원에서 은유적 의미(개념)가 추상화되고 관념화되는 과정에 주목했다. 그는 '추상적 관념은 언제나 감각적 형상(a sensory figure)을 숨긴다는 점을 지적했다(Derrida 『Margins of Philosophy』 p.210).

은유의 감각적 형상은 왜 숨겨지는 것일까? 그것은 은유언어가 이중의 추상화 과정을 거치기 때문이다. 이중의 추상화 과정이란 먼저 단어가 그 감각적 기원으로부터 추상화되고 다음에는 개념이 그 단어의 모든 감각적 흔적(sensory traces of the word)으로부터 추상화되는 것을 가리킨다. 앞서 예로 든 大가 대인(大人=훌륭한 사람), 대권(大權=헌법에 기초한 국가 최고의 권력) 등으로 개념이 추상화되는 과정을 다시 한 번 눈여겨 살피기 바란다.

감각적 형상의 언어가 은유성을 지니게 되는 것은 추상화과정을 거치는 동안 구체적 형상이 지워짐으로써—사라짐으로써—하나의 개념이 특정한 실존체(entity)와 연결된 끈이 끊기고 개념(의미)과 존재(대상) 간의 관계가 원래 지닌 자연성(본성)이 숨겨 질 때이다.

어떤 대상의 성질이 추상화된다는 것은 바꿔 말하면 그 성질이 부정됨을 의미한다. 추상(抽象, abstraction)이란 구체적 형상을 지워서 없애버린다는 뜻이다. 추상은 지워짐=사라짐인 동시에 구체성의 부정이다. 이처럼 추상화한 언어는 특정한 지시대상으로부터 해방됨으로써 의미형성에 있어서 자유롭게 된다. 달리 말해서 다른 단어와 결합할 때 새로운 의미를 얼마든지 창조할 수 있는 사실상 무한한 가능성을 내포하게 되는 것이다. 은유적 의미의 다채로운 가능성은 이렇게 해서 생긴다.

주역의 많은 동물들과 자연적인 형상들은 본디의 의미를 잃어버린 추상화한 관념들이다. 그러기 때문에 주역의 언어들은 해석자에 따라 또는 해석이 적용되는 대상인물에 따라 언제나 다양한 풀이가 가능해진다. 말하자면 주역 64괘 3백84효에 등장하는 언어기호들이 빚어내는 의미들은 일정한 특정대상에 고정된 것이 아니라 얼마든지 무궁무진한 천변만화의 조화를 부릴 수 있다는 뜻이다.

이제 우리는 비유의 바다로 일컬어지는 또 하나의 세계 즉 불교경전의 세계를 바라 볼 차례를 맞았다. 주지하다시피 주역과 불경의 언어들은 거의 대부분 은유언어들이다. 그러므로 문자 그대로 뜻풀이를 해서는 그 본디 의미의 언저리로 밀려날 가능성이 크다. 그래서 은유적 언어를 조명하는 우리의 작업은 새로운 시야(perspective)를 요구한다. 새로운 시야는 〈은유의 저편을 보는 관점〉이며 〈언어의 뒤안길을 보는 관점〉이다. 언어의 뒤안길을 본다고 해서 언어를 초월하거나 언어를 포기하여 믿지 말라고 나는 강조하지 않는다. 우리는 언어에 의지하여, 언어를 통해 사물을 이해하고 인식할 수밖에 없지만 언어에만 집착하여 사물의 참 의미를 파악하려고 애써서는 안 된다. 언어는 붓다가 깨침을 얻기 위해 피안으로 건너갈 때 사용한 뗏목과 같다. 뗏목은 어디까지나 피안에 이르는 방편일 뿐이다. 방편 그 자체는 결코 진리(진실)가 아니다. 하지만 그것은 우리를 진리로 태워가는 수레가 될 수는 있다. 니체가 말했듯이 "여러분은 모든 메타포의 등에 타고 진리로 나아간다."(『이 사람을 보라』). 사람이 목숨을 부지하는 한 언어의 옷을 벗어던질 수는 없다. '언어의 감옥'(the prisonhouse of language)에 갇힌 우리는 살아 있는 한 거기서 탈출할 수 없다. 우리는 어쩔 수 없이 언어에 의지하되 언어의 굴레를 벗어나는 길, 상징세계(라캉의 상징계, the Symbolic) 안에서 살되 삶의 진실이 펼쳐진 비유 저편의 길을 붓다의 말씀에 따라 찾아나서야 하지 않을까 한다.

# 제2장
# 은유를 뛰어넘은 진리

## 설사일물즉부중(說似一物卽不中): 로고스의 공백

### '태초의 말씀'에 고민하는 파우스트 박사

지식욕에 불탄 나머지 자신의 혼마저 악마에게 팔아버리기까지 한 파우스트 박사, 이 분열된 사고의 지식인은 신약성서 원본을 독일어로 번역하고 싶은 못 견디게 강렬한 욕망에 사로잡힌 나머지 요한복음 첫 줄을 독일어로 옮기기 시작했다. 『파우스트』의 저자 괴테는 파우스트 박사의 입을 통해 독백처럼 말한다.

여기 씌어 있기를, '태초에 말씀이 계셨나니라.'

여기서 벌써 막혀버린다. 누군가의 도움을 빌려서 앞으로 나갈까?
나는 말씀(言語)이라는 말을 그렇게 높이 평가할 수 없다.
정령(精靈)의 올바른 계시를 받고 있다면 나는 달리 번역해야만 한다.

이렇게 써보면 어떨까. '태초에 뜻이 있었나니라.'
경솔하게 붓을 서두르지 않도록 첫 줄을 잘 생각하라!
만물을 창조하는 것은 마음(뜻)이었을까.
차라리 이렇게 써야 하는 것이 아닐까. '태초에 힘이 있었나니라.'

하지만 이렇게 내려쓰고 있는 동안에 벌써
이래서는 안 된다는 느낌이 일어난다.
정령의 도움이다! 별안간 좋은 생각이 떠올라
얼른 이렇게 쓴다. '태초에 행위가 있었나니라.'
— 이효상 역 『파우스트』 동서문화사 세계문학전집 7권 1981 p.36의 내
   용을 주로 하여 정서웅 옮김 민음사 간본의 해당 대목과 일본 相良守
   峯 역의 岩波文庫本을 참조하여 약간 고쳤음. 岩波本에는 '뜻'이 '意
   味'로, '행위'가 '業'으로 번역되었다.)

　이 글을 읽고 있으면 나는 참선하는 선승이 형상이 전혀 보이지 않
는 '로고스'라는 화두를 붙들고 의심에 의심을 거듭하며 깨침의 경지
에 이르려고 정진하는 모습을 보는 것 같다. 파우스트는 분명 로고스
에 대해 의심을 품었음에 틀림없다. 태초의 로고스(Logos)를 독일어로
어떻게 번역할지 고민하는 파우스트의 모습에서 우리는 로고스의 다
중적(多重的) 의미와 그에 따른 다양한 풀이가 가능함을 본다. 그것은
신의 말씀일 수도 있고 창조의 마음(뜻)일 수도 있으며 또는 창조의
행위일 수도 있다. 파우스트가 품은 의문의 핵심은 '말씀'이 세계 창
조를 할 수 있느냐 아니냐에 있다. 어떻게 하느님의 말씀 한 마디로 하

늘과 땅과 바다 그리고 온갖 생물이 생겨날 수 있을까? 하느님이 먼저인가 말씀이 먼저인가? 그게 아니라면 하느님과 말씀은 동일한 존재인가? 세계를 창조하는 말씀의 정체와 능력에 대해 파우스트 박사는 큰 의심을 가진 것이다.

그래서 그는 '나는 말을 그렇게 높이 평가할 수는 없다'라고 단호하게 밝힌다. 말은 창조의 능력을 결여한 하나의 기호에 지나지 않는다는 것을 파우스트는 벌써 터득하고 있었다. 다중적 의미의 말, 그것은 오히려 공백어(空白語)다. 또한 그에게 하느님과 말씀은 이미 분리되어 있는 개념이었다. 그는 말씀이 설사 하느님의 로고스라 할지라도 말씀은 하느님의 마음을 표현하는 수단에 지나지 않는다고 고쳐 생각했다. 그래서 파우스트는 요한복음의 첫 줄을 '태초에 뜻이 있었나니라'로 고쳐보았다. 그러나 그것도 그의 마음에 들지 않았다. 다시 '태초에 힘이 있었나니라'로 고치고는 계속 써내려가려는 찰나 별안간 그에게 새로운 영감이 떠올랐다. '태초에 행위가 있었나니라.' 그렇지, 말씀이나 마음의 뜻만 가지고는 하느님이 만물을 창조할 수 없지 않는가. 하느님의 실천, 하느님의 행위가 있어야 한다. 그래서 파우스트는 요한복음의 '말씀'을 '행위'로 바꿨다. 이는 로고스의 한계를 지적하는 사례임과 동시에 하느님과 로고스와의 불가분이 지닌 결함을 알려주는 괴테의 통찰이기도 하다.

고대 주술(呪術)사회에서 제관(祭官)이나 무녀(巫女)의 말은 곧 인간의 소망을 신에게 알리고 신의 뜻을 인간에게 전달하는 중요한 커뮤니케이션 수단이었다. 무녀의 말은 동시에 신의 의지를 발현하는 권력이었고 능력으로 믿어지기도 했다. 주술사회에서 무녀의 말은 곧 신의 행위였고 그 말은 언령(言靈)을 지닌 것으로 간주되었다. 주술사나 제관 또는 무녀의 초월적 능력은 자연재앙을 멈추게도 하고 인간에게 침투한 질병을 물리치게도 하는 '말의 영적 효험'에 의거하여 평가되었다. 유럽 중세시대에도 '말씀'의 주술적 위력과 권력은 전혀 쇠퇴하지 않았다. 가톨릭 신학이 유럽인들의 정신세계를 철저히 지배하고 있던 중세 천 년은 실은 하느님의 로고스, 아니 하느님의 로고스를 등에 업은 교회의 제도화된 로고스—요즘 말로는 제도화된 신학 담론이나 종교적 이데올로기=신앙기계(지젝의 용어)—가 인간을 지배했으며 인간의 지혜를 어두운 장막으로 덮어버린 시기이기도 했다. 성경의 말씀은 중세 유럽인들 뿐 아니라 현대의 크리스천들에게도 매우 귀중한 하느님의 영적인 말씀으로 통한다. 정도의 차이는 있어도 몇백 년 전이나 지금이나 말씀의 위력은 줄지 않은 듯하다.

사정은 한·중·일 삼국을 포함한 동아시아에서도 결코 다르지 않았다. 사서삼경 또는 사서오경으로 일컬어지는 경서들은 그 안에 담긴 말씀들이 진리의 말씀이고 '하늘님' 또는 '한울님'의 뜻으로 받아들여졌다. 주역=역경의 로고스도 그랬다. 역경의 점술적인 힘은 그 안의 로고스가 지닌 비유적 효과로서 발휘되어 위로는 황제의 뜻을, 아래로는 촌부의 마음을 좌지우지했다.

말씀은 불교 경전에도 있다. 여시아문(如是我聞, 이와 같이 나는 붓다의 말씀을 들었다)으로 시작되는 많은 불경들은 온통 말씀으로 채워져 있다. 경전의 의미를 풀이하고 주석을 붙인 어느 논서에 따르면 여시아문 그것 자체가 말씀의 진리에 대한 철저한 믿음의 언표(言表)였다. 붓다의 가르침의 진리를 믿지 않았다면 '이와 같이 나는 들어노라'라고 그 제자들이 적어놓을 리가 없지 않은가. 이 경우의 여시아문은 오늘날 객관적 보도의 허울을 얼굴에 쓰고 아무개 뉴스 소스가 이렇게 말했다고 보도하는 기사 스타일과는 그 의미의 차원에 있어서 판연하게 다르다.

하지만 여시아문이 붓다의 말씀에 대한 믿음이라 해서 그 말씀들을 형식적으로 좇아가기만 하면 깨침과 해탈에 저절로 이르지는 않는다. 지금까지의 이야기에서 이미 누누이 밝혔듯이 말은 주체 밖의 현상세계를 그대로 여실(如實)하게 드러내 묘사해주는 완벽하고 투명한 수단이 되지 못한다. 말은 사물의 본질과 현상을 백 퍼센트 명확하게 그리지 못하는 기호에 불과하다. 말에는 주술사가 믿는 언령의 효험도 없다. 말은 비트겐슈타인이 말했듯이 대상을 엇비슷하게 그려내는 단지 그림(a picture)일 뿐이다. 그래서 말(언어)로 된 문장이나 글은 때로는 저자의 뜻과는 전혀 다른 방향으로 해석되곤 한다. 붓다의 가르침 특히 선종의 가르침은 언어의 한계성, 언어의 불완전성과 불투명성을 어느 경전 어느 철인의 언명보다도 더욱 철저하게 노출시킴으로써 그 한계성을 근거로 삼아 펼쳐지는 진여세계에의 탐사인 것이다. 언어가 품은 표출한계와 불완전성의 예를 나는 선종의 유명한 에피소드에서 찾고자 한다.

## 한 물건과 같다고 해도 맞지 않다

달마대사가 중국으로 건너와 인도불교를 혁신하여 새로 탄생시킨 불교종파를 선종이라 부른다. 선종은 말하자면 불교의 혁명이었다. 불교혁명의 창도자인 달마대사로부터 시작하여 여섯 번째로 법통을 이어받은 선승이 혜능이다. 통상 그를 남종선(南宗禪)의 육조 혜능(六祖慧能, 638~713) 선사라고 부르기도 하는데 그의 맥을 잇는 우리나라의 종파가 조계종이다.

어느 날 먼데서 찾아온 운수납자 남악(南岳)에게 혜능은 대뜸 이렇게 묻는다.

어떤 한 물건이 이렇게 왔는고?

모처럼 자신의 처소를 내방한 납자에게 '한 물건'이라니 이건 도리에 어긋난 인사법이다. 하나 그렇게 따지는 것은 속인의 경망스런 행동거조일 뿐 선가에서는 상대를 궁지에 몰아넣는 이런 따위의 돌발적 질문은 오히려 상례다. 그것은 선승들 사이에서 굳게 확립된 하나의 관행이다. 혜능이 남악에게 던진 질문은 그냥 하는 인사치례가 아니다. 곧바로 남악의 수행 정도를 저울질해 보려는 의도로 혜능은 '한 물건'의 선문을 느닷없이 내던진 것이었다.

선문답(禪問答)이 암호처럼 들리는 것은 묻는 이와 답하는 이 간의 커뮤니케이션 코드가 우리의 일상적 대화 코드와 전혀 다르기 때문이다. 일상적 대화 코드에서는 말하는 이와 듣는 이 간에 알기 쉬운 의미의 공유가 전제되어 있고 그것을 토대로 자기의 뜻을 상대방에게 전달하여 이해시키려는 대화규칙이 작동한다. 그러나 선적 코드에서는 상대방의 수행 정도를 시험하는 '일종의 암호밀령'(성철 대선사의 말)이 스승인 선지식으로부터 느닷없이 떨어진다.

혜능의 진의는 세상 만물 중의 한 개체인 '한 물건'을 지적하여 그것과 남악을 동일시하면서 찾아온 경위를 물은 데 있지 않다. 남악을 '한 물건'이라고 지칭함으로써 그는 그것의 본체(실체)가 도대체 무엇이냐고 묻고 그것에 대해 남악이 제대로 증득했는지를 알고자 한 것이다. 아닌 밤중에 홍두깨로 얻어맞은 것처럼 정신상태가 얼얼한 남악은 세계와 자기와의 관계를 분별하지 못하는 단지 '한 물건(一物)'인 채 즉석에서 흔쾌한 답을 드릴 수 없었다. 절에서 물러나온 이래 '한 물건'은 남악에게 줄곧 따라다니는 화두가 되었다. 그는 그 화두를 붙잡고 끈질기게 씨름을 했다. 몇 해가 지나 남악은 비로소 '한 물건'의 모습에서 벗어났다. 그는 혜능 앞으로 나아가 뒤늦은 선답을 올렸다.

설사 한 물건과 같다고 해도 맞지 않습니다. (說似一物卽不中)

대사께서 연전에 '한 물건'이라 말씀하셨지만 그 말씀은 이미 '빗나가 버린 것입니다'(卽不中)라는, 대충 그런 뜻이다. '한 물건과 같다 해도 맞지 않다'라니 왜 그럴까? 우리 앞에 하나의 물건이 있다고 하자. 그 물건에 대해 말하려면 우리는 어떻게 해서든지 그것에 이름을 붙이지 않으면 안 된다. 우리는 눈 앞에 보이는 물건 다시 말해서 대상에 대해 거의 언제나 언어로써 그것을 재현(再現, representation)하려 한다. 달리 말하자면 대상을 표상(表象)하려 하는 것이다. 그러나 말로써 표상하여 언표하는 찰라 그 물건(대상)에 대한 우리의 언명(言明, statement)은 그 물건의 본질을―본질은 고사하고 현상마저도―적확하게 적시하지 못하고 빗나가버리는 경우를 경험할 때가 종종 있다. 〈설사일물즉부중(說似一物即不中)〉은 바로 그런 사태에 해당한다.

또한 이런 풀이도 가능할지 모르겠다. '한 물건과 같다'라고 지금 말씀하셨지만 그 '한 물건'이란 것이 도대체 어디에 있으며 무엇을 가리킨다는 말씀입니까? 깨침 이전의 상식의 눈으로 보면 이 물건, 저 물건 하고 구별이 가능하지만 그리고 우리의 일상생활 세계는 그렇게 두두물물을 구별하고 차이화함으로써 오히려 성립되어 움직여 가지만 깨침의 경지에서는 두두물물에 일체의 차별과 구별이 없다. 주체와 주체에게 보이는 대상 사이에는 아무런 능소(能所)의 분별(따로 나눔)이 존재하지 않는다. 주객이 혼연일체한 무분별의 세계, 깨침의 경지에서 보이는 세계는 그런 세계다. 그러므로 '한 물건'이라 해도 맞지 않을 수밖에 없지 않는가. 남악의 대답에는 그런 반문이 배경에 깔려 있다.

혜능이 남악에게 내던진 '한 물건'은 보통사람이 듣기에는 남악 자신을 지칭하는 뜻으로 받아들이기 쉽다. 생활 세계에서의 통상적 커뮤니케이션 코드에서는 그렇게 해석된다. 하지만 육조의 진의는 남악을 '한 물건'이라고 보고 '너라는 한 물건은 어째서 여기에 이렇게 왔느냐?'라고 물은 것이 아니다. 즉 남악이 '여기에 온 연유'를 혜능은 묻지 않았다. 그 점을 모르지 않았기에 남악은 그 자리에서 아무 말도 할 수 없었던 것이다. 만일 혜능의 물음에 대해 남악이 누구누구의 소개를 받아 어느 절에서 발길을 재촉하여 왔습니다 라고 대답했다면 그는 틀림없이 공안 시험에서 낙방했으리라.

**이렇게 단숨에 달려 왔습니다**

이쯤에서 나는 한국불교 조계종 종정을 지낸, 일제강점기의 판사출신 출가자인 효봉(曉峰) 스님의 일화를 소개함으로써 선문답의 참뜻이 어디에 있는지를 예시하고자 한다.

피고에게 사형선고를 내린 뒤 '사람이 사람을 어떻게 죽게 할 수 있는가'라는 뼈저린 자책을 거듭하던 판사는 그 영예로운 공직과 일상 생활을 돌연 팽개친다. 그는 출가자(出家者), 아니 정확히 표현해서 가출자(家出者)가 되어 엿장수 생활을 하며 전국을 누비기 시작했다. 떠돌이생활을 한지 3년이 되는 1925년 여름, 찬형(효봉 선사의 속명)의 발길은 금강산을 향하고 있었다. 가출자가 아닌 어엿한 출가구법자가 되고 싶은 간절한 소망이 그를 그곳으로 끌어가고 있었다.

먼저 유점사(楡岾寺)에 들러, 모시고 공부할 만한 스승을 찾았으나 찬형은 소망을 이루지 못했다. 신계사(神溪寺) 보운암(普雲庵)에 석두(石頭) 스님이 계시다는 소개말만을 들었다. 석두 스님은 그 무렵 '금강산 도인'으로 불리던 이름 높은 고승. 그 길로 찬형은 하룻길이 창창한 보운암을 찾아갔다.

큰스님 방에는 스님 세 분이 앉아 있었다. 찬형은 안으로 들어가 삼배의 예를 올린 뒤 찾아온 연유를 밝혔다.

석두 스님을 찾아뵈러 왔습니다.

풍채 좋은 한 스님이 물었다.

어디서 왔는고?
유점사에서 왔습니다.

찬형의 답이 나오자마자 나지막한 스님의 목소리가 곧 뒤를 이어 위엄 있게 그의 정수리를 내리 눌렀다.

  몇 걸음에 왔는고?

  찬형은 잠시 망설였다. 몇 걸음이라니? 지난 3년간의 유랑 끝에 마
침내 인연을 찾아 여기로 오지 않았는가. 삼추가 여일각(三秋如一刻),
지나온 3년이 하나의 찰나로 압축되는 걸 느꼈다. 그런 시간 압축의
생생한 체험을 어떻게 몇 걸음의 숫자로 표출할 수 있겠는가. 젊은 방
랑자는 벌떡 일어나 큰방을 한 바퀴 빙 돌고 나서 앉았다.

  이렇게 왔습니다.

  석두 스님은 말없이 고개를 끄덕였다. 곁에 앉아 있던 두 스님은 껄껄 웃
으면서 '십 년 공부한 수좌(首座, 선방에서 참선하는 수행승)보다 낫네'라고 감
탄했다.
  — 법정 지음 『달이 일천강에 비치리, 曉峰 선사의 자취』 불일출판사
    1984. 인용자가 윤색했음


  바로 이것이 선문답이다. 법정 스님의 말처럼 만일 초발심을 일으킨
젊은 방랑자 찬형이 걸어온 과정을 몇 걸음이라고 숫자로 헤아려서 답
했다면 그는 '눈 먼 나그네다.' 벌떡 일어나 방안을 한 바퀴 돌고나서
'이렇게 왔습니다'라는 대답에 나그네의 비범한 기상이 드러난 것이
라고 법정 스님은 지적했다.
  선문답에서는 다른 커뮤니케이션과 마찬가지로 발신자와 수신자가
있고 그 둘 사이에 메시지(문답 내용)가 오가지만 메시지에 사용되는
언어기호는 일상언어의 명시적이고 외연적인 의미(denotation)와는 전
혀 다른 함의를 지니고 있다. 일상적 커뮤니케이션의 기능은 발신자와

수신자 사이에 의사소통을 일으켜 어떤 효과(설득이나 의미전달)를 생산하는 데 있다. 하지만 선문답의 커뮤니케이션에서는 물음(이를 화두 또는 공안이라 함)을 받은 수행승이 수행공부의 어느 경지에 이르렀는지에 관해 스승의 현장 테스트를 직접 받는 데 있다. 그 결과 수행의 정도가 어느 경지에 도달했다고 스승이 판단하면 수행승에게 깨침의 인가가 내려지며 그렇지 않으면 호통을 쳐서 다시 공부하고 오라고 내쫓는다. 그래서 선문답은 속세의 범인이 듣기에 알쏭달쏭한 언설로 시작되며 거기서 오가는 언어기호들은 선의 코드로써만 풀이할 수 있는 함축적 의미(connotation)를 지닌다. 그러므로 깨침이라는 선의 목표에 도달하기 위해 선승은 항상 기성의 틀 안에 갇힌 일상적인 사고방식과 언어의미를 깨고 부수지 않으면 안 된다. 미망의 문을 몹시 두들겨 깨야만 깨침의 문이 활짝 열리는 법이다. '알(하나의 세계)에서 태어나오려는 새가 투쟁하는' 것처럼 선의 새 세계로 입문하려면 묵은 세계는 혁파되어야만 한다. 참선에 의한 깨침은 일상의 미망, 분별식으로 가려진 의식의 무명 상태를 완전히 부숴 깨버림으로써 비로소 얻을 수 있는 전혀 새로운 경지다.

### 화두는 암호밀령

조계종 종정을 지낸 성철(性徹) 대선사는 생전의 한 대중설법(해인사 1981년 음 6월 15일)에서 '화두는 암호'라고 말한 적이 있다. 참선수행에 들어간 선승이 붙드는 화두를 이 이상 더 간단명료하게 정의한 예가 달리 또 있을까?

화두가 암호라면 그것은 곧 코드(code)에 의해 의미가 풀리는 기호라는 뜻이다. 암호든 기호든 그것을 사용하는 사람들끼리 의미가 통하려면 말하는 자와 듣는 자 사이에는 사전에 그 기호의 의미에 대한 합의가 성립되어야 하며 그 의미를 전하는 커뮤니케이션의 규칙 즉 코드가 성립되어 있어야 한다. KBS의 〈개콘〉(개그 콘서트), SBS의 〈웃찾

사〉(웃음을 찾는 사람들), MBC의 〈개그夜〉 등 TV의 개그 프로들에서 출연자들이 빠르게 주고받는 이야기의 내용을 나이든 60~70대 노인들이 알아듣지 못하는 것은 코드가 그들과 안 맞기 때문이다. 젊은이 문화에서 사용되는 대화 코드와 노인네들의 그것 사이에는 차이가 있다. 젊은 시청자들이 깔깔대며 웃는 개그를 보면서 덤덤하게 앉아 있을 수밖에 없는 노인들의 답답한 심정을 한번 상상해보라. 굳이 암호까지 들출 것도 없이 코드가 안 맞으면 대화가 안 통하는 법. 코드만 풀면 개그 프로가 엮어내는 기호들의 놀이 재미는 배가될 것임에 틀림없다.

군대가 아닌 청년사회에서 통용되는 은어나 유행어도 일종의 암호이며 기호다. 이것들을 자세히 들여다보면 그것들의 의미를 풀 수 있게 해주는 어떤 규칙의 체계가 있음을 볼 수 있다. 암호를 풀이하는 데 필요한 해독법이 있다는 말이다. 그 규칙이 바로 코드다. 요즘 흔히 쓰는 말 중 '코드인사'의 코드 역시 암호란 뜻을 함유한다. 일부에 국한된 소수의 저희들끼리만 뜻이 통하는 암호, 그것이 바로 우리가 코드라고 부르는 명칭이다. 기호학의 전문용어를 빌리면, 코드는 '기호들을 조직화한 규칙의 체계'로서 정의된다.

거듭 되풀이하지만 선문답에는 선적 코드가 있으며 이 코드는 화두를 붙잡고 큰 의심 속에 끈질기게 씨름하는 활구참선을 통해서만 풀린다. 화두에 사용되는 언어기호들 예컨대 '어떤 이 물건'이라든가, '뜰 앞의 잣나무'라든가, '이 뭣꼬?' 또는 '무(無)'자 화두 등은 그 명시적인 외연적 의미를 좇아가서는 도저히 그것의 핵심에 닿을 수 없다. 화두를 깨치려면 그 함축적인 내포적 의미, 심지어는 그 내포적 의미의 일상적 경계까지도 벗어나는 의미의 경지를 수행을 통해 체득하지 않으면 안 된다. 그러려면 일상적인 의미의 체계, 관습적으로 고정된 의미의 굴레, 이데올로기적으로 규정된 의미체계의 족쇄를 부수고 거기서 벗어나 성철 대선사의 말처럼 진정한 '대자유인'이 되어야 한다.

'대자유인'이 된다는 것은 잠잘 때나 깨어 있을 때나 오매불망(寤寐不忘), 숙면일여(熟眠一如)하게 무념(無念)의 상태를 유지하지 않으면 안 된다. 무념의 상태란 아무 생각도 하지 않는, 말하자면 〈멍청한 상태(無記)〉에 있는 것이 아니라 삿된 생각, 망념(妄念)을 버리고 반야의 지혜에 입각한 바른 생각을 유지하는 것을 의미한다. 실체가 없는 '나'(我)와 '나의 모습'(我相)에 대한 집착(我執) 그리고 이 세상 모든 존재들의 모습(法相)에 대한 집착(法執)을 말끔히 벗어버리고 능소주객(能所主客)의 분별이 없는 상태를 달성하는 것, 그것이 바로 무념의 세계에 사는 것이다. 그래야만 분별적 사유의 굴레에서 해방되어 무분별의 대자유를 영원히 구가할 수 있다.

화두의 뜻을 알려는 구도자가 화두를 구성하는 문자(들)에만 매달려서는 안 된다(不立文字)는 말은 그래서 나온, 수행자에 대한 경책이다. 문자에 매달리는 것은 잘못된 참구 자세다. '화두의 껍데기만을 보고서 화두의 참뜻을 어찌 알 수 있겠는가. 글자 풀이를 좀 할 줄 안다고 화두의 뜻을 아는 체 하는 수행자의 자세'를 성철 큰스님은 생전에 호되게 꾸짖었다. 화두의 언어들은 불법의 참뜻을 숨기고 있는 겉껍데기(겉모양) 뿐인 언어들의 집합에 지나지 않는다. 껍데기만을 보고는 그 깊은 속뜻을 조금도 헤아릴 수 없다. 그래서 성철 큰스님은 화두는 암호라고 말했으리라. 화두의 참뜻을 알려면 '말 밖에 있는 뜻' '경전 밖의 뜻'을 이해해야 한다고 큰스님이 가르친 까닭은 거기에 있다.

화두라는 것은 본래 말하는 것과는 전혀 뜻이 다른 것이지요. 하늘 천(天)이라고 말할 때 '천' 한다고 그냥 '하늘'인 줄 알다가는 그 암호의 뜻은 영원히 모르고 마는 것과 마찬가지로, 공안은 모두 암호밀령(暗號密令)입니다. 겉으로 말하는 그것이 속내용이 아닙니다. 속내용은 따로 암호로 되어 있어서 숙면일여(熟眠一如)에서 확철히 깨쳐야만 알 수 있는 것이지 그 전에는 모르는 것입니다.

— 성철 스님 법어집 『자기를 바로 봅시다』 개정판 장경각 2003 p.131

그러므로 화두를 묻는 이에게 그것을 이해시키기 위해 선승이나 불교학자가 화두를 해설하는 일은 실로 어처구니없는 짓거리이다. 화두는 설명할 수도, 설명될 수도 없는 것이거니와 설사 항간의 일부 사람들의 시도대로 설명되었다 하더라도 그 설명이 그대로 이해되기는 어렵다. 화두를 설명하면 '설명하는 이나 듣는 이나 다 죽어버린다' 라는 성철 큰스님의 경고는 그래서 발해진 것이리라.

요컨대 성철 스님의 말은 공안을 이해하려면 기성의 일상적 코드를 해체하고 '혁신적인 해체 코드'를 사용해야 하는 뜻을 담고 있다. '해체 코드'란 말은 내가 편의상 만든 조어다. 원래 불립문자(不立文字, 따로 언어나 글자를 세워서 참뜻을 알려 하지 말라), 교외별전(敎外別傳, 진리의 가르침은 문자나 언어로 된 경전 밖에서 마음에서 마음으로 전한다)을 금과옥조로 모시는 선종 특히 간화선(看話禪, 화두를 붙들고 행하는 참선. 묵조선 默照禪에 대립됨)에서는 무슨 코드와 같은 특별한 공안해법이 별도로 있지는 않다. 다만 우리가 일상적으로 사용하는 언어나 말은 투명하지도 않거니와 근본적으로 불명확성을 지니고 있으므로 그것들을 여읨으로써만 깨침이 가능하다는 것만을 알고 수행납자들은 활구참선에 용맹전진할 뿐이다.

이상과 같은 관점에서 볼 때 '설사 한 물건과 같다고 해도 맞지 않습니다' 라는 남악 스님의 선답은 언어의 근본적 한계를 구극의 경지에까지 극명하게 간파하여 기성의 코드를 해체해버린 아주 명쾌한 답이다.

### 말로써 말을 버리라

그렇다면 우리는 궁극의 진리를 파악하고 깨침을 얻기 위해 언어를 버려야만 하는 것일까? 그건 아니다. 언어는 진리의 실체를 밝히는 데는 부적절하지만 밝혀진 진리를 알리는 수단으로서는 여전히 유용하다. 그러므로 언어의 한계를 알되 언어의 한계를 뛰어넘어야 한다. 언어란 버릴 수도 없으며 버려서도 안 된다. 언어의 이러한 기능과 유효성에 대해 원오 극근(圓悟 克勤, 1063~1135) 선사도 '도는 본래 말이 없으나 말을 통해야 도가 드러난다'(道本無言 因言顯道) 라고 했다(圓悟 지음 『圓悟心要』 장경각 p.135). 원오가 말하는 도는 절대적인 진리 즉 불성에 해당한다. 진리의 불성을 찾기 위해 우리는 일단 언어를 거쳐 가는 방편적 통로를 택하지 않으면 안 된다. 다만 '손가락 끝을 보지 말고 손가락이 가리키는 달을 보는' 자세를 가지고 진리에 다가가려고 노력해야 한다. 궁극적으로는 피안에 이른 뒤에 뗏목을 버리듯 말(언어)로써 말을 버리지 않으면 안 되리라. 방편은 어디까지나 방편일 뿐, 그것에 매달리는 것은 본말의 전도다. 언어는 방편이다. 우리의 위대한 고승대덕인 원효대사가 그것을 가르치고 있다.

> 언설의 궁극은 말에 의하여 말을 버리는 것이다. (言說之極 因言遣言)
> — 은정희 역주 『대승기신론소 별기』 일지사 1991 p.108

마지막으로 나는 지금까지의 이야기를 고타마 붓다의 다음 말로써 정리할까 한다. 붓다는 언어로 표현된 것 너머에 참 진리가 있음을 가르치면서 법(진리)을 알기 위해 어쩔 수 없이 언어를 빌리되 언어에 집착하지 말 것을 우리에게 간곡히 당부했다. 원효의 '因言遣言(인언견언)'은 다음 붓다 말씀의 부연에 지나지 않는다.

> 말로 표현된 것을 가지고 생각하는 사람들은 말로 표현된 것에 입각한다. 그들은 말로 표현되는 것(의 본질)을 잘 모르며 죽음에 (지배당하고) 속박되어 있다.
> 그러나 마음이 최고로 안온한 경지에 이르고 (죽음의 지배와 속박에서) 해탈한 사람은 말로 표현된 것(의 본질)을 잘 알고 있으며 말로 표현하는 주체

가 있다고 생각하지 않는다.

그는 바로 말로 표현되는 것(의 본질)을 잘 분별하고 마음의 평안함과 안온함의 경지를 즐긴다.

법(진리)에 입각하여 참 뜻을 구명한 사람은 말에 관련되면서도 말에 집착하지 않는다.

— Itivuttaka[如是語, 이와 같이 말하노라] 53~54. 羽矢辰夫의 〈原始佛敎の眞理觀〉, 阿部慈園 편 『原始佛敎の世界』 東京書籍 제4장 p.105에서 재인용


# 자기 자신을 '섬이라 여기라'


## 가죽 끈의 도움으로 간신히 버티는 늙은 몸

위대한 깨침을 얻은 뒤 45년 동안 중생제도의 설법을 해온 고타마 붓다(앞으로 때로는 세존이라 약칭함)는 마가다 국의 수도 왕사성(王舍城)에 있는 영취봉(靈鷲峰)에서 내려와 쿠시나라(p. Kusinara, s. Kusinagara, p.는 팔리어. s.는 산스크리트의 약자임)를 향해 간다. 붓다는 그의 중생제도 여행의 마지막 여정에 나서려는 참이다. 쿠시나라는 네팔 국경 부근에 위치한 세존 입멸의 땅. 왕사성(p. Rajagaha, s. Rajagrha)에서 쿠시나라까지는 약 350km이므로 하루 10km를 걷는다 해도 한 달 닷새나 걸리는 아주 먼 거리이다. 쿠시나라로 가는 길은 붓다의 고향 가는 길이기도 하다. 그곳을 지나면 중부 네팔이 가까우니까. 붓다의 여로는 고향에 채 못미처서 멈춘다. 영원히.

나는 불경 중에서는 원시경전, 그중에서도 〈숫타니파타〉와 지금 내가 인용하는 〈붓다, 마지막 여로〉(한역은 〈대반열반경〉)를 즐겨 읽곤 한

다. 특히 〈붓다, 마지막 여로〉는 역사적으로 실존했던 인류의 위대한 성자 세존의 인간적 체취를 가깝게 느낄 수 있어서 읽기를 즐긴다.

아난다여. 이제 나는 나이를 먹어 노쇠해졌으며 생의 여로에서 노경에 이르렀다. 내 나이 80이 되었다. 비유하자면 오래 써서 낡아버린 수레가 가죽 끈의 도움으로 간신히 움직이는 것처럼 아마 내 몸도 가죽 끈의 도움으로 겨우 버티고 있다.

'태어나서 자란 것은 반드시 죽는 법.' 이 불변부동의 진리를 몸소 보여주는 한 노인의 잔잔한 목소리가 들리는 듯한 말씀이다. '오래 써서 낡아버린 수레가 가죽 끈의 도움으로 간신히 움직이는 것처럼' 겨우 버티며 살아 있다는 비유의 말씀을 듣노라면 우리는 세존에 대한 애련(哀憐)의 정보다는 오히려 그의 포근한 가슴을 느낀다. 얼마나 여실(如實)한 은유인가. 마치 운명(殞命)을 앞둔 내 할아버지의 말씀처럼 들리는 말씀이다. 나는 경전 편찬자의 문학적 솜씨에 거듭 경탄하면서 이만큼 아름답게 그려준 늙음의 미학을 찬미한다.
'가죽 끈의 도움으로 간신히 움직이는' 세존은 쿠시나라로 가는 도중 상업도시 베살리에 들렀다. 세존 일행은 거기서 우안거를 맞았다. 우안거는 수행승들이 밖으로 나돌아 다니기 어려운 인도의 장마철 넉 달 동안(5월 중순부터 9월 중순까지) 한 곳에만 머물며 외출을 삼가고 오로지 거처 안에서 수행정진에만 전념하는 기간을 말한다. 대기가 매우 음습한 우안거 중에는 고약한 역병이 돌 뿐 아니라 해충들도 많아서 이들을 밟아 죽이지 않기 위해서라도 수행승들은 바깥 출입을 삼간다. 인도에서의 그런 유습이 지금 우리나라 승가 공동체에서는 각기 석 달간의 하안거와 동안거 형식으로 전승되고 있다.
우안거 중에 세존은 '자기 자신을 의지처로 삼고 부처의 가르침(佛法)을 의지처로 삼으라'는 저 유명한 설법을 남긴다. 이는 자귀의 법귀의(自歸依, 法歸依) 또는 자등명 법등명(自燈明, 法燈明)이라는 한자 구절로서 널리 알려진 설법이다. 이에 앞서 세존은 몹쓸 병을 앓아 아주 심한 고통을 겪는다. '무서울 정도의 고통'이 있었다고 원시경전은 묘사했다.

그러나 세존은 마음으로 생각하며 정신을 차려 괴로움을 내색하지 않고 고통을 참았다. 그때 세존에게 다음과 같은 생각이 떠올랐다.
'내가 시자들에게 알리지도 않고, 수행승들에게 헤어짐을 알리지도 않고 니르바나에 드는 것은 적절치 않다. 자, 나는 원기를 내어 이 병고를 이기고 목숨을 지탱하는 힘을 내도록 하자.'
— 『붓다, 마지막 여로』中村元 역 岩波文庫本 제2장 9. 〈여행 중에 병들다〉 pp.60~64

초인적인 투병은 주효했다. 마침내 병고가 가라앉고 세존은 병에서 회복했다. 세존은 거소에서 나와 나무 그늘에 마련된 자리에 앉았다. 그러자 시자인 아난다가 세존이 계신 곳으로 다가와 경례를 표하고는 한쪽에 앉았다. 세존의 병 때문에 망연자실한 채 걱정이 컸던 만큼 아난다의 얼굴에는 누가 보아도 역력한 안도의 빛이 떠오르고 있었다.

이제는 '스승님께서 수행승들에게 무언가 가르침을 주시지 않고 니르바나에 드시는 일은 없으리라'는 안도감이 저에게 생겼습니다.

하지만 세존의 응답은 전혀 뜻밖이었다. 이 세상을 하직하는 일에 대해 너희는 조금도 애석해 하지 말라고 세존은 당부했다. 너희는 더 이상 세존 자신에게 기대지 말라는 부탁도 겸해서였다. 이는 세존 스스로가 교단의 지도자 자리에 서는 것을 부정하는 말이기도 하다. 그러나 지도자가 아니라는 자기부정이 자기가 지금까지 설한 다르마

(法)의 부정은 결코 아니다. 세존의 본뜻은 법을 설한 사람에게 의지하지 말고 법 자체에 의지하라는 뜻이라고 나는 풀이한다. 우리는 세존의 말씀 중 이 점을 특히 명심해야 하리라. 세존은 분명히 '나는 안과 밖의 간격을 두지 않고 모든 법을 설했다'라고 밝혔다. 이제 그에게는 숨겨 둔 것이 하나도 없다는 말씀이다. 그러므로 수행승들에게 더 이상 가르칠 무엇이 있겠는가. 그러므로 더 이상 나에게 기댈 것이 무엇이 있는가, 그런 뜻이었으리라.

아난다여. 수행승들은 나에게 무엇을 기대하는가? 나는 안과 밖의 간격을 두지 않고 모든 법을 설했다. 인격을 완성한 사람의 가르침에는 아무것도 제자에게 숨기는 게 없다. '내가 수행승 도반들을 이끌어 갈 것'이라든가, '수행승 도반들이 나에게 의지하고 있다'라든가 이와 같이 생각하는 자야말로 수행승 모임(僧迦)에 관해 무엇인가를 말하는 것이리라.

그러나 자기 향상을 위해 노력해온 사람은 '내가 수행승 도반들을 이끌어 갈 것'이라든가, '수행승 도반들이 나에게 의지하고 있다'라고 생각하는 일이 없다. 자기 향상을 위해 노력해온 사람은 수행승 모임에 관해 무엇을 말할 것인가?

### 자귀의 법귀의

자귀의 법귀의(또는 自歸命 法歸命)라는 저 유명한 설법이 나오는 대목은 바로 여기서다. 이 설법은 무서운 병고를 치르고 난 직후의 유언과도 같은 가르침이다.

이 세상에서 자기를 섬(島, 洲)이라 여겨 자기 자신에게 의지하고 남을 의지하지 말며, 법(法, dharma)을 섬이라 여겨 법을 의지처로 삼고 다른 것을 의지처로 삼지 말라.

절에서의 예불에 참례한 불자라면 세존의 이 설법 중 의아스런 대목을 발견했을 것이다. '삼보에 귀의하옵니다'라는 귀명례(歸命禮) 의식은 불·법·승의 삼보(三寶)에 자신의 신명을 다 바쳐 의지한다는 다짐을 하며 치르는 의례인데 세존의 마지막 가르침에는 삼보 중 불보와 승보가 빠져 있지 않은가? 그 둘이 빠진 대신 자귀의 법귀의만 남지 않았는가? 실로 당연한 의문이다. 자세한 교리상의 설명은 까다롭고 번쇄(煩瑣)한 일이므로 생략하고 나는 아주 간략하게 말하고자 한다.

세존의 자귀의와 법귀의는 수행승이라면 마땅히 자기 홀로 법을 좇아서 법에 의지하여 해탈을 이루고 깨침을 달성해야 한다는 점을 강조한 것일 뿐 불보와 승보에의 귀의 그 자체를 부정하지는 않았다. 나는 이 점만을 지적해 두고자 한다. 법귀의는 해탈을 얻기 위한 수행 과정에서 자연스레 불귀의와 승귀의로 연결되게 마련이다. 선종에서 조사선(祖師禪)에 대한 믿음과 선지식(善知識)의 지도를 필수적 요건으로 강조하는 것은 바로 그 때문이다. 요컨대 삼보귀의는 법을 중핵으로 한 불자의 세 가지 의지처를 강조한 것에 지나지 않는다. 최초기의 원시경전에는 자귀의 법귀의만이 설해져 있지만 후대에 나온 숫타니파타 구절에서는 삼보 귀의가 첨가되어 강조된다.

또 하나의 의문점은 '자기 자신을 섬(島, 洲)으로 알라'라는 대목이 어떻게 해서 자등명이 되었는가이다. 이에 대해서는 일본의 인도 철학자 나카무라 하지메(中村元)의 해석을 인용하려 한다. 섬은 글 중의 팔리어 attadipa의 번역어이다. 아마도 dipa란 접미어가 '섬'이 되기도 하고 '등명'이 되기도 한 것 같은데 한역 경전의 자등명은 여기에 연유한 것으로 보인다.

여기서의 섬은 비유다. 다른 경전(법구경)에서도 윤회는 대해(大海)에 비유되고 니르바나는 섬에 비유되는 대목이 있으며 원시경전의 뛰어난 한 고대 주석가도 '대해 속에 있는 섬처럼 자기 자신을 섬(의지처)으로 확립하라'라고 번역한 것을 보면 '섬'이라는 역어가 잘못된 것 같지는 않다고 본다. 고뇌의 대해를 건너다 배가 난파당한 사람이 의지할 곳은 어디인가? 비록 작을지라도 망망대해에 떠 있는 섬이 아니겠는가. 섬은 바다에 있건 강에 있건 표류자에게는 더 할 나위 없는 의지처가 될 수밖에 없다.

인도의 실제 일상생활에서 섬은 또 대홍수 때 분명히 의지처가 된다. 우기에 홍수가 터지면 인도 대륙의 대지를 덮는 물의 위력은 땅 위의 모든 것을 휩쓸어 가버릴 정도다. 길과 지붕과 야트막한 언덕마저 삼키며 도도히 흘러가는 홍수의 격류에서 살아남는 길은 섬처럼 생긴 높은 언덕 위로 오르는 것뿐이다. 혹시 우기 때 마다 그런 격류를 경험했음직한 세존은 무서운 자연의 위협을 이겨 살아남는 길이 섬에 있음을 누구보다도 절실하게 느꼈을지 모른다. 그래서 섬은 자연의 모습이 그대로 형상화된 감각적인 은유가 되었고 나중에 무명(無明)에 대립하는 자등명의 등녕(燈明)으로서 추상화된 관념이 되지 않았나 싶다. 자등명은 자연의 섬 모습을 묘사한 감각적 형상이 사라지고 추상화한 관념어가 된 것으로 보인다.

### 베살리는 즐겁구나

붓다는 베살리(p. Vesali. s. Vaisali)에 묵는 동안 인간적 면모를 느끼게 하는 또 다른 말씀을 남겼다. 2천 5백 년이 지난 지금, 붓다의 말씀을 하나하나 새김질해 보는 나는 번뇌에서 해탈한 붓다가 마지막 여로에서 마을 숲과 나무들에 대한 생전의 즐거운 기억을 완전히 지워버리지 않았음을 발견한다. 우리들 범인이 지닌 그런 질긴 미련과 집착이 아니라, 삶과 죽음을 초월한 경지에 이른 아무리 위대한 성자일지라도 차마 버릴 수 없는 그런 인간적인 정 같은 것이 그의 가슴에도 어른거렸으리라고 나는 본다. 입멸 후에 불교라는 세계적 보편 종교의 교조(教祖)가 된 고타마 붓다이긴 하지만 그는 인간이면서 늘 그러한 보통 인간이 아니었고 신성(神性)을 보유한 존재이면서 늘 그렇게 우리 앞에 군림만 하는 절대타자(絕對他者)로서의 신이 아니었다. 고타마 붓다는 언제나 우리 곁에 있으면서 따스하고 다정한 말로 우리의 아픈 마음을 쓰다듬어 주고 괴로움의 족쇄에서 벗어나게 하는 길을 자상히 일러주는 그런 할아버지의 이미지를 지니고 있다. 그래서 붓다는 늘 나 자신 안에 있는 불성인 것이다.

베살리에 묵고 있던 세존은 어느 날 아침에 탁발하러 시내로 나갔다 온 뒤 식사를 끝내고는 젊은 아난다를 불러 말했다.

아난다여. 앉을 자리를 갖고 가자. 참팔라 영수(靈樹)로 가자. 거기서 오늘 낮 동안 쉬어야겠다.

무슨 일로 신령이 깃든 참팔라 나무로 가려는 것인지, 그 까닭을 모른 채 아난다는 세존의 말을 그대로 따랐다. 참팔라 나무가 있는 곳에 당도하자 세존은 아난다가 미리 깔아놓은 자리에 앉았다. 그리고 말했다.

아난다여. 베살리는 즐겁구나. 우데나 영수의 땅은 즐겁구나. 고타마카 영수의 땅은 즐겁구나. 일곱 그루의 망고 영수가 있는 땅은 즐겁구나. 바후풋다 영수의 땅은 즐겁구나. 사란다다 영수의 땅은 즐겁구나. 참팔라 영수의 땅은 즐겁구나.

누구든지 네 가지 영묘(靈妙)한 능력*을 닦아서 그것을, 멍에를 매어놓은 수레처럼 만들고 견고한 초석처럼 만들어서 그것을 확립하고 실행하고 공

---

*네 가지 영묘한 힘을 한역본에서는 四神足이라 한다. 수행자가 자기 자신의 마음을 자유자재로 다룰 수 있는 초자연적인 네 가지 신통력을 말한다. 사신족은 완전한 깨침을 얻기 위한 실천수행법 중 하나라고 나카무라 하지메는 풀이했다. ① 뛰어난 명상을 얻으려고 하는 의지(will)인 욕신족(欲神足) ② 뛰어난 명상을 얻으려고 하는 노력(effort)인 근신족(勤神足) ③ 마음을 닦아서 뛰어난 명상을 얻으려고 하는 생각(thought)인 심신족(心神足) ④ 지혜를 갖추고 사유, 관찰하여 뛰어난 명상을 얻는 것(考察, investigation)인 관신족(觀神足)을 가리킨다.

고히 만들어 훌륭하게 성취한 사람(수행을 완성한 사람)은 만약에 원한다면 수명이 있는 한 이 세상에 머물 것이며 또는 그보다 더 오랫동안이라도 머물 수 있을 것이다.

세존은 같은 말을 세 번이나 반복한다. 두 번째까지도 아난다는 세존의 말뜻이 무엇인지를 전혀 눈치 채지 못했다. 같은 말을 세 번째 되풀이하면서 세존은 아난다에게 "네가 만일, '존귀하신 스승님. 이 세상에 머물러 주십시오. 많은 사람들의 이익을 위해, 행복을 위해 제발 머물러 주십시오.' 라고 말했었다면 나는 그렇게 할 수 있었을 것"이라며 모든 일은 아난다의 탓이며 잘못이라고 단정하여 말한다. 아난다는 그의 마음이 이미 악마에게 붙들려 있었기 때문에 스승의 말뜻을 알아차릴 수가 없었다고 『붓다, 마지막 여로』는 전한다. 아난다와의 그런 대화가 오가고 나서 붓다는 마침내 이 세상에서의 삶을 포기하여 입적하기로 결심을 굳힌다.

위 인용문에서 우리가 또한 주목할 곳은 세존이 '베살리는 즐겁구나, ○○영수의 땅은 즐겁구나!'라며 영수 이름을 열거한 대목이다. 그러므로 위 인용문은 '즐겁구나'란 구절과 신통력에 관한 구절 등 두 부분으로 구성되어 있다. 얼핏 듣기에 생에 대한 미련과 애착을 얘기하는 듯이 보일지 모르지만 그것은 잘못된 해석이 아닐까 한다. 이미 생사의 경계를 초월한 세존이므로 '즐겁구나'란 구절은 자연에 대한 사랑, 중생제도의 길목에서 머물렀던 곳에 대한 추억을 표현한 것에 지나지 않으며 신통력 구절은 마음먹기에 따라서는 얼마든지 자신의 생명을 연장할 수도 있지만 그런 구차한 행위를 하지는 않겠다는 다짐으로 보면 되지 않을까 한다.

### 자기 의지로 결심한 입멸
이 무렵 세존은 이미 한 차례 심한 병고를 치르고 나서 이제 여생이 얼마 남지 않았음을 예감하고 있었고 게다가 아난다를 비롯한 제자들에게 '자귀의 법귀의'라는 유언에 해당하는 마지막 설법도 해둔 터였다. 말하자면 세존은 자신의 자연 수명이 다했으므로 이승을 하직할 준비를 하던 참이었다. 세존은 굳이 '가죽 끈으로 간신히 지탱하는 낡은 수레'와도 같은 늙은 자신의 몸을 부지하여 더 살려고 하지 않았다. 이 점은 세존의 마음을 간파하고 입멸을 권유하는 야차(夜叉)*의 말에서도 간접적으로 입증된다. 경전에 등장하는 야차의 말은 세존의 서로 대립되는 두 생각 중 하나를 상징하는 경우가 왕왕 있다. 이 경우도 거기에 해당한다.

존경하는 분이여. 존귀하신 스승님께서는 이제 니르바나(열반)에 드십시오. 행복한 님(세존)은 이제 니르바나에 드십시오. 지금이야말로 존귀하신 스승님께서 입멸하실 때입니다.

이 대목은 마치 저승사자가 찾아와 '뭘 꾸물대십니까. 이제 저 세상으로 가실 때입니다'라고 말하는 것처럼 들리기도 한다. 이렇게 저승길을 재촉하는 야차를 죽음의 마귀(魔鬼)라고도 부르는데 세존은 그의 재촉 때문에 입멸을 결심한 것일까? 아니면 자기의 의지로 결심한 것일까? 나는 후자라고 생각한다. 악마의 권유는 입적(入寂)의 결의와 생명의 연장 사이에서 이런저런 생각을 하고 있던 세존이 입적 결의를 굳히는 쪽으로 기울어지는 상태를 상징하는 것으로 볼 수 있다. '수행을 완성한 사람이 만약 원한다면 이 세상에 더 살 수도 있다'라는 말은 세존 스스로가 만약 원한다면 얼마든지 이 세상에 더 머물 수도 있음을 시사(示唆)한다. 그러나 세존은 자신의 의지에 따라 목숨을 끝내기로 결심했고 그에 따라 입멸한 것이다. 악마의 끈질긴 입멸 권유에

*야차(夜叉)는 산스크리트어 yakṣa의 음사어(音寫語). 주로 울창한 숲에 사는 신령을 가리키는데 귀신으로서 공포의 대상이 되는 반면 사람들에게 큰 은혜를 베풀기도 한다. 야차는 수목과 관계가 깊어 때때로 성스런 나무(영수)와 더불어 형상화 된다.

대해 세존은 마침내 '내 여생은 이제 얼마 남지 않았다. 수행을 완성한 여래는 지금부터 석 달 뒤에 마지막 니르바나에 들 것'이라고 아주 분명하게 예언한 것으로 경전에는 기술되어 있다. 인연에 따라 이 세상에 태어나 사는 목숨은 때가 되면 피안으로 가는 것이 당연하다. 그 이치대로 세존은 피안으로 갔다. 스스로 홀로 깨쳐서 축복받은 님은 스스로 자기의 의지에 따라 피안으로 간 것이다.

### 베살리에 보내는 마지막 작별인사

그렇다면 세존이 '베살리는 즐겁구나,' 신령이 깃든 나무(靈樹)들이 서 있는 저 곳은 '즐겁구나' 라고 노래한 까닭은 무엇일까? 사실 나는 이 물음을 제기하고 그 답을 말하기 위해 이 글을 쓰고 있다. 세존이 말한 '즐겁구나'의 의미를 알려면 먼저 그의 입적 의지를 밝혀야만 하겠기에 '수행을 완성한 사람'의 생명 연장 능력에 관한 이야기를 길게 한 것이다.

'베살리'는 세존의 재세시(在世時)에 그곳 부유한 상인들과 정치 권력자들이 많은 재정적 지원을 세존에게 제공한 곳으로 한때 번창했던 고대 상업도시이다. 불이(不二)·공(空)사상을 설법한 것으로 유명한 저 『유마경』의 주인공 유마힐(維摩詰) 거사도 베살리 사람이다. 초기불교의 승려 집단은 여러 나라의 왕족들과 베살리 부호들의 지원으로 번영했다고 해도 과언이 아닐 정도다. 그래서 베살리는 세존에게 매우 의의 깊은 곳이다. 이 도시는 곧 초기불교를 성장, 발전시킨 토대들 중 하나였다.

이런 사실들을 고려해 볼 때 여생이 얼마 남지 않는 고타마 붓다의 '베살리는 즐겁구나' 라는 탄성은 자신과 제자들을 지탱해주고 보살펴 준 베살리 사람들에 대한 고마움의 표시라고 나는 해석한다. 그 고마움 속에는 베살리 사람들에 대한 그리움도 담겼다고 본다. 죽음을 앞둔 사람이 평생에 신세진 사람에게 고마움과 그리움을 표시하는 것은 지극히 자연스럽고 당연한 일이 아닌가. 붓다도 마찬가지였으리라. 붓다는 베살리 시절의 즐거움과 베살리에 대한 정을 보통사람들 못지않게 품고 있었으며 그 심정을 자신의 삶의 마지막 단계에 베살리에 들른 김에 표출한 것뿐이다.

이른 아침 베살리에서 탁발을 하고 돌아온 세존은 식사를 마치고 나서 '코끼리가 바라보듯이 베살리를 바라보면서' 젊은 아난다에게 말했다.
'아난다여. 이것은 수행을 완성한 사람이 베살리를 마지막으로 보는 것이다. 자, 아난다여. 반다 마을로 가자.'

세존이 베살리를 마지막으로 보는 모습과 말씀에 관한 묘사는 지극히 간략하다. 하지만 이 간략한 묘사 속에 얼마나 따스한 인간의 정이 담겨 있는가. 고타마 붓다는 얼마나 인간적인가. 나는 그를 인간을 초월한 위대한 영적 지도자로서 신성시하면서도 이런 대목을 보면 너무도 인간적인 그분의 매력에 빠지곤 한다. 이를 두고 세존이 이 세상에 더 살고 싶은 미련과 집착이 있었다고 풀이한다면 그것은 붓다를 일부러 폄훼하려는 견강부회(牽强附會)에 다름 아니리라.

### 이름표를 단 나무들

붓다를 따르는 출가 수행자들이 거처하는 곳이 베살리라는 상업도시의 이름으로 대표되었다면 하나하나마다 제각기 이름이 붙여진 신령스런 나무(靈樹)들이 서 있는 곳은 붓다의 거처 겸 참선 터다. 동시에 그곳은 악마(야차)들이 출몰하는 곳이기도 하다. 하나(도시)는 출가하지 않은 세속 생활인의 영역이며 다른 하나는 출가 수행자들과 그들에게 훼방을 놓는 아주 짓궂은 심술쟁이 악마들의 공간이다.

고타마 붓다는 어느 도시건 간에 그 도시 안에 머물지 않고 도시 밖 변두리에 펼쳐진 숲 안이나 숲가에서 살았다. 나중에 설명하겠지만

'밤이 이슥해지면 불 빛 환하게 숲을 비추며 나타나는 야차' 들의 이야기는 원시경전의 곳곳에서 산견되는데, 숲은 그런 야차들의 지배영역이자 수행자들과 맞부딪치는 공간이다. '불 빛 환하게 숲을 비추며 나타난 야차' 들은 붓다와 기(氣)를 겨루는 말씨름을 벌인다. 처음에는 오만하고 위세당당한 모습을 야차들이 보이지만 붓다의 설법을 들은 뒤부터는 그들은 고분고분해지고 마침내는 붓다에게 귀의하고 말았다는 사실은 잘 알려져 있다. 고대 인도에서는 그런 야차들이 출몰하는 숲 속의 나무들에 고유의 이름을 붙여 숭배하는 신앙이 있었던 듯하다. 마치 우리의 성황당 고목이나 마을 입구의 거목처럼 말이다. 이웃 일본인들은 이런 나무를 신수(神樹)라 부르면서 신도(神道) 신앙의 대상으로 삼고 있다. 참팔라 영수, 우데나 영수 등은 그런 식으로 이름붙여진 나무들이다.

고타마 붓다에게는 이런 영수들이 하나하나 의미 있는 사연들을 간직하고 있었을 지도 모른다. 붓다는 워낙 많은 야차들을 만나 설법했으니까. 신령이 깃든 나무 하나하나의 이름을 열거하며 '즐겁구나' 라고 붓다가 영탄한 것은 자신의 거처 겸 참선 터로서의 나무에 대한 애틋한 정과 야차와의 상봉에 따른 기억 때문이 아닐까 한다.

붓다의 '즐겁구나' 영탄이 지닌 의미는 이밖에도 또 있다. 간략한 고타마 붓다 전기와 그의 가르침을 쓴 독일인 불교학자 헤르만 베크(Hermann Beckh)도 지적한 바와 같이 붓다는 '세속의 아름다움을 보고는 지상에서의 생명을 연장하려는 생각이 전혀 없지도 않았을 터이고 또한 입멸에 앞서 기억에 떠오른 마을 베살리에 대해 마지막 작별 인사도 보내고 싶었던 것이다'(渡邊照宏 역 『佛敎』(상) p.143). 붓다는 결코 자연을 경멸하지 않았다. 자신과 출가 수행자들의 거처인 자연을 그는 대단히 사랑했고 자연의 아름다움에 매료되기도 했다. 성불하기 이전의 고타마가 네란자라 강가의 아름다움을 보고 거기서 더 없는 깨침(無上正等正覺아뇩다라삼먁삼보리)을 얻기 위해 결가부좌하리라고 결심했다는 것은 붓다가 자연을 참으로 사랑했기 때문이었다. 그러므로 신령스런 나무들에 대한 영탄은 정든 나무들에 대한 세존의 마지막 작별인사이기도 하다.

## 소치는 다니야의 노래: '하늘이시여, 비를 뿌리려거든 뿌리소서'

### 다니야경의 유래

이제부터 소개하려는 다니야경을 이해하기에 앞서 우리는 이 경이 생긴 유래를 알아둘 필요가 있을 듯하다. 팔리어 텍스트 숫타니파타를 번역한 전재성에 따르면, 세존이 사바티(舍衛城) 시에 계실 때 '소치는 다니야'는 마피 강변에 살고 있었다. 그는 원래 과거불인 카싸파 부처님 시대에 이만 년에 걸쳐 매일 승단을 위해 20인 분의 식사를 보시했었다. 죽어서 하늘나라에 태어난 그는 부처님 없는 시대를 살다가 석가모니 부처님(세존) 시대에 비데하 왕국의 담마콘다 시에 사는 한 부호의 아들로 태어났다.

다니야 가족은 황소 3만 마리를 기르고 암소 2만 7천 마리에서 젖을 짜 풍족한 생활을 했다. 원래 소치는 일은 우기와 건기를 번갈아 이동해야 하므로 정주하기가 곤란하다. 그래서 우기 4개월은 고지대에 머물고 다른 8개월은 풀이나 물을 쉽게 얻을 수 있는 하천가나 호숫가에 머물러야 했다. 건기에는 마히 강의 분기점에 형성된 섬에서 살았다. 다니야에게는 7명의 아들과 7명의 딸 그리고 많은 하인들이 있었다.

소치기는 새, 짐승, 게(蟹)의 이상한 움직임을 보고도 우기의 징조를 알아차린다. 자연과 인간 사이에 서로 감응이 있기 때문이다. 새들이 나뭇가지에 둥지를 틀고 게들이 물 가까이 있는 구멍을 막고 육지 가까이 있는 구멍을 자주 들락거리면 '많은 비가 오겠구나' 라고 예상할 수 있다. 반대로 새들이 저지대의 물가 가까이 집을 짓고 게들이 물 가까이 있는 구멍만을 드나들면 '비가 안 온다'고 판단한다.

비가 내리지 않으리라는 징조를 그들에게서 안 다니야는 섬에서 나와 49일 동안 비가 내려도 침수될 걱정을 하지 않아도 될 만한 땅을 찾아 우사를 짓고 거처를 마련하여 목재와 풀 등을 모아놓았다. 준비가 끝났을 즈음 사방팔방에서 검은 구름이 몰려왔다. 다니야는 젖소에서 젖을 짜고 송아지들을 우리에 묶어두고 소들을 위해 사방에 불을 질러 연기를 피우고 모든 사람에게 식사 대접을 하는 등 만반의 준비를 마무리 지었다. 여기저기에 등불을 밝히고는 이제 다니야 자신도 우유로 식사를 하고나서 평안하고 흡족한 마음으로 침상에 누워 행복을 향유하고 있었다.

마침내 사방에서 뇌성벽력이 치면서 비가 억세게 쏟아졌다. 그때 다니야는 이 경 속에 나오는 노래를 읊었다. 다니야의 노래는 14km 쯤 떨어진 사바티 시의 제타 숲에 계시던 세존의 귀에 낭랑하게 들렸다. 세존은 노랫소리를 듣고 신통력으로 다니야의 거처로 몸을 나토시어 게송을 읊는다.

### 하늘이시여, 비를 뿌리려거든 뿌리소서

1.

[소치는 다니야] 나는 이미 밥도 지었고 우유도 짜놓았고,
마히 강변에서 가족과 함께 살고 있고
내 움막은 지붕이 덮이고 불이 켜져 있으니
하늘이시여, 비를 뿌리려거든 뿌리소서.

2.

〔세존〕 분노하지 않아 마음의 황무지가 사라졌고
마히 강변에서 하룻밤을 지내면서
내 움막은 열리고 나의 불은 꺼져버렸으니
하늘이시여, 비를 뿌리려거든 뿌리소서.


### 3.

〔다니야〕 쇠파리들이나 모기들이 없고
소들은 강 늪에 우거진 풀 위를 거닐며
비가 와도 견디어낼 것이니
하늘이시여, 비를 뿌리려거든 뿌리소서.


### 4.

〔세존〕 내 뗏목은 잘 엮어져 있어
거센 물결을 이기고 건너 피안에 이르렀으니
이제는 더 이상 뗏목이 소용없도다.
하늘이시여, 비를 뿌리려거든 뿌리소서.
……
……

### 9.

〔다니야〕 다 자란 송아지도 있고 젖먹이 송아지도 있고
새끼 밴 어미소도, 성년이 된 암소도 있고
암소의 짝인 황소 또한 내게 있으니,
하늘이시여, 비를 뿌리려거든 뿌리소서.


### 10.

〔세존〕 다 자란 송아지도 없고 젖먹이 송아지도 없고
새끼 밴 어미소도 성년이 된 암소도 없고

암소의 짝인 황소 또한 내겐 없으니,

하늘이시여, 비를 뿌리려거든 뿌리소서.

......

......

16.

[악마 파피만] 자식이 있는 이는 자식으로 인해 기뻐하고

소를 가진 이는 소로 인해 기뻐합니다.

집착의 대상으로 말미암아 사람에게 기쁨이 있으니

집착이 없는 사람에게는 기쁨도 없습니다.

17.

[세존] 자식이 있는 이는 자식으로 인해 슬퍼하고

소를 가진 이는 소로 인해 슬퍼합니다.

집착의 대상으로 인해 사람에게 슬픔이 있으니

집착이 없는 사람에게는 슬픔이 없습니다.

— 전재성 역주 『숫타니파타』 제1품 뱀의 품 2 〈다니야경〉에서. 인용자
가 몇 군데 손질을 했음)


〈소치는 다니야경〉은 모두 17게송으로 이뤄진 운문인데 여기서는
그 중 8게송만을 추렸다. 게송을 읽은 사람은 짐작했겠지만 이 경은
소치는 다니야와 세존이 한 게송 씩 주고받는 형식으로 엮어졌다는 데
그 특징이 있다. 다니야가 한 게송을 읊으면 그때마다 고타마 붓다가
댓구(對句)로서 화답의 노래를 보낸다. 1—3—9는 다니야가 지금 누
리는 농경생활의 세속적인 즐거움과 풍요로움 그리고 행복을 노래한
시구들이며 2—4—10은 거기에 대비되는 출가 수행자의 열락(悅樂),
얽매임 없는 큰 자유를 은유로써 노래한 세존의 게송들이다. 두 사람
이 주고받는 게송들은 모두 15개. 마지막에 〈악마 파피만〉이 등장하

여 세존과 한 게송 씩(16—17) 주고받은 뒤 경은 끝난다.

### 탐 · 진 · 치의 불을 끄고

자, 이제부터 우리는 세속의 행복을 노래하는 다니야의 경지와 출세간의 열락을 찬미하는 세존의 경지를 갈마들며 음미해보기로 하자. 먼저 다니야는 먹을 것과 머물 곳을 모두 완비했고 거기에다 온 가족이 마히 강가에 함께 살게 된 행복과 기쁨을 노래한다. 모든 식생활 준비와 거처의 방비가 다 완료되었으므로 하늘에서 비가 쏟아진들 아무 걱정할 게 없다는 취지로 다니야는 소리친다. '하늘이여, 비를 뿌리려거든 뿌리소서.' 아마도 다니야 가족은 건기를 맞아 위쪽의 언덕에서 아래쪽의 마히 강가로 거처와 소 방목장을 옮긴 듯하다. 건기이므로 강물이 불어나 넘치는 일도 없을 터. 그러므로 이 풍족한 삶에 더 이상 바랄 무엇이 있겠는가?

하지만 크게 깨친 세존의 혜안에는 다니야의 삶에 부족한 것이 뚜렷이 보였다. 마음속 번뇌의 불길이 진압되어 누리는 큰 자유와 더 없는 안온함, 그것들이 다니야에게는 결핍되어 있었다. 그러한 부족과 결핍이 있는 이상 세상을 온통 어둠의 천지로 바꿔버리는 저 '비오는 날'의 큰 걱정은 결코 사라지지 않으리라. 참다운 삶의 즐거움과 마음의 풍요는 의식주의 풍요와 완비만으로 충족되지 않는다 라고 읊은 것이 세존의 제2게송이다.

이 게송은 얼핏 보기에 알아듣기 쉬운 일상어로 되어 있지만 그 내용은 상당히 높은 수준의 추상적 열락의 경지를 노래한다. '분노하지 않아 마음의 황무지가 사라졌고'의 '마음의 황무지'는 무엇을 의미하는가? 그것은 세존의 가르침 중에서 돈독한 믿음과 성실한 수행정진을 통해 반드시 제압, 소멸시켜야 할 세 가지 대상 즉 삼독(三毒)의 '황무지'를 가리킨다.

탐욕의 황무지, 성냄의 황무지, 어리석음의 황무지가 탐 · 진 · 치(貪

瞋癡, 貪慾탐욕, 瞋恚진에, 愚癡우치＝무지) 삼독의 황무지이다. 자연의 황무지는 이익을 노리는 개척자에게는 개발 욕망의 대상이 되겠지만 마음의 황무지는 그냥 놔둘 곳이 결코 못된다. 우리들 범인은 누구나 마음의 황무지를 안고 산다. 그것은 평시에는 갈앉아 있는 듯이 보이다가도 고약한 때를 만나면 성난 불길처럼 치솟아 올라 마치 태풍처럼 우리의 마음을 쑥대밭으로 만들고 만다. 마음의 황무지는 그것을 다스려 놓지 않으면 언제든지 우리를 파멸로 이끌 우려가 있다.

마음의 황무지는 인간 스스로가 삼독을 버리지 못하여 자신을 거기에 옭아 묶는 족쇄를 의미한다. 이 족쇄에서 자유롭지 못한 사람은 욕망, 집착, 갈애, 탐욕으로부터 벗어나지 못해 번뇌의 바다에 휩쓸린다. 그러므로 '마음의 황무지가 사라졌고'라는 세존의 게송은 번뇌와 고뇌를 만들어내는 욕망, 집착, 갈애, 탐욕, 분노와 어리석음에서 완전히 벗어났음을 말한다.

마음의 황무지를 없애고 마히 강가에서 하룻밤을 지내면 그 다음은 어떤 경지에 이르는가? '내 움막이 열리고 나의 불이 꺼지게 된다.' 자신의 몸을 쉬게 하고 머물게 하는 나의 집 그것이 곧 나의 움막이다. 움막은 나의 몸과 자기 자신에 다름 아니다. 그러므로 나의 움막이 열리면 닫혔던 나의 몸이 활짝 열린다는 의미가 된다. 움켜 쥘 게 없는 손이 쫙 펴지듯이 탐진치의 삼독에서 벗어나 삼보에 귀의하는 마음이 다이아몬드처럼 견고해져서 흔들리지 않는다면 그 마음의 문은 닫힐 리가 없다. 그런 마음은 저절로 열리게 마련이다. '내 움막은 열리고'는 그런 붓다의 경지를 말한다.

'나의 불은 꺼졌으니'는 '마음의 황무지'와 짝을 이루는 댓구(對句)다. 전재성의 풀이에 따르면, 불은 탐진치의 불이며 생로병사, 우울. 슬픔. 고통. 불쾌. 절망의 불을 가리킨다.

수행승들이여, 일체가 불타고 있다. 수행승들이여, 어떻게 일체가 불타고 있는가? 수행승들이여, 시각도, 형상도, 시각의식도, 시각접촉도 불타고 있고 시각접촉을 조건으로 생겨나는 즐겁거나 괴롭거나, 즐겁지도 괴롭지도 않는 느낌도 불타고 있다. 어떻게 불타고 있는가? 탐욕의 불로, 성냄의 불로, 어리석음의 불로 불타고 있고, 태어남·늙음·죽음·우울·슬픔·고통·불쾌·절망으로 불타고 있다고 나는 말한다.

— 상윳타니카야(잡아함경) IV—19 〈연소경〉

그러므로 '불이 꺼졌으니' 란 말은 청정한 삶의 달성→해탈→윤회에서 벗어남을 의미한다.

다니야경의 비유가 내장한 의미의 깊이를 재어보면 우리는 다니야가 노래하는 '하늘이시여 비를 뿌리시려거든 뿌리소서'와 세존의 그것이 동일한 소리기호로 울려나옴에도 불구하고 그 내포적 의미는 전혀 다른 것임을 알게 된다. 소리의 울림은 같으나 그 의미는 다르다. 이것이 같음(identity) 속의 다름(difference)이다. 다니야의 그것은 일상생활의 지혜에서 터득한 자연의 이치—뜻밖의 기후변화—를 가리키며 세존의 그것은 번뇌와 괴로움의 폭풍우를 지시한다. 다니야는 먹을 것, 입을 것, 잠잘 곳, 가족들을 먹여 살리며 보호하는 일을 완비한 다음 거센 비바람을 막을 움막의 지붕까지도 든든하게 덮어놓았고 방 안에 불까지 켜놓았으니 더 이상 걱정할 것이 없다는 평안한 삶에 대한 만족의 경지에 이르렀음을 노래한다. '비야, 올 테면 와 봐라. 이제 나는 걱정할 게 뭐 있느냐' 라는 유비무환(有備無患)의 심정을 읊는다.

이와 대조적으로 세존은 고해의 바다, 번뇌의 격류를 헤쳐 해탈의 피안에 이른 수행자의 안온한 마음을 게송으로써 화답한다. 탐욕의 황무지, 노여움과 분노의 황무지, 어리석음의 황무지 즉 탐진치의 삼독을 없애지 않는 한 너의 마음의 안온함은 영원한 것이 못 된다 라고 세존은 가르친다. 비록 마히 강가에서 하룻밤을 지낼지라도 나의 이 조그만 마음의 움막이 아무 걱정할 것 없이 활짝 열리고 나의 탐욕의 거센 불길이 진화되어 사그라진다면 그것이야말로 하룻밤의 안온함이 영원한 평온함과 다름없는 것이다 라고.

## 켜진 움막의 불과 꺼진 움막의 불

'켜진 불'과 '꺼진 불'의 대립적 의미는 무엇일까? 왜 하나는 켜져 있는데 다른 하나는 꺼져 있을까? 동일한 하나의 불이 켜진 것과 꺼진 것으로 갈래지어, 서로 다른 의미를 갖는 현상을 우리는 다니야경에서 목도한다. 다니야와 세존이 주고받는 노래 중에서 다니야의 '내 움막은 지붕이 덮이고 불이 켜져 있으니'와 세존의 '내 움막은 열리고 나의 불은 꺼져버렸으니'는 아주 멋진 쌍대(雙對)를 이룬다. 다니야의 움막은 문자 그대로 세속적 삶의 거처를 의미하는 구체적인 물질적 형상의 시니피앙들이다. 세존의 움막은 '내 자신의 마음'을 가리키며, 꺼져버린 '나의 불'은 한 때 거세게 타오르며 '나'를 미망의 세계에서 방황케 했던 욕정과 탐욕의 불을 지시한다. 그래서 '내 움막'과 '나의 불'은 둘 다 추상적인 의미를 지닌 관념적 시니피앙들이다. 생활세계에서 구체적인 물질적 형상을 지닌 시니피앙을 토대로 추상적인 믿음의 관념세계를 아주 리얼하게 묘사하는 데서 불교적 은유의 특징이 엿보인다.

이처럼 붓다의 말씀 중에는 불의 은유가 꽤 많이 등장한다. 우선 비(非)불교인들도 손쉽게 접할 수 있는 법구경(法句經=p. Dhammapada)의 게송을 먼저 듣고 다른 비유를 보기로 하자.

무엇을 웃고 무엇을 기뻐하랴
세상은 끊임없이 불타고 있는데
그대는 어찌하여 암흑에 둘러싸인 채
어찌하여 등불을 찾지 않는가.
― 법정 역 『진리의 말씀』 146

붓다가 우리에게 재촉하며 찾으라고 당부하는 법구경의 '등불'은 탐진치의 삼독을 태우는 불, 그것을 소멸시키는 불을 의미한다. 다니야경에서 '나의 불은 꺼지고'의 그 '불'과 같다. 그러면 '세상은 끊임없이 불타고 있는데'의 불타는 세상은 무엇을 은유한 것일까? 그것은 무상(無常)한 세상, 영원한 것이 하나도 없는 다시 말해서 모든 것은 변하게 마련인 이 세상의 이치를 일러준다. 무상의 법(諸行無常)을 모르는 사람은 무명과 미망에 사로잡힌 가련한 존재다. 그래서 붓다는 '그대는 어찌하여 암흑에 둘러싸인 채/어찌하여 등불을 찾지 않는가'라고 반문하며 진리의 등불을 찾으라고 재촉한다.

다니야경의 제3게송과 제4게송은 그 내용으로 보아 제1게송과 제2게송처럼 서로 댓구로서 이어지지 않는다. 소를 치는 일에 아무 걱정할 게 없다는 다니야의 노래에 대한 세존의 뗏목의 은유는 엉뚱한 데가 있다. 느닷없이 뗏목 이야기가 불쑥 튀어나온 듯한 느낌이 없지 않다. 이런 어색한 쌍대 때문에 전재성은 제3, 제4게송 사이에 두 개의 게송들이 결락(缺落)되어 있으리라고 추정한다. 그게 맞을지 모른다. 하지만 결락이 있다손 치더라도 세존의 뗏목 게송의 의미가 손상되는 일은 결코 없으므로 우리는 그 뗏목을 타고 다니야 가족이 세속적 행복을 누리며 사는 마히 강가로 다시 가보기로 하자.

### 뗏목의 비유

뗏목은 피안으로 중생을 태워 건네는 운반수단(乘物, 탈것)이지만 그 내포적 의미는 붓다의 가르침과 붓다의 법을 가리킨다. 그러므로 '내 뗏목은 잘 엮어져 있다'라고 함은 붓다가 설한 '삶의 진리=법을 잘 깨쳤다'는 뜻이 되며 그 뗏목이 헤쳐 건넌 '거센 물결'은 번뇌의 삶, 고해의 바다에서 일어나는 격류를 지시한다. 뇌성벽력이 치면서 쏟아지는 폭우 속에서 거친 풍랑을 이겨내 넓은 강폭을 건너려면 든든한 뗏목만으로는 안 된다. 뗏목을 운전해 가는 흔들리지 않는 마음가짐이 더더욱 필요하다. 앞서 살폈듯이 붓다가 없앤 '마음의 황무지'를 우리 자신 안에 남겨둬서는 뗏목을 제대로 운전할 수 없다. 깨침에 대한 요지부동의 의지와 깨침을 얻을 수 있는 청정한 마음밭(淸淨心田)이 있어야만 비로소 해탈의 피안으로 건널 수 있다. '마음의 황무지'를 남겨둔 채로는 폭풍으로 거세진 높은 파도를 이겨낼 수 없다.

뗏목의 의미는 마찌마니카야(MN, 중부니카야)의 〈뱀의 비유경〉(蛇喩經) 중 〈뗏목의 비유〉 편에 상세히 설해져 있다(Nanamoli & Bodhi 영역본 MN 제22경). 나나몰리 · 보디의 공동영역본과 전재성의 『숫타니파타』 역주를 참조하여 나는 〈뗏목의 비유경〉(筏喩經)을 다음과 같이 재구성해 보았다. 〈뗏목의 비유경〉은 고타마 붓다가 사바티 시의 제타 숲에 있는 기원정사(祇園精舍 또는 祇樹給孤獨園)에서 설한 법문이다.

비구들이여. 나는 너희에게 법이 어떻게 뗏목과 비슷한지를 알려 주겠노라. 뗏목이란 강을 건너기 위해 있는 것이지 그걸 붙잡아 두기 위해 있는 게 아니다. 내 말을 명심해서 새겨들어라.

나그네 한 사람이 길을 가다 폭이 넓은 큰 강을 만났다고 하자. 가까운 이쪽 강가는 위험하여 무섭고 강 건너 저쪽은 안전하고 무섭지 않다. 그러나 강 저쪽으로 가는데 이용할 나룻배도, 다리도 없다. 궁리 끝에 나그네는 풀과 나뭇가지와 잎들을 모아 엮어 뗏목을 만들면 '뗏목에 의지하여 나는 손과 발을 움직여 무사히 강을 건널 수 있겠구나'라고 생각했다.

마침내 나그네는 손수 뗏목을 만들어 그것을 타고 무사히 저쪽 강안으로 건너갔다. 강을 건너자 나그네는 이런 생각을 했을지도 모른다. '이 뗏목은 내가 그것에 의지하여 손과 발을 움직여 무사히 강을 건너도록 해줬으므로 대단히 유익했다. 뭍으로 끌어올렸다가 다시 물에 띄우면 다음에 나는 가고 싶은 곳 어디든지 갈 수 있다'라고.

'자, 비구들이여. 너희는 어떻게 생각하느냐? 그 나그네는 그렇게 함으

로써 뗏목을 처치하기 위해 할 일을 하고 있는 것일까?'

'아닙니다. 존귀하신 스승님.' ……

'자. 비구들이여. 그 나그네는 그렇게 하는 것이 뗏목을 처치하는 것이라고 보았다. 그래서 나는 너희에게 법이 뗏목과 어떻게 비슷한가를 보여주었다. 뗏목은 강을 건너기 위해 있는 것이지 붙잡아두기 위해 있는 게 아니다.'

'비구들이여. 법과 뗏목이 비슷한 점을 알았으면 이제부터는 가르침까지도 버려야 한다.'

— Nanamoli & Bodhi 영역본 MN 제22경


뗏목을 버리듯 '법까지도 포기하라.' 세존의 이 말에는 뗏목=법=가르침이라는 은유적 등가성이 성립되어 있다. 셋은 다 동일하다라는 뜻이다. 그러나 세존은 자신의 가르침=법 그 자체까지도 버리라는 허무주의를 가르친 게 아니다. 뗏목을 버리듯이 법 자체까지도 버리라는 것은 수단과 방편에 집착하는 마음을 미련 없이 없애라는 말이다. 본말(本末)을 혼동하여 말(末)에 집착하지 말라는 것이다. 붓다의 가르침=법은 어디까지나 저 건너 강안(彼岸)의 열반에 도달하는 데 필요한 방편(수단)일 뿐이다. 강을 건너가기까지는 뗏목이 필요하듯 열반으로 들어가려면 가르침이 절실히 필요하다. 피안에 일단 도달하면 목적지에 이르렀으므로 가르침에 더 이상 집착할 필요는 없다. 열반에 들어가서도 붓다의 가르침이 필요한 것은 결코 아니기 때문이다. 만일 피안에 이르러서도 뗏목을 붙잡아두려 한다면 그 사람은 아직 피안에 이른 자신의 목적을 제대로 모르는 어리석은 자임에 틀림없다.

붓다의 법과 지혜는 너무도 오묘하고 깊어서 우리들 범인이 파악하기가 어렵다. 그래서 붓다는 법화경의 방편품에서 지혜제일의 사리불(사리풋다)에게 말하는 형식을 빌려 모든 중생이 불법을 이해하여 깨치기 쉽도록 갖가지 방편과 비유를 사용했다고 말한다.

사리불이여, 나는 부처가 된 이래 갖가지 인연과 갖가지 비유를 가지고 법의 가르침을 널리 설했으며 무수한 방편을 가지고 중생을 깨침으로 인도하여 온갖 집착에서 벗어나게 했다. 여래(붓다의 다른 칭호)는 방편과 지견의 덕을 이미 갖췄기 때문에 그런 일이 가능하다.

— 법화경 방편품 제2

세존 스스로가 중생을 깨침으로 인도하여 집착에서 벗어나게 하기 위해 갖가지 방편과 비유를 사용했다고 밝힌 것은 인연 이야기와 방편 및 비유를 사용한 목적과 효용을 명시적으로 적시한 것이나 다름없다. 이미 거듭 밝혔듯이 비유와 방편은 궁극의 진리―법―를 깨치기 위한 수단에 지나지 않는다. 그것들은 어디까지나 인연 이야기와 비유 및 방편 그 자체로서 끝나는 것일 뿐 붓다가 설하는 법―진리―그 자체가 결코 될 수 없다.

이로써 우리는 불경에 등장하는 온갖 비유들이 궁극의 진리(진실) 그 자체가 아님을 확실히 알게 되었다. 비유―은유와 환유―는 진리의 근사치이며 진리에의 안내자일 뿐 진리와 동일하지 않다. 그러나 비유가 진리와 동일하지 않다고 해서 비유가 진리와 다르다고 생각해서는 안 된다. 비유는 진리와 동일하지도 않고 다르지도 않다. 비유는 진리와 불일불이(不一不異)의 관계에 있다.

### '불타는 집'에서 노는 아이들

세존 자신이 밝혔듯이 법화경에는 몇 가지 유명한 비유들이 나온다. 법화경의 정식 명칭인 묘법연화경(妙法蓮華經)이란 이름 자체가 우선 비유이다. '바른 가르침의 흰 연꽃 경'은 구마라집(鳩摩羅什, Kumarajiva, 350~409년 쯤)이 한자어로 번역한 '묘법연화경'의 산스크리트어 뜻이 아닌가.

반야심경(般若心經), 금강경(金剛經), 화엄경(華嚴經)은 실로 잘 직조

(織造)된 피륙처럼 세련된 논리로 엮어진 정교한 대승경전이어서 우리 뇌의 인지(認知, cognition) 부분을 작동시키지 않으면 좀처럼 이해하기 어려운 경이다. 이에 비해 '바른 가르침의 흰 연꽃 경'은 무대 위에서 펼쳐지는 연극을 보는 것과 같이 눈으로 보고 귀로 들어 이미지를 쉽게 떠올리게 하는 그런 감성(感性, sensibility)적인 경전이다. 일본의 불교학자 기노 가즈요시(紀野一義)가 말했듯이 금강경 반야심경 화엄경은 '로고스의 경전'인데 반해 법화경은 '이미지의 경전'이다. 뇌의 감성적 부분, 정감(情感)적 요소(affect)를 작동시켜 직관으로 이해하는 경전이란 뜻이다. 감성과 직관을 통해 이해하는 경전이라고 해서 법화경이 알아듣기 쉽게 씌어진 경전은 아니다. 다른 대승경전들과 비교하여 상대적으로 알아듣기 쉬울 뿐이다.

법화경의 여러 비유들 중 비교적 널리 알려진 두 가지는 이 경전의 이해를 돕는데 안성맞춤일 듯하다. 두 비유는 〈불타는 집의 비유〉와 〈거지 신세로 되돌아온 부잣집 아들의 비유〉(이를 장자궁자長者窮子의 비유라고도 한다)이다. 이 자리에서는 앞서 언급한 등불의 비유와 관련하여 〈불타는 집의 비유〉만을 살피기로 하고 〈거지 신세로 돌아온 부잣집 아들의 비유〉는 생략하기로 한다.

'불타는 집'의 비유는 나이 든 부호 영감의 낡은 고택에서 갑자기 화재가 발생한 대목에서 이야기가 시작된다. 〈방편품 제2〉에 들어 있는 그 줄거리는 대충 이렇다.

불난 집 안에서는 불이 난 줄도 모르고 많은 아이들이 노는 일에 열중한 나머지 밖으로 도피할 생각을 하지 않았다. 얼른 불타는 집 밖으로 무사히 피신한 고령의 부호는 '빨리 빠져 나오지 않으면 불에 타죽는다'고 소리치며 아이들에게 피란을 재촉했다. 하지만 아직 철이 덜 든 아이들은 그 말이 무슨 뜻인지를 알아듣지 못한 채 여전히 놀이에만 몰두할 따름이었다. 그러자 부호는 교묘한 방편을 궁리해 내어 그것을 갖고 아이들을 밖으로 유인하기로 마음먹었다. 부호 노인은 아이들이 전부터 갖고 싶어 하던 장난감이 집 밖에 있다고 소리쳤다.

'재미있는 장난감이 여기 있어요. 소수레(牛車) 장난감, 산양수레(山羊車) 장난감, 사슴수레(鹿車) 장난감이 있으니 얼른 밖으로 나와라!'

전부터 원하던 장난감이 있다는 말을 듣고 아이들은 앞을 다투어 불타는 집 밖으로 뛰쳐나오기 시작했다. 마침내 부호 노인은 그 애들을 안전한 곳으로 피란시켰다. 아이들은 약속한 장난감을 어서 달라고 노인을 졸랐다. 부호 노인은 아이들 하나하나에게 흰 소가 끄는 아주 멋진 수레(大白牛車)를 주었다.

붓다의 가르침을 알기 쉽게 전하기 위해 사용한 비유라고는 하지만 자세히 읽어보면 비유 자체도 이해하기에 결코 만만치 않다. 비유의 스토리 안에 또 하나의 은유를 담고 있어 비유의 중첩적인 의미작용을 풀지 않으면 '불타는 집'의 함의를 이해하기 어렵다.

먼저 불타는 집은 앞의 절(節)에서 언급한 켜진 등불이나 타는 불과 마찬가지로 우리들 범부가 사는 미망의 세계를 가리킨다. 아이들의 놀이 열중은 욕망에의 탐닉을 의미한다. 아이들 자체는 미망의 세계에서 타는 불의 위험에 노출된 줄도 모르고 놀이에 정신이 빠진―즉 욕망에 사로잡힌―중생범부를 지칭한다. 세 종류의 수레는 무엇을 뜻하는 것들일까? 그것들은 삼승불(三乘佛)을 가리킨다. 삼승불이란 붓다가 되는 세 가지의 길인 성문불(聲門佛), 독각불(獨覺佛), 보살불(菩薩佛)을 의미하는데 여기서는 산양수레와 사슴수레는 각기 성문불과 독각불에 그리고 마지막 소수레는 보살불에 비견된다. 멋진 흰 소가 끄는 수레 즉 대백우거는 보살불의 다른 이름이다.

'불타는 집'의 비유가 알리려는 설화의 메시지는 무명세계의 고뇌에서 해탈하는 길이 이승(二乘)이나 삼승(三乘)에 있다고 하지만 가장 수승한 길은 흰 소가 끄는 수레와 같은 오직 일승(一乘)에만 있을 뿐이라는 가르침이다. 다시 말하자면 붓다가 설한 진리에 이르는 길은 일승 하나 밖에 없다는 뜻이다. 법화경의 편자는 일승불 사상을 일깨우기 위해 '불타는 집'의 비유를 동원했다.

### 자식으로 인해 슬픔이 생기고

'소치는 다니야경'을 음미하다가 이야기가 옆길로 꽤 깊이 새어버렸으므로 다시 본래 길로 되돌아가기로 하자. 제9, 제10게송과 경의 마지막에 해당하는 제16, 제17게송을 소리 내어 낭송하기 바란다. 이들 네 게송들은 무엇 무엇이 내게 '있으니' 얼마나 기쁘냐를 노래한 것들(제9송과 제16송)과 무엇 무엇이 내게 '없으니' 얼마나 마음이 평안하냐를 노래한 쌍대(雙對)의 게송들이다. 하나는 있음이라는 소유를 노래하고 다른 하나는 없음이라는 무소유를 구가한다.

쌍대어법은 실은 우리에게 아주 친숙한 어법이다. 높다와 낮다, 크다와 작다, 길다와 짧다, 남과 여, 장군과 병졸, 임금과 신하(또는 백성), 하늘과 땅, 육지와 바다, 산과 강 같은 식으로 서로 대립되는 짝을 가지고 우리는 사물의 형편과 상태를 표현하곤 한다. 쌍대는 서로 대립되는 성질의 것 둘을 짝지어 말하는 어법을 말한다. 구미(歐美)에서 말하는 이항대립(binary opposition)과 비슷하면서도 차이를 보이는 이름이 쌍대이다.

다니야경 제16게송의 주인공 파피만처럼 원시불경에 등장하는 악마 또는 야차는 거의 탐욕과 집착을 찬양하는 인간 존재의 부정적 측면을 대변하는 자로 흔히 등장한다. 현장에 출현하는 순간부터 악마는 결가부좌(結跏趺坐, 두 다리를 서로 엮어 앉는 좌선 자세)하여 참선하는 고타마 붓다의 수행정진을 좌절시키려는 고약한 훼방꾼으로 나타난다. 파피만이 거침없이 뱉는 말을 들어보라. '자식이 있으니 얼마나 기쁘냐, 소가 있으니 얼마나 기쁘냐, 사람은 집착이 있어야 하고 집착에서 기쁨을 얻는다'라는 파피만의 말뜻은 '여보시요. 도를 찾는다는 사문

(沙門)이여. 기쁨과 즐거움이 바로 곁에 있는데 왜 일부러 멀리서 찾으려 하는가. 세속의 기쁨과 행복이 곧 삶의 기쁨이고 행복이지 어디 다른 곳에 그것이 있겠소? 자, 사문은 내 말을 들으시오.' 라고 고타마에게 유혹의 노래를 뽑아대는 것과 흡사하다.

소는 재산의 은유적 상징이다. 돈 많고 자식 많다는 것은 옛날이나 지금이나 다름없이 사람이 확보하고 싶어 하는 소유의 행복 리스트 중 으뜸을 차지하는 종목이다. 근면하게 일해 많은 재산을 모으는 일과 자식들을 많이 두어 그들이 잘 사는 모습을 보면서 봉양을 받는 일, 그것은 인간이 얻는 집착과 소유의 기쁨이 아니고 무엇이겠는가. 소치는 다니야의 행복한 소유의 삶이야말로 지금까지의 성실함의 대가로 얻은 정당한 과보이므로 그것을 부정해서는 안 된다고 파피만은 강조한다. 그러나 세존의 입장은 매우 단호하게 악마의 삿된 소견을 배척하고 부정한다. 그것은 다니야의 행복한 삶을 비판, 부정하는 일에만 머문다기보다는 다니야가 현재 누리는 소유의 삶의 경지를 뛰어넘어 무소유의 경지, 더 큰 보람의 경지, 큰 자유의 니르바나로 가는 길을 걷도록 세존이 가르치는 것이다.

자식이 있는 이는 자식으로 인해 슬퍼하고
소를 가진 이는 소로 인해 슬퍼합니다.
집착의 대상으로 인해 사람에게 슬픔이 있으니
집착이 없는 사람에게는 슬픔이 없습니다.

붓다의 가르침을 비아냥거리고 싶은 사람은 이 게송의 내용을 꼬집어 '무자식 상팔자' '부자의 걱정보다는 알거지 생활이 차라리 낫다'라는 점을 불교가 지지하고 있고 그런 불교의 입장은 허무주의 찬양이 아니냐고 반문할지 모른다. 글자의 뜻에 얽매인 사람, 또 다른 집착에 붙잡힌 사람, 남의 것을 비난하고 싶어 하는 마음에 붙잡힌 사람에게는 그렇게 보일지도 모르겠다. 하지만 곰곰이 생각해 보라. 자식이든 돈이든 또는 그 밖의 다른 무엇에 대한 욕망이든 그런 것에 집착한 나머지 자신의 몸(육신)은 물론 얼(정신)까지도 황폐하게 만든 불행한 사람들의 예를 우리는 얼마나 많이 알고 있는가. 욕망에 대한 집착에서 벗어나지 못한 사람, 그런 집착을 찬양하는 사람을 향하여 세존은 자귀의와 법귀의 그리고 출가수행의 보람과 가치를 설하고 있는 것이다. 시구의 일부를 보고 비판하고 싶어 하는 사람에게 나는 '나무만 보지 말고 숲 전체를 보라'는 격언을 명심하여 다음 시구를 음미할 것을 권하고 싶다.

> 밀폐되어 암흑이 차 있는 집안으로 들어가면
> 아무리 좋은 물건도 보이지 않는 법
> '눈이 있는 사람'조차도 볼 수가 없다.

> 이 세상 사람들도 늘 이와 같아
> 지식이 있어도
> 가르침을 듣지 않으면
> 선악을 식별할 수가 없네.
> ―〈감흥의 말씀〉 제22장, 中村元 역 『眞理のことば　感興のことば』 岩
> 波書店

세존은 결코 가축을 키우고 농사지을 밭을 늘이며 돈을 모은 것을 포함한 정당화되는 축재(蓄財) 자체, 정당한 소유 자체를 부정하지 않았다. 그럼에도 무소유를 강조한 것은 출가수행의 보람과 행복 그리고 대자유(해탈)를 얻게 하기 위해서다. 세존은 오히려 젊었을 적에 재산―정신적 재산도 포함하여―을 모으는 일을 게을리 했다가 늙어서 아무도 돌보는 이 없는 불쌍한 독거노인 신세가 되지 않도록 엄중히 경고하기까지 했다. '젊어서 재산을 모으지 않고 늙어서 물고기 한 마리 노니지 않는 호숫가에 쓸쓸히 서 있는 해오라기' 같은 노인 신세는 되지 말라는 법구경의 한 구절이 그 점을 일깨우고 있다. 젊었을 때 모아두라는 재산은 물질적 재산 뿐 아니라 정신적 재산까지도 포함한다. 초기 불교의 가르침은 분명히 근면에 근거한 축재를 장려했음을 이로써 알 수 있다. 세존은 다만 부정한 축재를 배척했으며, 정당한 방법으로 모은 재산일지라도 거기에 집착하지 말라고 경고했다. 모은 재산은 언제나 남을 위해 나눠 쓸 줄 알아야 한다는 가르침을 주었다. 요즘 말로 한다면, 모은 재산은 좋은 일에 나눠 씀으로써 사회환원을 해야 복덕을 쌓는다 라는 가르침과 다를 바 없다.

자식이 있으면 노경에 외롭지 않아 좋다는 것은 우리의 삶에 있어서 부정할 수 없다. 그렇기는 하지만 자식이 있어서 오히려 걱정이 생기는 수도 있음을 우리는 또한 잘 알고 있다. '없어도 걱정, 있어도 걱정'인 것이 자식이다. '무자식 상팔자'라는 예전 사람의 푸념은 그런 데서 연유한 말일 것이다. '눈에 보이는 만능의 신'이라 지칭되는 돈도 소유하고 있으면 좋은 것임에 틀림없다. 하지만 돈과 재산을 많이 소유함으로써 오히려 근심이 생기는 경우를 우리는 주변에서 심심찮게 보고 듣는다. 돈이 없는 처지에서 돈 많은 부자에게 '먹지 못할 신포도(sour grapes)'라고 내뱉는 질투의 소리가 아니다. 한 재벌그룹의 총수가 재산 상속을 하려 했을 때 자식들 사이에서 벌어진 치열한 다툼은 옛 이야기가 아니다. 생전에 '왕회장(王會長)'으로 통했던 현대그룹 재벌의 총수 정주영(鄭周永) 씨가 죽기 몇 해 전 겪은 '왕자의 난'은 재산의 분할상속을 둘러싸고 형제들 사이에 벌어진, 세상을 떠들썩하게 한 사건이었다. 정씨 일가에만 재산상속의 분란이 있지는 않았다. 재벌급은 아니더라도 다른 거대기업들을 소유한 가문에서도 재산싸움은 있었고 지금도 벌어지고 있다. 2007년 가을에 아버지의 승소판결로 결판난 동아제약의 부자간 경영권 다툼도 소유욕을 둘러싼 수치스런 싸움이다. 어느 면에서 자식과 재물은 근심의 원천임에 틀림없다. 그래서 세존은 종교적 견지에서 자식과 돈과 재물에 대한 집착을 버리고 무소유의 출가수행 생활을 하도록 권유한 것이다.

### 쌍대의 어법, 양변을 버리라

소유의 기쁨을 주창하는 파피만의 입장을 배척하는 세존의 어법은 소유의 반대 측면인 무소유를 내세워 반박하는 형식을 취한다. 이를 쌍대어법 즉 대법(對法)이라 부른다. 앞서 말한 대로 쌍대어법은 두 대립항—또는 대대(對待)항—들을 맞세워서 한 쪽을 가지고 다른 쪽의 절대성을 반박하는 상대적 화법이다. 불경에는 이런 쌍대어법이 곳곳에서 보인다. 이 자리에서는 육조 혜능의 가르침을 따라 '쌍대로 답하되 양변을 버리라'의 의미를 되새겨 보고자 한다.

일자무식의 땔감 파는 소년 시절에 발심하여 선불교에 일대 혁신을 일으킨 중국선종의 육조 혜능(六祖 慧能)은 죽음을 앞두고 10대 제자들을 불러 모아 유언을 남겼다. 자신이 죽고 나면 그들은 각기 한 지방의 정신적 지도자가 되리라고 내다보았기에 혜능은 그들의 자질을 키워주고 싶었다. 그래서 만일 지방의 누군가가 가르침을 청한다면,

모든 말을 상대적으로 구성하여 모두 쌍대(雙對)의 방법을 써야 한다.

라고 혜능은 가르쳤다. 그는 또 쌍대를 언급하다가 마지막에는 쌍대의 두 항, 즉 양변마저도 모두 버리라고 강조했다. 부귀를 얘기할 때는 언제나 빈천을 들어 말하고 높음(高)을 말할 때는 낮음(低)을 말하여 최종적으로는 부귀와 빈천, 고저를 모두를 버리라는 뜻이다. 양쪽을 모두 버리는 것을 혜능은 즉리양변(卽離兩邊)이라 했다. 즉리의 엄격한

의미는 따름(卽)과 버림(離)이다. 그러므로 즉리양변은 한 쪽을 따랐다가 다른 쪽 항을 가지고 둘을 다 버린다는 것을 뜻한다.

혜능의 쌍대어법은 주역을 비롯한 중국 고대 사상에서 흔히 사용된 대대(對待)어법과 같다. 앞서 주역의 장에서 밝혔듯이 남녀, 강유, 고저, 대소, 노소, 음양, 천지, 산천, 유무 등이 모두 쌍대의 말 즉 대대의 말들이다. 이들 대대항들을 자세히 살펴보면 남자는 여자가 있으므로 남자가 되고, 큰 것은 작은 것이 있으므로 크며, 음은 양이 있으므로 음이 되는 것을 알 수 있다. 혜능은 모든 쌍대항들이 각기 서로 상대적(相對的) 성질에 의지함으로써 비로소 자기 자신이 존립하는 이치를 밝혔다. 이런 이치에 따라 쌍대항 각각의 들어옴(入)과 나감(出)은 '서로 조건이 되어(相因) 결국 한 쌍의 상대성이 완전히 제거되고 그것을 설정하는 장소도 완전히 없어진다'라고 그는 말했다. 다시 말하면 쌍대의 관계에서는 있음과 없음이 겉으로는 별개인 듯이 보이지만 궁극의 경지에서는 있는 것이 없는 것이며 없는 것이 있는 것이 되고 만다. 이를 물극필반(物極必反)이라 부른다. 우리는 주역의 음양 설명에서 음이 극에 이르면 양이 되고 양도 극에 이르면 음이 된다는 도리, 다시 말해서 음과 양이 서로 번갈아 갈마든다는 이치를 읽은 적이 있다. 그래서 음·양은 원래 그 자체 안에 쌍대의 다른 항의 성분을 품고 있는 것이다. 데리다의 말을 빌리면 동일함(identity) 속에 다름(difference)을 포회(抱懷)한다는 것과 같다. 그런데 데리다는 동일함 속의 다름에서 아포리아(aporia) 즉 내재적 모순이 있음을 보았지만 동양사상에서는 이를 아포리아로는 보지 않는다. 그 점에서 동서양 사상가의 관점의 차가 보인다. 음과 양은 원래 근본적으로 분할되어 서로 영원히 배척하는 둘이 아니라 궁극적으로는 서로 내밀히 소통하며 합일하는 하나다. 둘은 불이이불일(不二而不一, 다르지도 않으면서 그렇다고 같지도 않다)이다. 혜능이 말하는 쌍대의 이치도 음양의 그것과 같다. 다만 혜능의 선은 종국에는 쌍대의 양변마저도 모두 버려야 한다고 가르치는 점에서 음양론과 다르다.

혜능의 쌍대법에는 36가지의 쌍대가 있다. 그것들 모두를 설명하는 일은 피하겠다. 그의 『육조단경』(덕이본德異本이 아닌 돈황본敦煌本과 흥성사본興聖寺本을 참조할 것)을 참조하기 바란다. 다만 한두 가지만을 들어 설명하고자 한다. 혜능은 이렇게 말했다.

이러한 36대의 방법을 운용할 수 있다면 모든 경전의 모든 가르침에 통달할 수 있고 그런 방법들을 내버리거나 거둬들임으로써 상대의 입장에서 벗어나는 것은 자기 본성의 작용이다. 남과 대화할 할 경우 겉으로는 모습(色)의 입장을 취하면서 모습에 사로잡히지 않고, 속으로는 공(空)의 입장에 있으면서 공에 사로잡히지 아니 한다. 만약에 완전히 공에만 사로잡힌다면 무지(無知)만 조장하게 되어, 끝내는 경전까지 비방하면서 '글자는 필요 없다'고까지 뇌까리게 된다.
— 中川孝 주해 양기봉 옮김 『육조단경』 김영사 pp.167~168

대충 읽어 가지고는 얼른 이해하기 어려운 글이므로 자구 하나하나를 곱씹으면서 읽어야 하리라. 모습이 있는 것(色, 형태)을 말하는 상대방에게 속으로는 언제나 공(空)을 생각하면서 그 말을 듣되, 그렇다고 해서 자기가 생각하는 공에만 집착해서는 아무것도 모르게 된다는 것이 혜능이 말하고 싶은 취지일 듯싶다. 색과 공은 둘이 아니고 하나로 이어져 있다. 색즉시공 공즉시색(色卽是空 空卽是色)이므로 색에도 공에도 집착하지 말라. '있음(소유)'의 기쁨을 말하는 사람과 얘기를 나눌 때는 언제나 그 반대인 '없음(무소유)'의 기쁨을 염두에 두어 말하되 종국에는 '있음'과 '없음'에 다 같이 매달리지 아니하는 경지에 이르면 그 사람은 혜능의 취지를 잘 이해한 셈이리라.

혜능의 즉리양변(卽離兩邊)은 어찌 보면 상대주의와 절충주의를 주창하는 말로 들릴지 모른다. 쌍대하는 두 항, 즉 큰 것과 작은 것은 따지고 보면 각기 서로에 대해 상대적이므로 이런 식의 사고법은 결국 세상만사를 모두 상대적 관점에서 판단하게 하지 않겠느냐는 반론이 제시될 수도 있다. 양변을 버리라는 가르침에 상대주의가 없다고는 단언할 수 없다. 그러나 상대주의에 머물면서 양변에 집착해서는 안 된다. 양변의 각각이 절대적인 것이 아니고 상대적이라고 말하는 것은 세상의 사물을 상대적으로만 보라는 데에 그 근본적인 뜻이 있지 않고 중도(中道)의 관점에서 보라는 뜻이다. 이것이 중도의 흔들림 없는 절대성, 중정(中正)의 올바름을 가르친 혜능의 뜻이다. 혜능의 뜻은 붓다의 중도·중정을 계승한 것이다.

중도는 흑과 백의 중간색인 회색 즉 '가운데 길'이 아니다. 흑과 백양변의 절대성을 부정하는 '중심의 바른 길(中正)', 그것이 곧 중도이다. '중심의 바른 길'은 '근본이 되는 바른 길'인 동시에 '흔들림 없는 바른 길'이기도 하다. 이것이 어찌 '누이 좋고 매부 좋고' 식의 상대주의며, 적과 동지 사이에서 중립을 취하는 회색절충주의라고 몰아 부칠수 있겠는가. 중도에 대해서는 더 이상 길게 설명하지 않겠다. 다만 양변에 매달리는 극단주의를 부정하며 배척하는 사람을 상대주의자로 낙인찍는 공세는 중정의 참 뜻을 모르는 데서 기인한 것이라는 점만을 명백히 지적해 두고자 한다. 우리나라의 요즘 정치판에서 '보수 아니면 진보' '가짜 아니면 진짜' '전쟁 아니면 평화'라는 식으로 흑백논리의 양자택일을 강요하는 정치공격은 중도의 참뜻을 모르는 어리석은 자의 편의주의적 정치선전의 발로일 뿐이다.

### 운문선사의 '마른 똥덩어리'

혜능의 즉리양변에 대한 가르침을 운문선사의 선문답을 통해 다시 이해해보기로 하자. 운문 문언(雲門文偃, 864~949)에 관한 소개말은 운문종을 창시한 당말―송초의 유명한 선승으로서보다는 '날마다 좋은 날(日日是好日)'의 작자라고 말하는 것이 훨씬 친숙하게 들릴 것이다. 무애자재(無碍自在), 매우 활달한 선풍을 드날렸던 그는 '선의 황금시대'를 산 선승그룹에서는 비교적 과격파에 속한다. 과격한 선사라면 임제(臨濟)를 빼놓을 수 없겠지만 두 사람 중에서는 운문 쪽이 더 심한 것으로 전해진다. 영어로 『禪의 황금시대』(류시화 옮김 경서원 1996〔개정판〕)를 쓴 오경웅(吳經熊)에 따르면, 임제의 선법은 '번개가 내려치는 것과 흡사'하고 '전쟁터 같은 열기로 적들을 때려눕히는 것'과 같으며 그가 수행승을 향해 느닷없이 내지르는 고함(喝할)은 마치 대포를 쏘는 것과 같았다고 한다. 얼마나 지독한가. '하지만 그보다 더 지독한 사람이 바로 운문'이라고 오경웅은 지적했다. 운문은 몽둥이나 할을 사용하지 않았지만 대신 '마법사가 주문을 외듯 거친 악담을 주로 썼다.' 운문은 말할 수 없을 정도의 독설가였으며 철저한 우상파괴주의자였다. 운문선사가 남긴 많은 화두들 가운데 지금 우리가 읽으려는 '마른 똥덩어리'와 '호떡'도 그의 독설을 여실히 보여주는 선어(禪語)들이다. 어느 날 운문선사에게 어떤 객승이 다가가 '부처란 무엇입니까?'라고 묻자 운문선사는 단도직입적으로 일갈했다.

마른 똥덩어리야!

다음번에는 한 납자가 운문화상에게 '어떤 것이 부처나 조사를 초월한다는 말입니까?'라고 물었다. 운문선사는 즉각 이렇게 대답했다.

'호떡이니라.'
―『무문관』과 『벽암록』에서 각기 인용

나는 운문의 마른 똥덩어리와 호떡 공안을 혜능이 가르쳐준 쌍대법의 코드를 좇아 그 의미를 풀어보고자 한다. 선승이 던진 공안(화두)을 비수행자가 푸는 행위는 자칫 화살이 꽂혀야 할 제자리(正鵠정곡)를 빗나갈 수도 있고 또한 공안을 푸는 사람의 수행의 힘에 기초한 것이 아니어서 활구참선의 의미를 왜곡할 수도 있다. 그러므로 삼가는 편이 좋다는 경고를 나는 모르지 않는다. 그럼에도 독자들의 이해를 돕고자 나는 감히 선답풀이의 화살을 쏘는 모험을 무릅쓰는 것을 너그럽게 이해하기 바란다.

우선 위 두 선문답을 읽고서 대번에 다가오는 느낌은 객승이 운문선사에게 묻는 두 질문이 동일 패턴이라는 점이다. 조주선사의 '뜰 앞의 잣나무' 화두를 낳게 한 어느 스님의 물음도 이와 같은 패턴인 '달마조사가 서쪽에서 온 뜻은 무엇입니까?'였다. 내 견해로는 운문의 '마른 똥덩어리' '호떡'이나 조주의 '뜰 앞의 잣나무'나 그것들은 모두 '엉뚱한' 선답(禪答)이란 점에서는—깨치지 못한 중생의 눈으로 보면 엉뚱하게 보인다—공통점을 갖고 있다.

마른 똥덩어리? 호떡? 운문의 선답은 어느 것이나 면전에서 묻는 스님의 아가리를 틀어막을 기세로 토해내는 아주 거친 면박이다. 부처가 무엇이라고 묻다니? 부처와 조사를 초월한다 함이 무엇이냐고 묻다니? 출가수행을 한다는 네 놈이 도대체 제 정신으로 그런 소릴 하느냐? 이놈아 너는 수행이 뭐고 증득(證得)이 무언지를 알기나 하고 선방 문을 두들긴 것이냐? 엣다, 이 절밥이나 축내는 땡중놈아! 엿(호떡)이나 먹어라! 이런 취지의 호통이 아니겠는가 하고 내 나름대로 풀이해본다. 감히 범접하기 어려운 위엄을 지닌 운문이 거침없이 토해내는 '마른 똥덩어리'와 '호떡' 소리를 듣고 아직 분별의 미망 세계에서 벗어나지 못한 객승은 충격을 받았을 법하다. 그 돌발적인 충격이 객승의 꽉 막힌 머리를 깨치는 번갯불이 되었을지 누가 알겠는가.

쌍대법으로 이 공안을 풀면, 운문은 객승의 물음 그 자체를 넌센스로 본다. '부처란 무엇입니까?' 라고 물었을 때 객승은 부처라는 이름이 있으며(有) 부처라는 형상(形相)이 있으며 그 이름과 형상에 의해 부처를 다른 것들과 구별하는 자신의 분별식을 가지고 물었음에 틀림

없으리라. 객승이 그렇게 묻는 것은 분별세계의 상식을 따랐기 때문이다. 그는 분명 무분별의 세계, 불(佛)도 아니고 비불(非佛)도 아닌 세계, 능소(能所)일체＝주객일체의 세계를 의식하지 못했으리라. 객승의 물음은 분별식으로 이뤄진 상식의 한계 안에서는 센스(sense, 의미)가 있다. 하지만 분별식의 영역을 떠나서 사물을 보는 운문에게 그 물음은 가당찮은 넌센스다. 능소의 차별을 떠난 차원에서 만물을 조견(照見)하는 운문에게는 객승의 물음이 넌센스로 비칠 수밖에 없다. 그래서 운문은 '부처란 아무 것도 아니다. 조사란 것도 아무것도 아니다. 부처와 조사가 어디에 있단 말이냐. 네가 바로 부처고 조사란 걸 너는 모른단 말이냐! 이 마른 똥덩어리야!' 그런 뜻으로 느닷없이 '엉뚱한' 선답의 몽둥이로 객승을 후려친 것이 아닐까? 운문은 부처(佛)에 대한 비불(非佛), 조사(祖師)에 대한 비조(非祖)라는 쌍대를 가지고 객승의 물음을 전면 부정하고 배척해 버린 것이다. 운문의 독설은 아직도 분별세계에서 헤매는 객승의 무명 상태를 단번에 깨버리려고 휘두른 몽둥이질이라고 보아도 무방할지 모르겠다.

부처와 조사를 비불과 비조로 보는 안목, 혜능의 가르침을 따르는 쌍대법의 시각은 결국에는 그 비불, 비조마저도 다시 부정하는 경지에까지 도달해야 하리라. 부처라고 이름붙인 것은 부처와 같지 않으며 그렇다고 해서 부처와 다르지도 않다는 불일불이(不一不異)의 세계로 수행납자의 참선은 나아가야 하며 거기서 무분별의 세계를 직관하고 참구해야 하지 않을까? 이것이 쌍대법의 시각이자 그 가르침이라고 나는 본다.

다시 말해서 '부처란 무엇이냐?'라고 묻는 정도의 지해(知解)를 가졌다면 그런 객승의 지혜는 아직 부처를 긍정하는 있음(有, 存在)과 유일(唯一)이라는 분별식의 안목에 머물러 있다는 그의 허점을 운문은 단박에 찔러버렸다. 이런 물음 따위를 던지는 납자의 수행 정도를 가지고는 겨울철 절간 해우소에 얼어붙은 저 마른 똥덩어리나 생각하면서 참선 좀 제대로 하라는 공안을 다시 준 것이 아닐까?

이렇게 선문답을 풀다보면, 운문의 답은 '마른 똥덩어리'도 되고 '호떡'도 되는 동시에 '마삼근(麻三斤)'도 되며, 심지어는 '길가의 떡볶이'(운문이 현대 선승이라면)도 될 수 있다. '달마 조사가 서쪽에서 온 뜻이 무엇입니까?'라는 물음에 '뜰 앞의 잣나무'라고 잘라 말한 조주의 공안도 그런 점에서 동일 패턴의 선답이며 화두다. 이런 선답과 화두가 느닷없이 튀어나오면 선사와의 사이에 선적 코드를 맞추지 못하는 객승이라면 자신의 낮은 수행 정도를 반성해야 할 것이며 앞으로 선사가 던진 선답을 화두로 받아들여 그것을 더욱 깊이 오매불망 숙면 일여하게 참구해야 하리라.

선답으로 던져지는 공안(화두)은 일정하지 않다. 운문의 공안과 조주의 그것에서 보듯 그때그때 선승의 상황에 따라 동일한 물음에 대한 선답은 얼마든지 달라질 수 있다. 말하자면 시험문제의 물음에 대한 답안이 언제나 다를 수 있는 점과 같다.

참선의 세계는 얼핏 보기엔 참으로 불가사의한 언어유희의 세계인 것처럼 보인다. 깨침의 경지에 이른 선사는 일상적 언어구사와는 전혀 다른 은유언어를 사용하기 때문이다. 그것을 모르고 알아듣기 쉬운 말로 표현해달라고 조르는 수행자는 어리석은 땡중이 아니라면 하급 근기(根機, 사람이 지닌 이해능력)의 수행납자임에 틀림없다. 여기서 나는 『벽암록』(불교시대사)의 역주자 조오현(曺五鉉) 스님(백담사에 주석)의 말을 빌려 나의 견해를 대신하고 싶다.

천하에는 부처도 조사도 하지 않은 한 마디를 찾아 헤매는 자가 수없이 많다. 배고프고 추운 사람도 수없이 많다. 배고픈 놈에게 밥을 안 주면 물어 뜯긴다. 옷 달라는 사람에게 옷을 안 주면 강탈당한다. 이때 운문 화상은 망설임 없이 '호떡'을 던져 (객승의) 입을 틀어막는다.

그 '호떡'을 먹고 객승이 '배고픔'을 요기했다면 운문의 말이 맞을까? 과연 그럴까? '마른 똥덩어리'로 얻어맞은 수행승은 무엇을 생각할까? 더럽다고 기피했을까? 내가 보기에는 '호떡'과 '마른 똥덩어리'에 집착하여 화두참선을 하는 수행승이 있다면 그는 아직 아집(我執)과 법집(法執)에서 벗어나지 못한 납자일 듯싶다.

## 붓다의 신들

다시 소치는 다니야의 노래로 돌아가자. 다니야경은 게송 한 연(聯)의 끝마다에 어김없이 후렴이 붙어 있다. '하늘이시여, 비를 뿌리시려거든 뿌리소서.' 이 후렴에서 '하늘'은 무엇을 의미하는가? 우리네 할머니들이 '천지신명이시여, 객지에 나간 우리 아들이 무병장수하게 해주소서.' 하고 빌 때의 그런 하늘일까? 아니면 다른 하늘일까? 우리는 그 점을 먼저 가려보기로 하자.

나카무라 하지메 역의 『붓다의 말씀』에는 '神이시여'로 옮겨져 있다. 나카무라의 역본을 저본(底本)으로 삼은 법정 스님의 번역에도 '신이시여'로 나와 있다. 그런데 전재성 역본에는 '하늘이시여'로 되어 있다. 나는 팔리어 deva의 뜻을 '구름' '하늘'로 풀이한 전재성의 역을 따랐다. deva를 신으로 옮기면 자칫 조물주(the Creator)를 뜻하는 the God―절대자로서의 유일신―으로 받아들여질 가능성이 있기에 전재성은 그것을 '하늘'로 옮겼다고 밝혔다. 숫타니파타를 포함한 초기경전에는 deva 또는 devata가 많이 등장하는데 이 '신'들은 세존과 다른 부처들을 외호하는 선신(善神)으로 묘사되어 있다. 따라서 조물주란 뜻을 함축한 신=god으로 옮기기보다는 '하늘'로 풀이하는 것이 우리의 언어정서에 더 어울린다고 본다.

deva나 devata는 본래 '찬란히 빛나는 것'이라는 의미의 어원에서 유래한 산스크리트어이다. 그래서 원시경전은 신이 나타날 때 대개 '아름다운 얼굴빛 찬란하게 기원정사의 숲을 두루 비추며' 신이 다가

왔다 라는 식의 표현을 즐겨 쓴다. 그런 형상으로 빛을 내는 존재라면 그것은 분명 인간의 능력을 초월하는, 인간보다 우월한 존재임에 틀림 없다. 이 점을 고려하여 한역경전은 deva를 天, 神 또는 天神 등으로 역했고 나카무라역도 神으로 옮긴 듯하다. 그런데 나카무라역본은 그 럴만한 까닭이 있다. 일본어로 神이라 하면 다신교적 전통신앙인 신도 (神道)에서 신봉하는 '가미(神의 일본어 발음)'로 통하므로 일본인들은 통상 그 신을 유일신이 아닌 '가미'로 받아들인다. 하지만 기독교적인 신(the God)의 의미가 더 친숙해진 우리에게는 '신이시여'의 뉘앙스가 절대신으로 받아들여질 가능성이 크다. 그런 뜻에서 나는 '하늘'을 선 호한 전재성의 역어를 따른 것이다.

불교에는 크리스천이 생각하는 그런 절대유일의 신 관념, 창조주인 신 관념이 원래부터 없었다. 불교의 신들은 모두 붓다를 외호하는 선 신이며 수호신들이다. 그리고 그들은 단수가 아닌 복수의 신들이다. 불교의 신들은 인간의 능력을 초월하는 존재이긴 하지만 붓다를 초월 하지는 않는다. 신들은 욕망과 집착에 사로잡혀서 윤회의 늪을 아직 벗어나오지 못한 존재이며 그래서 언제나 붓다의 설법을 들으면 감복 하며 그분 앞에서 무릎을 꿇고 귀의하는 그런 존재다. 숫타니파타의 시구 한 구절을 보자.

> 신들도 인간도 물건을 욕심내고 집착에 사로잡혀 있다.
> 집착을 초월하라. 찰라의 시간도 헛되이 보내지 말라.
> 시간을 헛되이 보낸 사람은 지옥에 떨어져 슬퍼하기 때문이다.
> ─ 숫타니파타 333

이런 신 관념도 있음을 알면 유일신만이 신이 아님을 우리는 이해할 수 있다. 숫타니파타에서 사리풋타(사리불)는 신보다 우월한 세존의 지위를 이렇게 표현한다.

나는 아직 본 일도 없고 어느 누구에게서 들은 적도 없습니다. 이처럼 말씀 아름다운 스승(붓다)이, 중생의 주인이 도솔천에서 내려오신 것을.

눈이 있는 사람(붓다)은 신들과 세상 사람들이 볼 수 있도록 모든 암흑을 제거하고 홀로 법열을 얻으셨습니다.

얽매임도 없고 거짓말을 하지도 않는 이처럼 모범적인 사람으로서 (이 세상에) 오신 스승, 깨어 있는 사람(붓다)인 당신이 계신 곳으로, 이들 속박에 배인 많은 사람들을 위해 (도를) 불러고 여기에 왔습니다.

— 전재성 역본 『숫타니파타』 955~957


절대 유일신만이 신이 아니라는 관념은 현대 한국의 한 시인의 시에서도 나타나 있다. 정일근의 시를 읽어보자.


(전략)
이제 神은 자연에만 자신의 말을 남긴다.
사람이 만든 도시에 나가 설교하지 않으며
자신이 만들었던 시골에 남아 전원생활을 즐긴다.

감나무 새잎들이 햇살로 세수하고 나와
눈부신 神의 말씀 전하는 아침부터
무논에 개구리 왁자그르 울어
神이 묵상에 잠기는 저녁까지.
나는 이제 막 글을 배운 초등학교 1학년처럼
연필 끝에 침을 발라 열심히 받아쓰고 있다.
울주군 웅촌(熊村)면 은현(銀峴)리에 남기는 神의 말을.
— 위 시는 정일근[1958~ ]의 〈자연 받아쓰기〉 중 일부분


일간지의 시 감상란을 위해 이 시를 고른 시인 송수권은 이런 감상

을 적었다.

神의 말씀은 곧 자연이 하는 말이다. 이는 동양정신의 극치이다. 자연을
받아쓰며 사는 곰마을, 은빛고개에 사는 삶이 싱그럽다. 지금도 여우가 그
고갯길에 나와 예쁜 구슬로 초등학교 1학년 생인 시인을 유혹할 것만 같
다. 구부구부 그 고갯길에 오늘 밤은 달도 떴겠다. 그 달이 하는 말? 이제
천천히 걷는 공부부터 다시 배워라. 그 신이 곧 자연 아니겠는가. 그것이
웰빙(wellbeing)이니라.
— 중앙일보 2002년 10월11일자. 밑줄은 인용자가 친 것.

송 시인의 말처럼 정일근의 신은 자연과 동일시된다. 정 시인에게
자연은 신 그 자체이며 도시는 자연에 대립되는 인공물에 지나지 않는
다. 도시는 사람이 만들어 오염시켰기에 신이 살만한 공간이 못 된다.
그러나 자연은 아직 신의 혜택과 숨결이 미치고 있어 사람이 살만한
터가 된다. 그래서 자연이 살아 있는 시골에서 신과 인간은 하나가 된
다. 정 시인은 이미 자연과 하나가 된 신, 신과 하나가 된 사람을 직관
했기에 신이 자연에 남긴 말, 신이 자연에 새긴 말을 고스란히 들으며
적는다. 시인에게는 신이 결코 두려움의 대상이 아니고 친근한 공존자
이므로 그는 시로써 신을 찬미한다.

### '본다'의 의미
소치는 다니야와 세존이 서로 주고받는 게송의 끝 대목에 이르러 다
니야는 세존의 설법을 듣고 얻은 법열을 다음과 같이 노래한다.

골짜기와 언덕을 채우면서
갑자기 구름이 비를 뿌리니
하늘이 뿌리는 빗소리를 듣고,

다니야는 이와 같이 말했다.

'우리는 거룩한 스승을 만나
얻은 바가 참으로 큽니다.
눈을 갖춘 님이시여,
당신께 귀의하노니
우리의 스승이 되어 주소서.
위대한 성자시여.'

'눈을 갖춘 님이시여'란 어구는 앞에서도 본 적이 있다. 그렇다. 재산의 소유로 말미암은 가짐의 불행을 이야기하면서 그 대목의 말미에 그런 어구를 인용했다. 철저히 밀폐된 암흑의 집안으로 들어가면 '눈 있는 사람'조차도 아무것도 볼 수 없다고 말함으로써 드러난 것도 볼 수 없는 불행한 처지의 사람을 강조한 적이 있다.

'눈을 갖춘 님'이나 '눈이 있는 사람'이나 다 같이 고타마 붓다 세존을 가리키는 존칭이다. '볼 수 있다'는 것은 사람이 보유한 시각능력 그 자체만을 가리키는 말이 아니다. '볼 수 있다'라고 함은 사물의 진수, 사물의 본체를 꿰뚫어볼 줄 아는 통찰의 혜안을 보유하고 있다 라는 은유다. 붓다가 지닌 눈은 그런 혜안이다.

붓다의 눈은 크게 두 종류로 나뉜다. 먼저 육신의 눈(肉眼)과 지혜의 눈(慧眼). 그다음에 지혜의 눈은 부처의 눈(佛眼), 진리의 눈(法眼), 보편의 눈(普眼), 하늘의 눈(天眼)으로 갈래를 짓는다. 그러므로 '눈을 갖춘 님이시여'는 육체의 눈뿐만 아니라 다른 모든 눈들도 두루 갖춘 붓다, 세상을 보는 크고 넓고 깊은 안목을 갖춘 붓다의 성스런 능력을 찬양한 은유적 호칭이다.

'눈을 갖추어 본다'라는 말의 깊은 뜻을 살피는 동안 반야심경의 첫 구절이 내 머리에 떠오른다. '관자재보살 행심반야바라밀다시(觀自在

菩薩 行深般若波羅蜜多時)'. '관자재보살이 심원한 지혜의 완성을 실천하고 있을 때'라는 이 구절의 관자재보살은 우리 귀에 익숙한 관음보살, 관세음보살의 다른 명칭이다. 산스크리트어를 한자어로 옮길 때 번역자의 취향에 따라 관자재보살이 되기도 했고 관음(觀音)보살 또는 관세음(觀世音)보살이 되기도 했다. 부처가 되기 전 단계에서 중생구제에 진력하는 구도자로서의 특정보살, 그 보살 앞에 붙인 '관자재'와 '관음' 또는 '관세음'이란 명칭에 우리는 눈길을 주어야 한다.

관자재보살, 관세음보살로 불리는 보살은 중생에게 베푸는 자비의 마음과 중생구제의 힘이 아주 탁월하게 큰 보살이다. 그래서 한 · 중 · 일 동북아 삼국에서는 불교신앙 중 백성들 사이에서 특별히 크게 보급된 구제신앙으로서 관음사상이 발전했다. 관음사상의 요체는 관자재보살=관세음보살의 이름 그 자체의 의미를 음미하면 금방 알 수 있다. 관자재는 중생을 '관찰(觀察)'함에 있어서 자유자재한 힘을 지녔다는 뜻이며 관세음 또는 관음은 세상의 소리 즉 중생의 소리를 두루 '보는' ―觀하는― 큰 능력을 갖고 있다는 뜻이다. 이런 은유적 뜻을 지닌 관세음보살 아니 관자재보살은 매년 11월에 치러지는 고교 3년생의 대학입학 수능시험을 앞두고 절을 찾는 학부모들의 기도에서 단연 인기 최고의 특급스타 보살이다. 어머니들은 관세음보살을 모신 대웅전이나 원통전(圓通殿) 또는 관음전을 찾아 영하의 추위도 마다하고 '나무관세음보살, 나무관세음보살……'을 염불한다. '관세음보살님에게 의지하오니 제발 저의 소원을 들어주십시오'라는 기도가 효험이 있을 것으로 기대하는 것은 어머니들의 간절한 소망을 실은 관세음보살에 대한 확고한 믿음 때문이다.

그런데 그 효험을 믿는 근거가 되는 관자재보살의 '관자재' '관세음' 능력이 하필이면 왜 '자유자재로 觀하는 능력' '중생의 소리를 觀하는 능력'이 되었을까. 소리는 '듣는' 힘을 가지고 듣지 않는가? 소리를 어떻게 '본다(觀)'고 말하는가? 이런 의문을 푸는 열쇠는 청각과

촉각에 의거한 지각보다는 시각에 의거한 그것을 더 우위에 둔 옛 선인(先人)들의 관념에 기인하는 것으로 본다. 내가 지금 바로 앞 문장 말미에 쓴 '……으로 본다'란 표현도 그런 연유에서 나온 말이다. 여기서의 '본다'는 '생각한다, 안다'와 다름없는 동사다. 사람은 봄으로써 생각하며 봄으로써 안다. 청각보다 시각을 우선하는 사상, 그것이 관세음보살을 만들어냈음에 틀림없을 듯하며 그런 시각우위 사상을 가지고 불자들은 '관자재보살' '관세음보살'을 염불하고 있으리라.

〈소치는 다니야경〉은 다니야가 '눈을 가진 님'(붓다)의 탁월한 조견(照見)능력을 찬미하며 붓다에게 귀의하는 것으로 끝난다.


# 꽃은 상(相)이며 가명(假名)


## 꽃은 스스로 아름답다고 말하지 않는다

'아름다운 꽃' 이야기를 하기 위해 『유마경』을 끄집어 낸 데는 그럴 만한 까닭이 있다. 『유마경』은 많은 대승경전들 가운데서도 아주 특이한 경이다. 다른 경들은 부처님이나 불제자들의 말씀이 기록되어 있으나 이 경은 독실한 재가신자의 깊은 사상―공(空)사상―을 적어놓았기에 아주 이색적인 경으로 일컬어진다.

경의 주인공 유마거사(居士, 남성 재가신자에게 붙여지는 칭호)가 와병 중이라는 소식을 듣고 세존은 주위의 보살들과 제자들에게 유마거사를 문병하도록 권유하는 데서 경의 스토리는 전개된다. 병으로 누어있다고는 하지만 유마거사의 병은 세속 범인들이 때때로 앓는 육신의 병이 아니다. 그가 스스로 밝혔듯이 '일체 중생이 앓고 있는 병 때문에 않는 병'이다. 말하자면 거사의 병은 중생으로 말미암은, 중생을 제도하기 위해 앓는 그런 병이다. 『유마경』은 문병하러 거사의 집을 방문한 세존의 큰 제자들과 보살들을 상대로 유마거사가 행하는 설법을 중심으로 드라마처럼 엮어져 있다. 유마설법의 내용은 공(空)사상과 불이(不二)사상이 그 기본 골격을 이룬다.

내가 지금 언급하려는 '꽃은 스스로 아름답다고 말하지 않는다' 라는 잠언은 유마거사의 방에서 천녀(天女)와 사리불이 대화를 나누는 동안 천녀가 한 말을 은유적으로 해석한 것이다.

그 때 유마거사의 방에 한 사람의 천녀(天女)가 있었다. 하늘에서 훌륭한 모든 사람들을 보면서 그들의 설법을 들은 천녀는 몸을 나타내 하늘의 꽃을 모든 보살들과 부처님의 큰 제자들 위로 뿌리게 했다. 이 꽃들은 보살들에게 다다르자 금방 모두 떨어져 내렸다. 그러나 꽃들이 큰 제자들에게 다다르자 그들에게 달라붙어서 떨어지지 않았다. 제자들은 모두 신통력을 써서 꽃들을 떼어내려 했지만 떼어낼 수 없었다.

이때 천녀가 사리풋다(舍利弗)에게 물었다.

'어째서 꽃을 떼어내려 하십니까?'

'이 꽃들은 수행승에게 어울리지 않습니다. 그래서 꽃을 떼어내려 하는 겁니다.'

사리풋다의 대답을 듣고 천녀는 말했다.

'이 꽃들이 〈수행승에게 어울리지 않다〉 라고 생각해서는 아니 됩니다. 왜냐하면 이 꽃들은 분별하는 작용이 없기 때문입니다. 당신 스스로가 분별하는 생각을 냈을 뿐입니다. 불법에 따라 출가를 했는데 만일 그래도 분별하는 마음이 있다면 그것이야말로 〈수행승에게 어울리지 않는 것입니다.〉 만일 분별하는 작용이 없다면 그것은 곧 〈어울리는 것〉입니다. 모든 보살님들을 보건대 꽃이 달라붙지 않는 것은 그분들이 일체의 분별심을 끊으셨기 때문입니다. 비유를 하자면 사람이 두려워할 때 악마가 달려들 수 있듯이 (부처님의) 큰 제자분들은 생사를 두려워하므로 색성향미촉(色聲香味觸)의 오욕이 습격해 오는 것입니다. 이미 두려움을 떠난 사람에게는 일체의 오욕이 어찌 하지 못합니다. 번민의 속박이 그 여력을 아직 다 없애지 못했기에 꽃이 몸에 달라붙는 것입니다. 번민의 속박이 그 여력을 벌써 없애버렸다면 꽃은 몸에 달라붙지 않습니다.'

— 『유마경』 제7장 중생을 보는 품〔觀衆生品〕

꽃들이 달라붙지 않는 보살들과 꽃들이 달라붙은 큰 제자들, 참으로 멋진 비유이자 대조다. 천녀가 뿌리게 한 꽃들이 수행자에게는 '어울리지 않는다' 라고 여긴 것은 사리풋다의 어리석음이었고 그 어리석음은 꽃을 떼어내는 행위로서 은유된다. 천녀는 그의 어리석음을 '꽃은 스스로 분별하는 작용이 없다' 라는 말로 일깨워준다. '꽃은 스스로 분별하는 작용이 없다' 를 다른 은유로 풀이하자면 '꽃은 스스로 아름답다고 말하지 않는다' 가 된다. 분별을 인간이 하듯이 아름다움도 인간이 하기 때문이다. 꽃 자체에 아름다움을 식별하는 분별력이 있을 리가 없잖은가.

『유마경』의 〈제7품 중생을 보는 품〉(觀衆生品)의 이 대목에서 꽃은 제법무아(諸法無我)의 이치를 설하기 위한 방편인 동시에 은유언어로서 사용된다. 제법무아란 세상의 모든 사물, 모든 존재(諸法)는 실체가 없다(無我)라는 뜻이다. 그러므로 '꽃은 스스로 아름답다고 말하지 않는다' 라는 문장은 꽃에는 '아름다움'이라는 실체가 없음을 가리킨다.

꽃이 나에게 '어울린다' '아니 어울린다' 라는 언명(言明, statement)은 꽃이 스스로 뽐내며 하는 말이 아니다. 꽃에는 그런 마음이 없으며 따라서 '어울린다' '아니 어울린다'와 같은 분별의 의미작용이 생길 리가 없다. '꽃이 어울린다' 라고 함은 꽃을 보는 인간이 내리는 주관적 또는 간주관적(間主觀的 또는 상호주관적) 판단일 뿐이다. 꽃은 스스로 아무 말도 하지 않는다. 꽃에는 스스로 그렇게 말하는 능력, 그런 말을 하도록 작용하는 능력이 없기 때문이다. '어울림'이니 '아름다움'이니 하는 말들은 인간의 오관이 작용하는 효과에 지나지 않으며 인간이 자기 자신과 견주어 내리는, 꽃과는 상관없는 일방적인 평가일 뿐이다. 거듭 말하거니와 '꽃은 스스로 아름답다고 말하지 않는다.' 라는 언명은 꽃에는 아름다움이라는 영원불변한 실체(본체)가 없음을 가리킨다. 『유마경』은 이와 같이 '세상에 있는 모든 것(존재)들은 실체(본체)가 없다', 다시 말해서 세상의 온갖 것들은 공(空)이라고 가르치는 대승경전 중 하나다.

## 꽃은 상(相)이며 가명(假名)

다시 앞서의 '아름다운 꽃' 이야기로 돌아가자. 아름다움이 꽃의 실체(본체)가 아니라면 그것은 꽃에서 나타나는 이미지 즉 꽃의 상(相)에 다름 아니다. 철학적 술어(術語)를 빌리면 꽃의 본질이 아니고 현상이다. 꽃의 예에서 보듯이 우리는 자기 오관에 그려진 이미지를 자기 밖의 세계에 있는 대상의 실체라고 보고 이것과 동일시하는 성향이 강하다. 대상의 모습(相)과 실체를 같은 것으로 보는 경향이 강하다는 말이다. 정원에 핀 '꽃'을 보고 '아름다운 꽃이 있다'라고 말하는 사람은 그 꽃이 불변하는 미의 속성을 지닌 존재로 생각하고 싶어 한다. 하지만 그런 생각은 그릇된 것이며 환상(fantasy)이다. 그 점에서 우리의 현실, 온갖 상징들과 이미지들로 촘촘히 직조된 현실(現實, reality)은 환상에 지나지 않는다. 버추얼 리얼리티(virtual reality)는 환상의 대변인이며 대표자일 뿐이다. 이것은 나 혼자만의 판단이 아니라 슬라보예 지젝(Slavoj Zizek,1949~ ) 같은 포스트모던 철학 사상가들이 일치하여 지적하는 말이다.

'아름답다'라고 우리가 여기는 꽃의 그런 속성은 우리가 꽃을 다른 것들과 구별하여 꽃에 차별적으로 부여한 임시적인 이름(假名)에 지나지 않는다. 우리는 가명을 가지고 '아름다운 꽃'이라고 말할 뿐이다.

우리의 일상 세계에서 통용되는 아름다움의 의미, 존재의 이미지＝상은 그런 것이다. '아름다운 꽃'은 꽃의 실체를 드러내주는 그 무엇이 아니라(nothing) 가명의 이미지—허상—라는 것, 그것이 불교가 우리에게 명확히 가르치는 다르마(法)다. 아름답다고 우리가 느낀 그 꽃은 실체적인 존재가 아니라 우리의 오온(五蘊, 오관의 집합)이 가합(假合)한 것에 지나지 않는다. '아름답다'라는 나의 생각은 내가 그 꽃에 대해 주관적으로 평가하거나 또는 간주관적(intersubjective)으로 의미를 공유하여 부여한 특성에 지나지 않는다. 그것은 가명이며 실체가 없으므로 시간이 지나고 공간이 달라지면 언젠가는 아름다움의 특징(相, 상으로 번역된 산스크리트어 laksana에는 특징, 속성, 징후의 뜻이 있음)을 잃게 마련이다.

참을 수 없는 분노, 억제하지 못하는 증오, 사무친 원한으로 이글거리는 눈에는 꽃의 아름다움이 보일 리가 없다. 사랑하는 연인들끼리여야 그들이 거니는 꽃밭에서 마주하는 장미꽃이 더할 수 없이 아름답게 느껴지며 아름답게 보인다. 서로 증오하는 사람들에게 장미는 독가시를 가진 흉측한 무기일 뿐이다. 장미의 속성이 이처럼 여러 갈래로 달라지는 것은 장미의 아름다움이 실체가 아닌 판타지이기 때문이다.

우리의 일상생활에서 목격되는 제법무아의 또 다른 실례로 국화를 보자. 고(故) 미당 서정주의 명시 〈국화 옆에서〉를 보면, 봄부터 그렇게 울어대던 소쩍새의 울음소리와 한여름 먹구름 속에서 터져 나오는 천둥소리를 듣고 핀 국화꽃은 '머언 먼 젊음의 뒤안길에서 인제는 돌아와 거울 앞에 선 내 누님 같은 꽃'이 된다. 그것이 미당의 국화 이미지이며 국화의 환상적 현실이다. 그러나 사군자를 즐겨 그리는 한국화가의 국화는 오상고절(傲霜孤節)의 절개를 뽐내는 고상한 품격의 꽃이 되고, 장의사의 국화는 피안으로 건너는 망자의 유해를 싣고 갈 장의자동차를 꾸미는 장식용 꽃이 되며, 화훼업자가 온실에서 키우는 국화는 송이마다 무차별적으로 돈으로 환산되는 장터의 값나가는 상품이 된다.

 나의 말을 듣고 이런 반론을 제기할 사람이 있을지 모르겠다. 꽃을 보는 사람이 아름답다고 느끼는 것은 그래도 꽃에 아름다움의 소재가 있어서 그런 것이 아니냐? 꽃=아름다운 것이란 동일성(identity)이 우리의 의식 속에 너무도 친숙한 것으로서 고착된 문화에서 우리가 학습한 효과의 탓이므로 그 물음은 그 점에서 당연하다. 그런 반론에 나는 이렇게 재반론을 펴겠다. 질문자는 아마도 모든 것에는 불변의 실체 즉 본체가 있다고 보는 본질론 또는 실체론에 기대고 싶은 모양인데 꽃의 미는 실체론에 의해 설명될 수 없다. 꽃에는 다른 물체나 다른 꽃들과 구별되는 비교·대조 면에서의 차이만이 있을 뿐 고정불변하는 '아름다움의 본질적 소재'가 없다. 다시 되풀이하면 '꽃은 스스로 아름답다고 말하지 않는다.' 꽃을 보는 사람이 아름답다고 느끼며 말할 따름이다. 아름다움이란 우리의 언어기호에 의해 우리의 의식 안에 그려진 '허상'이며 '환상적 현상'에 지나지 않는다.

### 상을 취하지 말라, 있는 그대로 움직이지 말라

 이쯤 하면 가명이 지닌 상의 정체가 무엇인지를 알았으리라. 그렇다면 가명과 연관된 또 하나의 이치 즉 실체가 없는 가명을 실체가 있는 것처럼 왜곡해서 말한다면 어떻게 될까. 그럴 경우 우리는 '비실체적인 것'을 '상주불변(常住不變)하는 것'으로 실체화하는 오류에 빠지고 만다. 우리는 일상생활에서 실제로 이런 오류를 흔히 경험한다. 관념적인 것, 추상적인 것을 구체적이고 실체적인 것으로 잘못 착각하는 오류 말이다. '꽃은 스스로 아름답다고 말하지 않는다'라는 언명은 일상생활에서의 그런 착각과 환상을 시정해 주는 효과도 지니고 있다. 내가 여기서 하는 말은 불교의 교리를 설명하는 것에 국한하지 않는다.

 사물의 겉에 나타난 모습(相), 우리 눈과 귀 등의 오관에 감지되는 사물의 어떤 일시적 속성(相)에 대해 이왕 언급한 김에 나는 금강경의 저 유명한 구절을 그냥 외면하고 지나칠 수가 없다. 다이아몬드와 같이 강고하게 완성된 반야의 지혜(金剛般若波羅蜜금강반야바라밀)를 가지고 온갖 번뇌망상을 깨버린다는 뜻을 지닌 금강경은 어떠한 상에도 사로잡히지 말 것, 어떠한 상에도 집착하지 말 것을 무엇보다도 가장 강조하는 경이다.

땔감을 팔러 나왔던 소년 혜능이 저잣거리에서 들리는 어느 스님의 독경 소리를 듣고 초발심(初發心=發菩提心)을 일으켰다는 그 대목은 바로 무집착의 가르침을 우리에게 일러준다. '응무소주 이생기심(應無所住 而生其心.『육조단경』 돈황본에는 이런 대목이 없음을 유의할 것).' '머무는 곳이 마땅히 없으니 그 마음을 일으킨다.' 대충 이런 뜻이다. '무소주(無所住)'는 곧 무주상(無住相)을 의미한다. 무주상은 겉으로 보이는 이미지에 사로잡히지 않음, 헛것에 집착하지 않음을 뜻한다. 이미 지적한 바와 같이 우리의 현실은 실은 이러한 상들로 구성된 환상의 세계다. 현대식 용어로 표현하면 현실은 각종 언어기호와 상징들로 구축된 판타지의 세계다. 그런 판타지의 이미지 즉 상을 보고 그것이 실체(본체)의 참다운 속성인 줄 안다면 그 눈은 미망(迷妄)에 사로잡힌 눈, 환상의 포로가 된 눈에 다름 아니다.

제법무아를 깊이 깨달은 혜능은 '머무는 곳이 마땅히 없으니'란 경지에서 무주상=무집착의 깨침을 얻고 마침내 '본래 한 물건도 없거늘, 어느 곳에 먼지가 일까(本來無一物 何處惹塵埃)'의 경지에 도달했다. 그 깨침을 인가받아 혜능은 오조 홍인(五祖 弘忍)에게서 선종의 법통을 이어받았다. '본래 한 물건도 없거늘, 어느 곳에 먼지가 일까'는 사람이 본디 갖추고 있는 무장무애의 청정심(淸淨心)을 가리킨다. 먼지가 전혀 끼지 않아 맑고 투명하고 깨끗한 본디 마음, 그것은 사람이 본래 지닌 불성(佛性)이며 여래장(如來藏)이 아니겠는가.

이를 금강경은 다음 몇 구절로 압축한다.

무릇 존재하는 모든 상이 허망하니 (凡所有相皆是虛妄)

만일 모든 상이 상 아님을 본다면 곧 여래를 보리라. (若見諸相非相 卽見如來)

— 금강경 제5 如理實見分


상을 취하지 마라. 여여하게(있는 그대로) 부동하라. (不取於相 如如不動)

— 금강경 제32 應化非眞分


# 붓다의 고귀한 침묵


### '설한 것보다 설하지 않는 것이 더 많다'의 은유

고타마 붓다는 말로써만 설법을 하지 않았다. 붓다는 때로는 침묵으로써도 설법을 했다. 언어와 비언어(침묵), 그것들은 붓다 설법의 두 가지 방법이다. 언어적 설법에 흔히 비유가 사용되었음은 지금까지 살펴본 바와 같다. 침묵의 비언어도 일종의 비유다. 말없음의 비유는 긍정이 되고 비긍정—비부정의 표시도 된다.

그의 침묵은 형이상학적 물음이 부질없는 것임을 무언으로써 표시할 경우(비긍정—비부정)나 또는 상대편의 제의에 무언의 동의를 표시할 경우(긍정)에 흔히 사용된다. 붓다의 침묵은 묵언의 언어, 말없음 속의 말로서 표시된다. 그래서 붓다의 침묵은 '고귀한 침묵'으로 불린다. 침묵을 보는 자로 하여금 붓다에 대한 존경심을 일으키게 하고 그에게 귀의하고자 하는 발심을 일으키는 위력을 지닌 침묵이란 뜻이다. 붓다에게는 언어의 위력만이 듣는 이에게 영향을 발휘하는 것이 아니다. 침묵의 위력도 또한 크다. 붓다의 위대함과 성스러움에는 '고귀한 침묵'의 언어도 언제나 높은 가치를 지닌 채 자리 잡고 있다.

언젠가 붓다는 수행승 제자들에게 설법하는 자리에서 자기가 그때까지 말로써 설한 것보다는 설하지 않은 것이 훨씬 더 많다는 취지의 말을 했다. 그는 나뭇잎의 은유를 사용했다. 번거롭고 까다로운 이론의 전개보다는 얼마나 간략한 상징인가. 이는 붓다가 설하지 않는 무수한 묵언의 가르침이 얼마나 많은가를 말해준다.

세존은 싱사파나무 숲에 머물고 계셨을 때 싱사파 나뭇잎 몇 개를 손에 쥐고 수행승들에게 말했다.
'내 손에 쥔 몇 개의 나뭇잎과 저 숲에 있는 싱사파 나뭇잎 중 어느 쪽이 더 많다고 생각하는가?'
'존경하는 스승님, 세존께서 손에 쥔 나뭇잎 수는 몇 잎 안 되며 저 너머 숲의 나뭇잎 수는 대단히 많습니다.'
'그렇다. 수행승들이여. 내가 너희에게 가르친 것은 근소하며, 내가 알고 있되 너희에게 직접 가르치지 않는 것은 많다. 수행승들이여. 나는 왜 너희에게 그처럼 많은 것들을 가르치지 않았는가? 그것들은 이익에 도움이 되지 않고 성스런 생활의 기본들과 관련이 없기 때문이며, 둔세, 금욕, 본원적 절멸, 안온함, 직접 통찰하는 지혜, 깨침과 열반으로 인도하지 않기 때문이다. 그래서 나는 너희에게 가르침을 설하지 않았다.'
— 영역본 상윳다니카야 SN V 56—31

자신의 손에 쥔 나뭇잎의 수보다 훨씬 더 많은 수의 나뭇잎이 저 숲속에 있다는 붓다의 이 말씀, 얼마나 멋진 은유이며 환유인가. 이런 비유 설법을 듣고 있노라면 절로 탄성이 솟아나지 않을 수 없다. 가장 친숙한 것, 가장 친근한 것을 예로 들어서 가장 깊고 오묘한 진리를 깨우쳐주는 붓다의 비유 설법은 대단한 설득력이 있다. 우리는 붓다가 수행승들에게 가르치지 않은 이유로서 열거한 묵언의 가르침 리스트를 주목해야 한다. 거기에는 '지금 이곳'에서 깨침을 얻는 데 유익하지 않는 것들이 포함되어 있기 때문이다.

　나뭇잎의 비유에 의거한 침묵의 고귀함을 서방세계에서 처음 소개한 유럽인 학자는 붓다의 전기를 쓴 올덴베르크(H. Oldenberg)였다. 그는 붓다가 제자들에게 일러준 것보다는 훨씬 더 많은 것을 알고 있었다는 경전의 말은 '단지 침묵에 관한 도피구실 때문만이라고는 생각되지 않는다'면서 다음과 같이 덧붙였다.

　왜냐하면 입 밖으로 내어 말한 것을 설명하고 보충하려면 입 밖으로 내어 말하지 않은 다른 것들을 예상하게 되며……입 밖으로 내어 말하지 않는 것을 붓다가 정말로 몰랐다고 단정해서도 안 된다.
　　— Hermann Beckh 저 渡邊照宏 역, 『佛教』 岩波文庫 1962 pp.148~149

　자기가 아는 것을 모조리 말하는 자만이 아는 자라고는 결코 말할 수 없다. 알고 있음에도 불구하고 전부 말하지 않고 때로는 침묵을 지키는 사람이 지혜로운 사람일 수 있다. 카리스마를 지닌 지도자는 별로 말을 하지 않고도 부하들의 마음을 휘어잡는 마력을 지니고 있다. 오히려 말을 가볍게 많이 하는 정치지도자일수록 백성들은 그를 경박한 지도자, 인격이 덜 함양된 지도자로 여긴다. 침묵이 훌륭한 금언임을 안 성스런 현자는 비단 고타마 붓다뿐만이 아니다. 독일철학자 칼 야스퍼스(Karl Jaspers)가 인류문화의 위대한 주축의 시대(the Age of Axis)라고 일컬은 기원전 5~6세기에 산 고대 중국의 노자(老子)도 비슷한 말을 남겼다.

　아는 사람은 말하지 않으며 (知者不言)
　말하는 사람은 모른다 (言者不知)

부연하자면 '진정으로 아는 사람은 많이 말하지 않으며 많이 말하는 사람은 대체로 알지 못하는 사람이다' 라는 뜻이 될 것이다. 붓다의 묵언(默言)이나 노자의 불언(不言)이나 할 말과 아니 할 말을 가려야 함을 강조했다는 점에서 공통점을 지녔다.

### 창녀의 식사 초대, 침묵으로 동의한 붓다

중부니카야(MN.중아함경)의 제26경 아리야파리예사나경(Ariyapari-yesana, 고귀한 求道의 경)에는 두 가지의 침묵이 기록되어 있다. 하나는 세존이 늘 그렇게 했던 대로 어떤 제의에 대한 '침묵의 동의'이고 다른 하나는 '고귀한 침묵'이다. 먼저 '침묵의 동의'부터 살피기로 하자. 침묵의 동의는 대반열반경(한글역 『붓다, 마지막 여로』 시공사)의 한 대목에 나온다. 임종을 앞두고 마지막 여행길에 나선 세존은 앙바팔리(Ambapali)라고 불리는 돈 많은 창기(娼妓)의 식사 초대를 받고 묵언으로 동의를 표시한다. 세존의 동의와 연관된 이야기는 고대 인도의 번영했던 상업도시에 살았던 사람들의 세태가 2천 5백 년 뒤의 지금과 동일하다는 점에서 우리의 흥미를 끈다.

세존은 베살리에 들러 창기 앙바팔리의 소유인 〈망고나무 숲〉에 머물렀다. 앙바팔리란 이름은 〈망고나무를 키운 여자〉란 뜻이다. 그녀는 비록 유녀이긴 했지만 호화로운 대저택에 살며 가무음곡을 베풀면서 부유한 사람들과 어울렸다. 그러므로 고대 그리스에서와 마찬가지로 고대 인도의 유녀들 가운데도 이처럼 사회적 지위가 높은 사람들이 있었다.

창녀 앙바팔리는 (세존의 법에 관한 가르침을) 듣고 기쁜 나머지 세존에게 말했다.

'존귀하신 분이시여. 세존께서는 내일 저의 집에서 수행승들과 함께 식사를 해주십시오.'

세존은 묵언으로 동의를 표시했다. 그러자 창녀 앙바팔리는 세존께서 동의했음을 알고 자리에서 일어나 세존께 인사를 하고 오른쪽 어깨를 도는 예의를 표한 뒤 밖으로 나갔다.

앞서 이미 언급한 바와 같이 베살리는 고타마 붓다 시절에 풍부한 물자교류와 사람들의 왕래로 번영을 구가했던 상업도시였다. 장사꾼들을 비롯하여 부유한 사람들이 많이 모여들자 그들을 대상으로 한 창녀라는 직업도 자연히 번창했다. 베살리의 번창한 모습에 대해 율장대품(律藏大品)은 이렇게 묘사했다.

베살리는 부의 번영을 누리고 사람들이 많이 몰려들었고 물자도 풍부해졌다. 7707개의 궁전, 7707개의 중각(重閣), 7707개의 유원(遊園), 7707개의 연못이 있었다. 창녀 앙바팔리가 있었는데 용색단려하고 얼굴이 연꽃처럼 예뻐 미모가 뛰어난데다 무용, 가요에 능해 사람들의 구애를 받기가 일쑤였고 그 바람에 하룻밤 50금을 받기도 했다.

앙바팔리는 일찍이 세존에게 귀의한 것으로 전해진다. 그녀의 귀의 얘기를 듣고 마가다 왕국의 수도 왕사성의 사람들도 그녀에게 질까보냐 하며 살라바티(Salavati)라는 소녀를 창기로 만들어 '하룻밤에 100금을 받도록 했다'고 한다. 유명한 의사 지바카(Jivaka)는 그녀가 낳은 사생아다.

하룻밤에 50금, 100금을 받았다는 등의 얘기는 당시 베살리가 화폐경제의 발달로 사람들의 돈 씀씀이가 흥청망청 헤픈 도시임을 말해준다. 화폐경제가 발달한 도시의 문화는 베다 제의(祭儀)로 대표되는 농촌 공동체의 문화와는 체질적으로 다르다. 외관상 화려하게 보이는 화폐문화의 뒤안길에는 으레 질탕한 퇴폐의 쓰레기가 만연하기 마련이다. 퇴폐문화를 싫어하는 사람들은 거기서 도피하여 다른 방도로 삶의 길을 찾으려 했다. 붓다의 출현으로 새로 등장한 불교는 퇴폐와 향락에 편승하여 부를 일군 뒤 그것들을 혐오하는 사람들의 귀의처로서 부각되기 시작했다. 앙바팔리의 귀의는 그 한 예다.

앙바팔리가 세존을 식사에 초대했다는 소문은 베살리를 지배하는 귀족권세가문인 리차비(Licchavi)족 사람들의 귀에도 들렸다. 상업활동으로 큰돈을 벌어 권세와 부를 거머쥔 리차비족 젊은이들은 부유한 자의 노리갯감이나 다름없는 창녀가 세존과 같은 존귀하신 분을 식사에 초대했다는 얘기에 샘이 났다. 더욱이 리차비족이야말로 세존의 착실한 후원자가 아닌가. 게다가 앞에서 달려오는 앙바팔리의 수레에 자기네 수레가 부딪힌 리차비족 젊은이들은 화가 나 있었다. 돈을 벌었으면 얼마나 벌었겠냐. 제까짓 년이 잘 났으면 얼마나 잘 났겠냐. 가문의 영광을 위해 앙바팔리에게 져서는 안 된다. 세존은 반드시 우리가 모셔야 한다. 그들은 이런 생각을 했을 수도 있다.


'어이 이봐! 앙바팔리. 네가 많은 리차비족 젊은이들에게 수레바퀴를 부딪치게 한 까닭은 도대체 무엇이냐?'

위협적인 언사에 고분고분 말을 들을 앙바팔리가 아니다.

'귀공자님들이시여. 존귀하신 스승께서 수행승들과 함께 내일 우리집에서 식사를 하시도록 내가 초대했기 때문에 이러시는 것이겠지요?'

앙바팔리는 식사 초대에 응해준 세존의 배려에 기쁜 나머지 서둘러 집으로 가는 도중에 리차비족 젊은이들의 수레를 만났다. 좁은 길에서 만났기에 서로 부딪치는 것은 필연이다.

리차비족 젊은이들은 앙바팔리에게 말했다.

'앙바팔리여. 10만금을 줄 테니 그 식사 대접을 우리에게 양보하게나.'

'귀공자님들이시여. 비록 당신네가 나에게 베살리와 그 영토를 다 준다해도 이처럼 훌륭한 식사 대접을 양보할 수는 없습니다.'

리차비족 젊은이들은 손가락을 튕겼다(일이 낭패를 보았을 때의 표시).

'아아. 우리는 여자에게 졌다. 아아. 우리는 여자에게 당했다.'

그러고 나서 리차비족 사람들은 〈망고나무 숲〉으로 향했다.

앙바팔리 이야기에서 우리가 주목할 것은 리차비족 젊은이들과 창기 앙바팔리 사이에 벌어진 식사 초대 싸움에서 드러난 '초대의 가치'이다. 리차비족 젊은이들은 그 가치를 '10만금'이란 돈의 양으로 환산했다. 그러나 앙바팔리는 그 가치를 '베살리의 땅 전체'를 줘도 맞바꿀 수 없는 사실상 무한대의 존귀함으로 표현했다. 누가 이겼는지는 이 대목에서 판가름이 났다. 경전은 그 점을 놓치지 않고 기술했다.

### 삿된 논의와 고귀한 침묵

세존의 '침묵의 동의'에 관한 또 하나의 예는 그의 '고귀한 침묵'과 함께 나온다. 앞서 언급한 아리야파리예사나경에서 세존은 목욕을 하기 위해 시자인 아난다를 데리고 욕장으로 갔다. 세존이 목욕을 끝내자 아난다는 세존에게 바라문 람마카(Rammaka)의 은둔처를 찾아가 보시는 게 어떠냐고 의중을 떠본다.

존귀하신 분이시여. 람마카의 은둔처가 근처에 있습니다. 세존께서는 자비를 베풀어 그리로 가시면 좋을 것입니다. 세존은 침묵으로 동의했다.

세존이 람마카의 은둔처에 도착했을 때 거기에는 이미 가 있던 수행승들이 모여 앉아 법을 논하고 있었다. 세존은 안으로 들어가지 않고 밖에서 그들의 논의가 끝나기를 기다렸다. 잠시 후 논의가 끝났음을 안 세존은 헛기침을 하며 문을 두드렸다. 문이 열리자 세존은 안으로 들어가 준비된 자리에 앉았다. 그러고 나서 세존은 수행승들에게 다음 같은 설법을 했다.

'수행승들이여. 그대들은 무슨 토론을 하기 위해 지금 여기 모여 앉아 있는가? 무슨 토론을 하다 중단했는가?'

'존귀하신 분이시여. 법을 논하다 중단한 토론은 세존님 자신에 관한 것입니다. 우리가 논의하던 차에 때마침 세존께서 도착하셨습니다.'

'좋다. 수행승들이여. 너희가 재가생활을 버리고 출가하여 집 없는 생활을 하며 함께 모여 앉아 법을 논하는 일은 적절한 일이다. 하지만 수행승들이 함께 모이면 두 가지 중 하나를 하라. 법을 논하거나 아니면 고귀한 침묵을 지켜라.'

나카무라(中村元)에 따르면 침묵에 관해 초기불교의 두드러진 기본 입장은 '침묵의 동의'를 제외하고 두 가지다. 하나는 무의미한 논의, 쓸데없는 일에 관한 논의를 하지 말라는 것이고 또 하나는 확실한 근거를 갖지 않는 것에 대해서는 멋대로 논의하지 말아야 한다는 것이다.

대부분의 삿된 견해나 쓸모없는 견해는 '유(有) 아니면 무(無)'라는 식의 양극단에 치우친 양변의 견해다. 유무양변설에 관해서는 앞서의 중도론 부분에서 풀이했으므로 그것을 참조하기 바란다. 여기서는 '고귀한 침묵'의 두 번째 유형인 형이상학적인 물음에 대한 침묵을 언급하기로 한다.

### 형이상학적인 물음에 대한 침묵

사람이 죽은 뒤에 저 세상에 가 있느냐 없느냐, 우주는 유한한 것이냐 아니냐는 등의 물음은 인간의 경험으로는 확증할 수 없는 문제다. 경험세계를 벗어난 형이상학적 물음에 대해서는 논쟁을 아무리 벌여도 정답이 나오지도 않을뿐더러 쓸데없는 시간낭비만을 거듭할 따름이다. 그런 부질없는 논의를 해서는 안 된다는 것이 세존의 확고한 입장이었고 그는 제자들에게 그 점을 확실하게 가르쳤다.

세존은 사후(死後)의 삶이 있는지 없는지 등에 대한 질문을 받으면 즉 형이상학적 질문을 받으면 대답하지 않았다. 침묵으로 일관했다. 왜 침묵을 지킬 수밖에 없는지에 관해 세존은 너무도 유명한 독화살의 비유를 들었다. 전유경(箭喩經)으로 알려진 이 비유는 중부니카야(MN. 중아함경)의 말룽키야경(MN 63경)에 나온다.

독화살의 비유: 어떤 사람이 독 묻은 화살을 맞아 견디기 어려운 고통을 겪고 있을 때 가족과 친구들은 빨리 의사를 부르려고 했다. 그런데 화살을 맞은 그 당사자가 이렇게 말한다면 그는 어떻게 될까.

아직 이 화살을 뽑아서는 안 된다. 나는 먼저 화살을 쏜 사람이 어떤 계급의 사람인지 또한 그 사람의 성명이 무엇인지, 그의 키는 큰 지 작은 지 또는 중간 정도인지, 그의 얼굴색은 하얀 지 검은 지, 그리고 어떤 마을에서 왔는지를 먼저 알아야겠다. 또한 내가 맞은 화살이 어떤 종류의 것인지도 알아야 화살을 뽑을 것이다. 뿐만 아니라 어떤 새의 깃으로 장식된 화살인지, 화살 끝에 묻힌 독은 어떤 독인지를 알아야 화살을 뽑는다.
(독화살을 맞은 사람이 위와 같이 말한다면) 그 사람은 그가 알고 싶어 하는 것을 알기도 전에 이미 죽고 말 것이다.

세존은 왜 이런 비유를 들어 설법을 해야 했을까?
세존은 말룽키야풋다에게서 경험적 지식으로는 대답하기 어려운 몇 가지 질문을 받은 이래 계속 침묵으로 일관해왔다. 세존의 이런 침묵을 경전에서는 무기(無記)라고 부른다. 무기란 기별(記別)하여 답하지 않는다, 즉 하나하나 가려내서 답하지 않는다 라는 뜻이다. 말룽키야풋다는 세존의 그런 무기 태도가 몹시 불만이었다. 아니면 아니다, 기면 기다, 모르면 모른다 라고 왜 분명히 대답해 주지 않는가? 그래서 이번에는 꼭 세존의 답을 얻어내리라 작심했다. 세존과 마주 앉자 말룽키야풋다는 이런 질문을 잇달아 제기했다.

① 세상은 영원한가? 영원하지 않는가?
② 세계는 유한한가? 유한하지 않는가?
③ 영혼은 육체와 같은가(동일한가)? 다른가(별개인가)?
④ 죽은 뒤 여래는 존재하는가? 아니 존재하는가?

말룽키야풋다는 위의 물음 중 어느 쪽이 맞는지를 세존께서 분명히 가려서 밝혀준다면, 세존 밑에서 계속 수행생활을 하겠으며 아니 대답해준다면 수행을 포기하여 환속하겠다 라며 으름장을 놓았다. 그는 '알면 안다' '모르면 모른다' 또는 '보지 못했으면 보지 못했다' 라고 명쾌하게 대답해주는 것이 알지 못하고 보지 못하는 중생을 위해 솔직한 태도라고 세존을 몰아붙였다.

말룽키야풋다여! 만일 이와 같이 말하는 자가 있다면 즉 '세계는 영원하다' 라든가 '우리가 죽은 뒤에 여래는 존재하지도 않고, 아니 존재하지도 않다' 라든가에 대해 세존이 내게 밝혀줄 때까지 나는 세존 밑에서 성스런 출가생활을 하지 않겠다 라고 말하는 자가 있다면, 여래는 여전히 그에 관해 아무런 답도 설하지 않을 것이다. 그러므로 그 사이에 그 사람은 죽고 말 것이다.

말랑키야풋다여. 세계가 영원하다는 견해가 있든 세계가 영원하지 않다라는 견해가 있든 간에, 또는 우리가 죽은 뒤 여래가 존재하든 아니 존재하든 간에 태어남과 늙음과 죽음과 슬픔과 탄식과 고통과 비통과 절망은 있는 것이다. 나는 지금 여기서(now and here) 그러한 것들을 절멸시키는 길을 가르치는 것이다.

이 말은 세존께서 말룽키야풋다의 다그치는 물음을 무응답의 논리와 '지금 여기서의 삶의 중요성'에 대한 강조를 가지고 논박한 것이다. 논리적 반박의 방식은 이중부정이다. 즉 세계의 영원/비영원 그 어느 쪽도 부정하는 논법을 구사하는 것이다. 세존의 설법방식을 따른다면 '우리가 죽은 뒤에 여래는 존재하는(有) 동시에 아니 존재한다(非有).' 또한 '우리가 죽은 뒤에 여래는 아니 존재하는(非有) 동시에 아니 존재하지도 않는다(非非有).' 즉 유냐—비유냐, 비유냐—비비유냐의 어느 쪽에 대해서도 여래는 아무런 대답도 설하지 않을 것이므로 수행승인 너는 결국 출가생활을 포기하고야 말 것이 아니겠느냐. 이래도 포기할 것이고 저래도 포기할 것이라는 뜻이다. 여기서의 '성스런 출가생활의 포기'는 죽음을 가리키는 은유언어다. 그것은 마치 독화살을 맞고도 가당치 않는 구실들을 내세워 응급처치를 거부하는 사람에게 죽음이 기다리는 것과 같음을 의미한다. 세존은 말룽키아풋다에게 과연 그런 식으로 세상살이를 해도 되겠느냐고 반문하는 것이나 다름없다. 말룽키야풋다여, 내 말을 잘 듣거라. '죽은 뒤에 여래는 존재하기도 하고 아니 존재하기도 한다'라는 그 사실과는 아무런 상관없이, 사람의 태어남, 늙음, 죽음, 슬픔, 탄식, 고통, 비통, 절망은 있게 마련이다'라는 사실을 너야말로 명심하라고 세존은 일러주고 있다.

그러므로 말룽키야풋다여. 내가 설하여 밝히지 않는 것은 밝히지 않은 채로 기억하고, 설하여 밝힌 것은 밝힌 채로 기억하라. 내가 무엇을 밝히지 않은 채 놔뒀는가? '세계는 영원하다'라는 점에 대해 나는 이를 밝히지 않은 채 놔두었다. '세계는 아니 영원하다'라는 점에 대해서도 나는 이를 밝히지 않은 채 놔두었다. 내가 왜 그 물음들에 대해 밝히지 않은 채 놔두었는가? 그것은 (지금 이곳에의 우리의 삶에) 이익이 되지 않기 때문이다. 그것은 성스런 생활(출가수행)의 기본과 관련이 없으며 미망에서 벗어나 마음의 평온과 안온함으로 그리고 번뇌의 절멸과 깨침 그리고 열반으로 인도하지도 않는다. 그래서 나는 설하여 밝히지 않았다.

세존의 침묵은 부정의 의미도 아니며 그렇다고 긍정의 의미도 아님이 명백히 드러났다. 그의 가르침은 '지금 이곳'에서 우리의 삶을 어떻게 하면 보람 있게 보낼 수 있을까 하는 지극히 현실적이며 실제적인 과제에 집중되어 있으며 거기에 무게를 두고 있다. 그런 입장을 견지하는 세존에게는 세계의 유/무한과 영원/비영원, 영혼과 육체의 분리 여부, 사후 존재의 유무 등과 같은 초경험적인 형이상학적 문제들은 그 어떠한 답도 '지금 이곳에서의 생활'에 아무런 도움도 이익도 되지 않는다. 아무런 도움도 이익도 되지 않는다는 것은 그런 문제들에 대한 대답이 인간의 경험적 지식이나 경험적 논증으로는 밝혀낼 수 없기 때문이다. 그 물음들은 인간의 경험적 지식을 초월하기 때문이다. 그런 형이상학적 쟁점들은 서로 모순되는 이항(二項)들로 이뤄져 있어 어느 한 쪽을 택하여 설사 그것을 정답이라고 단정한다고 해도 반드시 그 정답을 부정하는 반대 정답이 뒤이어 나오게 마련이므로 언제나 계속적인 논쟁을 치룰 수밖에 없다. 결국 논쟁을 위한 논쟁이 되풀이될 수밖에 없으며 그런 논쟁은 〈지금 이곳〉의 현실 문제를 해결하는 데 아무런 도움도 이익도 되지 않는다고 세존은 설파한 것이다. 그러므로 세존의 '고귀한 침묵'은 형이상학적 물음에 대한 답 그 자체를 배격하고 외면했음을 의미한다기보다는 현실적 문제에 더 큰 비중을 두고 그 해결을 보는 데 열중해야 한다는 점을 강조한 것으로 해석해야 좋을 것이다.

세존은 '지금 이곳'에서의 고뇌와 고통의 문제를 해결하는 일이 무엇보다도 더 절박한 문제라는 철두철미한 인식을 갖고 있었다. 그래서 세존은 네 가지 성스런 진리(四聖諦)와 여덟 가지 바른 수행의 길(八正道)을 가르침으로써 인간이 고뇌와 고통을 벗어나게 하려고 애썼다. 그렇게 하려면 우리는 어둠 속의 미망을 밝히는 등불을 찾아야 하리라. 무명의 은유를 벗어나지 못한 채 웃으며 기뻐해야 할 일이 어디에 있는가. 법구경의 다음 말씀으로써 불경이 지닌 비유의 의미를 찾는 나의 작업은 이만 끝맺음을 하고자 한다.

지금 어찌 웃을 수 있는가.
지금 어찌 기뻐할 수 있는가.
보아라. 온 세상이 붉게 타오르고 있다.
그대는 지금 어둠 속에 갇혀 있는데
어찌하여 등불을 찾지 않는가.
— 법구경

일상생활의 곳곳에서 지천으로 산견되는 은유와 환유를 따라 시작한 나의 긴 행보는 이쯤에서 멈춰야 하겠다. 끝으로 꼭 하고 싶은 말은, 비유는 풍성한 의미를 생성하여 함장(生成藏)하는 마르지 않는 샘이지만 그것 자체가 진실(진리)은 아니다 라는 점이다. 우리의 삶의 시작과 함께 공존해온 우리 삶의 불가분한 일부인 비유는 시골 촌부와 저잣거리의 범인들에서부터 위대한 사상가들의 훌륭한 저술과 성자들의 거룩한 진리의 말씀에 이르기까지 두루 씌었지만 그것은 어디까지나 방편, 쓰는 사람에 따라 비유는 감춰진 진실을 드러내는 지혜의 샘이 되기도 하고 거짓을 진실로 위장하는 정치적 이데올로기의 간사한 시녀가 되기도 한다. 꽃은 스스로 아름답다고 말하지 않는다. 비유도 스스로 진실을 말하지 않는다. 말하지 않을 뿐 아니라 현실을 환영(幻影)으로 만들며 욕망을 부채질 한다. 변화의 진리를 밝힌 주역의 숱한 은유적 말씀을 붓다의 말씀과 더불어 책의 마지막 부분에 소개한 나의 뜻은 거기에 있다. 일상생활에서 만나는 은유와 환유들의 손짓놀이에 현혹되지 말고 옛 현인·성자들의 말씀도 되새기며 '소리에 놀라지 않는 사자'처럼 삶의 제 길을 가려고 애써온 나의 뜻을 말하고 싶었던 것이다. 고타마 붓다와 지저스 크라이스트, 노자와 장자와 공자가 하신 말씀들, 그 말씀의 비유는 우리를 진실로 인도하는 방편의 등불일 뿐이다. 삶의 진실을 관(觀)하려면 우리는 등불을 쳐들고 비유 저편의—언어기호 저편의—현묘(玄妙)한 세계를 두루 비치며 환상의 장막을 걷어 올려야 하리라.

## 참고문헌 및 자료

# 제1부

Terence Hawkes 저 심명호 역, 『隱喩』(개정판) 서울대 출판부 1986.

조너선 컬러 저 이종인 옮김, 『소쉬르』 시공사 1998.

에드먼드 리치 저 이종인 옮김, 『레비-스트로스』 시공사 1998.

클로드 레비-스트로스 지음 임옥희 옮김, 『신화와 의미』 이끌리오 2000.

클로드 레비-스트로스 지음 안정남 옮김, 『야성의 사고』 한길사 1999.

하권수 지음, 『절망의 시대 선비는 무엇을 하는가』 한길사 2001.

국사편찬위원회, 『조선왕조실록』 인터넷 판.

김영랑, 서정주, 유치환, 변영로, 도종환, 황지우, 정진채, 정일근, 정호승,
두보, 이규보, 길재 등의 시집 또는 시들.


ジョナサン・カラー 著 川本茂雄 譯, 『ソシュール』 岩波現代文庫 2002.

石田英敬 저, 『記號の知/メデイアの知』 東京大學出版會 2003.

Talcott Parsons 저 德安彰외 역, 『宗敎の社會學』 勁草書房 2002.


Terence Hawkes, 『Structuralism and Semiotics』 Univ. of Calif. Press
        1977.

Ferdinand de Saussure, 『Course in General Linguistics』 trans. by
        Wade Baskin McGraw-Hill Book 1959.

Jack Reynolds and Jonathan Roffe ed., 『Understanding Derrida』
        Continuum 2004.

Jacques Derrida, 『Margins of Philosophy』 trans. by Alan Bass Univ.
        of Chicago Press 1982.

John Fiske, 『Introduction to Communication Studies』 2nd ed.

Routledge 1990. 강태완 · 김선남 역 『커뮤니케이션학이란 무엇인가』 커뮤니케이션북스 2001.

Jonathan Bignell, 『Media Semiotics』 2nd ed. Manchester Univ. Press 2002.

Tony Thwaites, Lloid Davis & Warwick Mules, 『Introducing Cultural and Media Studies』 Palgrave 2002.

Robert Bocock, 『Sigmund Freud』 개정판 Routledge 2002.

Jonathan Lear, 『Freud』 Routledge 2005.

Bruce Fink, 『Lacan to the Letter』 Minnesota Press 2004.

Jean-Michel Rabate ed., 『Lacan』 Cambridge Univ. Press 2003.

Yannis Stavrakakis, 『Lacan and the Political』 Rouledge 1999.

Terry Eagleton, 『Literary Theory』 2nd ed. Blackwell 1996.

Andrew Edgar & Peter Sedgwick ed., 『Cultural Theory, the Key Concepts』 Routledge 2002.

## 제2부

안동림 역주, 『莊子』(개정판) 현암사 1998.

諸橋轍次 지음 조성진 옮김, 『장자 이야기』 사회평론 2005.

게오르크 짐멜 지음 김덕영 · 윤미애 옮김, 『짐멜의 모더니티 읽기』 새물결 2005.

니체 지음 강대석 옮김, 『차라투스트라는 이렇게 말했다』 한얼미디어 2005.

니체 지음 송무 옮김, 『우상의 황혼/반 그리스도』 청하 1984.

대한성서공회 편, 『공동번역 성서』(가톨릭 용) 대한성서공회 1986.


マルクス · エンゲルス 著 廣松渉 編譯, 『ドイツ · イデオロギ』(신편집판) 岩

波書店 2005.

ゲオルク・ジンメル,〈社會的分化論〉,『デュルケーム・ジンメル』中央公論社 1980.

ニーチェ著　手塚富雄 譯,『この人を見よ』岩波文庫 1969.

マックス・ウェーバー 著 大塚久雄 譯,『プロテスタンテイズムの倫理と資本主義の精神』(개역판) 岩波文庫 1989.

マックス・ウェーバー 著 大塚久雄 譯,『職業としての學問』(개역판) 岩波文庫 1980(1919).

山之內靖 著,『マックス・ウェーバー入門』岩波新書　1997.


Anthony Giddens, 『The Consequences of Modernity』 Polity Press 1990.

　　　　　　　　『Modernity and Self-Identity』 Stanford Univ. Press 1991.

Joseph O' Malley ed., 『Marx, Early Political Writings』 Cambridge Press 1994.

Karl. Marx, 〈Economic and Philosophical Manuscripts〉(경제학·철학 草稿) trans. by T. B. Bottomore in Erich Fromm, 『Marx's Concept of Man』 Continuum 1996.

F. Nietzsche, 『The Anti-Christ, Ecce Homo, Twilight of the Idols, and Other Writings』 ed. by A. Ridley & J. Norman Cambridge Text 2005.

Max Weber, 『The Protestant Ethic and The Spirit of Capitalism』 trans. by Talcott Parsons Routledge 1992(1930).

Nicholas Gane, 『Max Weber and Postmodern Theory』 Palgrave 2004.

Emily Morrison Beck ed., 『Bartlet's Familiar Quotations』 15th ed. Little, Brown & Co. 1980.

## 제3부

金碩鎭 역해, 『대산 주역 강의』(상)(중)(하) 한길사 1999.

꾼잉쿼이 · 양이밍 지음 박삼수 옮김, 『주역』 현암사 2007.

南懷瑾 저 신원봉 옮김, 『주역강의, 易經繫傳別講』 문예출판사 1997.

南懷瑾 저 신원봉 옮김, 『역경잡설』 문예출판사 1997.

김용옥 저, 『氣哲學散調』 통나무 1992.


張鍾元 저 上野造道 역, 『老子の思想』 講談社學術文庫 1987.

高田眞治 · 後藤基巳 역해, 『易經』(상)(하) 岩波文庫 1969.

金谷 治 저, 『易の話』 講談社 學術文庫 2003.


원효 저 은희경 역주, 『대승기신론소 · 별기』 일지사 1991.

전재성 역주, 『숫타니파타』 한국빠알리성전협회 2004.

전재성 역주, 『마찌마니까야』(MN)〔개정판〕한국빠알리성전협회 2003.

무비 역해, 『金剛經 五家解』 불광출판부 1992.

南懷瑾 저, 『금강경강의』 신원봉 옮김 문예출판사 1999.

정성본 역주, 『돈황본 육조단경』 한국선문화연구원 2003.

中川孝 주해 양기봉 옮김, 『육조단경』(興聖寺本)김영사 1993.

성철 저, 『자기를 바로 봅시다』(개정판) 장경각 2003.

원융 지음, 『간화선』 장경각 1993.

월암 지음, 『간화정로』 현대북스 2006.

대한불교조계종 교육원, 『간화선, 조계종 수행의 길』 2005

吳經熊 지음 류시화 옮김, 『禪의 황금시대』 경서원〔개정판〕 1996(영어판 1967).

中村元 저 이재호 역, 『용수의 삶과 사상』 불교시대사 1993.

法頂 역, 『진리의 말씀, 法句經』 불일출판사 1984.

박성배 저 윤원철 역, 『깨침과 깨달음』 예문서원 2002.

中村元 편, 『原始佛典』 筑摩書房 1974.

中村元 편, 『大乘佛典』 筑摩書房 1974.

坂本幸男. 岩本裕 『法華經』(상) 岩波文庫 1962.

中村元 역주, 『眞理のことば・感興のことば』 岩波文庫 1991.

中村元 역주, 『ブッダのことば-スッタニーパタ』 岩波文庫 1984.

中村元 역주, 『ブッダ 最後の旅』 岩波文庫 1980.

中村元 저, 『ゴータマ・ブッダ, 釋尊傳』 法藏館 1993.

西村惠信 譯注, 『無門關』 岩波文庫 1994

阿部慈園 편, 『原始佛敎の世界』 東京書籍 2000.

梶山雄一 著, 『空の思想』 人文書院 1983.

鎌田茂雄 저, 『華嚴の思想』 講談社學術文庫 1988.

Hermann Beckh 著 渡邊照宏 역, 『佛敎』 上 下 岩波文庫 1962(1916).

中村元 등 편, 『佛敎辭典』 岩波書店 1989.


Chih-hsu Ou-i(智旭), Thomas Cleary 영역 『The Buddhist I Ching』
        (周易禪解) Shambhala 1987. 박태섭 역주 『주역선해』 한강수
        2007.

Martin Palmer, Kwok Man Ho and Joanne O'Brien, 『The Fortune
        Teller's I Ching』 Ballatine Books 1986.

Bhikkhu Nanamoli ed. trans., 『The Life of the Buddha』 BPE, 1992.

Bhikku Nananmoli & Bhikkhu Bodhi trans., 『The Middle Length
        Discourses of the Buddha』(중부니카야 MN) Wisdom 2001.

Bhikkhu Bodhi trans., 『The Connected Discourses of the Buddha』(상
        윳타니카야 SN) Wisdom 2000.

Bhikkhu Bodhi ed. trans., 『In the Buddha's Words』 Wisdom 2005.

꽃은 스스로
말 아름답다고
하지않는다

1쇄 발행일 | 2008년 3월 3일

지은이 | 김용범
펴낸이 | 정화숙
펴낸곳 | 개미

출판등록 | 제1999 - 3호 1992. 6. 11
주소 | (121 - 736) 서울시 마포구 마포동 136 - 1 한신빌딩 803호
전화 | (02)704 - 2546,  704 - 2235
팩스 | (02)714 - 2365
E-mail | lily12140@hanmail.net
ⓒ 김용범, 2008

값 11,000원

잘못된 책은 바꾸어 드립니다.
무단 전재 및 무단 복제를 금합니다.

ISBN  978 - 89 - 87038 - 84 - 1  03810